HEYNE
BÜCHER

PATRICIA GRASSO

SCHICKSALSGLOCKEN

Roman

Aus dem Amerikanischen
von Traudi Perlinger

WILHELM HEYNE VERLAG
MÜNCHEN

HEYNE ROMANE FÜR ›SIE‹
Nr. 04/370

Titel der Originalausgabe:
NO DECENT GENTLEMAN

Deutsche Erstausgabe 7/2001

Published by Dell Publishing a division of Random House, Inc., New York

Printed in France 2001
http://www.heyne.de
Umschlagillustration: Donald Case/Agentur Schlück
Umschlaggestaltung: Nele Schütz Design, München
Satz: Prechtl, Passau
Druck und Bindung: Brodard & Taupin

ISBN 3-453-18490-4

Für Sharon Winn – meine ›einzigbeste‹ Freundin.
Bleib so, wie du bist.

1. Kapitel

England, 1815

»Verflixt«, murmelte die achtzehnjährige Sabrina Savage, strich sich ein paar widerspenstige Löckchen ihres kupferroten Haars hinters Ohr und ließ sich erschöpft auf die Polsterbank im Korridor nieder.

Sie faltete die Hände im Schoß und hob den Blick vom blau und golden gemusterten Läufer zur geschlossenen Flügeltür des Salons. Besorgnis und Zorn kämpften in ihr bei dem Gedanken, was Vikar Dingle und seine sechs Begleiter mit ihrem verstorbenen Vater vorhatten, die exorzistische Formeln sprachen, um den Teufel aus der Seele des Verstorbenen zu vertreiben.

»Es ist eine Schande«, klagte Sabrina an ihren Begleiter gewandt, »meinen Vater nachts an einer Weggabelung zu begraben.«

Der fünfundzwanzigjährige Baron Edgar Briggs sah sie traurig an. »Vikar Dingle erfüllt nur seine Pflicht«, beruhigte er sie und setzte sich neben sie. »Selbstmörder müssen nach dem Gesetz der Kirche nachts begraben werden.«

»Mein Vater hat *nicht* Selbstmord verübt«, widersprach Sabrina mit zornfunkelnden, grünen Augen. »Das Gesetz ist so dumm wie Vikar Dingle.«

»Gesetz ist Gesetz«, antwortete Edgar und nahm tröstend ihre Hand.

»Das Gesetz ist eine Eselei«, fauchte Sabrina, entriss ihm ihre Hand und fügte vorwurfsvoll hinzu: »Wenn dir wirklich etwas an unserer Freundschaft läge, würdest du nicht zulassen, dass der Vikar das Angedenken meines Vaters auf diese Weise in den Schmutz zieht. Papa hatte vollkommen Recht, deinen Heiratsantrag abzulehnen. Ich würde keinen Mann heiraten, der sich mir gegenüber nicht loyal verhält.«

»Sabrina, ich kann den Vikar nicht daran hindern, dem Gesetz Folge zu leisten«, entgegnete der Baron seufzend. »Im übrigen hätte dein Vater meinen Antrag angenommen, wenn du ihm gesagt hättest, dass du mich liebst, statt zu behaupten, du brächtest mir lediglich Sympathie entgegen.«

»Liebe hat nichts mit Heiratsanträgen oder Mitgift zu tun«, erklärte Sabrina. Mit zitternder Hand glättete sie den Rock ihres schwarzseidenen Trauerkleides. »Und nichts mit bedeutungslosen Erklärungen über Gefühlszustände.«

»Ich liebe dich. Aber ich kann das Gesetz nicht ändern, um dir einen Gefallen zu tun«, versetzte Edgar, in dessen Stimme nun ein gereizter Unterton schwang.

Seine Liebeserklärung ließ Sabrina völlig kalt. Sie hielt den Blick auf die geschlossene Tür gerichtet und versuchte, an nichts zu denken. Der plötzliche Tod ihres Vaters hatte sie schwer getroffen, aber sie musste Stärke zeigen, um ihrer Schwester und ihrer Tante ein Vorbild zu sein. Im Bemühen, ihren Gefühlsaufruhr im Zaum zu halten, konzentrierte sie sich auf die Familienporträts an den Wänden des Korridors.

»Vater war mit vielen Angehörigen des Hochadels befreundet«, sagte Sabrina und betrachtete sinnend das Porträt von Prinz Adolphus, den siebten Sohn von König George III. »Vikar Dingle wird es bald bereuen, die Familie Savage mit seinem barbarischen Tun gedemütigt zu haben.«

»Bedauerlicherweise kam keiner dieser noblen Freunde nach Abingdon, um sich für deinen Vater zu verwenden«, erinnerte der Baron sie.

Verwundert über diese Bemerkung wollte sie sich dem Baron zuwenden, als die Tür zum Salon geöffnet wurde und Vikar Dingle auf der Schwelle stand. Hinter ihm warteten sechs Männer seiner Kirchengemeinde darauf, ihre Aufgabe als Sargträger zu erfüllen.

»Wir sind soweit«, sagte Vikar Dingle.

Sabrina blickte den Priester lange an und suchte in seinen hageren Gesichtszügen nach einem Zeichen des Mitgefühls. Vergebens. Schließlich erhob sie sich und stieg die Treppe in die Halle hinunter, wo ihre jüngere Schwester und ihre Tante warteten. Der Baron folgte ihr.

»Der Vikar ist bereit«, sagte Sabrina und griff nach ihrem schwarzen Umhang.

Die siebzehnjährige Courtney Savage brach in Tränen aus. Tante Tess legte den Arm tröstend um ihre Nichte und zog sie an sich.

Sabrina wandte sich ab, um nicht selbst in Tränen auszubrechen, und blickte dem Vikar entgegen, der die Treppe herabstieg, gefolgt von den sechs Männern, die den Sarg ihres Vaters auf den Schultern trugen.

»Bitte, tun Sie ihm das nicht an«, bat Sabrina mit bebender Stimme.

»Ihm das nicht antun?«, wiederholte der Vikar indigniert. »Er ist ein Selbstmörder. Die Seele des Grafen von Abingdon wird bis in alle Ewigkeit in der Hölle schmoren.«

»Ich wünsche Ihnen die Pest an den Leib«, verfluchte Sabrina den Priester.

»Sabrina ist außer sich vor Gram«, versuchte Edgar einzulenken und trat zwischen Sabrina und den Vikar. »Sie weiß nicht, was sie sagt.«

Der Vikar nickte. »Ich verstehe ihren Kummer, nicht aber ihre schlechten Manieren, die allerdings Schlüsse auf ihre Herkunft ziehen lassen.«

Sabrina wich einen Schritt zurück, wie von einem Schlag getroffen. Würden Courtney und sie je den Fluch loswerden, illegitime Kinder zu sein; Kinder unbekannter Eltern?

»Sabrina ist eine wohlerzogene junge Dame und hat Ihre Beleidigung nicht verdient«, hörte Sabrina Tante Tess' entrüstete Stimme. »Ich verlange eine Entschuldigung von Ihnen, Vikar Dingle.«

»Lady Burke, falls Sie vergessen haben, ich war hier, als...«

»Mein Vater hat Sabrina und mich adoptiert«, unterbrach Courtney Savage den Priester in ungewohnter Selbstsicherheit. »Fahren Sie mit dem Begräbnis fort.«

Sabrina warf ihrer jüngeren Schwester einen dankbaren Blick zu, und zum ersten Mal seit dem Tod ihres Vaters huschte ein Lächeln über ihre bleichen Lippen. »Wollen wir meinen Vater heute noch zu Grabe tragen?«, fragte sie den Vikar schnippisch. »Oder stehen wir hier noch lange herum und debattieren, wer meine leiblichen Eltern gewesen sein könnten?«

»Ihr Verstand scheint tatsächlich von der Trauer beeinträchtigt zu sein«, meinte Vikar Dingle missbilligend und verließ das Herrenhaus. Die sechs Sargträger folgten ihm gemessenen Schrittes.

»Deine Unhöflichkeit einem Geistlichen gegenüber ist äußerst tadelnswert«, raunte der Baron im vernehmlichen Flüsterton. »Und von dir, Courtney, hätte ich nicht erwartet ...«

»Ach Edgar, sei endlich still«, fiel Sabrina ihm ins Wort. Gelegentlich war ihr der Freund und Nachbar aus Kindertagen lästiger als Zahnschmerzen.

Sabrina zog die Kapuze über den Kopf und folgte den Sargträgern. Hinter ihr gingen Courtney, Tante Tess und Edgar Briggs.

Sabrina atmete die Luft der ungewöhnlich milden

Dezembernacht tief ein. Ihr war, als würde auch die Natur um den Tod ihres Vaters trauern. Nur vereinzelt blinkten Sterne vom samtschwarzen Himmel der mondlosen Nacht.

Schweigend stellten die Träger den Sarg des verstorbenen Grafen auf einen Karren, der von einem Pferd gezogen wurde. Jeder nahm eine Laterne zur Hand, um den Weg zu beleuchten.

Langsam bewegte sich der Leichenzug die Auffahrt entlang und bog an der Straße nach rechts. Etwa eine halbe Meile entfernt gabelte sich die Straße, führte geradeaus ins Dorf Abingdon und nach links zum benachbarten Gut von Baron Briggs.

Der kleine Leichenzug hatte soeben die Weggabelung erreicht – die traditionelle Grabstätte für Selbstmörder –, als aus der Ferne Hufschläge zu hören waren. Alle fuhren herum und sahen die Umrisse von vier Reitern, die sich auf der Straße vom Dorf her näherten. Bei der kleinen Gruppe angelangt, zügelten die Männer ihre Pferde.

»Wer seid Ihr?«, wollte Edgar Briggs wissen. »Nennen Sie Ihr Anliegen.«

»Wir sind Freunde des verstorbenen Grafen von Abingdon«, antwortete einer der Fremden und schwang sich aus dem Sattel.

Sabrina blickte zu dem hoch gewachsenen, dunkelhaarigen jungen Mann auf, dem sie nie begegnet war; sie hoffte, es handle sich bei den Fremden um einflussreiche Freunde, die sich für ihren Vater verwenden wollten.

»Charles, dem Himmel sei Dank!«, rief Tante Tess. »Vikar Dingle lässt sich nicht davon abbringen, den armen Henry in ungeweihter Erde zu verscharren.«

Zum Erstaunen aller trat ein älterer Herr vor, führte die Hand der Tante an die Lippen und legte den Arm tröstend um ihre Schulter. Dann wandte er sich an die Gruppe und stellte sich vor. »Ich bin Charles St. Aubyn, Herzog von Kingston. Dies ist mein Neffe Adam St. Aubyn, Marquis von Stonehurst, die beiden Männer sind Gefolgsleute meines Neffen.«

Sabrina musterte die Neuankömmlinge der Reihe nach. Der Herzog von Kingston schien ein freundlicher Herr zu sein, während sein Neffe dunkel und gefährlich wirkte. Seine Gefolgsleute waren breitschultrig und groß, wahre Hünen.

»Ungeachtet der traurigen Umstände«, sagte Sabrina und trat vor, um den Herzog zu begrüßen, »freue ich mich, Ihre Bekanntschaft zu machen, Euer Gnaden. Wie haben Sie vom Tod meines Vaters erfahren?«

»Vor einigen Tagen erreichte mich eine Botschaft Ihres Vaters, in der er mich bat, nach Abingdon zu kommen«, erklärte der Herzog. »Und gestern wurde mir die Nachricht Ihrer Tante vom Ableben Ihres Vaters überbracht. Wir sind im Morgengrauen von London aufgebrochen und ritten so schnell wir konnten. Sie sind seine Tochter, nehme ich an?«

»Ja. Ich bin Sabrina, und dies ist meine jüngere Schwester Courtney.«

»Können wir mit dem Begräbnis fortfahren?«, fragte Vikar Dingle mit gereizter Stimme. »Das Gesetz verlangt, dass Selbstmörder vor Mitternacht bestattet werden. Wenn wir noch länger trödeln …«

»Mein Vater hat *nicht* Selbstmord begangen«, unterbrach Sabrina den Priester heftig und fuhr zu ihm herum.

»Niemand hängt sich aus Versehen auf«, murmelte einer der Sargträger.

Sabrina bedachte den Mann mit einem zornfunkelnden Blick, versagte sich aber eine Zurechtweisung. Kein Mensch würde ihr je einreden können, dass ihr geliebter Vater sich das Leben genommen hatte. Und sie war fest entschlossen, dies zu beweisen.

Die Männer sollten ihr Tun bereuen, allen voran dieser selbstgerechte Vikar.

»Senkt den Sarg in die Erde«, gab der Priester Anweisung.

»Wollen Sie kein Gebet sprechen?«, rief Sabrina empört.

»Es ist verboten, für Selbstmörder zu beten«, versetzte der Vikar.

»Ich wünsche Ihnen Pest und Verdammnis«, zischte Sabrina und verfluchte den Priester zum zweiten Mal.

Alle Blicke richteten sich entsetzt auf sie. Tante Tess entfuhr ein Schreckenslaut. Nur einer der Neuankömmlinge lachte in sich hinein.

»Sabrina! Wie kannst du es wagen, so respektlos mit dem Vikar zu sprechen«, rief Edgar entrüstet und legte ihr eine Hand auf die Schulter. »Entschuldige dich.«

Sabrina achtete nicht auf ihn, schüttelte seine Hand ab und fragte den Vikar: »Wo ist die Totenglocke, um die ich gebeten habe?«

»Es ist verboten, die Totenglocke für Selbstmörder zu läuten«, versetzte der Vikar ungerührt.

»Für meinen Vater wird die Totenglocke läuten, und wenn ich sie selbst läuten muss.« Sabrina wandte sich brüsk ab und prallte gegen den Marquis, der sie an den Armen festhielt, um ihren Sturz zu verhindern. Sabrina blickte zu ihm auf und wünschte, seine Augen in der Finsternis sehen zu können.

»Mistress Savage, ich begleite Sie ins Dorf.«

Sabrina nickte mit einem dankbaren Lächeln.

»Haltet sie auf!«, rief der Vikar den Sargträgern zu.

Der Marquis gab seinen hünenhaften Gefährten ein Zeichen, die sich dem Vikar und seinen Männern in den Weg stellten, während der Marquis Sabrina in den Sattel eines Pferdes hob.

Dann griff er nach einer Laterne und bestieg sein Pferd. »Onkel Charles, begleite die Damen nach Abingdon Manor«, sagte er. »Mistress Savage und ich treffen euch dort später.«

»In Ordnung«, entgegnete der Herzog.

»Sabrina, überlege dir genau, was du tust«, rief der Baron hinter ihr her.

»Edgar, überlege du dir genau, was du *nicht* tust«, erwiderte sie, wendete das Pferd und ritt die Straße zum Dorf entlang. Neben ihr galoppierte das Pferd des Fremden. Sie ritten schweigend nach Abingdon und zügelten die Pferde vor der Kirche.

Die Laterne in einer Hand haltend, öffnete der Marquis das Portal und ließ Sabrina den Vortritt. Hinter ihm fiel die Pforte mit knarrenden Scharnieren ins Schloss.

»Hier entlang, Mylord.« Sabrina wandte sich nach rechts, durchquerte das Kirchenschiff und stieg eine schmale Wendeltreppe bis in den Glockenturm hinauf, griff nach dem Klöppel und schlug ihn neun Mal, wie es der Brauch war, um den Tod eines Menschen anzuzeigen.

Der Marquis von Stonehurst berührte ihren Arm. »Wie alt wurde der Graf?«

»Einundvierzig.«

»Halten Sie bitte die Laterne.« Er reichte ihr die Lampe.

Sabrina wusste, was er vorhatte. »Danke, Mylord«, sagte sie leise.

Der Marquis von Stonehurst nahm das Seil in beide Hände und läutete die Totenglocke einundvierzig Mal, einen Schlag für jedes Lebensjahr des Grafen, wie es der Brauch war. Sabrina schloss die Augen und betete für die Seele ihres Vaters.

Danach nahm ihr der Marquis die Lampe wieder ab und stieg ihr voran die schmale Wendeltreppe nach unten. Vor der Kirche stellte er die Lampe ab und half Sabrina in den Sattel.

Während der Marquis sein Pferd bestieg, beobachtete Sabrina ihn. Ihr Vater hatte offensichtlich verlässliche Freunde, die bereit waren, für seine Sache einzutreten. Wie konnte sie diesem Mann je danken für das, was er für sie getan hatte? Sie fühlte sich in seiner Schuld.

Sie wendeten die Pferde und ritten die Dorfstraße zurück. An der Weggabelung zügelten sie in schweigender Übereinkunft die Tiere. Die beiden Hünen bewachten immer noch den Vikar und seine Sargträger.

»Lasst sie gehen«, rief der Marquis seinen Männern zu, die umgehend beiseite traten.

»Ich verzeihe Ihnen«, sagte der Vikar an Sabrina gewandt. »In ein paar Tagen werden Sie Ihr unbesonnenes Vorgehen von heute Nacht bereuen.«

»Nein, Vikar Dingle, Sie werden *Ihr* Vorgehen bereuen«, entgegnete Sabrina. »Ihre Kirche wird nämlich nie wieder einen Shilling von meiner Familie erhalten.«

Vikar Dingle schüttelte traurig den Kopf, als könne er nicht glauben, was er hörte. »Aufgrund des Selbstmordes Ihres Vaters fallen die Güter der Familie Savage an die Krone zurück.« Mit diesen Worten setzte sich der Priester in Bewegung und marschierte, gefolgt von den sechs Sargträgern, die Straße auf das Dorf zu.

»Ist das wahr, Mylord?«, fragte Sabrina erschrocken den Marquis. Wovon sollten Courtney und sie leben, wenn sie alles verloren? Wie konnte sie beweisen, dass der Tod ihres Vaters ein Unfall war?

»Bitte nennen Sie mich Adam«, sagte der Marquis.

»Ich heiße Sabrina.«

»Danke, Sabrina.«

»Sie haben meine Frage nicht beantwortet«, beharrte sie.

»Dem Gesetz zufolge fällt das Vermögen eines Selbstmörders tatsächlich an die Krone, doch möglicherweise können wir das verhindern«, erklärte der Marquis. »Mein Onkel hat einflussreiche Freunde bei Gericht, die aussagen werden, dass der Tod Ihres Vaters ein Unfall war.«

»Sein Tod war gewiss kein Selbstmord«, versetzte Sabrina. »Wie aber soll ich das beweisen?«

»Glauben Sie, Ihr Vater wurde ermordet?«

»Mein Vater hatte keine Feinde.«

»Jeder Mann hat Feinde«, widersprach der Marquis. »Wir werden herausfinden, wer die Feinde Ihres Vaters sind.« Dann rief er seinen Männern zu: »Sagi und Abdul, ihr haltet bis zum Morgengrauen Wache.«

»Warum soll das Grab meines Vaters bewacht werden?«, fragte Sabrina verwundert.

»Haben Sie noch nie von Leichenraub gehört?«

»Sie glauben doch nicht im Ernst, dass jemand die letzte Ruhestätte meines Vaters schänden würde«, erwiderte sie entsetzt. »Er war ein Graf.«

»Leichenräuber kennen keine Standesunterschiede. Aber sie ziehen es vor, ihrem abscheulichen Treiben in der Nähe von London nachzugehen, wo es mehr frische Gräber gibt«, antwortete er. »Dennoch wollen wir uns vergewissern, dass niemand das Grab Ihres Vaters schändet. Deshalb halten meine Männer eine Woche Wache.«

»Ich lasse ihnen Decken, Lampen und Essen bringen«, meinte Sabrina, als sie die Straße nach Abingdon Manor einschlugen. »Sind die Männer Fremde?«

Der Marquis nickte.

Sabrina sah ihn von der Seite an, ohne sein Gesicht in der Dunkelheit klar zu erkennen. »Woher kommen sie?«

»Aus dem Orient«, antwortete er knapp.

»Verstehe.«

Der Marquis von Stonehurst sah sie an. »Nein, Prinzessin, Sie verstehen nicht. Aber eines Tages werden Sie begreifen.«

Sabrina schwieg. Sie hatte keine Ahnung, welche Bedeutung seine Worte hatten, wollte ihn jedoch nicht weiter bedrängen.

Sabrina und Adam ritten durch das offene Parktor auf das Herrenhaus zu. In der Ferne leuchteten Kerzen und Petroleumlampen in den Fenstern wie Leuchtkäfer in der Nacht, deren Schein heller wurde, als die Reiter sich dem Haus näherten.

Auf dem Kiesrondell vor dem Haus stieg Sabrina vom Pferd, ohne auf Hilfe zu warten. Zwei Stallburschen eilten herbei und nahmen die Tiere in Empfang.

Der Butler öffnete die Eingangstür und trat dann beiseite.

»Die Herrschaften warten im Salon.« Er wollte Sabrina aus dem Umhang helfen.

»Lassen Sie nur, Forbes«, wehrte sie ab. »Schicken Sie einen Diener mit Essen, Decken und Lampen zur Weggabelung. Und lassen Sie einen Imbiss für unsere Gäste zubereiten.«

Der Butler zog erstaunt die Brauen hoch. »Sie wollen einen Diener an die Weggabelung schicken?«

»Der Marquis von Stonehurst war so freundlich, Papas Grab von seinen Leibwächtern bewachen zu lassen«, erklärte Sabrina.

»Sehr wohl, Mylady«, antwortete Forbes und wandte sich zum Gehen, verharrte noch einmal und sagte: »Lady Sabrina, ich hörte die Totenglocke. Meine Hochachtung für den Mut, den Sie damit bewiesen haben.«

»Danke, Forbes.«

»Ich kann Vikar Dingle ohnehin nicht leiden«, murmelte Forbes im Gehen. »Selbstgerechte Menschen sind mir ein Gräuel.«

Sabrina lachte über die respektlose Bemerkung des Butlers. Ein melodisches, helles Lachen, das im krassen Gegensatz zu ihrem Benehmen stand. Sie schob die Kapuze zurück, drehte sich um und wollte den Fremden richtig begrüßen, der ihrem Vater eine letzte Demütigung erspart hatte.

Verblüfft starrte Sabrina ihn an. Der Schein der Laterne war seinem guten Aussehen nicht gerecht geworden.

Adam St. Aubyn überragte sie um mehr als eine Haupteslänge, und Sabrina musste den Kopf in den Nacken legen, um ihm ins Gesicht zu sehen. Von einem Mundwinkel zog sich eine feine Narbe bis in die Mitte seiner rechten Wange. Das nachtschwarze Haar reichte ihm im Nacken bis zum Kragen und bildete einen verblüffenden Kontrast zu seinen blauen Augen, deren durchdringender Blick bis in die Tiefen ihrer Seele zu reichen schien. Sein Lächeln ruhte warm auf ihr und …

Sabrina begriff, dass der Marquis ihre Musterung seiner Person amüsiert verfolgte. Vor Verlegenheit huschte ein rosiger Hauch über ihre Wangen, woraufhin sein Lächeln sich vertiefte.

»Darf ich Ihnen helfen?«, fragte er mit rauchiger Stimme und griff nach ihrem Umhang.

Gott steh mir bei, dachte Sabrina. Die Stimme des Fremden klang ungebührlich intim, was ihr bislang nicht aufgefallen war.

Sie suchte nach einer geistreichen Bemerkung, die ihr partout nicht einfallen wollte. Ihr Kopf war völlig leer.

Sie lächelte scheu und bot ihm die Hand. »Ihr unerwartetes Auftauchen erschien mir wie ein Wunder«, sagte sie. »Ich weiß nicht, was ich ohne Ihre Unterstützung getan hätte.«

»Ich bewundere Ihre Loyalität gegenüber Ihrem Vater«, antwortete Adam.

»Sabrina!«

Beide drehten sich nach der Stimme um und sahen Edgar Briggs, der die Halle durchquerte. Im stummen Einvernehmen lösten Adam und Sabrina die Hände voneinander.

Der Baron nickte dem Marquis knapp zu, wandte sich an Sabrina und begann, ihr Vorhaltungen zu machen. »Dein Benehmen war unverzeihlich.«

»Ach, Edgar«, hielt sie ihm mit müder Stimme entgegen. »Bitte lass uns nicht wieder davon anfangen, schon gar nicht im Beisein des Marquis.«

»Ich kann damit nicht bis morgen warten«, erwiderte er und wandte sich an den Marquis. »Wenn Sie uns bitte entschuldigen, Mylord. Ich möchte unter vier Augen …«

»Ich sehe keine Veranlassung, unhöflich zu meinen Gästen zu sein«, unterbrach Sabrina ihn. »Was immer du mir zu sagen hast, es wird bis morgen warten müssen.« Sie nahm Adams Arm und führte ihn zur Treppe. »Der Salon ist im ersten Stock, Mylord.«

Der Raum war in schwarze Tücher gehüllt, dennoch strahlte er Behaglichkeit aus. Sofas und Sessel waren um das wärmende Kaminfeuer gruppiert, daneben standen Beistelltische. In einer Ecke des Salons befanden sich ein Pianoforte und eine Harfe. Die Instrumente waren ebenfalls schwarz verhüllt.

Bei ihrem Eintreten erhob sich der Herzog von Kingston und durchquerte den Raum, um Sabrina zu begrüßen. »Henry und ich waren sehr gute Freunde«, sagte er und nahm ihre beiden Hände. »Ich bin zutiefst betrübt über das Ableben Ihres Vaters.«

»Danke, Euer Gnaden.«

»Lassen wir die Formalitäten, liebes Kind«, sagte der Herzog, während er sie zum Sofa vor dem Kamin geleitete. »Bitte nenne mich Onkel Charles.«

»Oh, das darf ich nicht«, protestierte Sabrina.

»Doch, doch, du darfst«, widersprach er mit sanfter Stimme. »Courtney hat sich bereits einverstanden erklärt.«

Sabrina lächelte. »Wie Sie wünschen, Onkel Charles.«

»Schon besser.«

»Ich weiß nicht, was wir getan hätten, wenn Sie und Adam nicht rechtzeitig aufgetaucht wären«, erklärte Sabrina.

»Adam, höre ich recht?«

Sabrina errötete und warf dem Marquis einen flüchtigen Blick zu, der am Kamin lehnte. »Adam hat mir gestattet, ihn beim Vornamen zu nennen.«

»Sabrina, ich *muss* mit dir sprechen«, meldete Lord Briggs sich zu Wort.

»Deine Strafpredigt kann bis morgen warten«, entgegnete Sabrina leicht gereizt.

»Strafpredigt?«, wiederholte der Herzog.

»Edgar sieht sich offenbar veranlasst, mir wegen meines Benehmens dem Vikar gegenüber Vorhaltungen zu machen«, erklärte Sabrina.

»Vikar Dingle hat nur Stroh im Kopf », meldete Tante Tess sich zu Wort. »Ich konnte ihn nie leiden.«

»Genauso wenig wie ich«, pflichtete Courtney ihr bei.

Sabrina schwieg. Adam St. Aubyn enthielt sich einer Bemerkung, dennoch war sie sich seiner Gegenwart deutlich bewusst, fühlte sich von seiner dunklen Erscheinung angezogen und hatte Mühe, ihn nicht ständig anzustarren.

»Wie ich dir bereits sagte, hatte dein Vater mich gebeten, so rasch wie möglich nach Abingdon zu kommen – in einer dringenden Angelegenheit«, erklärte der Herzog. »Und danach erreichte mich die traurige Nachricht deiner Tante Tess.«

»Welche Angelegenheit mag das wohl sein?«, sinnierte Sabrina. »Vikar Dingle behauptete, die Ländereien der Familie Savage fallen an die Krone zurück.«

»Das Land wird versteigert«, erklärte Edgar. »Mach dir bitte keine Sorgen, Abingdon Manor zu verlieren, da ich die Absicht habe, die Güter für dich zurückzukaufen.«

»Die Ländereien der Savages werden nicht versteigert«, widersprach Adam, der sich zum ersten Mal zu Wort meldete.

»Adam ist wohlhabend, und ich verkehre in den einflussreichsten Kreisen des Königreichs », erklärte der Herzog dem Baron. »Ein paar Worte in ein königliches Ohr geflüstert und ein stattliches Sümmchen werden meinem Neffen zum Recht verhelfen, das Vermögen der Familie zu verwalten, bis die leidige Affäre geklärt ist.« Und an Sabrina gewandt setzte er hinzu: »Sei unbesorgt, ich werde alles daran setzen, dass der Tod deines Vaters als Unfall deklariert wird.«

Sabrina spürte, wie ihr eine große Last vom Herzen genommen wurde. Sie musste sich – zumindest vorübergehend – keine Sorgen um den Unterhalt ihrer Schwester und ihrer Tante machen, und es gab keine Veranlassung, sich Edgar gegenüber verpflichtet zu fühlen.

Und dann versetzte der Herzog von Kingston sie erneut in Erstaunen. »Wie du vielleicht weißt, bin ich der Vollstrecker des Letzten Willens deines Vaters.«

»Das wusste ich nicht«, antwortete Sabrina verblüfft. »Wie lange kannten Sie meinen Vater?«

»Wir teilten uns ein Zimmer im Internat«, antwortete der Herzog und fuhr schmunzelnd fort: »Unsere

Unterkunft wurde etwas eng, als Adolphus mit seinem Hund bei uns einzog.«

»Adolphus?«, rief Courtney. »Der Sohn von König George?«

»Der Sohn eines Königs wird stets mit dem Titel *Prinz* angesprochen«, verbesserte Tante Tess ihre Nichte.

Sabrina schmunzelte über die unnötige Bemerkung ihrer Tante. »Und Ihre Freundschaft mit dem Prinzen besteht noch immer?«, fragte sie den Herzog.

»All deine Fragen beantworte ich morgen«, entgegnete der Herzog und tätschelte ihr die Hand. »Dein Vater ließ mir vor Kurzem einen Nachtrag zu seinem Letzten Willen zukommen.«

»Einen Nachtrag?«, erkundigte sich der Baron. »Welchen Inhalts?«

»Gehören Sie zur Familie, um in die Angelegenheiten des Grafen eingeweiht zu werden?«, fragte Adam herausfordernd.

Sabrina, der das wütende Funkeln in Edgars haselnussbraunen Augen nicht entging, verhinderte eine Auseinandersetzung und wechselte das Thema. »Onkel Charles, ich hoffe, Sie und Adam sind unsere Gäste auf Abingdon Manor.«

»Wir würden deine Einladung gern annehmen, liebes Kind«, antwortete der Herzog. »Doch heute Nacht müssen wir in die Herberge zurück. Meine Schwester hat sich in High Wycombe einquartiert. Sie will morgen ihre Aufwartung in Abingdon machen.«

»Adams Mutter?«, fragte Sabrina.

»Nein. Adam ist der Sohn meiner zweiten Schwester. Es handelt sich um Lady Belladonna DeFaye.«

»Was du nicht sagst«, entfuhr es Tante Tess. »Ich habe Belladonna seit Jahren nicht gesehen.« Und an ihre Nichte gewandt erklärte sie: »Belladonna und ich waren in unserer Jugend eng befreundet. Nachdem wir geheiratet hatten, verloren wir uns aus den Augen. Der Ehestand trennt häufig alte Freundschaften.«

»Lady DeFaye ist gleichfalls herzlich eingeladen«, sagte Sabrina und erhob sich. »Doch nun bitte ich Sie in den Speisesaal zu einem leichten Imbiss.«

Adam trat vor, ehe Sabrina dem Herzog den Arm reichen konnte. »Gestatten Sie mir, Sie zu Tisch zu führen«, bat er höflich und nahm ihre Hand.

Seine Worte verwirrten Sabrina ebenso wie seine Berührung. Stumm senkte sie den Blick. Sein Händedruck war kräftig und sanft zugleich. Er stand so nahe, dass sie den Hauch von Lorbeerduft wahrnahm, der ihm entströmte.

Plötzlich schoss ihr der Gedanke durch den Kopf, was sie empfinden würde, von diesem Mann geküsst zu werden. Adams durchdringend blaue Augen schienen ihr zu verstehen zu geben, dass er ahnte, welche Wirkung er auf sie ausübte.

Sabrina fasste sich und nickte anmutig. Der Herzog von Kingston begleitete Tante Tess, Edgar und Courtney bildeten die Nachhut.

Beim Betreten des Speisesaals stellte Sabrina zufrieden fest, dass die Tafel festlich mit kostbarem Wedgwoodporzellan gedeckt war. In der Mitte der Tafel waren Silberschüsseln und Platten aufgetragen. Auf der Anrichte an der Wand stand ein Worcester-Service für Tee und Kaffee bereit.

»Onkel Charles, bitte geben Sie uns die Ehre und nehmen den Platz am Kopf der Tafel ein«, sagte Sabrina.

Der Herzog begab sich dankend an den Ehrenplatz. Tante Tess, Courtney und Edgar setzten sich zu seiner Linken, während Sabrina und Adam rechts von ihm Platz nahmen.

Forbes hob die bauchigen Silberdeckel von den

Schüsseln und Platten. Zum Vorschein kamen gefüllte Eier, gedünstete Champignons auf Toast und Fleischbällchen in Tomatensauce. Jeder legte sich ungezwungen selbst vor.

»Einfach köstlich«, rief der Herzog begeistert, nachdem er die Champignons probiert hatte. »Mein Kompliment an die Köchin.«

»Die Köchin sitzt zu Ihrer Rechten«, klärte Courtney ihn auf.

»Sie haben die Pilze zubereitet?«, fragte der Herzog erstaunt.

Sabrina nickte. »Ich habe alles zubereitet.«

»Je wütender Sabrina ist, umso besser kocht sie«, bemerkte Courtney und fügte mit einem schelmischen Augenzwinkern hinzu: »Gelegentlich streite ich absichtlich mit ihr.«

»Du übertreibst«, wiegelte Sabrina verlegen ab.

»Erinnerst du dich, wie wütend du auf mich warst, als ich mir neulich deinen blauen Schal ausgeborgt habe, ohne dich zu fragen?«

»Ja.«

»Ich habe ihn nie getragen«, gestand Courtney. »Ich habe ihn nur über mein Bett gelegt, damit du denkst, ich hätte ihn getragen. Soweit ich mich entsinne, schmeckte das Dinner an jenem Abend vorzüglich.«

Alle lachten.

»Wieso hast du mich nicht einfach gebeten, dir etwas Gutes zu kochen?«

»Was deine Kochkünste so unnachahmlich macht, ist das geheime Gewürz deines Zorns«, erklärte Courtney, senkte den Blick auf ihren Champignontoast und fügte wehmütig hinzu: »Oder deiner Trauer.«

Bedrücktes Schweigen senkte sich über die Tischrunde. Sabrina spürte, wie sich ihr die Kehle zuschnürte. Aus Furcht, in Tränen auszubrechen und alle in Verlegenheit zu bringen, wechselte sie das Thema und wandte sich an den Herzog: »Onkel Charles, erzählen Sie mir von Ihrer Freundschaft mit meinem Vater.«

»Dein Vater, Prinz Adolphus und ich waren während unserer Studentenjahre in Eton eng miteinander befreundet. Der Prinz wollte nicht alleine in einem Zimmer wohnen und zog kurzerhand bei uns ein. Einmal, nach den Sommerferien, brachte der Prinz seinen Hund mit ins Internat, musste ihn aber wieder nach Hause schicken, da die Schulordnung Hunde ausdrücklich untersagte.« Der Herzog schmunzelte in sich hinein.

»Was ist daran so komisch?«, wollte Sabrina wissen.

»Adolphus brachte seinen Hund nach Hause, kam aber mit einem jungen Bären zurück«, fuhr der Herzog fort. »Da in der Schulordnung Bären nicht erwähnt wurden, sah die Direktion sich gezwungen, das kleinere Übel zu wählen und den Hund zuzulassen. Der Hund hatte die Größe eines Kalbes, war zentnerschwer und vergötterte deinen Vater. Tiny – so hieß das Monstrum – ließ sich durch nichts davon abhalten, jede Nacht bei ihm zu schlafen.«

»Diese Geschichte habe ich noch nie gehört«, erwiderte Sabrina lächelnd.

»Papa hat auch nie davon gesprochen, dass er und der Prinz befreundet waren«, fügte Courtney hinzu.

»Erzählen Sie uns doch noch eine Geschichte«, bat Sabrina.

»Ich denke darüber nach und hoffe, mir fällt eine für die Ohren junger Damen geeignete Anekdote ein«, vertröstete der Herzog sie.

»Sabrina, ich muss leider gehen«, erklärte der Baron und erhob sich. »Bringst du mich zur Tür?«

»Entschuldigen Sie mich«, erklärte Sabrina und stand auf. »Ich bin gleich zurück.«

Schweigend begleitete sie Edgar bis in die Halle. An der Haustür ergriff Edgar Briggs ihren Arm. »Setze nicht allzu viel Vertrauen in den Herzog«, warnte er sie eindringlich. »Du hast den Mann erst heute kennen gelernt, und ich fürchte, für ihn stehen deine Interessen nicht im Vordergrund.«

»Und wie steht es mit dir?«

»Zweifelst du daran?«, fragte er beschwörend.

»Ich beurteile einen Menschen nach seinen Taten, nicht nach seinen Worten«, hielt Sabrina ihm entgegen. »Heute hast du die Partei des Vikars ergriffen.«

Die Lippen des Barons wurden schmal, ohne dass er sich um eine Rechtfertigung bemühte. Stumm beugte er sich vor, um Sabrina zum Abschied auf die Wange zu küssen. Sie wich einen Schritt zurück. »Ich habe erst vor wenigen Stunden meinen Vater zu Grabe getragen. Bitte geh jetzt.«

»Dein Verhalten ist von Trauer bestimmt«, seufzte Edgar und öffnete die Tür. »Bis morgen also.«

Sabrina sah ihm nach und wandte sich zum Gehen. Als sie den Marquis an der Treppe im Schatten stehen sah, hielt sie erschrocken inne.

»Wie lange stehen Sie schon da? Haben Sie mich belauscht?« Kaum waren ihr die Worte über die Lippen, bereute sie ihren unhöflichen Ton. »Verzeihung. Es war ein schwerer Tag für mich und Edgar war mir keine Hilfe.«

»Sind Sie mit dem Baron verlobt?«, fragte Adam.

»Edgar und ich sind seit unserer Kindheit befreundet«, erklärte Sabrina.

»Aber zwischen Ihnen besteht mehr als nur Freundschaft«, wandte der Marquis ein.

»Edgar hielt um meine Hand an«, erklärte sie. »Ich bin dankbar, dass mein Vater seinen Antrag abgelehnt hat.«

»Hat die Entscheidung Ihres Vaters Sie nicht enttäuscht?«

Sabrina schüttelte den Kopf. »Hätte ich Edgar geheiratet, wäre es mir vorgekommen, als heirate ich einen Bruder oder Cousin. Aber ich hätte vermutlich nicht den Mut aufgebracht, sein Angebot abzulehnen. Mein Vater ersparte mir die Peinlichkeit einer Absage. Wahrscheinlich bin ich ein Feigling.«

Die blauen Augen des Marquis blitzten amüsiert. »Und wenn Ihr Vater die Verbindung gutgeheißen hätte?«

»Diese Gefahr bestand nicht«, meinte Sabrina lächelnd. »Obwohl meine Schwester und ich nur adoptiert sind, hatte mein Vater den Plan, uns als Debütantinnen in die Londoner Gesellschaft einzuführen, damit sich angesehene und vielversprechende junge Herren in uns verlieben. Er wollte uns die Möglichkeit geben, unter den Heiratskandidaten die richtige Wahl zu treffen.«

»Vielversprechende junge Herren?«, wiederholte Adam mit einem jungenhaften Lächeln. »Vielleicht ein Prinz?«

Sabrina nickte ernsthaft. »Oder ein Herzog.«

»Wie wär's denn mit einem Marquis?«, schlug Adam mit sanfter Stimme vor, die ihren Sinnen schmeichelte.

Das Auftauchen des Herzogs in Begleitung von Tante Tess und Courtney enthob sie gottlob einer Antwort. »Auch wir müssen uns verabschieden.« Der Herzog nahm Sabrinas Hände. »Aber schon morgen kommen wir mit meiner Schwester zurück.«

»Bitte gestatten Sie mir noch eine Frage, Onkel Charles«, bat Sabrina mit gedämpfter Stimme.

Der Herzog sah sie erwartungsvoll an.

»Mein Vater hat Courtney und mich adoptiert«, sagte sie. »Wissen Sie, wer unsere Eltern sind?«

»Liebes Kind, lass uns dieses Gespräch morgen fortsetzen«, entgegnete der Herzog sanft.

Sabrina nickte. Sie hatte achtzehn Jahre gewartet, um etwas über ihre Herkunft zu erfahren. Nun konnte sie auch noch eine Nacht warten.

Nachdem die Gäste sich verabschiedet hatten, zogen Tante Tess und Courtney sich auf ihre Zimmer zurück. Sabrina, die befürchtete, keinen Schlaf zu finden, trat ins Freie, blickte in den mondlosen Sternenhimmel und fühlte sich unendlich einsam und verlassen. Seit sie denken konnte, sehnte sie sich danach zu erfahren, wer ihre leiblichen Eltern waren, doch nun war etwas geschehen, das wichtiger war als dieses Wissen.

»Papa, ich werde beweisen, dass du nicht Selbstmord verübt hast, und ich werde dafür sorgen, dass du in geweihter Erde bestattet wirst«, flüsterte Sabrina, und es klang wie ein Schwur. »Selbst wenn ich einen Pakt mit dem Satan schließen muss.«

2. Kapitel

»Bei deinem finsteren Gesicht würde sogar der Teufel Reißaus nehmen.«

Adam löste den Blick von der am Kutschenfenster vorbeiziehenden Landschaft und wandte sich seiner Tante zu. »Was sagst du?«, fragte er zerstreut.

Lady Belladonna DeFay lächelte ihn an. Mit Mitte vierzig war sie immer noch eine strahlende Schönheit, die in ihrer Jugend ungezählte Männerherzen gebrochen hatte. Ihr kastanienbraunes Haar wies keine graue Strähne auf, ihr Teint war glatt und ebenmäßig und zwei Grübchen in den Wangen verliehen ihr jugendlichen Charme. Kurzum, sie schien die Jugend gepachtet zu haben.

Adam schoss der Gedanke durch den Kopf, ob seine Mutter, die er seit fünfzehn Jahren nicht gesehen hatte, sich ebenfalls die Jugend bewahrt hatte. Er hatte ihr Bild in deutlicher Erinnerung und konnte sich nicht vorstellen, dass ihr Gesicht von Falten gezeichnet oder ihre Taille weniger schmal war als damals. Für ihn würde sie stets die schöne junge Frau sein, die ihn fortgeschickt hatte.

»Hast du kürzlich etwas von deiner Mutter gehört?«, fragte der Herzog, als habe er Adams Gedanken gelesen.

»Ja. Sie und mein Bruder sind wohlauf.«

»Ich begreife nicht, wieso deine Mutter es vorzog, in Konstantinopel zu bleiben, obwohl sie die Möglichkeit gehabt hätte, nach England zurückzukehren«, meinte Belladonna. »Schließlich ist dein Vater vor Jahren gestorben.«

Adam seufzte. Hatte er ihr doch seine Familiensituation an die hundert Male auseinandergesetzt, doch seine Tante schien ihn einfach nicht verstehen zu wollen.

»Am Hof meines Bruders in Konstantinopel ist meine Mutter Sultana Valide, die mächtigste Frau im Reich«, erklärte Adam geduldig, als sei es das erste Mal.

»Aber sie schickte dich, einen Prinzen in deinem Land, fort, um …«

»Meine Mutter schickte mich heimlich nach England«, unterbrach Adam sie, da er genau wusste, was seine Tante als Nächstes sagen wollte. »Meine Landsleute halten mich für tot. Andernfalls wäre mein Bruder gezwungen gewesen, mich einzusperren, wie es das Gesetz meines Lands verlangt. In früheren Zeiten wäre er sogar gezwungen gewesen, mich nach dem Tode meines Vaters hinrichten oder vergiften zu lassen. Es kann nur einen Sultan geben. Nur das rigorose Ausschalten sämtlicher Thronanwärter bewahrte das Reich nach dem Bürgerkrieg vor dem Zusammenbruch.«

Lady DeFaye erschauerte, dann lächelte sie. »Jetzt verstehe ich die Zusammenhänge«, versicherte sie.

Bis zum nächsten Mal, dachte Adam.

»Aber ich werde nie verstehen, warum deine Mutter sich entschloss, bei deinem Vater zu bleiben, nachdem ihr freies Geleit zugesichert worden war«, fuhr sie hartnäckig fort.

»Vielleicht aus Liebe«, warf der Herzog ein. »Es soll ja Frauen geben, die ihre Ehemänner tatsächlich lieben.«

»Ich bitte dich, Charles«, entgegnete Belladonna leicht gereizt. »Ich habe Francis bis zum Tage seines Todes Achtung entgegengebracht.« Und mit einem katzenhaften Lächeln fügte sie hinzu: »Er hat mir allerdings den Gefallen getan, nicht allzu lange an meiner Seite zu weilen. Dennoch ist mir schleierhaft, wie eine Frau ihren Entführer lieben kann.«

»Vater hat meine Mutter nicht entführt«, korrigierte Adam seine Tante.

»Seine Schergen haben sie vom Schiff nach Frankreich entführt«, erinnerte Belladonna ihn.

»Die Liebe geht oft seltsame Wege«, meinte Adam achselzuckend. »Es war die Bestimmung meiner Mutter, entführt und dem Sultan als Geschenk überbracht zu werden und sich anschließend in ihn zu verlieben.«

Adam blickte wieder aus dem Fenster der Kutsche. Wo würde er seine Liebe finden? Wartete sie in Abingdon Manor auf ihn?

»Du machst schon wieder ein finsteres Gesicht«, schalt Belladonna. »Wie willst du je das Herz einer Frau gewinnen, wenn du ständig übellaunig durchs Leben gehst?«

»Frauen interessieren sich meist mehr für das Vermögen eines Mannes als für sein Lächeln«, entgegnete Adam. »Im Übrigen denke ich nach und bin keineswegs übellaunig.«

»Worüber?«

»Eine geschäftliche Angelegenheit.«

»Habe ich dir schon erzählt, wie entzückend Henry Savages Töchter sind, vor allem Sabrina?«, fragte der Herzog seine Schwester.

»Mehrmals«, versetzte Belladonna gelangweilt.

Adam dachte an Sabrina Savage, dieses seltene und wunderbare Geschöpf. Er sah ihr Bild vor sich, ihre fein geschnittenen Gesichtszüge, die smaragdgrünen Augen, das tizianrot leuchtende Haar, das so prächtig zu ihrem feurigen Temperament passte.

Adam erinnerte sich, wie sie dem Vikar die Stirn geboten und den Baron kühl verabschiedet hatte. Ihre Loyalität ihrem Vater gegenüber gefiel ihm und er bewunderte ihren Mut. Solange sich ihr Trotz nicht gegen ihn richtete, würde er sich gut mit ihr verstehen.

Der verstorbene Graf von Abingdon konnte sich glücklich schätzen, eine Tochter sein eigen zu nennen, die ihm ihre Liebe und Treue auch über das Grab hinaus bewahrte. Adam wünschte, eines Tages eine Frau und Kinder zu haben, die ihn ebenso lieben und ehren würden.

Wenn Wünsche Pferde wären, würden Bettler reiten, dachte er sarkastisch. Sabrina Savage schien eine löbliche Ausnahme in einer Welt treuloser Frauen zu sein.

»Nun, Adam, woran denkst du?«, fragte der Onkel und holte seinen Neffen aus seinen Grübeleien. »Soll ich die Dokumente vernichten?«

»Sabrina Savage ist mir recht«, antwortete Adam, ohne den Blick vom Fenster zu wenden. »Ich kann nur hoffen, umgekehrt verhält es sich ebenso. Im Gegensatz zu meinem Vater würde ich allerdings nie eine Frau zwingen, das Bett mit mir zu teilen.«

»Beherzige den Rat eines alten Mannes«, sagte sein Onkel. »Gehe behutsam vor.«

Belladonna lachte kehlig. »Selbstverständlich bist du ihr genehm. Du bist schließlich reich. Das feurige Temperament liegt in der Familie.«

»Sabrina ist adoptiert«, versetzte Adam und warf seiner Tante einen flüchtigen Blick zu.

»Ja, ich weiß«, antwortete sie mit ihrem katzenhaften Lächeln.

»Sie weiß davon?«, fragte Adam seinen Onkel.

Der Herzog von Kingston zuckte die Achseln. »Belladonna weiß es seit Jahren.«

»Du weißt es seit Jahren und hast es geschafft, es für dich zu behalten?«, meinte Adam ungläubig. »Liebste Tante, ich bin stolz auf dich.«

»Die erzwungene Schweigepflicht ist mir weiß Gott nicht leicht gefallen«, klagte Belladonna.

»Ich kann mir gut vorstellen, wie schrecklich es für dich gewesen sein muss«, versetzte Adam mit gespieltem Mitgefühl.

Belladonna lachte herzlich. »Oh, Adam, du bist ein Schwerenöter. Ich frage mich nur, wie die Gräfin von Rothbury reagiert, wenn ihre Heiratspläne fehlschlagen.«

»Welche Heiratspläne?«, fragte Adam.

»Spiele bitte nicht den Unschuldigen, mein Lieber«, schalt sie. »Ich weiß, dass Alexis Carstairs deine Geliebte ist und sich Hoffnungen macht, die Marquise von Stonehurst zu werden.«

»Liebste Tante, solltest du einmal in Not geraten, kannst du viel Geld bei der *Times* als Klatschkolumnistin verdienen«, erwiderte Adam schmunzelnd.

Belladonna lächelte geschmeichelt und blickte aus dem Fenster. »Liegt hier der bedauernswerte Henry begraben?«

»Ich fürchte ja«, antwortete der Herzog.

Adam blickte im Vorbeifahren zum Grab an der Weggabelung hinüber. Sagi und Abdul hatten ihre Posten bei Tagesanbruch verlassen, um ein paar Stunden zu schlafen. Bei Einbruch der Nacht würden sie das Grab wieder bewachen, so lange, bis sein modernder Körper für Grabräuber nicht mehr interessant war.

Bald bog die Kutsche von der Hauptstraße in die Auffahrt zum Herrenhaus ein. Würziger Rauch aus den Kaminen schwängerte die Luft, und Adam lächelte bei dem Gedanken, was Sabrina wohl kochen würde.

Und dann sah er Abingdon Manor zum ersten Mal bei Tageslicht. Das stattliche Herrenhaus war ein im Lauf der Jahrhunderte gewachsenes Ensemble verschiedener Architekturstile, die sich harmonisch zusammenfügten. Das Haupthaus stammte aus elisabethanischer Zeit, während der rote Ziegelanbau zu Lebzeiten König James II. hinzugefügt wurde, dem später weitere Anbauten folgten.

Zur Begrüßung der Gäste hatten sich die schwarz gekleideten Schwestern und Sabrinas Tante neben dem Butler auf der Steintreppe vor dem Haus eingefunden.

Bei Sabrinas Anblick wünschte Adam, sie in kostbaren und eleganten Roben zu sehen. Ihre kupferrote Mähne würde in königsblauer Seide, gelbem Satin oder grünem Samt wunderbar zur Geltung kommen.

»Willkommen auf Abingdon Manor«, begrüßte Sabrina die Ankömmlinge.

Schmunzelnd wischte Adam ihr mit dem Finger einen mehligen Fleck von der zierlichen Nase. »Verzeihen Sie meine Kühnheit«, erklärte er. »Sie haben gebacken.«

»Zitronenkekse«, meinte sie mit einem scheuen Lächeln.

Adam blickte in die bezauberndsten grünen Augen, die er je gesehen hatte. Er musste sich vorsehen, um nicht in ihren unergründlichen Tiefen zu versinken. Doch dann rissen ihn die Stimmen der beiden älteren Damen aus dem Bann, in den Sabrina Savage ihn zog.

»Belladonna!«, jauchzte Tante Tess.

»Tess, liebste Freundin«, zwitscherte Belladonna, und die beiden fielen sich in die Arme

»Wie lange haben wir uns nicht gesehen?«, fragte Tess. »Zehn oder zwanzig Jahre?«

»Nun übertreibe nicht, Liebste«, schalt Belladonna. »Vergiss nicht, wie jung wir sind.«

»Wie Recht du hast. Mir erscheint es wie gestern, als wir Debütantinnen waren und von all den charmanten jungen Herren verehrt wurden.«

»Zu schade, dass die Uhr sich nicht zurückdrehen lässt«, sagte Belladonna wehmütig. »Andererseits weiß ich nicht, ob ich heute noch die Energie aufbringen würde, die Strapazen des gesellschaftlichen Trubels durchzustehen.«

»Du bist nicht einen Tag gealtert«, widersprach Tess.

»Gott segne dich, Liebste.«

Sabrina sah, wie Courtney die Augen zum Himmel drehte. Onkel Charles und Adam lächelten höflich.

»Belladonna, dies sind meine Nichten Sabrina und Courtney«, stellte Tante Tess die artig knicksenden Schwestern vor.

»Wollt ihr beiden euch zurückziehen? Ihr habt euch sicher eine Menge zu erzählen«, schlug Onkel Charles den Damen vor.

»Ich zeige dir dein Zimmer.« Tess hakte sich bei der Freundin unter und führte sie zur Treppe. »Wie ich mich freue, Gesellschaft zu haben. Seit Henrys Frau vor zehn Jahren starb, war ich vollauf mit der Erziehung der Mädchen beschäftigt und habe meine alten Freundinnen sträflich vernachlässigt. Du musst mir alles erzählen.«

Belladonna warf einen Blick über die Schulter und rief: »Courtney, Liebes, komm mit uns und hör dir unsere Geschichten an.«

»Ich sehe deinem enttäuschten Gesicht an, was du denkst«, sagte Onkel Charles leise zu Sabrina, nachdem die drei Damen nach oben entschwunden waren. »Meine Schwester wollte dich nicht kränken. Aber sie weiß, dass wir geschäftliche Dinge zu besprechen haben, da du nun das Oberhaupt der Familie bist.«

»Wollen wir uns ins Arbeitszimmer meines Vaters begeben?«, fragte Sabrina.

»Adam wird mir die Besprechung abnehmen«, entgegnete Onkel Charles. »Ich möchte ein wenig ruhen.

Ich habe ein schwaches Herz und die ganze Aufregung hat mich ziemlich ermüdet.«

Sabrina nickte. »Forbes, bitte führen Sie Seine Gnaden auf sein Zimmer.«

Der Butler trat vor. »Bitte hier entlang, Euer Gnaden.«

Adam spürte Sabrinas Verlegenheit. Sie hielt den Blick gesenkt und ihre Wangen waren rosig angehaucht. Wie lange mochte es her sein, dass er eine Frau unschuldig erröten gesehen hatte?

»Gehen wir ins Arbeitszimmer Ihres Vaters?«, fragte er.

Sabrina nickte und führte ihn den Korridor entlang. »Dort haben wir ihn gefunden. Er hing von einem Deckenbalken«, erklärte Sabrina unvermutet, und Adam blieb erschrocken stehen.

»Sie haben Ihren Vater gefunden?« Er blickte ungläubig in ihr bleiches Gesicht.

»Lord Briggs und Forbes zerbrachen eine Fensterscheibe, um ins Zimmer zu gelangen. Edgar warnte mich, einzutreten, bevor man den Leichnam abgenommen hatte, aber ich …«

»Wollen Sie lieber in ein anderes Zimmer gehen?«, fragte Adam besorgt, kannte jedoch ihre Antwort, ehe sie sprach.

Sabrina straffte die Schultern, hob das Kinn und schüttelte den Kopf. »Irgendwann muss ich mich überwinden, das Zimmer zu betreten. Wieso also nicht jetzt?«

»Sind Sie sicher?«

Sie nickte mit einem dünnen Lächeln und öffnete die Mahagonitür.

Das Arbeitszimmer lag im alten, aus der Tudorzeit stammenden Teil des Hauses. Der hohe Raum mit schweren dunklen Deckenbalken strahlte eine behäbige Behaglichkeit aus und hätte auch als Raucherzimmer genutzt werden können. Bücherschränke, angefüllt mit alten Lederfolianten, zogen sich an drei Wänden entlang. Darüber war die Ahnengalerie, Porträts verblichener Grafen und Gräfinnen blickten auf den Betrachter herab. Vor dem mannshohen Kamin aus schwarzem Marmor waren ein Ledersofa und mehrere Sessel gruppiert. Über dem Kamin hing ein Portrait von Sabrina und Courtney, das Adam in Bann zog. Dem Kamin gegenüber befand sich der Schreibtisch des Grafen, auf dem ein Tischglobus stand, Federhalter und Tintenfass, eine versilberte Metallplatte mit dem eingravierten Familienwappen und ein Kerzenhalter, um Siegelwachs zu schmelzen. An der Wand zur Linken des Schreibtischs zogen sich zwei Fenster vom Fußboden bis zur Decke.

»Ihre Schwester und Sie sehen reizend aus in den blauen Kleidern«, bemerkte Adam, der den Blick nicht von dem Gemälde über dem Kamin wenden konnte.

»Vater hat es vor einem Jahr in Auftrag gegeben«, erklärte Sabrina. »Er sagte, er wolle unsere Bilder in seiner Nähe wissen, damit er über uns wachen kann, wenn wir einmal fort seien.«

»Fort, wohin?«

Sabrina errötete. »Verheiratet.«

»Diese Worte klingen nicht nach einem Mann, der die Absicht hatte, sich das Leben zu nehmen«, stellte Adam fest.

»Mein Vater hat sich nie und nimmer das Leben genommen«, versetzte Sabrina aufbrausend und fügte etwas ruhiger hinzu: »Wollen Sie vor dem Kamin sitzen?«

Adam sah ihr zu, wie sie auf dem Sofa Platz nahm und den Rock ihres Trauerkleids ordnete. Das düstere Schwarz unterstrich ihren bleichen Teint. Sie wirkte müde und erschöpft von den erschütternden Ereignissen der letzten Tage, bemühte sich aber tapfer, Haltung zu bewahren.

Die Etikette gebot, dass er auf dem Sessel ihr gegenüber Platz nahm. Adam wusste, dass sie nichts anderes von ihm erwartete. Und er wusste auch, dass er sie erzürnen würde und konnte dennoch nicht widerstehen, sich neben sie zu setzen. Sie übte eine anziehende Wirkung auf ihn aus wie nie eine Frau zuvor.

Adam setzte sich auf das Sofa neben sie, so nah, dass seine Reithosen ihren Rock steiften. Er lächelte, als Sabrina mit entsetzter Miene zu ihm herumfuhr.

Im nächsten Augenblick war sie aufgesprungen und stellte ihn erzürnt zur Rede: »Mögen die Sitten in London sich gelockert haben, wir auf dem Lande achten nach wie vor auf Etikette und Anstand. Es schickt sich nicht, sich so nah zu mir zu setzen, zumal wir uns kaum kennen.« Damit nahm sie pikiert auf dem Sessel Platz.

»Verzeihen Sie meine Kühnheit«, sagte Adam mit einem Lächeln, in dem keine Spur von Reue zu lesen war, und Sabrina wusste genau, dass seine Entschuldigung nicht ernst gemeint war. »Wie Sie vielleicht wissen«, fuhr er rasch und sachlich fort, um ihr keine Gelegenheit zu geben, ihn erneut zu tadeln, »bin ich ein erfolgreicher Geschäftsmann. Der Schwerpunkt meiner Unternehmen liegt in der Schifffahrt. Ich habe ständig Entscheidungen zu treffen und kann mich meiner Verantwortung nie völlig entziehen. Würde es Sie stören, wenn ich während meines Aufenthalts hier arbeite?«

»Keineswegs. Es steht Ihnen frei, das Arbeitszimmer jederzeit zu benutzen«, antwortete Sabrina, deren Unmut sich legte.

»Wie mein Onkel schon andeutete, haben wir keine Geheimnisse voreinander.« Adam holte ein Papier aus der Innentasche seines Gehrocks und reichte es ihr. »Dies ist die Botschaft, die Ihr Vater meinem Onkel zukommen ließ.«

Sabrina überflog das Schreiben und hob den Blick. »Es klingt dringend, aber ich ahne nicht den Grund. Das Datum …«

»Was ist damit?«, drängte Adam sie.

»Ich glaube, der Brief wurde an dem Tag geschrieben, an dem mein Vater Edgars Antrag ablehnte«, antwortete sie nachdenklich. »Aber ich bin sicher, dass kein Zusammenhang besteht.«

»Wie reagierte der Baron auf die schlechte Nachricht?«

Sabrina hob die Schultern. »Edgar hoffte, mein Vater würde seine Meinung ändern.«

»War er nicht wütend über die Absage?«

Sabrina sah ihn ungläubig an. »Verdächtigen Sie etwa Edgar?«

»Wenn ich versuchen soll, den Ruf Ihres Vaters reinzuwaschen, muss ich mehr über die Umstände seines Todes wissen«, erläuterte Adam mit einem aufmunternden Lächeln. »Sind Sie zu einem derartigen Gespräch bereit oder wollen wir es verschieben?«

»Was wollen Sie wissen?«

»Wie ist Ihr Vater gestorben?«

»Durch Erhängen«, antwortete Sabrina tapfer. »Er hing von einem Deckenbalken in diesem Zimmer.«

Adam bewunderte ihre Courage. »War ein Stuhl in seiner Nähe?«

Sie machte eine ausladende Armbewegung. »Hier stehen viele Stühle herum.«

»Ich meine, in der Nähe seines Leichnams.«

»Der Schreibtischstuhl lag umgestürzt unter dem Erhängten.«

»Ist Ihnen sonst etwas Ungewöhnliches aufgefallen, als Sie Ihren Vater fanden?«

»Er hatte sich eingeschlossen«, gestand sie. »Wie ich bereits sagte, mussten Edgar und Forbes eine Fensterscheibe einschlagen. Wir warten immer noch auf das neue Glas«, erklärte sie und deutete auf den rechteckigen Karton, der anstelle der zerbrochenen Scheibe provisorisch in die Holzverstrebungen eingesetzt war.

»Aber es gibt keinen Abschiedsbrief?«

Sabrina schüttelte den Kopf.

»Onkel Charles und ich werden tun, was in unserer Macht steht«, versicherte Adam. »Aber der Stuhl und die von innen verschlossene Tür weisen auf Selbstmord hin.«

»Mein Vater hat sich *nicht* das Leben genommen«, entgegnete Sabrina störrisch, und ihre Augen funkelten wie Smaragde.

Adam wollte aufrichtig sein. »Alles deutet auf eines hin: Der Tod Ihres Vaters war kein Unfall.«

»Was wollen Sie damit sagen?«

»Nur die Zeit wird unsere Fragen beantworten, Prinzessin.«

Sie lächelte matt. »Ich bin keine Prinzessin.«

»Sie sind schöner als jede Prinzessin«, versetzte Adam mit rauchiger Stimme.

Sabrinas Lächeln erstarb. Sie sprang erzürnt auf. »Ich dulde Ihre Dreistigkeit nicht länger. Ihre Entschuldigung gibt Ihnen nicht das Recht, sich erneut Kühnheiten herauszunehmen.«

Adam senkte den Kopf.

Ohne ein weiteres Wort rauschte Sabrina aus dem Zimmer. Es kostete sie große Überwindung, die Tür hinter sich nicht ins Schloss zu werfen.

Der Marquis legte ein unmögliches Benehmen an den Tag, mochte er noch so gut aussehen. Wütend eilte Sabrina den Flur entlang. Wie konnte er es wagen, sich neben sie aufs Sofa zu setzen? Damit hatte er sträflich gegen den guten Ton verstoßen. Kein

Gentleman würde eine Dame in eine derart verfängliche Situation bringen.

Sabrina verlangsamte ihre Schritte, ihr Zorn legte sich allmählich. Kein Mann, nicht einmal Edgar, hatte ihr solch kühne Komplimente gemacht, wozu der Marquis keinerlei Recht hatte. Andererseits hätte niemand die Totenglocke für ihren Vater geläutet, wenn er es nicht getan hätte. Dafür war sie ihm dankbar. Adam St. Aubyn hatte sie gegen den Vikar in Schutz genommen – Edgar Briggs nicht.

Als hätten ihre Gedanken ihn herbeigerufen, betrat der Baron in diesem Augenblick die Halle. Edgar Briggs mit seinem blonden Haar und den haselnussbraunen Augen erschien ihr längst nicht so attraktiv wie noch vor kurzem. Lag es an seiner Weigerung, sie zu verteidigen? Oder hielt er einem Vergleich mit dem verwegenen, südländisch aussehenden Marquis von Stonehurst nicht stand?

Bevor Sabrina den Gast begrüßte, wandte sie sich an den Butler: »Forbes, brühen Sie bitte ein Kännchen meines Weißdorntees auf und bringen Sie es mir. Und legen Sie ein paar meiner Zitronenkekse auf das Tablett.«

»Sehr wohl, Mylady.« Forbes entfernte sich.

»Guten Tag, Edgar«, wandte Sabrina sich schließlich an den Baron.

»Liebes, ich möchte mich für mein schlechtes Benehmen von gestern entschuldigen.« Edgar führte ihre Hand an die Lippen. »Du hast Recht, ich hätte dich gegen den Vikar in Schutz nehmen müssen.«

»Warum hast du es nicht getan?«

Er schien um eine Antwort verlegen. »Nun, ich denke, weil ich dazu erzogen wurde, die Geistlichkeit zu respektieren.«

»Ich verzeihe dir«, antwortete Sabrina mit dem Anflug eines Lächelns.

»Sind deine Gäste eingetroffen?«

»Ja, sie haben sich auf ihre Zimmer begeben.« Und dann belog sie ihn aus einem unerfindlichen Grund. »Auch ich werde mich für den Rest des Nachmittags in mein Zimmer zurückziehen.«

»Wurde der Letzte Wille deines Vaters bereits verlesen?«

»Seine Gnaden fühlte sich nicht wohl, deshalb haben wir die Testamentseröffnung auf morgen verschoben«, antwortete Sabrina.

Edgar lächelte aufmunternd. »Selbst wenn die Krone deinen Besitz versteigern lässt, werde ich alles für dich zurückkaufen.«

»Aber nur, wenn du den Preis bezahlen kannst«, entgegnete Sabrina besorgt.

»Hab Vertrauen zu mir, Liebes«, versetzte Edgar selbstbewusst. »Niemand wird für dein Land mehr bieten als ich.«

»Woher willst du das wissen?«

»Das Land ist doch für niemanden so wertvoll wie für mich, da ich die angrenzenden Ländereien besitze«, antwortete Edgar im Brustton der Überzeugung.

Sabrina nickte sinnend. »Mit Onkel Charles' Beziehungen wird der Besitz möglicherweise nicht versteigert. Dennoch bin ich dir dankbar für deine Fürsorge und Unterstützung. Komm doch übermorgen zum Dinner.«

»*Übermorgen*?«, wiederholte Edgar ungläubig. »Bist du mir immer noch böse?«

»Seine Gnaden wird den heutigen Tag auf seinem Zimmer verbringen«, erklärte Sabrina. »Morgen wird der Letzte Wille meines Vaters und der Nachtrag verlesen, deshalb …«

»Deshalb sollte ich zugegen sein«, fiel er ihr ins Wort.

»Das ist eine Familienangelegenheit«, wehrte Sabrina ab.

»Ich gehöre praktisch zur Familie.«

Sabrina ärgerte sich über die hartnäckige Einmischung des langjährigen Freundes. Er machte ihr die ohnehin angespannte Situation nur noch schwieriger.

»Praktisch heißt aber nicht, dass du tatsächlich zur Familie gehörst«, entgegnete Sabrina leicht gereizt. »Im übrigen lehnte Vater deinen Antrag ab.«

»Wieso versuchst du, mich aus deinem Leben zu verdrängen?«, fragte Edgar gekränkt.

»Bitte, Edgar, gib mir Zeit und lass mich um meinen Vater auf meine Weise trauern«, entgegnete Sabrina mit belegter Stimme.

Zögernd nickte der Baron.

»Komm übermorgen zum Dinner«, versuchte Sabrina ihn zu beschwichtigen und berührte seinen Arm. »Wenn ich dich vorher brauchen sollte, lasse ich es dich wissen.«

Geknickt verließ Edgar Briggs das Haus. Sabrina fühlte sich seltsamerweise erleichtert, ihn eine Weile nicht zu sehen.

»Mylady?«

Sabrina hob den Kopf. Der Butler stand mit dem Tablett vor ihr. »Danke, Forbes.« Sie nahm ihm das Tablett ab und durchquerte die Halle. Obwohl Edgars Wunsch, bei der Testamentseröffnung zugegen zu sein, aus seiner Besorgnis um ihr Wohlergehen rührte, fand sie seine besitzergreifende Art aufdringlich und lästig.

Im zweiten Stock eilte Sabrina den Korridor entlang bis zum Zimmer des Herzogs, verharrte kurz, dann klopfte sie. Sie konnte keine Minute länger warten, um ihm ihre Fragen zu stellen.

»Ja?«, hörte sie die Stimme des Herzogs.

»Ich bin es, Sabrina.«

»Komm herein, mein Kind.«

Das Tablett in einer Hand balancierend, öffnete Sabrina und trat ein. Der Herzog saß in einem Polstersessel vor dem Kaminfeuer. Sie stellte das Tablett auf einen runden Tisch und setzte sich ihm gegenüber.

»Wie fühlen Sie sich?«, fragte sie.

»Wesentlich besser. Morgen werde ich wieder völlig auf den Beinen sein.«

»Ich habe Ihnen Weißdorntee gebracht, eine herzstärkende Arznei«, erklärte Sabrina. »Sie sollten jeden Tag eine Tasse davon trinken.«

»Und der Tee stärkt mein Herz?«, fragte er skeptisch.

Sabrina nickte. »Weißdorn hilft auch, gebrochene Herzen zu heilen.«

»Kann er auch ein gebrochenes Herz *verhindern*?«, wollte der Herzog wissen.

»Sie machen sich über mich lustig«, schalt sie und senkte den Blick.

»Liebst du Lord Briggs?«

Sabrina furchte die Stirn. »Adam hat mir die gleiche Frage gestellt und ich habe ihn getadelt.«

»Gütiger Himmel. Du wirst mich doch nicht tadeln?«, fragte der Herzog in gespielter Furcht. »Ich könnte tot umfallen vor Schreck.«

»Dann versuche ich mich zu beherrschen«, entgegnete Sabrina mit einem schelmischen Augenfunkeln. »Merkwürdig, wieso interessieren Sie und Adam sich dafür, was ich für Edgar Briggs empfinde?«

»Ich kenne zwar die Gründe meines Neffen nicht«, erklärte der Herzog. »Ich bin von Natur aus neugierig und entschuldige mich, wenn ich mich zu sehr in dein Privatleben mische.«

»Onkel Charles, Sie haben keinen Grund, sich zu entschuldigen«, versicherte Sabrina und blickte in das Kaminfeuer. Sie brannte darauf, ihn über ihre Herkunft zu befragen, und fürchtete sich zugleich vor seiner Antwort.

Schließlich nahm sie ihren Mut zusammen, blickte dem Herzog von Kingston in die Augen und fragte: »Wissen Sie, wer meine leiblichen Eltern sind?«

»Was hat dein Vater dir über deine Herkunft erzählt?«

»Nach dem Tod unserer Adoptivmutter eröffnete er Courtney und mir, dass wir Halbschwestern sind«, antwortete Sabrina, »gezeugt von einem Aristokraten mit zwei verschiedenen Frauen. Er erzählte mir weiterhin, ein gemeinsamer Freund dieses Adeligen und meines Vaters habe meine Schwester und mich nach Abingdon Manor gebracht. Wissen Sie, wer dieser Freund ist?«

Der Herzog blickte sinnend ins Feuer und schüttelte den Kopf. »Um deinetwillen wünschte ich, dir die Namen der beiden Männer nennen zu können.«

»Seit gestern Nacht glaubte ich mir sicher zu sein, Sie wissen etwas«, versetzte Sabrina traurig.

»Es tut mir Leid, Kind, aber ich kann dir nicht helfen. Prinz Adolphus war ebenfalls ein guter Freund deines Vaters. Sobald ich wieder in London bin, werde ich ihn fragen, ob er Näheres weiß.«

»Vielen Dank, Onkel Charles. Vater hat nie erwähnt, dass Sie und Prinz Adolphus seine Freunde waren.«

»Dafür wird er seine Gründe gehabt haben«, meinte der Herzog achselzuckend. »In den letzten Jahren haben wir miteinander korrespondiert und uns bei seinen seltenen Besuchen in London gesehen.« Unvermutet wechselte er das Thema. »Was hältst du von meinem Neffen?«

Die Frage verwirrte sie. Welche Antwort erwartete er?

»Ich weiß nicht recht, was Sie damit meinen«, antwortete sie nach einiger Überlegung. »Für einen Marquis benimmt er sich etwas seltsam.«

»Wie meinst du das?«

»Er versuchte, sich neben mich auf das Sofa zu setzen«, erklärte Sabrina.

Der Herzog lächelte. »Kind, wäre ich in Adams Alter, würde ich auch gern neben dir auf dem Sofa sitzen.«

Errötend senkte Sabrina den Blick auf ihre im Schoß gefalteten Hände.

»Findest du ihn attraktiv?«

Verblüfft hob Sabrina den Kopf. »Ja, Adam ist ein gut aussehender Mann.«

»Abgesehen von der Narbe.«

»Ich finde, die Narbe verleiht seinem Gesicht Ausdruckskraft«, widersprach Sabrina. »Woher hat er sie?«

»Diese Geschichte soll er dir selbst erzählen«, meinte der Graf. »Allerdings nimmt mein Neffe eine Sondererscheinung unter den jungen Aristokraten ein. Er hat sein Erbe durch seine Schifffahrtsunternehmen bereits verdreifacht.«

»Er scheint ein ausnehmend intelligenter Mann zu sein.«

Der Herzog neigte den Kopf zur Seite. »Gefallen dir intelligente Männer?«

»Ich nehme an, mit einem intelligenten Mann kann man interessantere Gespräche führen als mit einem Dummkopf.«

Der Herzog schmunzelte. »Ich fürchte, meine Fragen bringen dich in Verlegenheit.«

»Aber nein …«

»Und da du wohl erzogen bist, gibst du es nicht einmal zu.«

Sabrina lächelte. »Sie dürfen mir so viele unangenehme Fragen stellen, wie Sie wünschen.«

»Danke, Kind. Nun geh. Wir sehen uns später.«

»Ruhen Sie sich aus, Onkel Charles«, sagte Sabrina im Aufstehen.

Sie ging den Flur entlang zu ihrem Zimmer, um sich ein wenig auszuruhen. Sie hatte bis spät in die Nacht hinein in der Küche gestanden und wenig Schlaf gefunden. Kochen und Backen halfen ihr stets bei der Bewältigung ihrer Probleme. Gelegentlich fragte sie sich, ob auch ein Künstler nach Vollendung eines Meisterwerks von Stolz erfüllt war wie sie, wenn sie ein gelungenes Backwerk aus dem Herd nahm.

»Lady Sabrina?«

»Ja, Forbes?«

»Der Ponykarren wartet in der Auffahrt. Soll ein Diener Sie begleiten?«

Sabrina schüttelte den Kopf. Statt ihr Zimmer aufzusuchen, machte sie kehrt und ging mit Forbes die Treppe hinunter. »Diese Aufgabe muss von liebenden Händen getan werden.«

»Ich habe Seine Gnaden ebenfalls geliebt.«

»Ich weiß«, antwortete Sabrina. »Trotzdem will ich allein sein.«

»Was ist mit Lady Courtney?«, fragte der Butler.

»Wenn Courtney zusammenbricht, verliere auch ich die Fassung.«

In der Halle legte Forbes ihr das Wollcape um die Schultern. Sabrina bedankte sich und trat ins Freie. Nach einem prüfenden Blick auf die Ladefläche des Karrens ließ sie sich von dem Stallburschen auf den Kutschbock helfen.

»Lady Sabrina, ich würde Sie gerne begleiten«, sagte der Bursche und reichte ihr die Zügel.

»Danke für dein Angebot, Jack. Mein Vater würde sich über deine Treue freuen. Aber ich will es alleine tun.«

Sabrina zog die Kapuze über den Kopf und lenkte

den Ponykarren die Auffahrt entlang, bog in die Hauptstraße ein und brachte das Gefährt an der Weggabelung zum Stehen. Sie stieg vom Kutschbock, nahm den Spaten vom Karren, der neben einem weißen Holzkreuz und einem Kranz aus Fichtenzweigen und Efeuranken lag, und trat ans Grab ihres Vaters.

Da tagsüber keine Gefahr von Grabräubern bestand, waren Adams Leibwächter nicht zu sehen, die ihre Posten erst bei Einbruch der Dunkelheit wieder beziehen würden. Sabrina stand lange mit gesenktem Kopf am Grab.

Innerhalb eines Jahres wirst du in geweihter Erde ruhen, versprach Sabrina ihrem Vater, packte entschlossen den Griff des Spatens, stieß das Blatt in die Erde und setzte den Fuß darauf, um ein Loch für das Kreuz zu graben.

»Lassen Sie mich das machen«, sagte eine Stimme hinter ihr.

Sabrina fuhr herum. Beim Anblick der dicht vor ihr stehenden dunklen, imposanten Gestalt des Marquis von Stonehurst stockte ihr der Atem.

Der Marquis trug einen schwarzen Gehrock, von dem sich das weiße Hemd leuchtend abhob. Er war schön wie die Sünde und weitaus gefährlicher.

Sein nachtschwarzes Haar und die strahlend blauen Augen würden jeder Frau den Atem rauben. Die feine Narbe, die sich vom rechten Mundwinkel bis über die Wange zog, verlieh ihm das verwegene Aussehen eines Piraten. Der Marquis schien ihr schöner als Luzifer vor dem Sündenfall zu sein.

Gott steh mir bei, dachte Sabrina. Gegen ihn ist der Teufel ein Gentleman.

»Bemühen Sie sich nicht«, meinte sie ablehnend. »Ich schaffe das alleine.«

Er griff nach dem Spaten. »Ich bestehe darauf.«

Sabrina ließ ihn gewähren. »Woher wussten Sie,

dass ich hier bin?«, fragte sie, als Adam zu graben begann.

»Ich ritt durch den Park, sah Sie die Auffahrt entlang fahren und wusste, wohin Sie wollten.«

»Woher sollten Sie das wissen?«

Adam stützte sich auf den Spaten und lächelte hinreißend. »Prinzessin, ich bin ein guter Menschenkenner und weiß, Sie ruhen nicht eher, bis das Grab Ihres Vaters ein Kreuz schmückt. Ich meine das als Kompliment.«

»Danke.«

Adam brachte den Spaten zum Karren und kam mit dem Holzkreuz zurück. »Wieso hat Ihre Schwester Sie nicht begleitet?«

»Ich habe ihr nichts davon gesagt«, gestand Sabrina. »Ich fürchtete, sie steht das nicht durch.«

Adams durchdringend blaue Augen fixierten sie. »Und dann würden Sie gleichfalls zusammenbrechen.«

Sabrina löste sich aus dem Bann seiner blauen Augen. »Vermutlich«, murmelte sie.

Adam stieß das Holzkreuz kräftig in das Erdloch. »Halten Sie es bitte, damit ich Erde aufschütten kann.«

Sabrina hielt das Kreuz mit beiden Händen, während er Erdreich aufschüttete und mit dem Stiefelabsatz festtrat. Als das Kreuz fest in der Erde stand, holte Sabrina den Kranz aus dem Karren und legte ihn um die Arme des Kreuzes.

Sabrina kniete sich hin und betete stumm. Als sie aufstand, reichte der Marquis ihr die Hand. »Danke, Mylord«, flüsterte sie kaum hörbar.

»Keine Ursache.«

»Wie kann ich Ihnen für Ihre Güte danken?«

»Ein schlichter Akt der Nächstenliebe bedarf keines besonderen Dankes«, antwortete er.

»Eine ehrenwerte Gesinnung, die man von Aristokraten kaum erwartet.«

Adam feixte. »Aber Prinzessin, zweifeln Sie etwa an meiner Nächstenliebe? Selbst die größten Sünder dieser Erde haben bisweilen ehrenwerte Anwandlungen. Kein Mensch ist daher völlig schlecht oder völlig gut.«

Mit diesen Worten hob Adam sie auf den Kutschbock, band sein Pferd an den Karren und setzte sich neben sie. Er übernahm die Zügel und lenkte das Gefährt die Straße nach Abingdon Manor zurück.

»Sie haben keine Inschrift an dem Kreuz anbringen lasen«, meinte Adam.

»Dazu sah ich keine Veranlassung«, antwortete Sabrina. »Bald werde ich meinen Vater in unsere Familiengruft überführen lassen.«

Zehn Minuten später hielt Adam den Karren in der runden Auffahrt vor Abingdon Manor an, sprang ab und half Sabrina beim Absteigen.

»Nochmals vielen Dank«, wiederholte Sabrina.

»Nochmals keine Ursache.«

In der Absicht, sich vor dem Dinner auszuruhen, wollte Sabrina in ihr Zimmer. Auf der Treppe verharrte sie und drehte sich um. Der Marquis stand in der Halle und sah ihr nach.

»Ich verzeihe Ihnen Ihre Kühnheit, sich in meine Privatangelegenheiten eingemischt zu haben«, erklärte Sabrina ohne Umschweife.

»Vielen Dank für Ihre Großherzigkeit«, entgegnete Adam mit einem strahlenden Lächeln. »Und ich bedanke mich auch dafür, dass Sie die Tür des Arbeitszimmers nicht zugeknallt haben.«

»Haben Sie das von mir erwartet?«

»Ich sehe Sie beim Dinner«, erwiderte Adam, ohne ihre Frage zu beantworten.

Sabrina eilte die Treppe hinauf. Ohne sich umzudrehen, spürte sie seinen eindringlichen Blick im Rücken, bis sie in den Korridor eingebogen war.

Wie schaffte dieser Fremde es nur, sie immer wieder in Verwirrung zu bringen? Der Marquis brachte sie in Rage und zog sie gleichzeitig unwiderstehlich in seinen Bann. Es sollte einem Mann gesetzlich verboten werden, so blendend auszusehen.

3. Kapitel

Barmherziger Himmel, dachte Sabrina bestürzt und blieb auf der Schwelle stehen, als sie den Marquis allein im Salon vorfand. Wo waren die anderen? Sollte sie etwa den Abend allein mit dem fremden Gast verbringen? Worüber sollte sie mit ihm reden? Sie hatte keinerlei Erfahrung darin, mit jungen Herren zu plaudern. Edgar zählte nicht; den kannte sie seit ewigen Zeiten.

Adam, der ihr Eintreten nicht bemerkt zu haben schien, hatte ihr den Rücken zugewandt und blickte ins Kaminfeuer. Er trug eine schwarze Weste zum weißen Hemd und schwarzer, eng sitzender Hose und bot das perfekte Bild eines eleganten Aristokraten. Eigentlich fehlten nur der Cognacschwenker in der Hand und das Monokel im Gesicht als modische Requisiten.

Unvermutet drehte Adam sich um, als habe er Sabrinas eingehende Musterung gespürt. »Schön, Sie zu sehen. Ich fürchtete schon, alleine speisen zu müssen«, empfing er seine Gastgeberin mit einem gewinnenden Lächeln.

Sabrina durchquerte den Raum und trat auf ihn zu. »Darf ich Ihnen ein Glas Cognac anbieten? Oder Wein? Madeira, vielleicht?«

»Wein vor dem Essen?«, fragte Adam amüsiert. »Wein trinkt man zum Essen, und hinterher nehmen die Herren ein Glas Cognac zu sich, wenn sie sich ins Rauchzimmer zurückziehen.«

»Das weiß ich wohl«, versetzte Sabrina pikiert. »Ich wollte nur höflich sein und Ihnen etwas anbieten, da die anderen anscheinend auf sich warten lassen.«

»Onkel Charles kommt heute nicht mehr nach unten«, verkündete Adam.

»Und Lady DeFaye und Tante Tess?«

Er schüttelte den Kopf. »Ihre Tante leidet an Migräne, und meine Tante beschloss, ihr Gesellschaft zu leisten.« Mit einem verschmitzten Lächeln setzte er hinzu: »Obwohl ich fürchte, meine Tante ist der Grund für die Migräne Ihrer Tante.«

Sabrinas Selbstvertrauen schwand. »Meine Schwester müsste jeden Augenblick herunterkommen.«

»Auch Lady Courtney lässt sich entschuldigen«, fuhr Adam fort. »Sie leidet ebenfalls unter Kopfschmerzen.«

»Meine Schwester hat noch nie in ihrem Leben Kopfschmerzen gehabt«, rief Sabrina, in der ein Verdacht aufkeimte. Der ganze Haushalt schien sich gegen sie verschworen zu haben, um sie mit dem Marquis allein zu lassen.

»Ihre Schwester hat sich auch nie zuvor die endlosen Geschichten unserer Tanten über die guten alten Zeiten anhören müssen«, bemerkte Adam belustigt.

»Sie braucht vielleicht meine Unterstützung.« Sabrina griff hastig nach der Möglichkeit, dem Gast zu entfliehen. »Entschuldigen Sie mich?«

»Nein.«

»Wie bitte?«

»Forbes kümmert sich bereits um die Kopfschmerzen Ihrer Schwester«, erklärte Adam. »Er wollte eine Tasse Ihres heilsamen Kamillentees auf ihr Zimmer bringen.«

Ein Becher Schierling würde sie für immer heilen, dachte Sabrina erbittert über den Verrat ihrer Schwester. *Vielleicht mit einer Prise Bilsenkraut gewürzt.*

»Wollen wir uns in den Speisesaal begeben?«, fragte Adam.

Sabrinas Panik wuchs. Wollte ihr denn gar keine

glaubhafte Ausrede einfallen, um den Abend nicht mit dem Marquis verbringen zu müssen?

»Fühlen Sie sich nicht wohl?«, fragte er mit besorgter Miene. »Sie sehen blass aus. »

»Blässe ist der Fluch aller Rothaarigen«, entgegnete Sabrina mit einem dünnen Lächeln.

»Ich fürchtete schon, Sie lassen mich ebenfalls im Stich.« Aufmunternd fuhr er fort: »Die Annehmlichkeiten des Lebens sollte man stets in Gesellschaft netter Menschen genießen.«

Sabrina nahm den ihr gebotenen Arm und schritt an Adams Seite die breite Treppe hinunter. »Welche Annehmlichkeiten gibt es sonst noch, die man in Gesellschaft genießen sollte?«, fragte sie, seine Worte wie einen Rettungsanker aufgreifend, um Konversation zu machen.

Noch ehe sie den Satz zu Ende gesprochen hatte, bemerkte sie sein schelmisches Lächeln und plapperte hilflos weiter: »Man geht gemeinsam zur Kirche. Obwohl ich den Kirchgang eigentlich nicht als Annehmlichkeit bezeichnen würde.«

Adam lachte leise. »Worte aus dem Mund einer jungen Dame, die sich kürzlich ein erbittertes Wortgefecht mit einem Priester lieferte.«

»Meine Abneigung hat nichts mit unserem Vikar zu tun. Gottesdienste sind meistens zu lang und in der Kirche ist es kalt«, verteidigte Sabrina sich. »Tanzen ist eine angenehme Beschäftigung, zu der man einen Partner braucht. Mehr fällt mir zu dem Thema momentan nicht ein. Ihnen vielleicht?«

»Mir würden noch eine Reihe angenehmer Beschäftigungen einfallen, die man zu zweit unternehmen kann«, antwortete Adam mit rauchiger Stimme, während das Paar den Speisesaal betrat.

»Und die wären?«, fragte Sabrina in kindlicher Unschuld.

»Das erzähle ich Ihnen ein anderes Mal.« Adams blaue Augen blitzten belustigt.

»Sind das anstößige Beschäftigungen?«, fragte Sabrina weiter.

»Überaus anstößig.«

Die Tafel, die nur zwei Gedecke aufwies, wirkte unendlich lang und der Speisesaal riesengroß. Adam nahm am Kopfende Platz und Sabrina setzte sich zu seiner Rechten.

Forbes stand an der Anrichte bereit und legte ihnen vor. Es gab gedünsteten Lachs in Weißweinsauce, mit Champignons gefüllte, überbackene Tomaten, warme Safranbrötchen und Butter. Dazu wurde Madeira gereicht.

Adam suchte ihren Blick, hob sein Weinglas und prostete ihr zu. Auch Sabrina hob ihr Glas.

Gott steh mir bei, dachte sie und blickte verwirrt auf ihren Teller. *Hoffentlich weiß ich noch, wie man mit Messer und Gabel umgeht.*

Es war ihr ausgesprochen unangenehm, allein mit einem Herrn zu speisen, den sie kaum kannte. Einen Bissen zum Mund zu führen schien ihr mit einem Mal eine kaum zu bewältigende Aufgabe zu sein.

»Der Lachs schmeckt köstlich«, lobte Adam. »Haben Sie …?«

»Das Lob gebührt der Köchin«, wehrte Sabrina ab. »Ich habe nur das Dessert zubereitet.«

»Und was gibt es zum Dessert?«

»Nougatcreme und türkisches Fruchtgelee.«

»Nougatcreme und türkisches Fruchtgelee?«, wiederholte Adam andachtsvoll, als ließe er sich die Worte auf der Zunge zergehen.

»Wie ich sehe, essen Sie gerne Süßigkeiten.«

»Der Geschmack von Nougat erinnert mich an die Sonne Südfrankreichs«, schwärmte Adam. »Und bei Fruchtgelee mit einem Hauch Rosenwasser denke ich an ferne Länder und das Schwelgen in exotischen Genüssen.«

»Sie klingen sehr träumerisch, Mylord«, stellte Sabrina fest, die sich von seinen Worten verzaubern ließ.

»Als träumerisch würde ich mich nicht bezeichnen«, widersprach Adam. »Ich bin lediglich ein weit gereister Mann.«

»Erzählen Sie mir von Ihren Reisen«, hakte Sabrina begeistert ein, endlich ein unverfängliches Gesprächsthema gefunden zu haben.

»Ich habe ganz Europa bereist«, berichtete Adam, »den Atlantik überquert und New York besucht.«

»Sie waren schon in Amerika?«, rief Sabrina. »Wie aufregend. Wie hat Ihnen New York gefallen?«

»Im Grunde sind sich die Menschen auf der ganzen Welt ähnlich«, antwortete Adam achselzuckend. »Nur das Klima und die Bräuche unterscheiden sich.«

»Wie kamen Sie an Ihr Schifffahrtsunternehmen?«

»Ich beschloss, meine Verbindungen zum Orient zu nutzen«, erklärte er. »Das Unternehmen wuchs und wuchs und heute befahren meine Schiffe die Weltmeere.«

»Welche Verbindungen?«

Adam lächelte spitzbübisch. »Ein erfolgreicher Geschäftsmann hütet sich, seine Verbindungen preiszugeben, da er sie nicht verlieren will«, antwortete er amüsiert.

»Erzählen Sie von Ihrer Familie.«

»Onkel Charles und Tante Belladonna sind meine einzigen lebenden Verwandten«, gab Adam Auskunft. »Meine Eltern und mein Bruder leben nicht mehr.«

»Oh, das tut mir Leid«, entfuhr es Sabrina erschrocken, der das Herz schwer wurde bei dem Gedanken, dass er seine Familie in jungen Jahren verloren hatte. »Wie ist das geschehen?«

»Ich spreche nicht gerne über meine Verluste«, entgegnete Adam ernsthaft.

»Das kann ich Ihnen nachfühlen«, murmelte sie teilnahmsvoll. Um das Thema zu wechseln, fragte sie: »Denken Sie, Prinz Adolphus kann meiner Schwester und mir helfen, Vaters Besitz zu behalten?«

»Ich bin davon überzeugt, der Prinz findet Mittel und Wege, um dieses lächerliche Gesetz außer Kraft zu setzen«, versicherte Adam. »Es ist ebenso absurd wie das Gesetz, wonach uneheliche Bastardkinder nicht erbberechtigt sind.«

Bei dem Wort *Bastard* zuckte Sabrina innerlich zusammen und senkte den Blick auf den Teller, unfähig, einen weiteren Bissen zu essen. Der Appetit war ihr gänzlich vergangen. Sie hasste dieses Wort aus tiefstem Herzen und den damit verbundenen Hinweis auf ihre übel beleumdete Herkunft.

»Wollen wir einen Spaziergang machen?«, fragte Adam, dem ihr innerer Aufruhr nicht entgangen war.

Sabrina hob unsicher den Blick, las indes keine Spur von Herablassung oder falschem Mitleid in seinen Augen. »Ja, gern.«

In der Halle half Adam ihr in den Mantel und das Paar schlenderte die Auffahrt entlang. Das milde Winterwetter hatte angehalten, es wehte nur ein frischer Wind.

Sabrina schaute hinauf zum Himmel. Auch diese Nacht war mondlos, nur Hunderte winziger Sterne blinkten.

»Erzählen Sie von sich«, begann Sabrina, um das Schweigen zu brechen.

»Da gibt es nicht viel zu erzählen.«

»Immerhin sind Sie ein erfolgreicher Geschäftsmann und Mitglied des Oberhauses«, fuhr Sabrina fort.

Adam nickte. »Ja, das stimmt. Wie Sie wissen, war

meine Mutter eine Schwester des Herzogs, und mein Vater stammte aus einem fremden Land.«

»Aus welchem Land?«

»Aus einem südlichen Land nahe dem Mittelmeer.«

Sabrina begriff nicht, wieso er sich so vage ausdrückte. »Aus Südfrankreich?«, bohrte sie hartnäckig weiter.

Nach kurzem Zögern nickte Adam.

»Haben Sie immer in England gelebt?«

»Ich war zehn, als mein Vater starb. Meine Mutter schickte mich nach England zur Schule. Dann verschwand auch sie aus meinem Leben.«

»So jung und schon verwaist. Wie traurig.« Nach einer Pause fragte sie weiter: »Wieso tragen Sie den Namen Ihrer Mutter St. Aubyn und nicht den Namen Ihres Vaters?«

»Mein Onkel adoptierte mich, als er mich zu seinem Erben einsetzte. Onkel Charles' Gemahlin starb bei der Fehlgeburt ihres ersten Kindes. Er hat nie wieder geheiratet.«

»Wie traurig für Sie beide«, sagte Sabrina mitfühlend. »Ein Segen, dass Sie und Ihr Onkel sich so gut verstehen. Wie kommt es …?«

Adam blieb stehen und wandte sich ihr zu. »Sie sind sehr neugierig, Prinzessin.«

»Verzeihen Sie meine Aufdringlichkeit«, entschuldigte Sabrina sich schuldbewusst und verwirrt zugleich von seinem eindringlichen Blick.

»Fragen Sie getrost weiter.«

»Woher haben Sie die Narbe?«

»Aus Eton«, antwortete er und fuhr mit dem Finger über die dünne Narbe, die sich vom Mundwinkel über die rechte Wange zog.

Ich kann ihn zwar fragen, was ich will, eine umfassende Antwort gibt er mir allerdings nicht, dachte Sabrina. »Wie ist das passiert?«, hakte sie unbeirrt nach.

»Bei einem Streit.« Adam trat näher und blickte auf sie herab. Mit rauchiger Stimme fragte er: »Und woher haben Sie Ihre bezaubernden grünen Augen?«

Sabrina spürte, wie ihr die Hitze in die Wangen stieg, und hoffte inständig, die dunkle Nacht würde ihre Verlegenheit gnädig verbergen.

Adam aber legte sanft seine flache Hand an ihre Wange. »Wieso erröten Sie? Hoffentlich habe ich Sie nicht in Verlegenheit gebracht.«

Wenn überhaupt möglich, errötete Sabrina noch tiefer. Das Erröten war auch ein Fluch der Rothaarigen, schoss es ihr durch den Kopf.

»Ich habe eine Stunde im Arbeitszimmer Ihres Vaters verbracht und mir Ihr Porträt betrachtet«, sagte Adam mit belegter Stimme. »Ihr Gesicht und Ihre Augen sind einfach faszinierend.«

Was sollte sie wohl darauf antworten? Sabrina wand sich innerlich vor Verlegenheit und senkte den Blick auf ihre Schuhspitzen. Noch nie hatte ein Mann so zu ihr gesprochen.

»Sehen Sie mich an«, forderte Adam leise.

Sabrina hob den Blick bis zu seiner Hemdbrust.

»Ein wenig höher bitte«, forderte er amüsiert.

Sabrina sah ihn an und seine blauen Augen zogen sie in ihren Bann. Als sein Gesicht sich ihrem zuneigte, nahm sie einen frischen, würzigen Duft nach Lorbeer und Lavendel wahr, der ihre Sinne berauschte und ihren Herzschlag beschleunigte. Seine Lippen waren den ihren gefährlich nahe.

»Die letzten Tage waren sehr schwer für mich«, hauchte sie und trat einen Schritt zurück. »Ich möchte mich gern zurückziehen.«

Adam nickte zustimmend. »Gehen Sie schon ins Haus. Ich möchte noch ein paar Minuten hier draußen bleiben, ehe ich mich wieder über meine Geschäftsbücher setze.«

Der kurze Weg zum Haus erschien ihr meilenweit. Sabrina zwang sich zu einem würdevoll gemessenen Gang, spürte seinen Blick im Rücken und schalt sich eine feige Närrin, da sie sich die Gelegenheit, ihren ersten Kuss zu bekommen, hatte entgehen lassen.

Beim Betreten der Eingangshalle empfing Forbes sie und nahm ihr den Mantel ab. »Seine Lordschaft wird sich noch einmal ins Arbeitszimmer begeben«, sagte sie dem Butler. »Stellen Sie ihm bitte ein Tablett mit Nougat, Fruchtgelee und Portwein auf den Schreibtisch.«

»Sehr wohl, Mylady.«

Mit einem Kerzenhalter in der Hand stieg Sabrina die Treppe in den zweiten Stock hinauf und begab sich in ihr Schlafzimmer. Dort stellte sie die Kerze auf die Kommode und trat ans Fenster.

Vorsichtig schob sie den Vorhang ein wenig beiseite und spähte in die Nacht. Unter ihrem Fenster bemerkte sie einen rötlich glühenden Punkt, der sich gelegentlich bewegte wie ein verirrtes Glühwürmchen in der Nacht. Der Marquis gönnte sich offenbar noch eine Zigarre.

Der Anblick dieses einsamen Lichtpunktes machte sie seltsam traurig. Trotz all seines Reichtums und seines Adelstitels erschien ihr der Marquis ebenso einsam, wie sie es war.

Sabrina schüttelte den Kopf. Wieso machte sie sich unsinnige Gedanken? Der Marquis von Stonehurst war genau das, was er nach außen hin präsentierte: ein weltgewandter Aristokrat, der in seinem ganzen Leben keinen Anflug von Unsicherheit kannte.

»Da kommt sie ja«, empfing Tante Tess ihre Nichte, als sie am nächsten Tag zur Teestunde den Salon betrat und auf dem Sofa neben ihrer Schwester Platz nahm. Ihnen gegenüber saßen Tante Tess und Lady DeFay.

Onkel Charles hatte es sich im Polstersessel bequem gemacht. Adam lehnte am Kamin.

Auf dem rechteckigen Tisch zwischen den beiden Sofas stand eine Platte mit Gurkensandwiches und ein Pflaumenkuchen bereit. Forbes schenkte Tee aus der Silberkanne in hauchdünne Porzellantassen.

Sabrina bemerkte, wie Adam den Butler fixierte und ihm mit einem stummen Blick zu verstehen gab, sich zurückzuziehen. Forbes schloss die Tür hinter sich, was Sabrina verwunderte. Nie wurde die Tür des Salons zur Teestunde geschlossen.

Nun warf auch noch der Herzog von Kingston einen Blick über die Schulter, um sich zu vergewissern, dass die Tür tatsächlich geschlossen war. Erst danach wandte er sich an Sabrina und Courtney.

»Um euch nicht mit langatmigen Gesetzestexten zu langweilen, will ich euch den Inhalt des Letzten Willens eures Vaters und des Testamentszusatzes in meinen eigenen Worten unterbreiten«, begann der Herzog. »Es steht euch selbstverständlich frei, die Dokumente hinterher nachzulesen. Ich hoffe, Ihr habt keine Einwände gegen die Anwesenheit von Belladonna und Adam, da sie indirekt damit zu tun haben.«

Wieso hatte Adam St. Aubyn etwas mit dem Letzten Willen ihres Vaters zu tun? fragte Sabrina sich erstaunt. Onkel Charles meinte vermutlich die Verwaltung des Savage-Vermögens.

»Sabrina?«

»Ich habe keine Einwände«, antwortete sie.

»Euer Vater hat Tess und mich als Vormund eingesetzt, bis zu eurer Verheiratung oder zur Volljährigkeit, also bis zu eurem einundzwanzigsten Geburtstag«, berichtete der Herzog. »Im Falle unseres vorzeitigen Ablebens übernimmt Prinz Adolphus die Vormundschaft.«

»Prinz Adolphus wird unser Vormund?«, rief Courtney in begeistertem Überschwang.

»Aber doch nur, falls Tante Tess und Onkel Charles sterben«, wies Sabrina sie zurecht. »Und das wollen wir auf keinen Fall.«

»Nein, nein«, meinte Courtney schuldbewusst. »Ich dachte nur …«

»Wir wissen, was du dachtest«, entgegnete Sabrina. »Bitte fahren Sie fort, Onkel Charles.«

»Es war der Wunsch eures Vaters, Adam mit der Verwaltung des Vermögens zu betrauen«, berichtete der Herzog. »Vermutlich in der Annahme, ein erfolgreicher Geschäftsmann trägt dafür Sorge, das Vermögen durch kluge Investitionen zu vermehren. Der Landbesitz geht auf dich über, Sabrina, da du die älteste Tochter bist. Mit Unterstützung von Prinz Adolphus schaffte euer Vater es, die königliche Erlaubnis zu erhalten, den Titel auf dich zu übertragen, um zu verhindern, dass er mit seinem Tod erlischt. Also bist du von nun an die Gräfin von Abingdon.«

Sabrina war so verblüfft von der Eröffnung, dass sie nicht wusste, was sie darauf entgegnen sollte. Courtney kicherte. »Müssen wir jetzt in einen Hofknicks vor dir versinken?« Dafür handelte sie sich einen strafenden Blick von Sabrina ein. »Oder kochst du nie wieder für uns?«

»Ich koche und backe immer für euch«, antwortete Sabrina lächelnd. »Wie könnte ich dir das verweigern, wenn du mich so reizend darum bittest?«

»Erzähl den Mädchen von dem Zusatz«, meldete Tante Tess sich zu Wort.

»Euer Vater war stets der Meinung, das Leben soll seinen gewohnten Gang weitergehen«, erläuterte der Herzog. »In seinem Nachtrag besteht er ausdrücklich darauf, dass sein Tod euer Leben nicht beeinträchtigen dürfe, und er wünscht, dass seine Töchter wie geplant in die Londoner Gesellschaft eingeführt werden oder sich verloben und heiraten, ohne das übliche Trauerjahr einzuhalten.«

»Die Bedingungen des Nachtrags sind leicht zu erfüllen«, meinte Sabrina. »Courtney und ich haben keinerlei Pläne in dieser Hinsicht.«

»Sie irren, Prinzessin«, meldete Adam sich zu Wort.

»Was wollen Sie damit sagen?«, fragte Sabrina.

»Du und Courtney, ihr werdet im Frühling in die Londoner Gesellschaft eingeführt«, erklärte Belladonna. »Wir werden Anfang Januar nach London reisen. Ihr beide braucht eine vollständig neue Garderobe.«

»Ich reise nicht nach London«, erklärte Sabrina. »Ich bin in Trauer.«

»Ich ebenfalls«, schloss Courtney sich an.

»Wollt Ihr euch Henrys Letztem Willen widersetzen?«, fragte Tante Tess.

»Nein, aber ...«

»Ich stimme mit Tess überein«, verkündete Onkel Charles. »Ihr ehrt das Andenken eures Vaters, wenn ihr seinen Wunsch erfüllt.«

»In London bietet sich euch die Gelegenheit, Prinz Adolphus kennen zu lernen«, meinte Belladonna. »Der Prinz ist ein sehr einflussreicher Mann, in dessen Macht es steht, den Tod eures Vaters als Unfall zu deklarieren. Ihr wollt seinen Leichnam doch in geweihter Erde bestatten, nicht wahr?«

»Ich will beweisen, dass mein Vater sich nicht das Leben genommen hat«, versetzte Sabrina.

»Die Wahrheit herauszufinden wird einige Zeit in Anspruch nehmen«, hielt Tess ihr entgegen.

»Adam, du wirst Sabrina doch helfen, nicht wahr?«, wandte Belladonna sich an den Marquis.

»Ich habe bereits zugesichert, alles zu tun, was in meiner Macht steht«, antwortete Adam, den Blick auf Sabrina gerichtet.

»Dann wäre ja alles geklärt«, verkündete Belladonna. »Tess und die Mädchen werden in meinem Haus in London wohnen. Charles, du ziehst so lange zu Adam.«

»Das klingt vernünftig, wenn Adam nichts dagegen hat«, antwortete der Herzog.

Adam lächelte. »Du bist herzlich eingeladen und kannst bleiben, so lange es dir gefällt.«

Sabrina blickte auf ihre im Schoß gefalteten Hände. In der kurzen Spanne von einer Woche war ihr Leben völlig aus den Fugen geraten. Und dann befiel sie ein anderer beklemmender Gedanke.

»Bald wird ganz London wissen, dass wir nicht die sind, für die man uns bisher gehalten hat«, sagte Sabrina düster und rang die Hände. »Ich könnte die Demütigung nicht ertragen, von der Londoner Gesellschaft geschnitten zu werden.«

»Ihr seid doch keine Hochstaplerinnen«, erklärte der Herzog verwirrt.

»Sabrina denkt, sie wird von der Gesellschaft geächtet, weil sie adoptiert ist«, erklärte Adam.

»Das ist doch völliger Unsinn«, widersprach der Herzog entrüstet.

»Courtney und ich sind uneheliche Bastarde«, versetzte Sabrina trotzig. »Papa hat uns gesagt, unsere leiblichen Eltern waren nie verheiratet.«

»Ich will *nie* wieder hören, dass du dich so bezeichnest«, schalt Onkel Charles sein Mündel streng.

»Liebes, ich versichere dir, du wirst in der vornehmen Gesellschaft einen glänzenden Eindruck machen«, sprach Belladonna ihr Mut zu.

»Woher wollen Sie das wissen?«

»Vertraue mir, Liebes. Ich weiß genau, wovon ich rede. Die Gesellschaft weiß, wie sehr euer Vater euch geliebt und geschätzt hat … Also, bekomme ich deine Zusage?«

Sabrina sah ihre Schwester ratlos an, die ihr aufmunternd zulächelte. »Nun gut«, gab sie schließlich nach. »Dennoch bedrückt es mich, das Trauerjahr nicht einzuhalten.«

Es klopfte an der Tür und alle wandten die Köpfe. Forbes trat ein und kündigte mit gedämpfter Stimme an: »Lord Briggs möchte seine Aufwartung machen.«

»Keine Umstände, Forbes.« Mit diesen Worten drängte Edgar sich an dem Butler vorbei. »Abingdon Manor ist doch praktisch mein zweites Zuhause.«

Mit einem strahlenden Lächeln trat Lord Briggs auf Sabrina zu. Es schien ihn nicht zu stören, dass er uneingeladen auftauchte und alle Anwesenden ihn schweigend anstarrten.

»Wieso bist du hier?«, fragte Sabrina irritiert. »Ich habe dich erst morgen zum Dinner erwartet.«

»Ja, ich weiß«, versetzte Edgar. »Ich will einen Freund in der Nähe besuchen und wollte nur kurz guten Tag sagen. Du fehlst mir.«

Sabrina war erleichtert zu hören, dass er nicht die Absicht hatte zu bleiben. Und dann platzte Courtney heraus: »Sabrina ist nun die Gräfin von Abingdon.«

»Hat dein Vater dir den Titel vererbt?«, fragte Edgar erstaunt.

»Sabrina und ich werden im Frühling in die Londoner Gesellschaft eingeführt«, fuhr Courtney aufgeregt fort.

Der Baron machte ein entsetztes Gesicht. »Ihr seid doch noch in Trauer.«

Sabrina zuckte die Schultern.

»Sabrina hat es nicht nötig, in die Gesellschaft eingeführt zu werden«, verkündete Briggs an die Runde. »Sie hat hier in Abingdon einen großen Verehrer.«

»Mein Guter, eine Frau kann nie genügend Verehrer haben«, meinte Belladonna gedehnt.

»Es war Henrys ausdrücklicher Wunsch«, setzte Tante Tess hinzu.

»Wenn Henry das so festgelegt hat, soll es natürlich auch so sein«, sagte Edgar mit einem steifen Lächeln, das seine Augen nicht erreichte. »Ach übrigens, was stand in dem Nachtrag zum Testament?«

»Nichts von Bedeutung«, antwortete Sabrina ausweichend, die nun befürchtete, Edgar würde seinen Heiratsantrag wiederholen in der Annahme, es sei nur ihr Vater gewesen, der die Heirat mit ihm verhindern wollte. Sie wünschte, Edgar persönlich die Absage erteilt zu haben, ohne ihren Vater vorzuschieben.

Der Baron nickte bedächtig und wandte sich an Adam. »Falls das Wetter so bleibt, Mylord, hätten Sie morgen Lust auf die Fuchsjagd?«

Adams Miene blieb ausdruckslos, nur in seiner Stimme schwang eine Spur von Verachtung, als er antwortete: »Ich töte nicht zum Spaß.«

»Und bei welchen Gelegenheiten töten Sie, Mylord?«, fragte Edgar.

»In Selbstverteidigung.«

Die Antwort des Marquis hob Sabrinas Stimmung. Sie hasste das barbarische Ritual, Tiere zum Vergnügen oder aus sportlichem Ehrgeiz zu töten. Es gab gewiss andere Methoden für das männliche Geschlecht, sich zu amüsieren.

»Aus Notwehr zu töten spricht von einer noblen Gesinnung, ist jedoch hoffnungslos altmodisch«, versetzte Edgar, der es offenbar darauf anlegte, den Marquis zu provozieren.

»Ich habe es nicht nötig, mich in den Vordergrund zu spielen, um andere zu beeindrucken«, entgegnete Adam mit einem steifen Lächeln. »Das überlasse ich Emporkömmlingen.«

Die Feindseligkeit zwischen den beiden Männern

bedrückte Sabrina. Wieso konnten Menschen nicht friedlich miteinander umgehen?

»Emporkömmlinge?«, fragte Edgar schneidend.

»Nun ja, Menschen eben, die es im Leben zu etwas bringen wollen, indem sie sich an Höherstehende klammern«, erklärte Adam. Diesmal war sein Lächeln geradezu aufreizend offen.

»Meinen Sie beispielsweise einen Baron, der eine Gräfin heiraten will?«, fragte Edgar herausfordernd.

»Das habe ich nicht gesagt.«

»Sie haben unterstellt ...«

»Edgar, vergiss deine Verabredung nicht«, fiel Sabrina ihm ins Wort, um dem Geplänkel ein Ende zu bereiten.

»Bringst du mich zur Tür?«

Sabrina hätte ihm beinahe jeden Gefallen erwiesen, um ihn loszuwerden. Sie nickte und erhob sich.

Schweigend gingen Edgar und Sabrina den Korridor entlang und die breite Treppe hinunter in die Eingangshalle. Forbes stand bereits an der Haustür mit dem Mantel des Barons in der Hand.

Sabrina hatte Mühe, ein Lachen zu unterdrücken. Anscheinend wollte sogar Forbes den Baron aus dem Haus haben.

»Danke für deinen Besuch«, sagte Sabrina beim Durchqueren der Halle.

»Wie kannst du während deiner Trauerzeit zustimmen, in die Gesellschaft eingeführt zu werden?«, fragte Edgar vorwurfsvoll.

»Im Testamentszusatz wünschte mein Vater ausdrücklich, dass unsere Einführung in die Gesellschaft im Falle seines Todes nicht verschoben werden soll. Glaube bloß nicht, dass mir dabei wohl zumute ist.«

»Hast du Näheres erfahren, was mit den Besitzungen geschieht?«, fuhr Edgar fort.

»Prinz Adolphus wird seinen Einfluss geltend

machen, damit ich die Ländereien behalten kann«, gab Sabrina Auskunft.

Edgar wirkte beinahe erschrocken. »Heißt das, ein Mitglied der königlichen Familie ist bereit, das Gesetz zu missachten?«

Sabrina sah ihn scharf an. »Willst du denn, dass ich meinen Besitz verliere?«

»Nein, natürlich nicht. Ich bin lediglich enttäuscht, dass es mir verwehrt ist, dir zu helfen.« Edgar hob ihre Hand an die Lippen. »Heirate mich, Sabrina«, raunte er beschwörend.

»Wie kannst du mir diese Frage stellen, nachdem du mich vor dem Vikar schmählich im Stich gelassen hast?«, fragte Sabrina und entzog ihm brüsk ihre Hand. Ihr war klar, dass es feige war, das Thema Heirat nicht endlich zu bereinigen, aber sie fühlte sich einer erneuten Auseinandersetzung mit Edgar noch nicht gewachsen. In einigen Tagen würde sie ihm sagen, dass er sich keine Hoffnungen auf eine Eheschließung machen solle.

»Dafür habe ich mich entschuldigt«, erinnerte Edgar sie gekränkt. »Und du hast mir vergeben. Ich lege dir mein Herz zu Füßen und du trampelst darauf herum. Oder interessierst du dich etwa für den Marquis?«

Sabrinas Unmut wuchs. Wenn Edgar wirklich etwas für sie empfand, wieso machte er ihr das Leben so schwer? Sabrina straffte die Schultern und hob das Kinn. »Geh jetzt bitte und komme erst wieder zurück, wenn du klar denken kannst«, befahl sie, und ihre Stimme duldete keinen Widerspruch.

In seinem Blick las sie kaum verhohlenen Zorn. Sabrina trat einen Schritt zurück.

Ohne ein weiteres Wort nahm Edgar dem Butler den Mantel ab. »Ich wünsche einen guten Abend, Mylord.« Forbes verneigte sich in untadeliger Höflichkeit, während Edgar grußlos aus dem Haus stürmte.

Sabrina seufzte in einer Mischung aus Erleichterung und Schuldbewusstsein, nachdem die Tür hinter dem Baron ins Schloss gefallen war. Einerseits bedauerte sie, ihren ältesten Freund so schroff verabschiedet zu haben, und hoffte zugleich, bereits nach London abgereist zu sein, wenn er seine nächste Aufwartung machte.

Sabrina ging in Gedanken versunken die Treppe hinauf und blieb verdutzt auf dem ersten Absatz stehen. Im Schatten auf der obersten Stufe saß der Marquis.

»Sie haben mich schon wieder belauscht«, warf sie ihm vor.

»Das war reiner Zufall«, verteidigte Adam sich mit einem Lächeln, in dem keine Reue lag. »Der Baron scheint schlechter Laune zu sein. Ob er Verdauungsprobleme hat?«

»Hören Sie auf, mir nachzuspionieren«, befahl Sabrina mit erhobener Stimme, rauschte an ihm vorbei und eilte in ihr Zimmer.

Diesmal konnte sie sich nicht bezähmen, die Tür mit einem lauten Knall zuzuschlagen. Guter Gott, ihr war, als müsse sie die ganze Nacht backen. Vermutlich würde gar nicht so viel Mehl in der Vorratskammer sein, um ihre aufgewühlten Nerven zu beruhigen. Noch vor einer Woche war ihr Leben in friedlichen Bahnen verlaufen. Nun kam sie sich vor wie in einem Labyrinth, in dem sie sich verirrt hatte.

Sabrina ließ sich in den Sessel vor dem Kamin fallen und atmete tief durch, um sich zu beruhigen. Wie konnte der Marquis es wagen, sich in ihre Beziehung mit Edgar einzumischen? Zugegeben, er hatte ihr seine Unterstützung zugesichert, den guten Ruf ihres

Vaters wieder herzustellen, doch das gab ihm noch lange nicht das Recht zu …

Ein Klopfen an der Tür ließ sie herumfahren.

»Wer ist da?«, rief sie barsch, im Glauben, der Marquis stehe im Korridor.

»Seine Gnaden wünscht Sie im Arbeitszimmer des Grafen zu sprechen«, ließ sich die höfliche Stimme des Butlers vernehmen.

»Danke, Forbes. Ich komme.«

Einige Minuten später stand sie vor dem Arbeitszimmer und fragte sich, was Onkel Charles wohl von ihr wollte. Hatte er einen wichtigen Punkt im Testament ihres Vaters vergessen? Oder wollte er sie zur Rede stellen, weil sie seinen Neffen beschimpft hatte?

Ohne anzuklopfen trat sie ein. Ihr erster Blick traf den Marquis, der es sich auf einem der beiden Stühle vor dem Schreibtisch ihres Vaters bequem gemacht hatte. Der Herzog saß hinter dem Schreibtisch. Bei ihrem Eintreten erhoben sich beide Herren.

»Sie wollten mich sprechen, Onkel Charles?«, fragte Sabrina, ohne den Marquis eines Blickes zu würdigen.

»Ja, Kind«, sagte der Herzog. »Setz dich bitte.«

Sabrina trat an den Schreibtisch, während die beiden Herren wieder Platz nahmen. »Ich ziehe es vor, stehen zu bleiben.«

»Ich denke, du solltest dich besser setzen«, riet der Herzog.

»Sag es ihr einfach«, meldete Adam sich zu Wort.

Ein Stich der Angst durchfuhr sie. Ihr Blick flog zwischen den beiden hin und her. »Was soll er mir sagen?«

Der Herzog sah den Marquis flüchtig an, der meinte: »Die Kurzversion.«

»Sabrina, liebes Kind, es ist nicht ratsam, deine enge Freundschaft mit dem Baron fortzusetzen«, begann der Herzog. »Du kannst dich nicht mit Baron Briggs oder einem anderen Mann verloben, da du bereits mit meinem Neffen verlobt bist.«

Sabrina starrte den Herzog fassungslos an.

»Fühlen Sie sich nicht wohl?«, fragte Adam und wollte aufstehen.

»Bleiben Sie, wo Sie sind«, fauchte Sabrina. Den Blick auf den Herzog gerichtet, hauchte sie: »Das glaube ich nicht. Mein Vater hat nie etwas davon erwähnt.«

»Henry starb unerwartet«, entgegnete der Herzog. »Ich bin sicher, er hatte die Absicht, dich davon zu unterrichten, wenn er den Zeitpunkt für richtig erachtet hätte. Hier ist der Vertrag.«

Sabrina überflog den Vertrag. Er war vor fünfzehn Jahren geschlossen worden; damals war sie ein dreijähriges Kind.

»Ist das die Unterschrift deines Vaters?«, fragte der Herzog.

»Sie sieht aus wie die Unterschrift meines Vaters, könnte aber auch eine geschickte Fälschung sein«, antwortete sie.

»Glauben Sie mir, Prinzessin«, sagte Adam. »Es ist keine Fälschung.«

»Ihnen soll ich glauben?« Sabrina funkelte ihn feindselig an. »Ich kenne Sie kaum. Wie kann ich sicher sein, dass Sie kein Heiratsschwindler sind, der eine wohlhabende Frau sucht?«

»Ich bin tausendmal reicher als Sie«, versetzte er gelassen.

»Adam ist tatsächlich einer der reichsten Männer Englands«, bestätigte der Herzog.

»Wieso will er mich dann heiraten?«, fragte Sabrina.

»Ich halte stets mein Wort«, antwortete Adam. »Ich beabsichtige, den Vertrag einzuhalten, der vor fünfzehn Jahren unterzeichnet wurde. Sie kommen aus einer sehr guten Familie und …«

»Ich bin ein adoptiertes uneheliches Kind – ein Bastard«, entgegnete Sabrina heftig.

»Sie haben mehr Vornehmheit im kleinen Finger als alle Frauen zusammen, die mir je begegnet sind«, versetzte Adam. Mit gedämpfter Stimme fuhr er fort: »Ich bewundere Ihre furchtlose Loyalität. Ich bewundere die Herzlichkeit und den Respekt, mit denen Sie anderen Menschen begegnen ungeachtet Ihres Standes … und ich liebe es, wenn Sie erröten … wie jetzt. Sie erinnern mich an eine seltene und wunderschöne Rose.«

Sabrina sank in den Sessel und sah ihn verblüfft an. Seine intensiven blauen Augen, die er unverwandt auf sie gerichtet hielt, trieben ihr die Hitze in die Wangen, während seine rauchige Stimme ihr Schauer über den Rücken jagte. Wieso übte dieser Fremde eine solche Wirkung auf sie aus?

Der Herzog räusperte sich. »Adam ist bereit, die Verlobung geheim zu halten und dir eine Ballsaison in London zu gestatten.«

»Er will mir etwas *gestatten*?« Die Wortwahl des Herzogs ließ ihren Zorn wieder aufwallen. Sabrina konnte nicht fassen, was sie da hörte. »Mit welchem Recht nehmen Sie sich heraus, mir zu *gestatten*, etwas zu tun?«

Statt aufgebracht zu reagieren, wie sie erwartete, antwortete Adam gelassen: »Prinzessin, hören Sie mir bitte einen Moment zu.«

Sabrina starrte ihn an. Als er zögerte zu sprechen, forderte sie schneidend: »Reden Sie! Ich höre.«

»Prinzessin, Ihr Vater hat mich zu Ihrem Ehemann bestimmt«, sagte Adam. »Ich aber lasse Ihnen die Wahl bis zum Ende der Ballsaison, mich zu heiraten oder es zu lassen. Wenn Sie einen anderen Gentleman kennen lernen, den Sie mir vorziehen, trete ich gerne zurück, vorausgesetzt, der fragliche Herr erfüllt die gegebenen Voraussetzungen. Als Gegenleistung müssen Sie mir versprechen, mir nicht aus dem Weg zu gehen und eine angemessene Zeit mit mir zu verbringen, damit wir uns näher kennen lernen. Wollen wir uns darauf einigen?«

Sabrina verweigerte ihm eine Antwort. Allem Anschein nach scheute dieser Schurke nicht davor zurück, sie zu erpressen.

»Entweder erklären Sie sich damit einverstanden«, fuhr er entschlossen fort, »oder ich zwinge Sie noch heute, mit mir vor den Traualtar zu treten.«

Er war sich nicht zu schade, ihr zu drohen. Sabrina wusste keinen Rat. Wenn sie sich auf diesen Handel einließ, würde ihr wenigstens Zeit bleiben, einen Ausweg aus dieser demütigenden Situation zu finden.

»Einverstanden«, sagte sie schließlich. »Unter einer Bedingung.«

Aus einem unerfindlichen Grund flog ein Lächeln über seine Lippen – wunderschön geschwungene Lippen, wie sie feststellen musste.

»Und wie lautet die Bedingung?«, fragte er.

»Sie müssen den untadeligen Ruf meines Vaters wieder herstellen.«

Adam nickte. »Ich habe Ihnen meine Unterstützung bereits zugesichert.«

»Ihre Unterstützung genügt mir nicht«, antwortete Sabrina und sah ihm unverwandt in die Augen. »Entweder Sie waschen den Namen meines Vaters von dem Makel rein, sich das Leben genommen zu haben, oder ich verweigere meine Zustimmung. Tante Tess wird mir helfen, den Verlobungsvertrag als ungültig zu erklären.«

»Unsere Tanten wissen von unserer Verlobung seit

dem Tag, an dem der Vertrag unterzeichnet wurde«, verkündete Adam ungerührt.

»Meine Tante wusste davon und hat all die Jahre geschwiegen?«, rief Sabrina aufgebracht und ihre grünen Augen blitzten zornig.

»Ich verspreche, den Ruf Ihres Vaters reinzuwaschen, selbst wenn es zehn Jahre dauern sollte.«

»Das wäre eine ziemlich lange Verlobungszeit«, entgegnete Sabrina spitz.

Adam achtete nicht auf ihre Bemerkung und fuhr fort: »Wenn Sie wünschen, braucht Ihre Schwester nichts von unserer Verlobung zu erfahren. Die Entscheidung liegt bei Ihnen.«

Sabrina nickte, nur um zu bestätigen, dass sie seine Worte vernommen hatte.

»Forbes soll eine Flasche Champagner bringen, damit wir auf die Zukunft anstoßen«, schlug der Herzog aufmunternd vor.

»Ich habe Kopfschmerzen«, sagte Sabrina und erhob sich. »Bitte entschuldigen Sie mich.«

Ohne den Marquis eines Blickes zu würdigen, durchquerte sie den Salon. An der Tür hielt seine Stimme sie auf. »Prinzessin, Sie haben versprochen, mir nicht aus dem Weg zu gehen.«

»Das wäre ziemlich schwierig, da Sie unter meinem Dach wohnen«, entgegnete sie, ohne sich umzuwenden.

Gott steh mir bei, dachte sie beim Verlassen des Zimmers. Der Schurke erteilte Befehle wie ein leibhaftiger Prinz. Seiner arroganten Hoheit war wohl noch nie eine willensstarke Frau begegnet. Es war an der Zeit, ihm eine Lektion zu erteilen.

Es würde freilich nicht leicht sein, diesem Schnösel eins auszuwischen, dachte Sabrina bitter. Der eingebildete Affe war an Selbstherrlichkeit kaum zu überbieten.

Verlobungen endeten gewöhnlich mit Hochzeiten. Der Gedanke jagte ihr einen Schauer der Erregung über den Rücken. Was würde sie empfinden, wenn sie jeden Abend das eheliche Schlafgemach betrat? Wenn seine starken Hände ihre nackte Haut liebkosten?

Sabrinas Herzschlag beschleunigte sich, das Blut stieg ihr in die Wangen. Hastig verdrängte sie ihre sündigen Gedanken und stieg entschlossen die Treppe in den zweiten Stock hinauf. Wenn er nur nicht so umwerfend gut aussehen würde. Der Marquis von Stonehurst war für ihren Seelenfrieden entschieden zu attraktiv.

4. Kapitel

Am nächsten Tag verbarg Sabrina sich in ihrem Zimmer.

Um dem Marquis nicht begegnen zu müssen, schützte sie am folgenden Morgen Kopfschmerzen vor und machte sich auf einen Tag der Einsamkeit gefasst. Nach der Morgentoilette zog sie ein frisches Nachthemd an, schlüpfte in den Morgenrock und legte eine kalte Kompresse auf den Nachttisch. Dann trat sie ans Fenster und blickte auf den Park hinaus.

Das Wetter passte zu ihrer Stimmung. Der Himmel war wolkenverhangen und über der Landschaft lag dichter Nebel wie ein Brautschleier.

War es erst eine Woche her, seit sie glücklich und unbeschwert in den Tag hineinlebte? Ihr Leben hatte sich völlig verändert. Der plötzliche, tragische Tod ihres Vaters erfüllte sie mit tiefer Trauer. Dann folgte Edgars schmählicher Verrat, als er sich feige weigerte, sie gegen Vikar Dingle in Schutz zu nehmen. Und nun war sie mit dem Marquis verlobt, einem Mann, den sie vor drei Tagen noch nicht kannte. Welche Leiden standen ihr noch bevor? Sie sah sich vor unüberwindlichen Schwierigkeiten. Schwer seufzend lehnte Sabrina die Stirn an die kühle Fensterscheibe. Eine einsame Träne kullerte ihr über die Wange. Dann eine zweite.

Ein Klopfen an der Tür ließ sie zusammenzucken. Hastig eilte sie zum Bett, schlüpfte unter die Decke und legte sich das kühle Tuch auf die Stirn.

»Wer ist da?«, verlangte sie mit schwacher Stimme zu wissen.

»Ich bin es, Courtney.«

»Komm rein.«

Die Tür wurde behutsam geöffnet. Courtney eilte ans Bett, setzte sich auf die Kante und sah Sabrina besorgt an.

»Forbes sagte mir, du seist krank«, flüsterte sie. »Hast du schlimme Kopfschmerzen? Kann ich etwas für dich tun?«

»Heirate den Marquis«, antwortete Sabrina und warf die Kompresse von sich.

Courtney sah sie mit großen Augen an. »Wovon redest du?«

»Ich habe keine Kopfschmerzen, nur eine Mordswut im Bauch«, antwortete Sabrina. »Onkel Charles eröffnete mir gestern, dass Adam und ich seit meiner frühen Kindheit verlobt sind.«

»Aber das ist ja wundervoll!«, rief Courtney überschwänglich. »Der Marquis sieht blendend aus und du bist Gräfin ...« Plötzlich bemerkte die Siebzehnjährige Sabrinas finsteres Gesicht und besann sich rasch eines Besseren. »O Gott, das muss ein furchtbarer Schock für dich gewesen sein.«

Sabrina lachte los. »Schwesterherz, mit etwas Übung wird aus dir eine Diplomatin.«

»Ist das dein Ernst?«

»Nein.«

»Der Marquis ist reich, adelig, gut aussehend und gütig«, führte Courtney an. »Verglichen mit ihm ist Edgar ein Waschlappen.« Sie erhob sich. »Kommst du zum Mittagessen herunter?«

Sabrina schüttelte den Kopf. »Ich gehe dem Marquis aus dem Weg.«

»Ihm aus dem Weg zu gehen ändert nichts an der Situation«, gab Courtney zu bedenken.

»Ich bewundere deinen Scharfsinn«, versetzte Sabrina. »Ich versuche ja gar nicht, die Situation zu ändern – wenigstens im Augenblick nicht.«

Courtney machte ein verwirrtes Gesicht. »Und warum schützt du dann Kopfschmerzen vor?«

»Der Marquis hat mir untersagt, ihm aus dem Weg zu gehen«, erklärte Sabrina. »Ich werde ihm eine Lektion erteilen, was er davon hat, mir Befehle zu erteilen.«

»Darüber wird er nicht erfreut sein«, warnte die Schwester.

»Sehe ich aus, als würde ich das bedauern?«, fragte Sabrina mit einem belustigten Lächeln. »Wenn es ihm nicht passt, soll er sich zum Teufel scheren.«

Courtney schüttelte missbilligend den Kopf. »Vielleicht wirst du es eines Tages bedauern.«

Sabrina hob die Nase in die Luft. »Das bezweifle ich.«

»Nun, du musst wissen, was du tust«, versetzte Courtney und wandte sich zum Gehen. »Immerhin hat er die Totenglocke für Papa geläutet.«

»Du wirst mir hoffentlich nicht in den Rücken fallen, wie?«, rief Sabrina ihr nach.

Courtney drehte sich um und presste die Lippen zu einem schmalen Strich aufeinander.

»Danke, Schwesterherz.«

Die nächsten Stunden spielte Sabrina die Einsame. Die Mittagsstunde kam und ging. Und je länger ihre selbsterwählte Einsamkeit dauerte, umso träger verstrichen die Minuten, umso rastloser wurde sie.

Der Marquis hatte sie zur Gefangenen in ihrem eigenen Haus gemacht, dachte Sabrina in wachsendem Zorn. Sie sah sein Bild vor sich – das schwarze Haar, die blauen Augen, die verwegene Narbe, das unwiderstehliche Lächeln. Und sie gestand sich schließlich ein, dieser Adam St. Aubyn war keine schlechte Partie.

Wenn er nur nicht so verteufelt gut aussehen würde.

Wenn sie sich in seiner Gegenwart nur nicht so befangen fühlen würde.

Wenn sie nur nicht als uneheliches Kind zur Welt gekommen wäre.

Sabrina seufzte. Wenn sie schon so unerfüllbare Wünsche hatte, konnte sie auch wünschen, ihr geliebter Vater wäre noch am Leben.

Ein Klopfen an der Tür riss sie aus ihren Tagträumen. Hastig wischte sie die Spielkarten unter die Bettdecke und griff nach der Kompresse.

»Wer da?«, hauchte Sabrina mit sterbender Stimme.

»Tante Tess.«

Die Tür wurde geöffnet, und Tante Tess trat ein, gefolgt von dem Marquis, der ein Tablett trug.

Sabrina klappte vor Staunen der Unterkiefer herunter. Sein Eindringen in ihr Schlafgemach war höchst unziemlich.

Unter dem wachsamen Auge ihrer Tante stellte Adam das Tablett auf den Nachttisch und setzte sich zu ihr ans Bett.

»Adam ist um dein Wohlbefinden besorgt«, erklärte Tante Tess.

»Kamillentee und Zitronenkekse«, erklärte Adam mit einer Geste zum Tablett.

Sabrina fand endlich ihre Stimme wieder. »Mylord, haben Sie die Güte und entfernen Sie sich aus meinem Zimmer«, richtete sie würdevoll das Wort an ihn. »Sie ruinieren meinen Ruf.«

»Niemand außer Ihrer Tante weiß, dass ich hier bin«, entgegnete Adam, ohne Anstalten zu machen, ihrem Wunsch nachzukommen.

»Dienstboten sehen alles und klatschen mit ihren Freunden in anderen Häusern, die es wiederum an ihre Herrschaft weitergeben«, entgegnete Sabrina.

»Der Marquis ist dein Verlobter«, hielt Tante Tess

ihr entgegen und nahm auf dem Sessel vor dem Kamin Platz.

»Das habe ich nicht vergessen«, versetzte Sabrina spitz. »Verlobt heißt noch lange nicht, verheiratet zu sein. Im Übrigen: Warum hast du mir nichts von dieser Verlobung erzählt?«

»Ach wie dumm von mir, ich bin so vergesslich«, rief Tante Tess und erhob sich hastig. »Ich habe meine Handarbeit in meinem Zimmer liegen gelassen.« Sie eilte zur Tür und war verschwunden, ehe Sabrina sie zurückhalten konnte.

»Ihr Gesicht ist beinahe so rot wie Ihr Haar«, sagte Adam lächelnd und legte ihr die Hand auf die Stirn. »Fieber scheinen Sie allerdings nicht zu haben.«

»Ich protestiere entschieden gegen Ihr Eindringen in mein Zimmer«, entrüstete Sabrina sich. »Das schickt sich nicht.«

Adam achtete nicht auf ihre Empörung und reichte ihr die Tasse. »Trinken Sie, das wird Ihnen gut tun.«

»Ich will keinen Tee.«

»Was wollen Sie dann, Prinzessin?«

Sabrina lächelte unvermutet. »Ein Nickerchen machen, denke ich.«

»Soll ich Sie in meinen Armen wiegen, bis Sie eingeschlafen sind?«, fragte er mit rauchiger Stimme.

Wieder einmal spürte Sabrina, wie ihr das Blut in die Wangen schoss. »Ein befleckter Ruf ist kein Scherz, Mylord. Zumal …« Sie stockte und behielt den restlichen Satz für sich. *Zumal für einen Bastard wie mich.*

Außer dem Vikar, der sie in der Nacht der schmachvollen Beerdigung ihres Vaters gekränkt hatte, war niemand im Dorf zu ihr oder ihrer Schwester je beleidigend gewesen. Allerdings fühlte sie sich gelegentlich heimlich beobachtet und dachte, jeder wisse über ihre uneheliche Herkunft Bescheid.

Abingdon war schließlich nur ein Dorf, in dem Klatsch sich in Windeseile verbreitete und jeder von jedem alles wusste.

Andererseits war es gut möglich, dass sie sich diese verstohlenen Blicke nur einbildete. Ihre Schwester schien jedenfalls nichts davon zu bemerken oder sich unnötige Gedanken über das Geheimnis ihrer Geburt zu machen.

»Zumal?«, drängte Adam nun und holte Sabrina aus ihren trüben Gedanken.

»Ach, nichts«, antwortete sie zerstreut.

Adam bückte sich und hob eine Spielkarte vom Teppich auf, die heruntergefallen sein musste, als sie die Karten hastig unter der Bettdecke versteckt hatte.

»Ich dachte, Sie haben Kopfschmerzen«, meinte Adam.

»Courtney besuchte mich vorhin und wollte mich mit einem Kartenspiel aufheitern«, verteidigte Sabrina sich.

»Prinzessin, Sie versuchen mir aus dem Weg zu gehen«, stellte er fest und fixierte sie.

»Ich? Wie können Sie das nur denken?«, fragte sie mit Unschuldsmiene. »Mir droht der Kopf vor Schmerzen zu platzen.«

»Wo sitzt der Schmerz?«

»In der Schläfe.«

Adam zog eine dunkle Braue hoch. »In welcher?«

»In beiden.«

»Schließen Sie die Augen«, befahl er mit leiser Stimme. Als sie zögernd gehorchte, legte er ihr die Hände an den Kopf und begann ihr die Schläfen zu massieren.

Sabrina fürchtete, bei seiner ersten Berührung in Ohnmacht zu sinken, überließ sich aber bald seinen geschickten Händen, die festen und dennoch sanften Druck ausübten. Die rhythmischen Kreisbewegungen seiner Finger an ihren Schläfen waren unendlich wohltuend und entspannend. Am liebsten hätte sie geschnurrt wie eine Katze.

Und plötzlich waren seine Hände nicht mehr da.

Sabrina öffnete träge die Augen, als Adam sich erhob.

Er blickte einen endlos langen Augenblick auf sie herab. »Viel Spaß bei Ihrem Spiel, Prinzessin«, sagte er mit einem Anflug von Heiterkeit in der Stimme. »Am Ende gewinne ich.«

Sabrina sah ihn unverwandt an. »Ich verliere nicht gern.«

Adam lächelte. »Nun haben wir doch etwas gemeinsam.« Damit verließ er das Zimmer und schloss die Tür leise hinter sich.

Sabrina verbrachte den Rest des Tages in ihrem Zimmer. Nach einem einsamen Abendessen saß sie im Bett und langweilte sich. Der Schlaf wollte sich nicht einstellen, und sie kämpfte gegen das unbändige Verlangen an, sich ihre Sorgen mit Backen zu vertreiben. Und dann beschloss sie, genau das zu tun – zu backen, sobald alle sich zurückgezogen hatten.

Gegen zehn Uhr waren gewöhnlich nur noch ein paar Dienstboten wach. Sie sprang aus dem Bett. Ohne sich die Mühe zu machen, ein Kleid anzuziehen, schlüpfte sie in ihren Morgenmantel, eilte zur Tür und lauschte. Im Korridor war alles still.

Behutsam streckte sie den Kopf durch den Türspalt. Niemand war zu sehen. Auf nackten Füßen huschte sie den Flur entlang zur Hintertreppe, um dem Marquis nicht zu begegnen, falls er sich noch im Arbeitszimmer aufhielt.

Sabrina eilte die schmale Stiege hinunter und stürmte zum Schrecken der Spülmädchen in die Küche. Hastig band sie sich eine Schürze um und gab Anweisungen: »Ich brauche Sirup, Butter, braunen

Zucker, Mehl, Ingwerpulver, Nelkenpfeffer, Pottasche, Milch und Eier.«

»Lady Sabrina, haben Ihre Kopfschmerzen nachgelassen?«, fragte Forbes, während die Spülmädchen übereinander stolperten, um die Anweisungen ihrer Herrin auszuführen.

Sabrina bedachte den Butler mit einem scharfen Blick, der keine Miene verzog.

»Was backen Sie heute Nacht?«, erkundigte er sich höflich.

»Ingwerlebkuchen.«

»Hm. Ich liebe Ingwerlebkuchen.«

Forbes prüfte alle Zutaten, die von den Mädchen herbeigeschafft wurden. »Haben Sie noch einen Wunsch, Mylady?«

»Ich möchte allein sein«, antwortete Sabrina.

»Sehr wohl, Mylady.« Der Butler verneigte sich und scheuchte die Mädchen aus der Küche. »Angenehmes Backen«, sagte er an der Tür, ehe er sich entfernte.

Sabrina machte sich sogleich an die Arbeit, stocherte die Glut im Herd auf und legte einige Scheite nach. Dann siebte sie Mehl in eine große Schüssel und gab braunen Zucker, Ingwerpulver und Nelkenpfeffer dazu. Zufrieden vor sich hin summend, ließ sie Butter und Sirup bei kleiner Hitze zergehen und mischte die Flüssigkeit zu den andern Zutaten. Dann goss sie warme Milch dazu, in die sie die Pottasche aufgelöst hatte.

Nachdem sie Eier schaumig geschlagen hatte, fügte sie auch diese der Lebkuchenmasse bei und begann den Teig zu rühren.

»Ah, Prinzessin. Wie ich sehe, fühlen Sie sich besser«, ertönte eine vertraute Stimme.

Sabrina fuhr erschrocken herum. »Was tun Sie denn hier?«

»Sie haben mich doch eingeladen, einige Tage Ihr

Gast zu sein«, antwortete Adam und schlenderte auf sie zu.

Sabrina fand seinen Scherz keineswegs heiter. »Ich meine, was tun Sie in meiner Küche?«

»Ich wollte mich eben zur Ruhe begeben, als Forbes mich davon unterrichtete, dass Sie die besten Ingwerlebkuchen in ganz England backen«, sagte er lächelnd. »Ich liebe Lebkuchen mit Schlagsahne.«

Sabrina hätte den Butler liebend gerne erwürgt. Da sie die Gegenwart des Marquis wohl oder übel ertragen musste, setzte sie ein zuckersüßes Lächeln auf. »Dann müssen Sie die Sahne schlagen.«

»Ich würde Ihre Sahne liebend gerne schlagen«, entgegnete Adam mit kehliger Stimme.

Sabrina sah ihn lange an. Etwas in der Art, wie er die Worte betonte, weckte ihren Argwohn. Wieso blitzten seine blauen Augen so belustigt? Was war witzig daran, Sahne zu schlagen?

Sie versagte sich eine Bemerkung und stellte stattdessen eine Schüssel vor ihn hin, goss gekühlte Sahne hinein und drückte ihm einen Schneebesen in die Hand.

Ohne den Blick von ihr zu wenden, begann Adam die Sahne zu schlagen.

»Übertreiben Sie es nur nicht«, warnte Sabrina.

»Gott bewahre«, versetzte er ernsthaft.

Sabrina verteilte die Lebkuchenmasse auf einem gefetteten Backblech, schob es in den Backofen und setzte sich an den Küchentisch.

»Erzählen Sie bloß keiner Menschenseele, was ich hier mache«, sagte Adam, »sonst lacht ganz London über mich.«

»Das muss ich mir erst noch überlegen«, versetzte Sabrina feixend.

»Wieso fangen Sie mitten in der Nacht zu backen an?«, fragte er.

»Damit vertreibe ich meine Ängste«, antwortete sie.
»Und was sind das für Ängste, Prinzessin?«
»Einmal die Frage, wie ich den Namen meines Vaters reinwasche, und zweitens meine Verlobung mit Ihnen«, antwortete sie aufrichtig.
»Wieso können Sie mich nicht leiden?«
»Sie schlagen die Sahne zu fest«, warnte sie. »Oder wollen Sie Ihre Lebkuchen mit Butter essen?«
»Sie haben meine Frage nicht beantwortet«, versetzte er.
»Wieso sollte einer der reichsten Aristokraten Englands eine vollkommen Fremde heiraten?«, erwiderte sie.
»Beantworten Sie Fragen immer mit Fragen?«
»Nicht immer.«
»Nun, Sie haben sich die Antwort auf Ihre Frage selbst gegeben«, meinte Adam mit seinem unwiderstehlichen Lächeln. »Sie sind vollkommen. Seltener als eine Rose im Winter oder eine Schneeflocke im Sommer.«
Sabrina errötete heftig über sein unziemliches Kompliment. Sein Blick hielt sie gefangen. Was sollte sie erwidern? Kein Mann hatte je so vertraulich mit ihr gesprochen.
»Sie sehen bezaubernd aus, wenn Sie erröten«, neckte Adam sie mit rauchiger Stimme.
Schließlich schaffte Sabrina es, ihre Augen von ihm loszureißen. »Mylord, ich glaube, die Sahne ist steif genug.« Da auch die Lebkuchen fertig waren, griff sie nach zwei Topflappen und zog das Blech aus dem Backofen, um es ein paar Minuten abkühlen zu lassen, bevor sie die Lebkuchen in Quadrate schnitt.
»Essen Sie Ingwerlebkuchen auch gerne mit Schlagsahne?«, fragte Adam.
»Ja, ich liebe Schlagsahne.«
Adam tauchte den Zeigefinger in die Schüssel und

bot ihr ein Sahnehäufchen an. Verdattert starrte Sabrina ihn an.

»Probieren Sie, Prinzessin«, flüsterte er, und sein Finger war ihrem Mund ganz nah.

Sabrina starrte auf den Finger mit dem Sahnehäubchen.

»Wenn Sie noch lange warten, rinnt sie mir vom Finger«, meinte Adam.

Sabrina gab sich innerlich einen Ruck, streckte die Zunge heraus und probierte die Schlagsahne. »Köstlich, Mylord. Sie haben Ihre Sache ganz ausgezeichnet gemacht.«

»Sie aber auch«, raunte Adam. Er drehte den Finger um. »Hier haben sie noch etwas Sahne übrig gelassen.«

Sabrina spürte, dass er sie in Verlegenheit bringen wollte, und weigerte sich, ihm den Gefallen zu tun. Tapfer trat sie einen Schritt näher und leckte die restliche Sahne von seinem Finger.

Ein träges Lächeln huschte über seine schönen Lippen. Adam beugte sich näher, seine blauen Augen senkten sich in die ihren. Langsam näherte er ihr sein Gesicht.

Sabrina schloss die Augen, ehe sein Mund sich auf den ihren legte. Seine Lippen fühlten sich warm und sanft drängend an. Ein wohliger Schauer durchrieselte sie. Sabrina sank an seine Brust und überließ sich der fremden, erregenden Empfindung.

Adam vertiefte seinen Kuss und Sabrina erbebte. Wie aus weiter Ferne hörte sie sich leise stöhnen.

Dieses Stöhnen traf sie wie ein Eimer kaltes Wasser. Sie entwand sich seinen Armen und wich zwei Schritte zurück.

»Nehmen Sie sich nie wieder solche Freiheiten mit mir heraus«, fauchte Sabrina und versuchte ihre Fassung zurückzuerlangen.

»Hat es Ihnen nicht gefallen?«, fragte Adam unschuldig.

»Nein«, log Sabrina und wandte sich benommen ab.

Sie hatte sich von ihm küssen lassen. Wie konnte sie ihm je wieder unter die Augen treten und Gleichgültigkeit heucheln? Doch der Marquis schien völlig ungerührt von dem, was für sie ein denkwürdiges Ereignis in ihrem Leben war: Ihr erster Kuss.

Zutiefst verlegen und verwirrt machte Sabrina sich daran, die Ingwerlebkuchen zu schneiden und legte ein paar davon auf zwei Teller. Dann gab sie auf jeden Teller einen Klecks Schlagsahne.

»Wie gemütlich das ist«, meinte Adam und setzte sich ihr gegenüber an den Tisch.

Sabrina errötete erneut. Wieso musste Gott ausgerechnet sie mit roten Haaren zur Welt kommen lassen, da Rothaarige unentwegt erröteten.

»Meine Steckenpferde sind die Gärtnerei, Golf und Pferde«, sagte Adam ohne Einleitung, als suche er ein unverfängliches Gesprächsthema, um von dem Kuss abzulenken. »Ich verachte Männer, die zur Jagd gehen. Wie steht es mit Ihnen?«

»Ich liebe Kinder und Tiere«, antwortete Sabrina.

»Nicht zu vergessen Kochen und Backen.«

Sabrina nickte. »Und ich respektiere Ihre Einstellung, nicht zum Spaß zu töten«, sagte sie. »Haben Sie schon mal in Selbstverteidigung getötet?«

»Ich finde das kein passendes Thema«, versetzte Adam. »Ich besitze drei Dutzend Schiffe, mit denen ich Handel in der ganzen Welt treibe.«

»Ich war noch nie auf einem Schiff«, gestand Sabrina. »Und in London war ich zum letzten Mal als Kind.«

»Würden Sie mich morgen nach Oxford begleiten?«, fragte Adam.

Sabrina geriet erneut in den Bann seines eindringlichen Blickes, dem sie nicht widerstehen konnte. Sie war zwar in Trauer, aber gegen einen kleinen Ausflug konnte niemand etwas einwenden, noch dazu mit dem Mann, der versprochen hatte, den Ruf ihres Vaters wieder herzustellen.

»Ja, gerne«, sagte sie. »Wollen wir Courtney und die anderen einladen, uns zu begleiten?«

»Nein. Ich würde die Zeit gerne allein mit Ihnen verbringen, um Sie besser kennen zu lernen.«

Sabrina senkte die Lider. »Wie Sie wünschen, Mylord.«

Barmherziger Himmel, dachte Sabrina am nächsten Morgen.

Sie war früh aufgestanden, hatte ein schwarzes Ausgehkleid angezogen und schwarze Stiefeletten. Das Haar trug sie zu einem Zopf geflochten und zu einem Kranz im Nacken gebunden.

Sabrina griff nach ihrem schwarzen Umhang und warf einen letzten Blick in den hohen Standspiegel. Oh, was würde sie darum geben, braunes Haar und braune Augen zu haben, statt dieses auffallend rote Haar und grüne Augen. Nicht dass sie sich für eine Schönheit gehalten hätte, schöne Frauen waren blond und hatten blaue Augen.

Hatte sie das rote Haar und die grünen Augen von ihrer leiblichen Mutter geerbt? Oder waren diese sündigen Attribute das Vermächtnis ihres Vaters?

Sabrina verließ ihr Zimmer und ging den Korridor entlang. Was sollte sie nur den ganzen Tag mit dem Marquis reden? Sie war keine weltgewandte junge Dame der Londoner Gesellschaft und überdies war er ihr eigentlich fremd. Auf keinen Fall würde sie über Schlagsahne mit ihm reden, schoss es ihr durch den Kopf. Der Gedanke an ihr unerhörtes Benehmen von gestern Nacht ließ sie innerlich zusammenzucken.

Der Marquis wartete in der Eingangshalle und blickte ihr entgegen. Sabrina fürchtete in ihrer Befangenheit, auf den letzten Stufen zu stolpern und der Länge nach hinzufallen.

»Sie verspäten sich«, empfing Adam sie.

»Nur fünf Minuten«, verteidigte Sabrina sich.

Er nahm sie beim Arm und führte sie zur Haustür. »Schiffsmagnaten sind ausgesprochen pünktliche Menschen.«

»Ich staune, dass Sie sich von Ihren Geschäftsbüchern losreißen«, entgegnete Sabrina und warf ihm einen Seitenblick zu.

»Sie würden noch mehr staunen, wenn Sie wüssten, was ich bereit wäre zu tun, nur um ein paar Stunden mit Ihnen allein zu verbringen«, sagte Adam mit rauchiger Stimme.

Sabrina suchte vergeblich nach einer schlagfertigen Antwort.

Auf dem Kiesrondell wartete eine Karosse mit dem Wappen des Herzogs. Sagi hielt den Wagenschlag auf und Abdul saß auf dem Kutschbock.

Sabrina nahm auf der ledergepolsterten Bank Platz. Einen bangen Augenblick lang fürchtete sie, der Marquis würde sich neben sie setzen, doch diesmal befolgte er die Etikette und nahm ihr gegenüber Platz.

Der Tag war ungewöhnlich warm, die Sonne strahlte vom blauen Himmel, und man hätte meinen können, Ostern stehe vor der Tür, nicht Weihnachten.

»Erzählen Sie mir mehr von sich«, begann Sabrina, um eine Konversation bemüht.

»Erzählen Sie von sich«, forderte Adam.

»Ich habe als Erste gefragt«, entgegnete sie lächelnd.

»Und ich als Zweiter.«

»Woher haben Sie diese Narbe?«, fragte Sabrina hartnäckig.

Adam berührte die feine Narbe. »Zu Beginn meiner Schulzeit in Eton fiel es mir schwer, Freundschaften zu schließen«, berichtete er und setzte sie mit einem belustigten Lächeln in Erstaunen, als sei diese Erinnerung amüsant und nicht schmerzvoll. »Eines Tages geriet ich mit einem anderen Jungen in Streit, der mir seine Reitpeitsche überzog. Ich revanchierte mich mit der gleichen Behandlung und danach waren wir die besten Freunde.«

Sabrina starrte ihn entsetzt an. Sie hätte nie gedacht, dass auch wohl erzogene Knaben ihre Differenzen gewalttätig austrugen. Aber sie hatte ja nie einen Bruder gehabt.

»Ja, Prinzessin. Knaben unterscheiden sich von Mädchen«, stellte Adam fest, als lese er ihre Gedanken. »Jamie Armstrong, der jetzige Herzog von Kinross, und ich waren alsbald der Schrecken von Eton, und mehrmals drohte uns der Rausschmiss aus dem Internat. Zum Glück werden Knaben erwachsen und lernen ihr ungestümes Temperament zu zügeln. In London stelle ich Ihnen Jamie vor.«

Sabrina nickte schweigend.

»Vor einem Jahr heiratete Jamie eine junge Dame aus euren ehemaligen Kolonien«, fuhr Adam fort.

»Eine Amerikanerin?«

Adam nickte.

»Wieso sagen Sie *eure* und nicht *unsere* Kolonien?«

»Aus keinem bestimmten Grund«, antwortete er achselzuckend.

»Ich sage nie Dinge ohne Grund«, versetzte Sabrina. »Meiner Meinung nach tun Sie das auch nicht.«

»Halten Sie mich für einen Lügner?« Adam zog eine dunkle Braue hoch.

»Nein, aber Sie weichen meiner Frage aus.«

»Wie lautete Ihre Frage?«

Sabrina verengte die Augen. »Sie weichen mir schon wieder aus.«

»Ich habe Ihre Frage vergessen«, verteidigte Adam sich mit einem jungenhaften Grinsen.

»Fühlen Sie sich als Engländer oder als Franzose? Sie sind doch in Frankreich geboren, oder?«

Adam nickte.

»Nun?«

»An manchen Tagen fühle ich mich als Engländer«, sagte er schließlich. »Und an anderen nicht.«

Sabrinas Unmut wuchs. Wieso war er nicht fähig, ihr eine klare Antwort zu geben? Sie wollte nicht mit einem Mann verlobt oder gar verheiratet sein, der nicht offen mit ihr war.

»Als was fühlen Sie sich heute?«, fragte sie und gab ihm eine letzte Chance, etwas über sich zu erzählen.

Adam beugte sich vor und lächelte unwiderstehlich. »Ich fühle mich wie der glücklichste Mann in ganz England, mit Ihnen allein in dieser Kutsche zu sitzen.«

»Behalten Sie Ihre Weisheit für sich«, fauchte Sabrina entrüstet.

»Sie erröten schon wieder«, neckte Adam.

»Schweigen Sie, oder ich lasse Ihren Kutscher umkehren und nach Abingdon zurückfahren«, drohte sie und wandte den Blick aus dem Fenster.

»Ihr Wunsch ist mir Befehl«, hörte sie den Marquis sagen. Und dann wurde ihr klar, dass er sie erfolgreich daran gehindert hatte, ihm weitere Fragen zu stellen. Sollte er diesmal getrost denken, gewonnen zu haben, sie würde ihn bald eines Besseren belehren.

Oxford lag sieben Meilen nördlich von Abingdon. Nach etwa einer Stunde hatten sie ihr Ziel erreicht und die Karosse fuhr die High Street entlang.

»Das ist St. Marys Church«, erklärte Sabrina und

übernahm die Rolle des Fremdenführers. »Oxford wird auch die ›Stadt der Türme‹ genannt. Nördlich der High Street befindet sich die Bodleian Library, die Parkanlagen liegen im Nordosten der Stadt. Wollen Sie durch die Altstadt und das Universitätsviertel fahren?«

»Nicht unbedingt.«

Seine Ablehnung erstaunte sie. »Wieso nicht?«

»Ich habe ein Jahr meines Lebens hier als Student vergeudet«, erklärte er.

»Sie haben in Oxford studiert?«, fragte Sabrina verblüfft.

»Wieso überrascht Sie das?«

»Weil ich nicht begreife, wieso Sie mich einladen, sieben Meilen mit Ihnen in eine Stadt zu fahren, die Sie gar nicht sehen wollen«, entgegnete sie.

»Abdul, halte die Kutsche an«, rief Adam. Dann wandte er sich wieder an sie. »Ich will einkaufen und brauche Ihren Rat.«

Sabrina sah ihn misstrauisch an.

Ihr Argwohn ließ Adam schmunzeln. »Ich habe keine Erfahrung mit kleinen Mädchen und will eine Puppe für die Tochter eines Freundes kaufen. Ich dachte, Sie könnten mir helfen, etwas Passendes auszusuchen.«

Sabrinas Miene hellte sich auf. Nie hätte sie erwartet, dass er nach Oxford fuhr, um eine Puppe für ein kleines Mädchen zu erstehen. »Dabei helfe ich Ihnen natürlich gern.«

Die Karosse hatte mittlerweile angehalten und Sagi öffnete den Wagenschlag. Adam stieg aus und half Sabrina.

»Wir machen einen Einkaufsbummel und speisen danach in der ›Turteltaube‹«, erklärte Adam seinen Männern. »Lasst die Kutsche in der High Street warten.«

Sabrina nahm seinen angebotenen Arm und spazierte neben ihm die Straße entlang. »Hier könnten wir reinschauen«, meinte sie, als sie ein Spielzeuggeschäft passierten.

Der Ladenbesitzer zeigte ihnen eine Auswahl wunderschöner und kostbarer Puppen. Eine hatte ein Wachsköpfchen und echtes Haar. Der Kopf einer anderen war aus feinem Meissener Porzellan, der Körper aus feinstem zartrosa Ziegenleder. Sie trug ein geblümtes Musselinkleid. Eine dritte war aus Holz geschnitzt und hatte bewegliche Gliedmaßen.

»Was meinen Sie?«, fragte Adam.

»Soll das Mädchen mit der Puppe spielen oder sie nur anschauen?«

»Ich vermute, es will damit spielen«, antwortete Adam achselzuckend.

»Dann eignet sich keine von diesen.« Sabrina wandte sich an den Ladenbesitzer. »Haben Sie auch Stoffpuppen?«

»Selbstverständlich«, antwortete der Besitzer. »Aber ich denke, eine Stoffpuppe entspricht nicht …«

»Zeigen Sie uns die Stoffpuppen«, sagte Adam. »Die Puppe in dem geblümten Kleid nehme ich auch.« Er wandte sich augenzwinkernd an Sabrina: »Eine zum Anschauen und eine zum Spielen.«

Schließlich erstand Adam eine riesige Stoffpuppe in einem bunt gehäkelten Kleid. Der Ladenbesitzer packte beide Puppen in eine Schachtel und verschnürte sie mit einem roten Seidenband.

»Nie im Leben wäre ich auf die Idee gekommen, Sie kauften eine Puppe für ein kleines Mädchen«, stellte Sabrina beim Verlassen des Ladens fest.

»Ich habe Kinder gern und möchte einmal ein ganzes Haus voller Kinder haben«, antwortete Adam und warf ihr einen Seitenblick zu. »Wie denken Sie darüber?«

Sabrina wandte das Gesicht ab, damit er ihre rosig angehauchten Wangen nicht sehen konnte. »Ah, da ist Ihr Diener«, sagte sie und ignorierte seine Frage.

»Hier, bring das zur Kutsche.« Adam reichte Sagi die Schachtel. »Wir werden nun speisen und sind in etwa einer Stunde an der Kutsche.«

Sagi nickte und entfernte sich.

»Ihre Diener sind nicht besonders redselig«, stellte Sabrina fest.

»Ja, das stimmt, aber wenn sie sprechen, höre ich auf sie.«

Vor dem Eingang der ›Turteltaube‹ saß ein riesiger, völlig verdreckter Hund und winselte. Als Sabrina stehen blieb und sich ihm zuwandte, hob der Hund eine Pfote.

»Guten Tag, Hund«, grüßte Sabrina und schüttelte ihm die Pfote. »Wartest du auf deinen Herrn?«

»Sie sollten nie einen Hund anfassen, den Sie nicht kennen«, schalt Adam und zog sie in das Gasthaus.

»Unsinn. Der Hund hätte geknurrt, wenn er gefährlich wäre.«

Adam führte sie in ein Séparée. Es gab Rinderbraten mit Yorkshire-Pudding und Meerrettichsauce. Hinterher wurden verschiedene Käsesorten gereicht.

Während Adam damit beschäftigt war, Wein nachzugießen, wickelte Sabrina heimlich ein paar Scheiben Rinderbraten in ihr Taschentuch und versteckte ihre Beute im Retikül. Vermutlich war das Gobelintäschchen hinterher ruiniert, doch der arme Köter vor der Tür war gewiss hungrig. Sie hätte ein schlechtes Gewissen gehabt, an ihm vorbeizugehen, ohne ihm etwas zum Fressen zu geben.

»Was wollen Sie unternehmen, um den Namen meines Vaters reinzuwaschen?«, fragte sie unvermittelt.

»Darüber bin ich mir noch nicht im Klaren«, antwortete Adam. »Ich weiß nicht, ob es uns gelingt zu beweisen, dass sein Tod kein Selbstmord war, aber ich bin sicher, ich erhalte die Erlaubnis, ihn in geweihter Erde zu bestatten. Würde Ihnen das reichen?«

»Nein. Ich ruhe nicht eher, bis sein Ruf wieder hergestellt ist«, entgegnete Sabrina hartnäckig. »Vorher heirate ich nicht.«

»Ist das eine Drohung?«

»Es ist eine Tatsache«, entgegnete sie.

»Wann wollen Sie Lord Briggs eröffnen, dass wir verlobt sind?«

Seine Frage erstaunte sie. »Sie sagten doch, ich habe bis nach der Ballsaison Zeit, die Verlobung anzuerkennen oder meine Zustimmung zu verweigern.«

»Gewiss. Aber der Baron wäre ohnehin nicht die richtige Wahl als Ehemann«, hielt Adam ihr entgegen.

»Gütiger Himmel!«, rief Sabrina. »Wer gibt Ihnen das Recht zu entscheiden, wer für mich als Ehemann in Frage kommt und wer nicht?«

»Onkel Charles.«

»Wie bitte?«

»Onkel Charles verlässt sich auf mein Urteil«, entgegnete Adam lächelnd.

Sabrina, die nicht wusste, was sie darauf antworten sollte, sah ihn finster an. Wie konnte er es wagen, ihr Vorschriften zu machen? Sie würde selbst die Entscheidung treffen, welcher Ehemann ihr passend erschien.

»Vorsicht«, warnte Adam neckend. »Das düstere Gesicht könnte Ihnen erhalten bleiben. Und was tun Sie dann?«

»Dann heirate ich Sie«, fauchte sie.

Adam legte den Kopf in den Nacken und lachte. »Prinzessin, Sie sind unverbesserlich. Sie sind eine wunderbare Gefährtin für mich, auch wenn Sie gelegentlich ungestüm sind.«

Der schmutzige Hund saß immer noch vor der Tür, als das Paar den Gasthof verließ.

Sabrina holte ihr Taschentuch aus dem Retikül und legte die Fleischbrocken vor den Hund, der sie gierig verschlang und erwartungsvoll den Kopf hob

»Jetzt werden wir ihn nie mehr los«, sagte Adam seufzend. »Wahrscheinlich läuft er hinter unserer Kutsche her, bis er völlig erschöpft ist.«

»Was ist das für eine Rasse?«, fragte Sabrina und tätschelte den riesigen Kopf des Hundes.

Adam musterte ihn prüfend. »Nun ja, wenn mich nicht alles täuscht«, meinte er nachdenklich, »könnte sich unter all dem Dreck ein Wolfshund verbergen.«

»Ein Wolfshund in Oxford?«

Adam zuckte mit den Schultern. »Vielleicht hat ihn ein Student mitgebracht und ihn dann vor die Tür gesetzt.«

»Vor die Tür gesetzt? Ach, können wir nicht ...«

»Unter keinen Umständen.«

Adam nahm Sabrina beim Ellbogen und führte sie mit sanfter Bestimmtheit die Straße entlang. An der nächsten Straßenecke warf sie einen Blick über die Schulter. Der Hund trottete in einiger Entfernung hinter ihnen her. Sabrina blieb stehen und drehte sich um. Der Hund blieb gleichfalls stehen, seine traurigen Augen unverwandt auf sie gerichtet. Sabrina warf Adam einen Seitenblick zu. Als er ihr Flehen in den Augen las, gab er sich geschlagen und rief: »Komm, Hund.«

Im Nu kam er mit langen Sätzen angelaufen, setzte sich brav vor Adam und Sabrina hin und hob aufmerksam den Kopf.

»Prinzessin, er gehört Ihnen«, verkündete Adam mit einem amüsierten Lächeln.

Die Kutsche wartete bereits. Diesmal öffnete Abdul den Wagenschlag und Sagi saß auf dem Kutschbock.

Sabrina nahm Platz. Adam setzte sich neben sie, womit er einen unverzeihlichen Verstoß gegen die Etikette beging, und dann rief er den Hund, der mit einem großen Satz auf die Bank gegenüber sprang.

»Ist Ihnen eigentlich klar, dass er noch nicht ausgewachsen ist?«, meinte Adam.

»Ich habe noch nie so einen großen Hund gesehen. Er ist beinahe so groß wie ein Pony.«

»Ich glaube, unter dem Schmutz und dem Filz verbirgt sich ein reinrassiger irischer Wolfshund«, sagte Adam.

»Wir wollen ihm einen Namen geben«, sagte Sabrina. »Ist er ein Junge oder ein Mädchen?«

Adam beugte sich vor, um das Geschlecht des Hundes zu bestimmen. »Ein Junge.«

»Eigentlich müssten Tiere sich bekleiden«, murmelte Sabrina, deren Wangen sich rosig färbten.

»Wie wäre es mit Rover?«, schlug Adam vor.

»Nein. Er sieht so würdevoll aus. Winston passt gut zu ihm«, sagte Sabrina und wandte sich begeistert an Adam. »Wir müssen ihn baden, wenn wir nach Hause kommen.«

»Wir?«, entgegnete Adam kleinlaut.

Sabrina sah ihn erstaunt an. »Sie helfen mir doch dabei, oder etwa nicht?«

Adam lächelte schief. »Prinzessin, Sie sind die einzige Frau, die mich je dazu eingeladen hat, ihren Hund zu baden. Wie könnte ich da ablehnen?«

Vor Aufregung, plötzlich ein Haustier zu besitzen, vergaß Sabrina während der Heimfahrt, Adam weitere Fragen über seine Vergangenheit zu stellen, bis sie Abingdon Manor erreichten.

Forbes öffnete die Haustür und machte einen erschrockenen Satz nach hinten, als Winston in die Halle stürmte. »Was ist das denn?«, rief der Butler entsetzt.

»Forbes, das ist Winston«, sagte Sabrina. »Winston braucht eine große Schüssel Fressen mit möglichst viel Fleisch und ein Bad. Lassen Sie einen Holzzuber ins Arbeitszimmer bringen.« Mit einem Blick zu Adam erklärte sie: »In der Küche ist um diese Zeit zu viel Betrieb. Und außerdem liegt mir daran, wieder eine freundliche Erinnerung mit dem Unglückszimmer zu verbinden.«

»Soll ich das Ungeheuer etwa baden?«, fragte Forbes entsetzt.

Sabrina warf Adam einen koketten Blick zu. »Nein. Seine Lordschaft wird Winston baden. Mit meiner Hilfe natürlich. Komm, Winston.«

Sabrina eilte den Korridor entlang zum Arbeitszimmer, gefolgt von Adam und Winston.

»Mylady?«, rief Forbes hinter ihr her. Sabrina drehte sich um. »Lord Briggs war am Vormittag hier und sagte, er wolle am Abend noch einmal vorbeischauen.«

»Sagen Sie ihm, ich hätte mich frühzeitig zurückgezogen und wäre morgen wieder bereit, ihn zu empfangen«, versetzte Sabrina.

»Mit Vergnügen, Mylady«, bestätigte Forbes und gestattete sich ein feines Lächeln. »Mit dem größten Vergnügen.«

5. Kapitel

Sabrina betrat mit einem Tablett in Händen das Arbeitszimmer und stieß die Tür mit dem Absatz zu. Adam stand an den hohen Fenstern, neben ihm saß Winston, hob die Schnauze und schnupperte den Essensduft.

»Immer wenn ich dieses Zimmer betrete, denke ich an meinen Vater«, sagte Sabrina und stellte das Tablett auf den Schreibtisch.

»Wir sollten die Prozedur vielleicht doch besser in der Küche vornehmen«, entgegnete Adam und trat heran, um ihr behilflich zu sein.

Sabrina schüttelte den Kopf. »Winston würde die Hektik in der Küche einschüchtern.« Sie wandte sich an den Hund. »Hast du Hunger?«

Winston schaute mit treuherzigen dunklen Augen zu ihr auf. Vor Hunger tropfte ihm Speichel von den Lefzen und bildete kleine Pfützen auf dem Fußboden.

»Wenn Sie ihn noch länger warten lassen, setzt er das Zimmer unter Wasser«, meinte Adam.

Sabrina stellte eine große Schüssel Lammfleisch auf den Boden, die der Hund in Sekundenschnelle leerte; er leckte sich die Schnauze und hob erwartungsvoll den Blick.

»Die Sandwiches sind für uns.« Sabrina stellte eine Platte mit Gurkensandwiches auf den Tisch.

»Der Hund bekommt besseres Essen als die meisten Armen in London«, meinte Adam sinnend.

»Für die Armen in London kann ich im Moment nichts tun«, versetzte Sabrina. »Aber ich kann einen ausgehungerten Hund füttern.«

»Wollen Sie vor dem Hundebad einen Schluck Brandy zur Stärkung?«, fragte Adam.

»Liebend gern.«

Adam goss Brandy in zwei bauchige Gläser, reichte ihr eines davon und prostete ihr zu. »Auf Winston, den Neuzugang in unserer Familie.«

»*Unsere* Familie?«, fragte Sabrina.

»Immerhin sind wir verlobt.«

Sabrina versagte sich eine spitze Bemerkung und nippte an der bernsteinfarbenen Flüssigkeit. Der Brandy floss ihr feurig durch die Kehle und nahm ihr den Atem.

»Ausgezeichneter Jahrgang«, meinte Sabrina hustend.

Adam nickte ernsthaft. »Wollen Sie auch eine Zigarre?«

Sabrina lachte. »Nein, danke. Darauf verzichte ich lieber.«

Es klopfte an der Tür. Winston spitzte die Ohren.

»Herein«, rief Sabrina.

Forbes brachte Handtücher und ein Stück Seife und hielt den Blick auf das Ungeheuer gerichtet. »Die Diener warten im Flur mit einem Waschzuber und heißem Wasser.«

»Sie sollen den Zuber vor den Kamin stellen«, sagte Sabrina.

Forbes zögerte.

»Prinzessin, vielleicht haben die Diener Angst vor großen Hunden«, meinte Adam und wies zum Fenster. »Ich könnte kurz mit ihm hinausgehen, bis das Bad bereitet ist.« Er öffnete ein Fenster und stieg ins Freie. Der Hund folgte ihm gehorsam.

Als Sabrina das Fenster hinter ihm schloss, stellte sie fest, dass die zerbrochene Scheibe während ihres Ausflugs nach Oxford ersetzt worden war. Wieder dachte sie an ihren Vater, der erhängt an einem

Deckenbalken aufgefunden worden war. Um an jenem Unglückstag ins Zimmer zu gelangen, hatten Edgar und Forbes die Scheibe eingeschlagen.

Unter Aufsicht des Butlers trugen zwei Diener einen Holzzuber herein und stellten ihn vor den schwarzen Marmorkamin. Ihnen folgte eine Parade von Bediensteten, die ihn mit heißem Wasser füllten.

»Brauchen Sie sonst noch etwas?«, fragte Forbes an der Tür.

»Nein, danke.« Nachdem alle gegangen waren, klopfte Sabrina an die Fensterscheibe und ließ Adam und Winston wieder einsteigen.

Adam führte den Hund zum Waschtrog. Sabrina prüfte die Wassertemperatur, während Adam seinen Gehrock ablegte und die Ärmel hochkrempelte.

»Spring ins Wasser«, befahl er dem Hund.

Winston legte sich flach auf den Boden und den Kopf auf die Vorderpfoten. Sabrina kicherte und Winston wedelte freundlich mit dem Schwanz.

»Bitte, Winston«, bat sie und klopfte gegen den Zuber.

Der Hund winselte.

Adam räusperte sich und befahl mit strenger Stimme: »Spring ins Wasser. Hopp!« Der Hund sprang mit einem Satz in den Holzzuber und bespritzte die Umstehenden mit Wasser.

»Braver Hund«, lobte Adam und tätschelte ihn anerkennend, dann begann er ihn tüchtig einzuseifen. »Offenbar ist er abgerichtet.«

»Wieso denken Sie, dass sein früherer Besitzer ihn ausgesetzt hat?«, fragte Sabrina.

»Ich weiß nicht, ich kann mich auch irren«, antwortete Adam, während er Winston abschrubbte. »Vielleicht ist der Hund weggelaufen oder er hat sich verirrt. Bringen Sie mir den Wassereimer, damit ich ihn abspülen kann.«

Sabrina reichte ihm den Eimer und holte sich einen zweiten. Gemeinsam gossen sie Wasser über den Hund, der seinen mächtigen Kopf hob und losheulte wie ein Wolf.

»Gütiger Himmel!«, entfuhr es Sabrina.

»Winston hat ein weißes Fell«, rief Adam verblüfft.

»Ich dachte, er sei grau«, meinte Sabrina begeistert und breitete ein Handtuch auf dem Boden aus.

»Der Dreck hat die Farbe seines Fells völlig zugedeckt. Winston, raus aus dem Wasser.«

Der Hund brauchte keine zweite Einladung. Mit einem Satz war er aus dem Zuber, schüttelte sich und verspritzte Wasser in alle Richtungen.

Mit vereinten Kräften rieben ihn Adam und Sabrina, links und rechts neben dem Hund kniend, trocken. Als ihre Fingerspitzen einander versehentlich berührten, bedachte Sabrina den Marquis mit einem strengen Blick.

»Prinzessin, wir arbeiten ausgezeichnet zusammen«, meinte Adam mit kehliger Stimme.

»Winston braucht ein Band«, sagte sie und überhörte geflissentlich seine Bemerkung, »ich will, dass er hübsch aussieht, wenn ich ihn meiner Familie vorstelle.«

»Nein. Ein Rüde mit einem Schleifchen sieht albern aus«, protestierte Adam. »Ich mache einen Spaziergang mit ihm, während Sie sich zum Tee umziehen. Wir verschwinden wieder durchs Fenster. Hinten im Garten ist es interessanter für ihn als vorne an der Auffahrt.«

Sabrina blickte zu den hohen Fenstern. »Und wie kommt ihr wieder rein?«

»Durch die Haustür, wie alle anständigen Leute.«

Nachdem die beiden in den Garten verschwunden waren, verriegelte Sabrina das Fenster und dachte an den Tag, an dem ihr Vater gestorben war. Als er auf

Rufen nicht antwortete, hatte Sabrina den Butler losgeschickt, um den Schlüssel zu suchen, den er nicht finden konnte. Danach waren Edgar und Forbes ums Haus gegangen und hatten die Scheibe eingeschlagen.

Sabrina begab sich in ihr Zimmer, um sich umzuziehen, und blickte aus dem Fenster. In der Abenddämmerung erspähte sie einen glühenden Punkt auf dem Rasen vor dem Haus. Der Marquis genehmigte sich eine Zigarre. Sie erinnerte sich an seinen warmen Mund, der sich auf ihren gepresst hatte, und strich sich mit den Fingerspitzen über die Lippen.

Adam St. Aubyn war attraktiv, reich und adeliger Herkunft, ein Mann mit einem großen Herzen, der einen streunenden Hund aufnahm. Irgendwie konnte sie sich nicht vorstellen, dass Edgar Briggs dazu fähig wäre.

Sabrina gab sich innerlich einen Ruck und wandte sich vom Fenster. Sie schälte sich aus dem nassen Kleid und zog ein frisches, schwarzes Kleid an. Die Trauerkleidung würde sie erst ablegen, wenn die Saison in London es erforderte.

Sie setzte sich an den Frisiertisch und betrachtete ihr Spiegelbild. Es würde sie einige Mühe kosten, die zerzauste Mähne durchzukämmen.

Es klopfte.

»Komm rein, Courtney«, rief sie in der Annahme, ihre Schwester wolle mit ihr plaudern.

Die Tür wurde langsam geöffnet. Winston stürmte schweifwedelnd herein.

»Wie kommst du denn …« Sabrina drehte sich um. Der Marquis lehnte lächelnd im Türrahmen.

»Was tun Sie hier?«, fragte sie ungehalten.

»Ich hoffte, Sie unbekleidet vorzufinden«, meinte er verschmitzt lächelnd. »Leider komme ich zu spät.«

»Ich protestiere entschieden dagegen, dass Sie in

mein Schlafzimmer eindringen«, entrüstete sie sich, vergaß ihr zerzaustes Haar, sprang auf und rauschte an ihm vorbei.

Im Flur fuhr sie fort, ihn zu tadeln. »Unsere Abmachung gibt Ihnen nicht das Recht …«

Sie spürte seine Finger im Rücken, blieb jäh stehen und drehte sich brüsk um. »Was tun Sie da?«

»Sie haben einen Knopf vergessen«, antwortete Adam mit Unschuldsmiene.

»Kein Gentleman würde eine Dame ohne ihre Einwilligung anfassen«, schalt sie pikiert. »Lassen Sie das!«

»Halten Sie mich etwa für einen Gentleman?«, fragte Adam erstaunt und strich ihr ungeniert eine widerspenstige rote Locke hinters Ohr. »Im übrigen ist es keine Sünde, wenn Verlobte einander anfassen.«

Sabrina wich einen Schritt zurück. Der Marquis war alles andere als ein Gentleman und setzte sich über alle Regeln von Sitte und Anstand hinweg.

»Sie sind höchst anmaßend«, tadelte sie ihn und sah ihn strafend an. »Im Übrigen lerne ich in London mit Sicherheit heiratsfähige Herren kennen, die wissen, was sich gehört.«

»Konvention kann unerträglich langweilig sein«, versetzte Adam mit einem unverfrorenen Lächeln.

»Dieses Urteil sollten Sie mir überlassen«, befand Sabrina und setzte ihren Weg zur Treppe fort.

»Ich liebe es, wenn Sie erröten, Prinzessin«, stellte Adam mit kehliger Stimme fest. »Ihre rosigen Wangen unterstreichen das Grün Ihrer Augen.«

»Sie dürfen so etwas nicht sagen.«

»Warum nicht?«

»Weil Sie mich in Verlegenheit bringen.«

Sabrina hörte sein leises Lachen, würdigte ihn aber keines Blickes, um ihn nicht zu weiteren Dreistigkeiten zu ermutigen.

»Ein Monstrum«, hörte Sabrina den spitzen Aufschrei ihrer Tante, als Winston in den Salon stürmte. Adam und sie traten gerade noch rechtzeitig ein, ehe Winston sich über die Platte mit Gurkensandwichs und die Schale mit den Zitronenkeksen hermachen konnte.

»Winston, Platz!«, befahl Adam. Der Hund gehorchte und setzte sich vor das verlockende Essen.

»Braver Junge«, lobte Adam und streichelte ihm den Kopf.

»Das soll ein Hund sein?«, fragte Belladonna gedehnt.

»Sieht eher aus wie ein Pony«, ergänzte Tante Tess.

»Das ist ein reinrassiger irischer Wolfshund«, korrigierte Onkel Charles die Damen mit Kennermiene. »Er ist beinahe so groß wie Tiny, der Hund von Prinz Adolphus damals in Eton.«

»Winston heißt du?«, fragte Courtney begeistert. »Mit einem Band würde er noch hübscher aussehen, findet ihr nicht?«

Sabrina bedachte Adam mit einem triumphierenden Blick.

»Kein Band«, lehnte er entschieden ab.

»Gütiger Himmel, der sabbert ja! Wie abscheulich«, sagte Belladonna angewidert.

Winston lief der Speichel von den Lefzen, während er die verlockenden Sandwichs fixierte.

Sabrina wischte ihm mit ihrem Taschentuch die Schnauze ab und gab ihm ein Gurkensandwich. Winston verschlang es, ohne zu kauen.

»Ein junger Hund hat einen gesunden Appetit«, bemerkte Adam lächelnd. Dann befahl er: »Winston, Platz!« Der Hund legte sich auf den Teppich und den Kopf zwischen die Vorderpfoten.

»Wo habt ihr ihn her?«, fragte Onkel Charles.

»Die Gräfin von Abingdon hat ein großes Herz und

wird wohl jeden streunenden Hund aufnehmen«, erklärte Adam.

»Es gibt Schlimmeres im Leben«, meinte Sabrina, setzte sich auf die Couch und streichelte den Kopf des Hundes. »Winston ist ein hübscher Junge.«

Der Hund hob den mächtigen Kopf und gab ihr die Pfote.

»Er ist ein Prachtkerl, aber kein hübscher Junge«, verbesserte Adam sie.

»Vorhin kam ein Bote aus London«, verkündete Onkel Charles.

Sabrina hob aufmerksam den Kopf. »Und?«

»Prinz Adolphus hat die Erlaubnis von Prinny ...«

»Vom Prinzregenten?«, rief Courtney aufgeregt.

Onkel Charles nickte lächelnd und wandte sich an Adam: »Prinny überträgt dir die Verwaltung der Savage-Besitzungen.«

»Was verlangt er dafür?«

Onkel Charles hob die Schultern. »Prinny hat ziemlich große Löcher in den Taschen, wie du weißt.«

»Ich verstehe nicht.« Sabrina blickte vom Herzog zum Marquis.

»Gegen einen Obolus überträgt der Prinzregent mir die Verwaltung Ihres Vermögens, bis eine endgültige Entscheidung über die Umstände des Ablebens Ihres Vaters getroffen ist«, erklärte Adam.

»Ich zahle Ihnen die Summe selbstverständlich zurück, wenn die Angelegenheit geregelt ist«, versprach Sabrina.

»Machen Sie sich bitte keine Sorgen«, versetzte Adam. »Es bleibt schließlich in der Familie.«

»Wir sind noch längst keine Familie«, versetzte sie kühl.

»Sabrina!«, meldete sich eine Stimme von der Tür, ehe der Marquis antworten konnte.

Lord Briggs trat ein. Winston hob den Kopf, richtete sich auf und knurrte. Edgar blieb stehen und starrte den Hund an.

»Was ist das denn?«, fragte er.

»Mein Hund«, antwortete Sabrina.

»Winston, Platz!«, befahl Adam.

Der Hund gehorchte und legte den Kopf auf die Vorderpfoten, verfolgte aber mit gespitzten Ohren jede Bewegung Edgars, als ginge von ihm eine Gefahr aus.

»Eine Dame braucht einen Schoßhund, kein Ungeheuer«, sagte Edgar an Adam gerichtet.

»Ich habe ihr den Hund nicht geschenkt«, entgegnete Adam.

»Wir haben ihn heute in Oxford aufgelesen«, berichtete Sabrina.

»Wirst du denn nie vernünftig?«, entgegnete Edgar missbilligend und schüttelte den Kopf.

Winston knurrte, blieb aber gehorsam liegen.

»Mir scheint, Winston gefällt Ihr Tonfall nicht«, sagte Adam amüsiert.

Lord Briggs achtete nicht auf den Marquis. »Sabrina, ich muss unter vier Augen mit dir sprechen.«

»Das kann bis morgen warten«, versetzte Sabrina, die keine Lust hatte, sich wieder einen seiner Vorträge anzuhören. »Trink eine Tasse Tee mit uns.«

»Ich reise morgen zu meiner Schwester«, erklärte Edgar. »Wie du weißt, verbringe ich dieses Jahr die Weihnachtsfeiertage bei ihr.«

Sabrina fühlte sich erleichtert, dass er für ein paar Tage verreiste, und hatte zugleich ein schlechtes Gewissen, froh darüber zu sein.

»Oh, das hatte ich vergessen.« Sabrina erhob sich. »Ich begleite dich nach unten.«

Auf dem Weg zur Tür sagte sie in die Runde: »Ich bin bald zurück.«

Schweigend begleitete Sabrina den Baron den Korridor entlang. Auf der Treppe hätte sie beinahe laut aufgelacht, als Forbes unten in der Halle sich bereit machte, Edgar in den Mantel zu helfen.

Armer Edgar, dachte sie. Niemand auf Abingdon Manor schien ihn gern zu sehen.

Als der Butler ihm den Mantel reichte, sah Edgar ihn lange und eindringlich an, bis Forbes sich zurückzog. Dann wandte Edgar sich mit unglücklicher Miene an Sabrina.

»Ich komme mir vor wie ein unerwünschter Außenseiter.«

»Verzeih«, entschuldigte Sabrina sich. »Dieses Gefühl wollte ich dir nicht geben. Der plötzliche Tod meines Vaters hat mein Leben in Aufruhr gebracht. Ich habe mein Gleichgewicht noch nicht wieder gefunden.«

Edgars Miene hellte sich auf. Er griff in die Tasche seines Gehrocks und zog ein kleines Etui hervor. »Ich habe ein Geschenk für dich.«

»Du sollst mir nichts schenken«, meinte Sabrina kopfschüttelnd. Wie konnte sie das Geschenk eines Mannes annehmen, wenn sie mit einem anderen verlobt war?

Edgar öffnete das Etui. Auf schwarzem Samt lag ein herzförmiger Diamantanhänger an einer Goldkette. »Diese Halskette gehörte meiner Mutter«, sagte er.

»Dieses Geschenk kann ich nicht annehmen. Noch dazu ein Schmuckstück von so hohem ideellen Wert.«

»Bitte, Sabrina.«

Sie schüttelte den Kopf. »Die Halskette ist für deine zukünftige Braut bestimmt, wer immer sie sein mag.«

»Ich hoffte, du bist meine Braut«, entgegnete Edgar und sah sie liebevoll an. »Ich bestimme, wer den Schmuck tragen soll.« Er drückte ihr die Schatulle in die Hand. »Behalte den Schmuck als Zeichen unserer langjährigen Freundschaft.«

Sabrina kam sich niederträchtig und gemein vor. »Ich bewahre ihn auf für deine zukünftige Verlobte«, erklärte sie sich zögernd einverstanden. »Du kannst ihn jederzeit zurückhaben.«

Edgar lächelte. »Vielen Dank.«

»Ich habe nichts für dich«, meinte sie verlegen.

»Ich wollte dich immer küssen«, sagte Edgar und näherte ihr sein Gesicht.

Ehe ihre Lippen einander berührten, hörte Sabrina ein tiefes Knurren. Hastig wich sie zurück und sah Adam und Winston am Fuß der Treppe stehen. Zorn stieg in ihr hoch wie ein plötzlicher Windstoß. Wie konnte er es wagen, in ihre Intimsphäre einzudringen?

»Dieser Hund ist gefährlich und muss erschossen werden«, sagte Edgar gereizt. »Sollte er mir allein begegnen, mache ich ihm den Garaus.«

Sabrina wusste nicht, wem sie zuerst an die Kehle fahren sollte. Adam hätte es nicht wagen dürfen, diesen Augenblick zu stören. Edgar aber hatte das Leben ihres Hundes bedroht.

»Wenn du das tust, spreche ich nie mehr ein Wort mit dir«, schalt Sabrina. »Verlasse bitte mein Haus.« Damit drehte sie ihm den Rücken zu.

»Bevor dieser Marquis kam, warst du süß und gefügig«, stieß Edgar bitter hervor.

»Süß und gefügig?«, wiederholte Sabrina und drehte sich bedächtig um. »Behalte deinen Schmuck.« Damit warf sie ihm die Schmuckschatulle zu, die Briggs im letzten Moment auffing. Mit einem wütenden Blick in ihre Richtung verließ er das Haus.

»Und Sie, Mylord, sind ein Esel«, schalt Sabrina den Marquis. »Mischen Sie sich nicht in meine Privatangelegenheiten ein. Komm, Winston.« Mit dem Hund im Schlepptau rauschte sie an ihm vorbei die Treppe hinauf.

»Das kann ich nicht«, hörte sie Adams leise Stimme hinter sich.

Sabrina verharrte und warf einen Blick über die Schulter. »Was sagten Sie?«

»Als Ihr Verlobter sind Ihre Privatangelegenheiten auch die meinen«, erklärte Adam.

»Meine Privatangelegenheiten gehen Sie nichts an«, beharrte sie. »Ihre ständige Einmischung in mein Leben ist mir ausgesprochen lästig. Ich werde niemals einen Mann heiraten, der so ... so ... *aufdringlich* ist.«

Adam lächelte kühl. »Alle Männer sind aufdringlich, wenn es sich um ihre Frauen handelt.«

»Ich bin nicht Ihre Frau«, erwiderte sie schneidend.

»Das wird sich schnell ändern, wenn ich unsere Verlobung in London verkünde.«

»Lassen Sie mich in Frieden oder Sie bereuen es.«

»Was wollen Sie tun?«, fragte Adam mit einem Lächeln, das sie zur Weißglut trieb. »Mich zum Duell fordern?«

»Ich würde mir etwas Geschickteres ausdenken«, versetzte sie und blickte auf ihn herab wie eine hochmütige Königin. »Ich vergifte Ihr Essen.«

Sein Lächeln weitete sich zu einem Grinsen. »Mit Schierling oder Bilsenkraut?«

Sabrina zog eine Braue hoch. »Dieser Tod wäre zu schnell für Sie. Ich würde mir etwas Qualvolleres ausdenken.«

Damit schritt sie die Treppe weiter hinauf. Und dann hörte sie sein schallendes Lachen.

In ihrem Zimmer setzte Sabrina sich an den Kamin, streichelte den Hund und überließ sich ihrem Zorn. Wieso konnte Edgar nicht akzeptieren, dass sie ihn nicht heiraten würde? Ihr Vater hatte seinen Heiratsantrag bereits abgelehnt. Wieso bildete er sich ein, sie würde ihm dennoch ihr Jawort geben? Und dieser Marquis, der sich in alles einmischte! Adam St.

Aubyn sollte sich gefälligst von ihr fern halten und aufhören, sich in ihre Angelegenheiten einzumischen. Ein vor fünfzehn Jahren geschlossener Verlobungsvertrag gab ihm noch lange keinen Besitzanspruch auf sie.

Ihr rhythmisches Streicheln wirkte nicht nur beruhigend auf den Hund, sondern auch auf sie selbst. In dieser Nacht rollte Winston sich auf ihrem Bett zu einer großen Kugel zusammen, und Sabrina schlief so tief und friedlich wie seit dem Tod ihres Vaters nicht mehr. Am frühen Morgen weckte sie das Geräusch der sich öffnenden Tür. Sie öffnete träge die Augen, sah Winston den Kopf heben und dann hörte sie einen leisen Pfeifton. Der Hund sprang vom Bett, und im nächsten Augenblick hörte sie, wie die Tür leise geschlossen wurde.

Drang der Marquis bereits in ihr Schlafzimmer ein? überlegte Sabrina schlaftrunken. Sein Benehmen war selbst für einen Verlobten entschieden zu vertraulich. Sie würde ihn bei nächster Gelegenheit zur Rede stellen.

Zwei Stunden später stand Sabrina vor dem Frühstückszimmer, straffte die Schultern und bereitete sich auf eine Auseinandersetzung mit dem Marquis vor, ehe sie eintrat. Onkel Charles saß allein am Kopfende der Tafel und fütterte Winston mit einem Stück Wurst.

»Guten Morgen«, grüßte Sabrina und war froh, nicht schon am frühen Morgen mit dem Marquis streiten zu müssen.

»Einen wunderschönen guten Morgen, mein Kind«, erwiderte der Herzog.

»Wie ich sehe, habt ihr beiden Freundschaft geschlossen«, sagte sie und setzte sich rechts neben den Herzog.

Onkel Charles lachte leise, nahm noch ein Stück Wurst von seinem Teller und reichte es Winston.

»Adam möchte mit dir unter vier Augen im Arbeitszimmer sprechen.«

Sabrina schenkte dem Herzog ein liebreizendes Lächeln. »Soll er getrost warten.«

»Er wollte vor seiner Abreise …«

»Ihr reist ab?«, unterbrach sie ihn überrascht. »Ich dachte, ihr bleibt über die Feiertage.«

»Ich bleibe«, versicherte er und tätschelte ihr die Hand. »Aber mein Neffe hat geschäftlich in London zu tun. Im Übrigen freue ich mich, dass es dir Leid tut, wenn er abreist.«

»Das habe ich nicht gesagt.«

»Das war auch nicht nötig.« Der Herzog zwinkerte ihr zu. »Ich habe es in deinen schönen grünen Augen gelesen.«

»Was Sie sehen, ist mein Zorn, nicht meine Trauer«, widersprach Sabrina, stand auf und ging zur Tür. Als der Herzog ihr etwas nachrief, blieb sie stehen.

»Kind, ich glaube, Winston liegt mehr an dir als an meiner Wurst«, sagte er.

Sabrina warf dem Hund einen Blick zu, der dicht hinter ihr stand. »Immerhin ein Trost. Komm, Winston.«

Gefolgt von ihrem Hund durchmaß Sabrina den Korridor. Die Tür des Arbeitszimmers war verschlossen wie an jenem tragischen Tag. Sie hob die Hand, um anzuklopfen, besann sich jedoch eines Besseren. Abingdon Manor war ihr Haus. Sabrina drehte den Türknauf und trat ein.

Adam, der dabei war, Papiere in seine Reisetasche zu packen, stand bei ihrem Eintreten auf und kam ihr entgegen. »Kommen Sie, setzen wir uns an den Kamin. Ich möchte mit Ihnen reden.«

»Ich ziehe es vor, stehen zu bleiben«, entgegnete Sabrina kühl und trat an den schwarzen Marmorkamin.

Adam neigte den Kopf und folgte ihr. Winston streckte sich auf dem Teppich aus.

»In Zukunft verbitte ich mir Ihr Eindringen in mein Schlafzimmer«, begann Sabrina, verschränkte die Arme vor der Brust und blickte ihm direkt in die Augen.

»Das habe ich nicht getan«, entgegnete Adam verdutzt.

»Sie haben meine Tür aufgemacht und Winston gepfiffen.«

»Ja, das stimmt«, gestand er lächelnd. »Es ist ein großer Unterschied, ob man an der Schwelle steht und leise dem Hund pfeift oder ob man ein Zimmer betritt. Ich habe der Versuchung widerstanden, Sie im Schlaf zu beobachten, Prinzessin, obwohl mir das sehr schwer fiel.«

Sabrina ließ die Arme sinken, sah ihn ratlos an und wusste nicht, ob sie sich geschmeichelt oder gekränkt fühlen sollte.

»Hören Sie auf, mir nachzuspionieren«, schalt sie dann. »Wie soll ich einen Heiratskandidaten finden, wenn Sie mich ständig bewachen?«

»Ich sprach von einem *passenden* Heiratskandidaten«, verbesserte Adam sie. »Lord Briggs halte ich für unpassend.«

»Warum?«

Adam lächelte und schwieg.

»Und wen halten Sie für passend?«

»Mich.«

Sabrina bedachte ihn mit einem verächtlichen Blick.

»Tut mir Leid, Prinzessin, aber ich habe in London zu tun.« Adam nahm eine geschnitzte Schatulle vom Tisch. »Dieses Geschenk bewahre ich für Sie auf, seit wir einander vor fünfzehn Jahren versprochen wurden.«

Sabrina sah ihn ungläubig an. Bisher hatte sie nur Geschenke von ihrem Vater erhalten und nun wollten ihr gleich zwei Männer Geschenke machen.

»Meine Mutter erzählte meinem Vater einst die Geschichte der Prinzessin, die einen Frosch küsste und ihn dadurch in einen schönen Prinzen verwandelte«, fuhr Adam fort. »Daraufhin machte er meiner Mutter dieses Geschenk.«

Er öffnete den Deckel der Schatulle. Darin lag eine Diamantbrosche in Form eines Frosches, in Platin und Gold gefasst, mit Smaragden als Augen und einer Schleife aus Smaragden an seinem linken Hinterbein.

Nie zuvor hatte Sabrina ein so kostbares Schmuckstück gesehen. Niemand aus ihrem Bekanntenkreis besaß ein solches Juwel. Wer war sein Vater? Nur königliche Hoheiten konnten sich solche Juwelen leisten.

»Ich wünsche, dass Sie die Brosche tragen«, sagte Adam.

Sabrina hob den Blick. »Das kann ich nicht annehmen.«

»Sie können und werden es annehmen.« Adam nahm die Brosche aus der Schatulle und wollte sie ihr anstecken.

»Das mache ich selbst«, sagte Sabrina hastig und wollte ihm die Brosche abnehmen.

Sanft, aber bestimmt schob er ihre Hand fort. »Ich stecke sie Ihnen an.«

Als er einen Schritt näher trat, nahm sie seinen frischen Duft wahr, der ihre Sinne benebelte. Sie spürte seine Nähe mit jeder kribbelnden Faser ihrer Nerven und fürchtete, er könne ihren jagenden Herzschlag hören.

Nachdem er ihr die Brosche angesteckt hatte, berührten Adams Fingerspitzen wie zufällig ihren

Busen. Entsetzt wich Sabrina einen Schritt zurück und hob gleichzeitig die Hand, um ihn zu züchtigen. Adam hielt sie am Handgelenk fest, ehe sie zuschlagen konnte, und zog sie an seinen starken, muskulösen Körper.

»Sie gehen aber nun entschieden zu weit«, zischte Sabrina.

»Seien Sie nicht so streng, Prinzessin«, bat Adam mit einschmeichelnder Stimme. »Ich will nur einen Kuss zum Dank.«

Sabrina sah ihn einen langen, vor Spannung knisternden Moment an.

»Sie dürfen mich küssen«, willigte sie schließlich ein und bot ihm die Wange.

»O nein, nicht so.«

Er drehte ihr Gesicht herum, neigte den Kopf und nahm ihre Lippen in einem atemberaubenden Kuss in Besitz, während er sie an seine harte, muskelbepackte Brust zog. Sein Mund lag warm und fordernd auf ihrem, seine Zunge drängte sich zwischen ihre sich zaghaft öffnenden Lippen und kostete die Süße ihres Mundes.

Überwältigt von seiner intimen Liebkosung und der berauschenden Empfindung seiner Zunge in ihrem Mund, erbebte Sabrina. Dann ergab sie sich seinem fordernden Kuss, schlang die Arme um seinen Hals und erwiderte seinen Kuss. In seinen Armen zu liegen war unendlich aufregend, berauschend und wohltuend zugleich.

Winston winselte.

Und der Kuss endete so plötzlich und unerwartet, wie er begonnen hatte.

»Dieser Hund ist noch keinen Tag im Haus und bereits hoffnungslos verhätschelt«, sagte Adam und ließ einen Finger die Kontur ihre Wange entlang gleiten. »Sie werden mir in London fehlen.«

Immer noch aufgewühlt von seinem glühenden Kuss, spürte Sabrina, wie sie bis zu den Haarwurzeln errötete.

Gütiger Himmel! Wie konnte ein einziger Kuss ihr derart die Sinne rauben?

»Ich muss los«, raunte er. »Begleiten Sie mich zur Tür.«

Onkel Charles wartete in der Halle. Seine Gegenwart jedoch verhinderte einen zweiten Kuss, stellte Sabrina überaus erleichtert fest. Der Marquis würde es nicht wagen, sie im Beisein des Herzogs zu küssen.

»Sprichst du mit Adolphus?«, fragte der Herzog seinen Neffen.

»Alles wird geregelt sein, wenn ihr in London eintrefft«, versicherte Adam und wandte sich an Sabrina. »Ich sehe Sie in ein paar Wochen. Gestehen Sie, dass Sie mich vermissen werden.«

»Ich werde Sie vermissen«, erwiderte Sabrina mit honigsüßem Lächeln, »beinahe so sehr wie Zahnschmerzen.«

Adam beugte sich grinsend vor, küsste sie auf die Wange und verließ das Haus.

Sabrina sah zu, wie er die Karosse bestieg. Sagi und Abdul kletterten auf den Kutschbock und die Pferde zogen an.

Als Sabrina dem Wagen nachschaute, der den Marquis nach London brachte, fühlte sie sich längst nicht so erleichtert, wie sie gehofft hatte. Eigentlich war sie enttäuscht. Abingdon Manor würde einsam ohne ihn sein.

Sie spürte die Augen des Herzogs auf sich ruhen. Sein Blick streifte die Brosche an ihrem Mieder und er lächelte.

»Ich glaube, das wird ein gutes Jahr«, sagte er und verließ die Halle.

Sabrina tastete nach der Froschbrosche und lächelte in sich hinein. Dann wandte sie sich an Winston, der schweifwedelnd neben ihr stand.

»Komm, mein Freund«, sagte sie. »Ich habe ein hübsches blaues Band für dich.«

6. Kapitel

Die Wochen seit seiner Abreise aus Abingdon Manor waren quälend langsam verstrichen, dachte Adam und lehnte sich gegen die Lederpolster der Karosse. Die sechsundzwanzig Tage und Nächte waren ihm beinahe wie ebenso viele Jahre erschienen.

Seine Tage waren mit Geschäften und Besprechungen angefüllt, aber die Nächte, besonders die Stunden vor Tagesanbruch, wenn er seinen Gedanken nachhing, waren ihm endlos erschienen.

Die Gesellschaft seiner ehemaligen Geliebten meidend, hatte Adam die Abende zu Hause verbracht oder sich in Whites Herrenclub begeben, um ein Glas Brandy zu trinken und mit seinem Freund Jamie Armstrong Karten zu spielen.

War Sabrina über seine plötzliche Abreise aus Abingdon Manor erleichtert oder enttäuscht gewesen? Obgleich er sie nur wenige Wochen kannte, empfand er die Trennung von ihr wie einen Verlust, als sei ihm etwas Wertvolles abhanden gekommen. Wie war es möglich, dass er sich in so kurzer Zeit so stark an sie gebunden fühlte? War es nur der Reiz des Verbotenen? Ihr Kuss war unendlich süß und verführerisch gewesen, nicht zu vergleichen mit den Liebkosungen all der erfahrenen Frauen in London.

Adam lächelte in sich hinein. Der bedauernswerte Winston wurde vermutlich gezwungen, Bänder zu tragen – wahrscheinlich sogar rosarote Schleifen.

Der Wagen hielt vor Berkeley Square 10, dem eleganten Stadthaus von Alexis Carstairs, Gräfin von Rothbury, seiner früheren Geliebten. Adams Lächeln schwand.

Was mochte wohl so dringend sein? Er hatte noch einiges zu erledigen vor Sabrinas Ankunft, die für den Nachmittag angekündigt war. Hoffentlich würde Alexis der naiven Sabrina das Leben nicht zu schwer machen.

Adam betätigte den Messingklopfer an der Haustür. Der Butler öffnete und ließ ihn eintreten.

»Guten Tag, Mylord«, grüßte er höflich.

»Wo ist Lady Carstairs?« Adam war zu sehr in Eile, um Höflichkeiten mit dem Diener auszutauschen.

»Mylady ist in ihrem Schlafgemach«, gab der Butler Auskunft.

»Kündigen Sie meinen Besuch an«, befahl Adam auf dem Weg zur Treppe. »Ich warte im Salon.«

»Lady Carstairs bat mich, Ihnen zu sagen, sie empfängt Sie in ihrem Schlafgemach.«

Adam nickte ungehalten. Wie typisch für Alexis, ihn in ihrem Schlafzimmer zu empfangen wie eine Königin, die einem Höfling Audienz gewährt. Und die Dienerschaft wusste, dass sie ihn dort empfing. Hatte Alexis so wenig Verstand, um nicht zu begreifen, dass die Dienerschaft mit den Dienstboten anderer Häuser klatschten?

Vor ihrem Schlafzimmer im zweiten Stock griff Adam nach dem Türknauf, zögerte und klopfte an.

»Herein«, rief eine schmollende Stimme.

Herrgott noch mal, dachte Adam gereizt, als er das Zimmer betrat. Sie erwartete ihn im Bett.

Blond, blauäugig und mit üppigen Formen ausgestattet, lag Alexis Carstairs sinnlich ausgestreckt wie eine Liebesgöttin unter der dünnen Seidendecke, die ihre Nacktheit kaum verhüllte.

»Ich dachte schon, du findest den Weg nie mehr zu mir«, gurrte Alexis verführerisch.

»Was ist denn so verdammt eilig?« Adam blickte finster auf sie herab.

Sie schürzte die Lippen. »Du hast mir gefehlt.«

»Hast du mich deshalb kommen lassen?«, fragte er gereizt.

»Ich möchte etwas mit dir besprechen«, antwortete sie.

Adam griff nach ihrem durchsichtigen, schwarzen Nachthemd am Fußende des Bettes und warf es ihr zu. »Zieh dir was über.«

Statt ihr zuzusehen, wie sie sich nackt aus dem Bett erhob, trat Adam ans Fenster und blickte in den Garten.

Alexis stellte sich neben ihn, hakte sich bei ihm unter und drückte ihren Busen an ihn. »Erinnerst du dich an die Nacht, in der du die alte Eiche hochgeklettert bist, um in mein Zimmer zu kommen?«, fragte sie schmeichelnd. »Wie gut, dass du mich überredet hast, sie nicht fällen zu lassen.«

Adam nickte, ohne sie anzusehen.

»Früher warst du *soo* romantisch«, seufzte sie. »Aber seit mein lieber Rupert verblichen ist, hast du mich nicht mehr angefasst. Das ist nun länger als sechs Monate her.«

»Du bist in Trauer«, erinnerte er sie.

»Ich trage schwarz.«

Adam lächelte spöttisch. Die Vorstellung, das schwarze, durchsichtige Negligé als Trauerkleidung zu bezeichnen war einfach zu absurd. Das schöne Biest hatte keine Träne nach dem Tod ihres Ehemanns vergossen. Nun, so war das eben, wenn eine schöne junge Frau einen alten Mann heiratete.

»Ich habe dich in die Oper ausgeführt und zu anderen gesellschaftlichen Ereignissen«, hielt Adam ihr vor. »Was an sich skandalös ist, wenn ich hinzufügen darf, da du im Trauerjahr das Haus gar nicht verlassen solltest.«

»Aber du hast mich seit deiner Rückkehr aus

Abingdon kein einziges Mal besucht«, erwiderte Alexis. »Übrigens habe ich gestern einen Bekannten von dir bei Lady Chesters Soiree kennen gelernt.«

Ihr betont beiläufiger Tonfall ließ ihn aufmerken. »Wer könnte das sein?«

»Lord Edgar Briggs aus Abingdon.«

»Lord Briggs ist ein Emporkömmling und ein Hanswurst«, erwiderte Adam verächtlich. »Der Mann hat nichts im Kopf.«

»Ich fürchte, du unterschätzt ihn«, widersprach Alexis.

»Wieso sagst du das?«

Alexis zog die Schultern hoch. »Auf mich machte der Baron den Eindruck eines intelligenten Mannes, der weiß, was er will.« Sie streichelte Adams Arm und meinte nach einer Pause: »Lass uns unsere Verlobung bekannt geben. Ich verkürze meine Trauerzeit und in ein paar Monaten können wir heiraten.«

»Meine Liebe, du hast keinen Tag um deinen Gemahl getrauert«, entgegnete Adam trocken.

Obgleich seine Bemerkung sie kränkte, versagte sie sich eine Entgegnung. »Ich meine es ernst, Adam. Du brauchst eine standesgemäße Ehefrau, die dir Erben schenkt. Könnte es eine bessere Wahl geben als mich?«

»Ich brauche niemanden«, antwortete er und befreite sich aus ihrem zärtlichen Griff.

»Wer ist Sabrina Savage?«

Adam neigte den Kopf seitlich. »Wie ich sehe, war Briggs eine nützliche Informationsquelle.«

Adam blickte in Alexis' erzürntes Gesicht und hielt den Augenblick für gekommen, ihr die Wahrheit zu sagen. Es war Zeit, die dumme Affäre ein für allemal zu beenden, ehe Sabrina in London eintraf. Allerdings konnte Alexis ausgesprochen tückisch werden. Um zu vermeiden, dass Sabrina unter ihrer bösen Zunge zu leiden hätte, beschloss er, die Wahrheit ein wenig schönzufärben.

»Setz dich.«

Gehorsam nahm Alexis auf dem Hocker vor ihrem Frisiertisch Platz. Adam blieb am Fenster stehen.

»Sabrina und Courtney Savage haben vor kurzem ihren Vater verloren …«

»Es war Selbstmord, wie ich hörte«, unterbrach Alexis ihn.

»Was hat Briggs dir noch hinterbracht?«

»Beide Mädchen sind adoptierte Bastardkinder.«

Bislang war Adam der Meinung, dem Baron liege tatsächlich etwas an Sabrina. Welcher Mann aber würde die Frau, die er liebte, als Bastard verunglimpfen?

»Mein Onkel Charles ist der Testamentsvollstrecker des verstorbenen Grafen«, erklärte Adam, ohne auf Alexis' Bemerkung einzugehen. »Ich bin vorübergehend zum Verwalter des Savage-Vermögens eingesetzt. Es ist der ausdrückliche Wunsch des verstorbenen Grafen, dass seine Töchter in dieser Saison in die Gesellschaft eingeführt werden.«

Alexis' Miene hellte sich auf. »Dann bist du also ihr Vormund?«

»Nicht wirklich«, versetzte Adam. »Sabrina Savage und ich wurden als Kinder verlobt.«

»Was?« Alexis sprang auf.

»Setz dich«, befahl er streng.

Alexis setzte sich wieder. Ihre blauen Augen sprühten vor Zorn.

»Lady Sabrina zögert, eine Abmachung einzuhalten, die ihr Vater vor vielen Jahren getroffen hat«, fuhr Adam fort. »Ich habe ihr einen Ausweg angeboten. Wenn Sie während der Ballsaison einen anderen passenden Gentleman kennen lernt, steht es ihr frei, unsere Verlobung zu lösen und ihn zu heiraten.«

Ein listiges Lächeln flog über Alexis' Züge. »Wenn

das Mädchen sich also in einen anderen Mann verliebt, ist die Verlobung ungültig? Und ihr seid frei ...«

Auf dem Flur wurde aufgeregtes weibliches Stimmengewirr laut. Adam sah Alexis fragend an, die unschuldig lächelte. Und plötzlich wusste Adam Bescheid: Alexis versuchte, ihn in eine kompromittierende Situation zu bringen, um ihn zu zwingen, sie zu heiraten.

»Du hinterhältiges Luder«, sagte er zähneknirschend und bedachte sie mit einem vernichtenden Blick. In der nächsten Sekunde riss er das Fenster auf, sprang auf den Sims, schwang sich auf einen Ast und kletterte die zwei Stockwerke in den Garten hinunter.

Zum Glück gelang ihm die Flucht unbemerkt. Andernfalls wäre Alexis Carstairs Ruf ruiniert gewesen, denn Adam hatte nicht die Absicht, sie zu heiraten.

Als er die Straße erreichte, stellte Adam erstaunt fest, dass Abdul und Sagi bereits mit der Kutsche auf ihn warteten, die er vor dem Haus vermutete. Sagi saß auf dem Kutschbock, während Abdul ihm den Wagenschlag aufhielt.

»Woher habt ihr das gewusst?«, fragte Adam.

»Ein guter Diener ahnt die Bedürfnisse seines Herrn voraus, mein Prinz«, antwortete Abdul.

Sagi rief vom Kutschbock herunter: »Wir sahen die Damen vorfahren und vermuteten, dass Sie eine schnelle Flucht planten.«

»Allah sei Dank«, sagte Adam. »Aber denkt daran, mich Mylord zu nennen.«

Abdul nickte. »Wie Sie wünschen, mein Prinz.«

Adam bestieg die Kutsche und sein Leibwächter schloss den Wagenschlag. Für die zehnminütige Fahrt zu seinem Stadthaus in der eleganten Park Lane lehnte er sich bequem in die Lederpolster zurück.

Ohne darauf zu warten, dass Abdul ihm den Schlag

öffnete, sprang Adam aus der Kutsche und eilte die Stufen zum Haus hinauf. Jemand rief seinen Namen, er drehte sich um und sah den Herzog von Kinross aus seiner Equipage steigen.

»Komm herein, Jamie«, begrüßte Adam seinen Freund aus der Schulzeit in Eton. »Lass uns auf meine gelungene Flucht anstoßen.«

Jamie grinste. »Wovor bist du geflohen?«

»Ich bin in letzter Sekunde einer Falle entkommen, die Alexis mir stellen wollte.«

Jamie lachte. Gemeinsam betraten die Freunde das Haus.

In der Eingangshalle standen zwei Männer. Der eine untersetzt, dunkel und beleibt: der Orientale Razi, Adams Kammerdiener. Der andere war hoch gewachsen und sehr würdevoll: Higgins, sein Butler.

»Willkommen zu Hause, Mylord«, grüßte Razi ihn, als sei er zwei Tage fort gewesen und nicht nur eine Stunde.

»Ist mein Onkel angekommen?«, fragte Adam.

»Nein, Mylord«, antwortete Higgins würdevoll. »Seine Dienerschaft erwartet ihn stündlich.«

Adam nickte. »Sagt mir Bescheid, sobald er eintrifft.«

»Sehr wohl, Herr«, versprach Razi beflissen.

»Herr?«, wiederholte Jamie, als die beiden Männer den Flur zum Arbeitszimmer entlang gingen. »Meine Diener bringen mir weniger Respekt entgegen.«

Adam zuckte mit den Schultern. »Razi ist ziemlich altmodisch.«

James Armstrong machte es sich im Polstersessel vor dem Eichenschreibtisch bequem, während Adam Whisky in zwei Gläser goss. »Die vornehme Welt bevorzugt heutzutage Mahagonimöbel, doch du trennst dich nicht von schwerer Eiche«, bemerkte der Herzog.

»Ich richte mich nicht nach der Mode«, entgegnete

Adam und reichte ihm ein Glas, setzte sich in den Stuhl hinter dem Schreibtisch und hob das Glas. »Auf meine Flucht vor Alexis' scharfen Krallen.«

Jamie prostete ihm zu. »Was hat Alexis diesmal ausgeheckt?«

»Sie lockte mich in ihr Schlafzimmer, um mich in eine kompromittierende Situation zu bringen«, erklärte Adam. »Ich floh durchs Fenster und kletterte die Eiche in den Garten hinunter.«

Jamie lachte schallend. »Ich war gestern im Club. Auf dich werden heiße Wetten in dem berühmten Wettbuch abgeschlossen.«

»Tatsächlich?«

Jamie nickte. »Man wettet, ob es Alexis Carstairs gelingt, dich vor den Traualtar zu schleppen.«

»Und?«

Jamie grinste. »Die Wetten stehen gegen dich.«

»Wie hast du gewettet?«, fragte Adam mit hochgezogener Braue.

»Ich habe mich nicht eingetragen«, antwortete Jamie. »Damit würde ich den anderen nur einen Tipp geben, woher der Wind weht.«

»Klug von dir«, sagte Adam. »Hör zu, es stört dich doch nicht, wenn ich deinen Besuch abkürze? Ich erwarte Prinz Adolphus jede Minute.«

Jamie nickte und erhob sich. »Hoffentlich stellst du mir die kleine Savage bald vor.«

»Ich möchte, dass du und deine Frau sie morgen kennen lernt«, antwortete Adam und brachte ihn zur Tür. »Ich gebe dir durch einen Boten Bescheid.«

»Ich hoffe, Lily und sie werden sich verstehen«, meinte Jamie.

»Da bin ich ganz sicher.« Adam schloss die Tür hinter dem Freund und setzte sich an den Schreibtisch, um einige Unterlagen durchzuarbeiten, ehe der Prinz eintraf.

Sich auf seine Geschäftsbücher zu konzentrieren erwies sich als unmöglich. Ständig drängte sich ein Bild in seine Gedanken und störte seine Aufmerksamkeit. Ein betörend schönes Antlitz, umrahmt von feuerroten Locken mit unwiderstehlich grünen Augen, die zornig funkelten oder heiter strahlten oder in Tränen schwammen …

Zum Teufel, fluchte Adam und warf die Feder weg, als er sich dabei ertappte, ihr Gesicht in das verdammte Buch gezeichnet zu haben. Zu allem Überfluss hatte er noch darunter geschrieben: *Ich liebe dich.*

Wie sollte er diese Torheit seinen Buchhaltern erklären? Er machte sich zum Gespött von ganz London, hörte bereits das Getuschel hinter seinem Rücken. Der sagenhaft reiche Aristokrat, der Weiberheld, der unzählige Frauenherzen gebrochen hatte, war von Amors Pfeil getroffen und hatte sich unsterblich in ein unscheinbares Mädchen vom Land verliebt. Die *Times* würde diese Klatschgeschichte weidlich ausschlachten.

Und dann kam Adam eine glorreiche Idee, wie er verhindern konnte, sich zum Gespött zu machen. Er nahm das Tintenfass zur Hand, goss es genüsslich über die Buchseite und vernichtete damit seine Schande. Tja, ein kleines Missgeschick konnte jedem mal passieren.

»Herein«, rief Adam, als es an der Tür klopfte.

Razi und Higgins traten eilig ein. Der untersetzte Kammerdiener und der hoch gewachsene, hagere Butler schossen einander vernichtende Blicke zu.

»Ich kündige ihn an«, sagte Razi.

»Nein, ich«, widersprach Higgins. »Ich bin der Butler.«

»Und ich bin sein Kammerdiener.«

Higgins verkündete würdevoll: »Seine Königliche

Hoheit, Prinz Adolphus, der Herzog von Cambridge, ist angekommen.«

»Sie vergaßen den Grafen von Tipperary und Baron Culloden«, fügte Razi belehrend hinzu. »Diese Titel führt Prinz Adolphus ebenfalls.«

»Bitte führen Sie den Prinzen herein«, sagte Adam und erhob sich.

Razi drehte sich um und rief: »Bitte treten Sie näher.«

»Sie Idiot«, schimpfte Higgins und gab dem rundlichen Diener einen Klaps auf den Hinterkopf.

»Ich wollte kein Trara«, sagte Prinz Adolphus beim Eintreten, »aber die beiden ließen sich nicht davon abbringen.«

»Königliche Hoheit, ich fühle mich durch Ihren Besuch geehrt«, begrüßte Adam den hohen Gast lächelnd, während die Diener sich zurückzogen.

Der zweiundvierzigjährige Prinz Adolphus war ein beleibter Herr, der seine beginnende Kahlheit unter einer blonden Perücke verbarg. Ein freundlicher Herr, der in der Öffentlichkeit sehr beliebt war und einen untadeligen Ruf genoss, im Gegensatz zu seinen Brüdern, die sich so manchen Skandal leisteten.

Adam setzte sich, nachdem der Prinz Platz genommen hatte. »Bringen Sie mir die Dokumente?«

»Ja, ich habe sie bei mir«, antwortete Adolphus und griff in seinen Gehrock. »Ja, bei mir … bei mir … bei mir.«

Adam nahm schmunzelnd die Papiere entgegen. Es stimmte also, dass der zur Exzentrik neigende Adolphus sich die Schrullen seines Vaters angewöhnt hatte, gelegentlich Worte dreimal zu wiederholen.

Rasch überflog Adam das Dokument, mit dem ihm die Verwaltung des Savage-Vermögens übertragen wurde, und griff nach der Feder, um zu unterzeichnen.

»Gütiger Himmel, was ist mit Ihrem Geschäftsbuch passiert?«, fragte Adolphus.

»Halb so schlimm«, meinte Adam und signierte das Dokument. »Ich habe versehentlich Tinte verschüttet.«

»Ja, ein Missgeschick kann passieren«, sagte Adolphus und nickte. »Kann passieren … passieren.«

»Damit wäre das Vermögen in Sicherheit gebracht, Hoheit«, meinte Adam und lehnte sich zurück.

»Glauben Sie, der arme Henry hat Selbstmord verübt?«

Adam zog die Schultern hoch. »Jedenfalls war sein Tod kein Unfall. Sabrina ist der festen Überzeugung, ihr Vater habe sich nicht das Leben genommen.«

Adolphus machte ein erschrockenes Gesicht. »Denken Sie an Mord?«

»Sabrina behauptet, Ihr Vater habe keine Feinde gehabt«, antwortete Adam.

»Und was ist Ihre Meinung?«, fragte der Prinz.

»Mit Sicherheit irrt Sabrina sich nicht in der Einschätzung des Seelenzustandes ihres Vaters«, antwortete Adam und bemühte sich um eine sorgsame Wortwahl. »Aber ich halte sie für zu unschuldig, um beurteilen zu können, ob ihr Vater Feinde hatte oder nicht. Wird man den Herzog bald in geweihter Erde bestatten können?«

»Daran arbeite ich noch«, antwortete der Prinz. »Prinny ist bei der Geistlichkeit nicht sehr beliebt.« Mit hochgezogenen Brauen fügte er hinzu: »Sie kennen seinen Lebensstil. Höchst unmoralisch … unmoralisch … unmoralisch. Erzählen Sie mir von den Töchtern.«

»Courtney, die jüngste, hat brünettes Haar und braune Augen«, berichtete Adam. »Sie ist liebenswürdig und ganz reizend. Ich denke, Dudley Egrement, Viscount Dorchester, würde ausgezeichnet zu ihr passen, und ich beabsichtige, die beiden einander vorzustellen.«

Adolphus nickte zustimmend. »Dorchester ist ein guter Mann. Was ist mit der anderen Schwester?«

»Sabrina ist das genaue Gegenteil ihrer Schwester«, antwortete Adam lächelnd. »Sie hat tizianrotes Haar, grüne Augen und ein Temperament, das ihrer Schönheit in nichts nachsteht.«

»Sie scheint ein Wirbelwind zu sein wie ihre Mutter«, sagte Adolphus und lachte in sich hinein. »Die Frau hatte Temperament. Temperament ... Temperament.«

Adam schmunzelte.

»Ach, übrigens, danke für den Tipp, in Ihr Unternehmen zu investieren«, plauderte der Prinz weiter. »Hat sich als ausgesprochen lukrativ erwiesen.«

Adam neigte dankend den Kopf und wechselte das Thema. »Werden Sie zum Einführungsball der Mädchen kommen? Ihre Anwesenheit würde den jungen Damen gesellschaftlichen Erfolg garantieren.«

»Ich stehe tief in Henry Savages Schuld für seine selbstlose Freundschaft und lasse mir das Debüt seiner Töchter um keinen Preis entgehen«, antwortete Adolphus. »Nein, nein, nein. Um keinen Preis der Welt.«

Adolphus erhob sich, Adam ebenfalls.

»Im Augenblick haben wir nichts weiter zu besprechen«, sagte Adolphus und schüttelte Adams Hand.

»Ich bringe Sie zur Tür, Hoheit.«

Die beiden Männer gingen den Flur entlang zum Foyer. Higgins und Razi, die offenbar wieder Streit miteinander hatten, nahmen beim Auftauchen der beiden Herren Habtachtstellung ein.

»Ich danke Ihnen für alles, was Sie für mich tun, mein Sohn«, sagte Adolphus und schüttelte Adam erneut die Hand.

Adam neigte den Kopf. »Ich bin Ihnen stets gern zu Diensten, Königliche Hoheit.«

»Bemerkenswerte Diener, die beiden«, sagte der Prinz und wandte sich zum Gehen. »Sollten sie je Ihre Dienste verlassen, würde ich sie gerne zu mir nehmen … gerne … gerne … gerne.« Und dann war er fort.

Adam wandte sich an seinen Butler und seinen Kammerdiener. Beide standen mit stolz gewölbter Brust vor ihm und strahlten über das Lob des Prinzen. »Gibt's was Neues?«

Higgins sprach als erster. »Der Herzog von Kingston und seine Begleitung …«

» … sind in Grosvenor Square eingetroffen«, fiel Razi ihm ins Wort und erntete einen strafenden Blick des Butlers.

»Abdul und Sagi sollen den Wagen vorfahren«, befahl Adam.

»Sehr wohl, Mylord«, sagte Higgins.

»Ich mache das«, sagte Razi und eilte den Flur entlang.

Higgins wollte seinem Rivalen keinen Vorteil einräumen, lief hinter ihm her und rief erbost: »Seine Lordschaft hat mich damit beauftragt, Sie winziger Gnom.«

Während Adam den kurzen Weg zu Onkel und Tante fuhr, stieg Sabrina die breite Treppe in die Halle hinunter und nahm auf einer Bank Platz. Vor zehn Minuten hatte Forbes den Hund in den Garten geführt und würde bald zurück sein.

Sabrina tastete nach dem Diamantfrosch an ihrem Mieder. Würde der Marquis bemerken, dass sie die Brosche trug? Als hätten ihn ihre Gedanken herbeigezaubert, betrat der Marquis in diesem Moment die Halle.

Ihn nach einem Monat wiederzusehen beschleunigte Sabrinas Herzschlag. Bei aller ungebührlichen

Kühnheit, die er ihr gegenüber an den Tag legte, war es in Abingdon Manor einsam gewesen ohne ihn. Seine Gegenwart wirkte belebend und erfrischend auf sie, selbst wenn sie sich zankten.

»Danke, Baxter«, sagte Adam und reichte dem Butler seinen Mantel.

»Stets zu Diensten, Mylord.« Der Butler verneigte sich.

Adam drehte sich um und sah Sabrina. Er durchquerte die Halle, näherte sich der Bank nahe der Treppe, auf der sie saß, und beugte sich mit einem unwiderstehlichen Lächeln über ihre Hand. Dieses Lächeln gab ihr das Gefühl, ein Dutzend Schmetterlinge verschluckt zu haben.

»Sie tragen den Frosch«, sagte Adam.

Sabrina freute sich, dass er es bemerkte.

»Sie haben mir gefehlt«, fuhr Adam fort. »Habe ich Ihnen auch gefehlt?«

»Ich sagte Ihnen bereits vor einem Monat, Sie fehlen mir wie Zahnschmerzen«, antwortete sie lächelnd.

»Sie tragen immer noch Schwarz«, stellte er fest.

Sabrinas Lächeln schwand. »Ich bin immer noch in Trauer.«

»Wieso sitzen Sie allein in der Halle?«

»Ich warte auf Forbes, der mit Winston einen Rundgang durch den Garten macht.«

»Sie haben Forbes und Winston nach London mitgebracht?«, fragte Adam überrascht.

»Ich wollte Winston nicht zurücklassen. Er hätte sicher Sehnsucht nach mir gehabt«, antwortete Sabrina. »Und Forbes wollte seinen Cousin Baxter besuchen.«

Adam drehte sich um und sah den Butler seines Onkels erstaunt an. Baxter hob Leid geprüft die Augen zum Himmel.

»Forbes entstammt dem unglückseligen Zweig der

Familie«, sagte Baxter. »In der halben Stunde seit seiner Ankunft ist mir wieder klar geworden, warum ich unseren Umgang auf einen Brief pro Jahr beschränke.«

Adam lächelte dünn, Sabrina indes war keineswegs amüsiert.

»Das ist nicht nett von Ihnen«, schalt sie. »Während der Fahrt sprach er in den höchsten Tönen von Ihnen.«

»Verzeihen Sie, Mylady. Ich werde mich bemühen, meinem Cousin den Aufenthalt so angenehm wie möglich zu gestalten«, antwortete Baxter.

»Wo sind denn alle?«, fragte Adam.

»Unsere Tanten und meine Schwester haben sich zurückgezogen, um sich vor dem Tee ein wenig auszuruhen«, erklärte Sabrina. »Onkel Charles hat sich in sein Arbeitszimmer begeben.«

»Wollen wir ihn aufsuchen?« Adam bot ihr den Arm. »Prinz Adolphus hat mir heute einen Besuch abgestattet. Ich habe Neuigkeiten für Sie.«

Sabrina, die darauf brannte, Neues zu erfahren, brauchte keine weitere Einladung. Sie erhob sich und hakte sich bei Adam unter, als sei es das Natürlichste von der Welt.

Als das Paar das Arbeitszimmer betrat, erhob Onkel Charles sich und begrüßte seinen Neffen herzlich. Sabrina nahm auf dem Sessel vor dem Kamin Platz.

Adam zog ein Schriftstück aus der Innentasche seines Gehrocks. »Prinz Adolphus hat mir das heute persönlich überbracht.« Er reichte dem Herzog das Dokument, der es überflog. Sabrina beugte sich über ihn und las mit.

»Gut. Damit wäre Henrys Besitz in Sicherheit«, meinte Onkel Charles mit einem Nicken. »Bei deinem Geschäftssinn wird sein Vermögen sich gewiss vermehren. Ich halte es nicht für nötig, dass du meine Zustimmung oder die von Tess brauchst, wenn du Investitionen vornehmen willst.«

»Was ist mit dem offiziellen Begräbnis meines Vaters?«, fragte Sabrina.

»Darum wird der Prinz sich noch bemühen«, antwortete Adam. »Das Ersuchen geht über Prinnys Schreibtisch, der, wie Sie vielleicht wissen, bei der Kirche in keinem sonderlich hohen Ansehen steht.«

»Ich pfeife auf die Kirche«, rief Sabrina. »Mein Vater hat nicht Selbstmord verübt. Es ist eine Schande, dass seine sterblichen Überreste an einer Straßenkreuzung verscharrt wurden.«

»Prinzessin, ich bin völlig Ihrer Meinung«, antwortete Adam. »Wir müssen die Umstände des Todes Ihres Vaters erforschen.«

»Wie sollen wir das anstellen?«

»In ein paar Tagen setzen wir uns zusammen und sprechen über die Ereignisse an jenem Unglückstag«, erklärte Adam. »Bis dahin bitte ich Sie, alles aufzuschreiben, woran Sie sich erinnern. Beginnen Sie eine Woche vor dem Tod Ihres Vaters und beenden Sie Ihre Aufzeichnungen mit unserer Ankunft in Abingdon. Schreiben Sie jede Kleinigkeit auf. Nichts ist zu nebensächlich, um es nicht zu erwähnen. Je mehr Sie schreiben, desto präziser werden Ihre Erinnerungen sein.«

»Ja, einverstanden.«

»Sollen wir uns auf die Suche nach Forbes und Winston machen?«, fragte Adam. »Ich nehme an, sie sind in den Garten gegangen.«

Sabrina nickte und wandte sich an den Herzog. »Der Tee wird in Kürze im Salon serviert.«

Adam und Sabrina begaben sich in den rückwärtigen Teil des Hauses, von dort führte der Marquis sie eine Etage tiefer und durch eine Hintertür in den Garten, der in dichten Nebel gehüllt war.

»Wenn der Januar sich dem Ende zuneigt, vergeht auch der Nebel«, erklärte Adam. »November ist der schlimmste Nebelmonat.«

»Woher kommt dieser Nebel?«, fragte Sabrina, die keine Armlänge weit sehen konnte.

»Von den Kaminen.«

»Und der schreckliche Gestank?«

»Pferdemist«, antwortete er feixend. »Und fragen Sie bitte nicht, woher der kommt.«

»Ich ziehe die reine Landluft vor. An klaren Wintertagen färbt der Sonnenuntergang den Schnee rosig«, sagte Sabrina sinnend. »In Abingdon erkennen wir den Wechsel der Jahreszeiten an den Veränderungen in der Natur, nicht an der Dichte des Nebels. Wo ist nur der Hund?«

Adam pfiff. Forbes und Winston tauchten plötzlich aus dem Nebel auf. Erfreut, den Marquis zu sehen, sprang der Wolfshund an ihm hoch, legte ihm die Vorderpfoten an die Brust und wollte ihm das Gesicht lecken.

»Platz, Winston«, befahl Adam.

Der Hund gehorchte augenblicklich.

»Danke, Forbes. Sie können wieder an Ihre Arbeit gehen.« Adam entfernte das rosafarbene Band von Winstons Hals und wandte sich an Sabrina, deren Blick auf das Band fixiert war. »Rüden tragen keine Bänder. Wie entwürdigend für einen Wolfshund, mit einem rosaroten Band verunstaltet zu werden.«

»Winston hat rosa Bänder gern«, widersprach Sabrina.

Adam zog eine dunkle Braue hoch. »Und wann hat er Ihnen das anvertraut?«

»Seien Sie nicht albern«, versetzte sie gereizt. Wieso behandelte er sie so herablassend?

»Sie hingegen würden ganz bezaubernd mit einem rosaroten Band im Haar aussehen«, sagte Adam. Und mit einem verschmitzten Lächeln fügte er hinzu: »Besonders, wenn Sie sonst nichts tragen würden.«

»Wie können Sie es wagen?«, entrüstete Sabrina sich und errötete wütend. »Sie sind an Unverfrorenheit nicht zu überbieten. Kein anständiger Gentleman spricht so dreist mit einer Dame.« Damit drehte sie ihm den Rücken zu.

»Verzeihen Sie mein schlechtes Benehmen«, flüsterte Adam nah an ihrem Ohr. »Wollen wir ins Haus gehen?«

Sein warmer Atem an ihrem Nacken jagte ihr einen Wonneschauer über den Rücken. Der frische Lorbeerduft, der ihm entströmte, wirkte berauschend auf sie und ließ ihr die Knie schwach werden.

Sabrina drehte sich um und sagte, den Blick auf seine Brust gerichtet: »Ich möchte etwas mit Ihnen besprechen, bevor wir uns zu den anderen gesellen.«

»Und das wäre, Prinzessin?«

Sabrina nahm all ihren Mut zusammen und sah ihm ins Gesicht. »Ich möchte mein Trauerjahr nicht abbrechen. Es erscheint mir nicht richtig, selbst wenn es der Wunsch meines Vaters war.«

»Sie haben nur Lampenfieber«, versetzte Adam, hakte sich bei ihr unter und führte sie zur Tür. »Neue Leute kennen zu lernen kann beängstigend sein. Vertrauen Sie mir, Prinzessin, am Ende wird alles gut.«

Sabrina ließ sich von ihm ins Haus begleiten. Was hatte sie erwartet? Dass er auf ihre Bitte das Verlöbnis löste? Dass er sie nach Abingdon Manor zurückschickte, bis sie eine Entscheidung getroffen hatte? Zu einer derart großzügigen Haltung war dieser herrschsüchtige Mann wohl kaum fähig.

»Wir reiten am Vormittag im Hyde Park aus«, verkündete Adam auf der Treppe zum Salon. »Dort treffen wir die vornehme Welt Londons. Kennen Sie London?«

»Ich war nur einmal als Kind hier.«

»Ich zeige Ihnen die Stadt«, sagte er. »Was möchten Sie zuerst sehen? Westminster Abbey? Die Geschäfte in der Bond Street? Einen der Königspaläste?«

»Den Tower von London«, antwortete sie finster.

»Ah, eine blutrünstige junge Dame«, scherzte er und brachte sie zum Lächeln. »Gut, der Tower von London.«

Als sie den Salon betraten, wollte Winston sich gerade auf das Essenstablett stürzen. »Winston, Platz«, befahl Adam.

Diesmal achtete der Wolfshund nicht auf die strenge Stimme und machte sich über die Gurkensandwiches her. Adam packte ihn am Nackenfell und zog ihn zurück. »Platz!« Diesmal gehorchte der Hund.

»Winston hat eine Vorliebe für Gurkensandwiches«, meinte Belladonna gedehnt.

»Und er trinkt Tee«, fügte Tess hinzu, worauf alle – mit Ausnahme von Adam – lächelten. Er wandte sich mit einem vorwurfsvollen Blick an Sabrina. »Sie verwöhnen ihn.«

Sabrina fand, dass sie Winston nicht wirklich verwöhnt hatte, sie war nur nicht sonderlich streng mit ihm, und er gehorchte ihr nicht immer aufs Wort, was sie Adam freilich nie gestehen würde.

Adam musterte ihr Kleid. »Das ist das letzte Mal, dass ich Sie in Schwarz sehen möchte.« Er wandte sich an seine Tante. »Sorge dafür, dass ihre schwarzen Kleider aus dem Schrank entfernt werden.«

»Aber das ist doch nicht nötig«, wandte Sabrina ein.

»Es ist nötig, wenn ich es sage«, versetzte er mit hochgezogener Braue.

»Sie können nicht einfach über Courtney und mich verfügen«, widersprach sie. »Wir tragen, was immer wir …«

»Sie irren«, unterbrach Adam sie. »Ich bin der Treuhänder des Savage-Vermögens.«

Sabrina presste trotzig die Lippen aufeinander.

»Schon besser.«

»Sabrina, Liebes, sieh mal«, meinte Tante Tess in einem hilflosen Versuch, das Thema zu wechseln. »Ist das nicht ein wunderschöner Paravent? Charles sagt, es ist eine orientalische Lackarbeit.«

Sabrina warf einen flüchtigen Blick auf den hohen, handbemalten Wandschirm in der Ecke.« Ja, sehr hübsch«, stimmte sie ihrer Tante zerstreut zu und die Irritation war ihrer Miene deutlich anzusehen.

In diesem Augenblick betraten Baxter und Forbes den Salon und brachten frische Sandwiches und Gebäck. »Siehst du, Cousin«, sagte Forbes, als sie den Salon durchquerten. »Ich sagte ja, die erste Platte ist für den Hund.«

Baxter beäugte den Hund in einer Mischung aus Angst und Abscheu. Als er Tee eingießen wollte, hielt Adam ihn zurück.

»Lassen Sie nur, wir bedienen uns selbst.«

»Wie Sie wünschen, Mylord.«

»Ich habe dein Hauspersonal bereits davon unterrichtet, dass der Einführungsball hier stattfindet«, sagte Adam seinem Onkel. »Ich stelle selbstverständlich auch meine Dienerschaft zur Verfügung.«

Onkel Charles nickte. »Ich wusste, dass du die Vorbereitungen in die Hand nimmst und dich um alles kümmerst.«

»Tess und ich wollten den Ball so gerne ausrichten«, meinte Belladonna.

»Wir stehen unter Zeitdruck«, erklärte Adam mit weicher Stimme. »Lady Burke und du, ihr kümmert euch um die Mädchen. Nichts ist wichtiger als unsere kleinen Debütantinnen.«

»Und wann soll die Gala stattfinden?«, fragte Sabrina kühl, noch gekränkt über seine Zurechtweisung.

»Am ersten Februar.«

»Kommenden Samstag«, rief Courtney aufgeregt.

Sabrina spürte Panik in sich aufsteigen, zwang sich zur Ruhe und sagte: »Bis dahin können wir unmöglich fertig sein.«

»Sie können und Sie werden«, versetzte Adam mit Bestimmtheit. »In die Gesellschaft eingeführt zu werden ist zu Beginn der Saison wesentlich einfacher. Nach Ostern trifft die ganze Hocharistokratie in London ein. Bis dahin werden Sie beide bereits ausreichend Erfahrung gesammelt haben und sich gewandt auf dem gesellschaftlichen Parkett bewegen, wenn die Scharen juwelengeschmückter Damen und Herren eintreffen. Ich habe die Einladungen bereits verschickt, und Prinz Adolphus hat sein Kommen ebenfalls zugesagt.«

»Das bietet dir die Gelegenheit, den Prinzen zu fragen, ob er eure leiblichen Eltern kannte«, meinte Onkel Charles.

»Ja, Sie haben Recht«, antwortete Sabrina wenig begeistert.

»Dem Himmel sei Dank, dass du umsichtig genug warst, die besten Schneiderinnen Londons nach Abingdon kommen zu lassen«, lobte Belladonna ihren Neffen.

»Morgen wird die neue Garderobe der Mädchen geliefert«, sagte Tante Tess mit strahlender Miene.

»Ausgezeichnet. Nun müsst ihr mich entschuldigen. Ich verspäte mich sonst zu meiner Verabredung. Sabrina, begleiten Sie mich zur Tür?«

»Ich denke nicht«, antwortete Sabrina spitz.

»O ja, Mylady, Sie bringen mich zur Tür«, entgegnete Adam und fügte leise hinzu: »Oder wollen Sie, dass ich vor der Verwandtschaft eine Szene mache?

Vermutlich lauschen auch ein paar Bedienstete an der Tür und werden ihren Freunden davon erzählen, die es an ihre Herrschaft weitertratschen. Und dann …«

»Und dann wird der Himmel einstürzen, die Meere werden steigen und die Erde wird sich öffnen und uns verschlingen«, versetzte Sabrina schneidend, fügte sich aber in das Unvermeidliche. Sie erhob sich und durchquerte den Salon, ohne auf ihn zu warten. Wütend wegen seines anmaßenden Verhaltens würdigte sie ihn keines Blickes und ging schweigend neben ihm her die Treppe zur Halle hinunter.

Nachdem Baxter dem Gast den Mantel gereicht hatte, schickte der Marquis ihn und Forbes mit einem Wink fort.

»Sehen Sie mich an«, befahl er dann.

Sabrina hielt den Blick auf sein Kinn gerichtet.

»Etwas höher, bitte«, sagte er mit einem belustigen Unterton.

Sabrina hob den Blick in sein lächelndes Gesicht.

»Prinzessin, habe ich Ihnen je gesagt, wie entzückend Sie aussehen, wenn Sie wütend sind?«

»In Zukunft werde ich mich bemühen, stets gelassen zu wirken«, antwortete sie und setzte ein steifes Lächeln auf.

Adam lachte leise. »Gräfin, Sie sind unterhaltsamer als eine ganze Schauspielertruppe.«

»Und Sie sind arroganter als Napoleon.«

Adam lächelte über ihre Schlagfertigkeit. »Ich bat den Herzog von Kinross und seine amerikanische Frau, uns morgen zu besuchen«, berichtete er. »Ich hoffe, Lily und Sie werden Freundinnen. Sie hatte es schwer, in der vornehmen Welt Fuß zu fassen, obgleich man sie nicht wirklich unhöflich behandelte.«

Sabrina zog eine schön geschwungene, kupferfarbene Braue hoch. »Zwei Außenseiter im Unglück vereint?«

»Das wollte ich damit nicht sagen«, meinte Adam. »Ich glaube nur, dass ihr beide euch gut versteht, solange Sie Lily keinen Vorwurf daraus machen, mit mir befreundet zu sein.«

»So etwas würde ich nie tun«, verteidigte Sabrina sich. »Ich beurteile Menschen nach ihrem Wesen.«

»Im Gegensatz zu Ihrem Nachbarn, Lord Briggs.«

»Was wollen Sie damit sagen?«

»Ich muss Sie warnen«, antwortete Adam und senkte die Stimme. »Ein Freund sagte mir, der Baron ist in London und erzählt überall herum, Sie und Ihre Schwester seien adoptierte Bastardkinder.«

»Das glaube ich nicht«, rief Sabrina entrüstet. »Edgar würde mir niemals wehtun.«

»Und woher sollte dieser Freund wissen, dass Sie adoptiert sind?«

»Vielleicht hat Ihr Freund das zweite Gesicht«, entgegnete Sabrina. »Bitte gehen Sie. Ich habe Kopfschmerzen.«

»Die vergehen wieder«, entgegnete Adam ungerührt und zog sie an sich.

Ehe Sabrina reagieren konnte, lag sein Mund auf dem ihren in einem glühenden Kuss, der ihr den Atem raubte.

»Danach sehne ich mich seit einem Monat«, flüsterte Adam an ihren Lippen, gab sie frei und verließ das Haus.

Benommen hob Sabrina die Finger an ihre geschwollenen Lippen und starrte ihm nach.

Als sie ihre Fassung wiederfand, wandte sie sich ab und durchquerte die Halle zur Treppe. »Forbes! Baxter!«

Die beiden Diener kamen herbeigeeilt.

»Baxter, laufen Sie in die Küche«, befahl Sabrina. »Sagen Sie der Köchin, ich brauche Mehl, Eier, Backpulver …«

»Mehl, Eier, Backpulver?«, wiederholte Baxter verdutzt.

»Ja, das sagte ich gerade. Hören Sie schlecht? Forbes, sagen Sie ihm, was ich nach dem Abendessen brauche.«

»Cousin, Mylady verspürt den Wunsch zu kochen«, erklärte Forbes und eilte bereits in die Küche.

»Die Gräfin kocht?« Baxter schien nichts mehr zu begreifen.

»Nein, heute Abend backe ich.«

»Sie backen?«, wiederholte Baxter verständnislos.

»Ich backe eine Spezialität für den Marquis.«

»Ingwerlebkuchen, Mylady?«, fragte Forbes, dessen Mundwinkel ein wissendes Lächeln umspielte.

»Nein«, antwortete Sabrina und marschierte die Treppe hinauf.

»Schierlingskekse.«

7. Kapitel

Winston knurrte.

Sabrina schaute von ihrer Handarbeit auf. Der Wolfshund hatte die Ohren gespitzt und spähte aufmerksam zur Tür.

Sabrina drehte sich um, ohne jemanden zu sehen. Eine Sekunde später trat Baxter ein. »Still, Winston«, befahl sie dem knurrenden Hund. »Du kennst Baxter doch.«

»Mylady, Lord Briggs macht seine Aufwartung«, kündigte der Butler an. »Ich versuchte, ihm zu sagen, Sie sind …« Ehe er den Satz ausgesprochen hatte, drängte Edgar sich an ihm vorbei und trat auf Sabrina zu.

»Edgar, was machst du denn hier?« Sabrina erhob sich.

»Ich will meine liebste Freundin besuchen«, antwortete der Baron mit einem gewinnenden Lächeln.

Winston knurrte wieder und Lord Briggs blieb fünf Schritte vor ihr stehen.

»Winston, Platz!«, befahl Sabrina und imitierte den strengen Tonfall des Marquis.

Der Wolfshund gehorchte, fixierte allerdings den Baron weiterhin mit aufmerksam gespitzten Ohren.

»Ich habe mich nach dir gesehnt.« Edgar trat näher und nahm ihre beiden Hände, lächelte warm und ließ den Blick über ihre Gestalt wandern.

Sabrina sah entzückend aus in einem kurzärmeligen Kleid aus weißer, grün gepunkteter Seide. Mieder und Überrock waren aus grünem Samt. Ihre rechte Schulter zierte eine Samtschleife mit langen Bändern. Passend dazu trug sie grüne Samtpantöffelchen.

»Du trägst kein Schwarz mehr?«, fragte Edgar und seine braunen Augen kehrten in ihr Gesicht zurück.

»Ich bewundere deinen Scharfblick«, entgegnete sie scherzend.

»Aber du bist in Trauer«, mahnte er.

Sabrina zuckte die Schultern. »Der Marquis hat Courtney und mir untersagt, während der Saison Schwarz zu tragen.«

»Mit welchem Recht macht er dir …?«

»Immerhin ist der Marquis unser Vermögensverwalter«, unterbrach sie ihn. »Bitte setz dich und erzähle mir was Nettes.«

Sabrina nahm wieder auf der Couch Platz. Statt sich in den Sessel zu setzen, wie es die Etikette erforderte, ließ Edgar sich neben ihr nieder, worauf Winston erneut warnend knurrte.

»Dieser Hund ist eine Nervensäge«, beschwerte Edgar sich.

»Winston will mich nur beschützen«, antwortete Sabrina. »Er ist sanft wie ein Lamm. Ein Hund, der knurrt, beißt nicht.«

»Nein, Liebes, ein Hund, der bellt, beißt nicht«, verbesserte Edgar sie. Er ließ den Blick durch den luxuriös eingerichteten Salon schweifen. »Wo sind denn alle?«

»Onkel Charles ist zu Adam gezogen aus Gründen der Schicklichkeit«, erklärte Sabrina. »Lady Belladonna ist mit Tante Tess und Courtney bei Freunden eingeladen.«

»Verstehe. Und was hält dich zu Hause?«

Sabrina zögerte ihm zu erzählen, dass sie Adam und seine Freunde erwartete. »Ich wollte mich meiner Handarbeit widmen und dem Schreiben.«

»Schreiben?«, fragte Edgar verdutzt. »Was schreibst du denn?«

»Adam – ich meine, der Marquis – hat mir seine

Unterstützung zugesagt, den Ruf meines Vaters wiederherzustellen«, antwortete Sabrina. »Er riet mir, alles aufzuschreiben, woran ich mich am Todestag meines Vaters erinnere und nichts auszulassen.«

»Erwähnst du mich in deinen Aufzeichnungen?«

Edgar lächelte. »So weit bin ich noch gar nicht.«

»Liebes, dein Vater hat Selbstmord verübt«, sagte Edgar mit sanfter Stimme und nahm ihre Hand. »Daran ist nicht zu rütteln und wenn du noch so viel aufschreibst.«

»Mein Vater hat *nicht* Selbstmord verübt.« Sabrina entzog ihm ihre Hand und erhob sich. Sie trat an den Kamin und blickte lange in das hypnotische Spiel der Flammen.

»Verzeih, wenn ich dich aufgeregt habe, es war nicht meine Absicht«, murmelte Edgar zerknirscht.

Sabrina drehte sich zu ihm um. Edgar Briggs erschien ihr in letzter Zeit nicht mehr so attraktiv wie früher. Er war nicht der Freund, den sie als Kind angehimmelt hatte. Er hatte sich verändert, obgleich sie nicht beschreiben konnte, was an ihm anders war. Sie wusste nur, dass Edgar im Vergleich zu Adam etwas fehlte, was sie nicht erklären konnte.

»Sabrina?«

»Ich nehme deine Entschuldigung an.« Sie zwang sich zu einem Lächeln.

Edgar trat zu ihr und hob ihre Hand an die Lippen. »Danke, Liebes.«

Die Berührung seiner Lippen war ihr unangenehm.

»Ich vergebe dir deine unbegründete Meinung«, fuhr Sabrina fort und entzog ihm ihre Hand, »aber ich teile sie nicht.«

»Lass mich meinen Fehler wiedergutmachen«, bat Edgar mit einschmeichelndem Lächeln.

Sabrina zog eine Braue hoch. »Wie?«

»Ich möchte mit dir im Hyde Park spazieren fahren,

wo die vornehme Welt sich trifft«, erklärte Edgar. »Dann führe ich dich in die Oper, ins Ballett und …«

»Das ist nicht möglich«, fiel Sabrina ihm ins Wort und wünschte erneut, sie hätte seinen Heiratsantrag abgelehnt, statt die Absage ihrem Vater zu überlassen. Wäre sie damals nur mutiger gewesen, müsste sie nicht ständig peinliche Situationen ertragen.

»Aber warum nicht?«, fragte Edgar verwirrt.

»Der Grund für Courtneys und mein Debüt in der Londoner Gesellschaft besteht darin, angemessene Heiratskandidaten kennen zu lernen«, erklärte ihm Sabrina.

»Aber ich liebe dich, Sabrina«, entgegnete Edgar leidenschaftlich und ergriff abermals ihre Hand. »Ich habe dich immer geliebt. Sag, dass du mich heiratest.«

»Ich kann dich nicht heiraten«, erwiderte Sabrina und befreite sich aus seinem Griff. »Mein Vater hat deinen Antrag vor seinem Tod abgelehnt. Mittlerweile kenne ich auch den Grund. Ich bin bereits mit Adam verlobt.«

»Wie bitte?«, rief Edgar und packte sie am Arm.

Winstons Knurren lenkte die Aufmerksamkeit der beiden auf sich. Der Wolfshund stand mit gesträubtem Nackenfell und gefletschten Zähnen vor Edgar.

»Winston, Platz!«, befahl Sabrina.

Der Wolfshund rührte sich nicht von der Stelle und knurrte.

»Lass meinen Arm langsam los und entferne dich ein paar Schritte«, sagte Sabrina zu Edgar. Als er sie losgelassen hatte, befahl sie erneut: »Winston, Platz!«

Diesmal gehorchte der Hund, hielt seine dunklen Augen allerdings weiterhin wachsam auf den Baron gerichtet.

Nie in ihrem Leben hatte sie gegen einen Menschen Groll gehegt, und die Tatsache, dass sie ihrem ältesten Freund nun grollte, belastete ihr Gewissen. Seinen

Mangel an Vertrauen in sie und in ihren Vater empfand sie als tiefe Enttäuschung.

»Mein Vater und der Herzog waren seit ihrer gemeinsamen Schulzeit in Eton befreundet«, erklärte Sabrina in der Überzeugung, ihr Jugendfreund verdiene es, die Wahrheit zu erfahren. »Als ich noch ein kleines Kind war, verlobte mein Vater mich mit dem Marquis von Stonehurst. Ich rechne es Adam hoch an, dass er mir eine Möglichkeit gibt, die Heirat mit ihm nicht einzugehen.«

»Und die wäre?«, fragte Edgar kalt.

»Wenn ich in dieser Ballsaison einen passenden Herrn kennen lerne, befreit er mich aus dem Verlöbnis«, sagte Sabrina.

Edgars Miene hellte sich auf.

»Adam sieht in dir allerdings keinen passenden Heiratskandidaten«, fügte sie hinzu, worauf Edgars Brauen sich zusammenzogen. »So Leid es mir tut, dir dies jetzt sagen zu müssen, aber ich bin seiner Meinung.«

»Als Gräfin bist du dir wohl zu gut für einen schlichten Baron«, entgegnete Edgar bitter, in dessen Gesicht sich rote Flecken der Wut bildeten.

»Das siehst du falsch«, antwortete Sabrina, seine Unterstellung kränkte sie. »Ich könnte niemals einen Mann heiraten, der in den Londoner Salons herumklatscht, Courtney und ich seien adoptierte Bastardkinder.«

»So etwas habe ich nie gesagt«, entrüstete Edgar sich. »Wer hat dir diese Lüge erzählt? Der Marquis?«

Sabrina verweigerte ihm die Antwort.

»Weißt du eigentlich, dass dein reizender Marquis praktisch einer anderen Frau versprochen ist?«, fuhr Edgar schnarrend fort. »Alexis Carstairs, die Gräfin von Rothbury ist seit einem Jahr seine Geliebte. In Whites Herrenclub liegt ein Buch aus, in dem die Wetten aufgezeichnet sind, wann die beiden ihren Hochzeitstermin bekannt geben.«

Sabrina war, als habe er ihr einen Schlag in die Magengrube versetzt. Sie erbleichte. Edgars kränkende Worte und seine offene Abneigung gegen den Marquis schmerzten sie tief. Sie presste eine Hand ans Herz, wankte ein paar Schritte nach hinten und sank auf die Couch.

»Wieso kehrst du mir den Rücken zu?«, fragte Edgar mit erhobener Stimme. Er wollte sie am Arm packen, doch der Wolfshund hinderte ihn daran.

Winston sprang den Baron zähnefletschend an, schlug seine Fänge in eines seiner Hosenbeine und zerrte daran.

Als der Baron die Faust hob, um den Hund zu schlagen, kam Bewegung in Sabrina. Sie wehrte Edgars Schlag mit dem Arm ab und versuchte, sich zwischen den Hund und ihn zu werfen.

»Winston, Platz!«, befahl die Stimme des Marquis von der Tür her.

Der Wolfshund ließ das Hosenbein des Barons los und setzte sich, knurrte aber weiterhin bedrohlich. Sabrina kniete sich hin, schlang die Arme um Winstons Hals, um ihn zu beschützen und ihn zugleich zurückzuhalten, Edgar erneut anzugreifen.

»Liebes, es tut mir Leid«, entschuldigte Edgar sich, ohne den Versuch zu machen, ihr aufzuhelfen. »Ich wollte dich nicht schlagen, ich wollte mich nur schützen.«

Sabrina nickte stumm, wagte nicht zu sprechen, da sie fürchtete, ihrem ältesten Freund in unmissverständlichen Worten zu verstehen zu geben, was sie von ihm hielt.

»Was geht hier vor?«, fragte Adam und trat näher.

»Dieser Köter hat mich angegriffen und sollte erschossen werden«, sagte Edgar.

»Weil er mich beschützen wollte?«, rief Sabrina empört. »Nie und nimmer.«

»Winston hat Sie beschützt?«, wiederholte Adam und sah den Baron durchdringend in die Augen. »Was haben Sie Ihr angetan?«

»Sabrina und ich hatten eine kleine Auseinandersetzung, als sie plötzlich erbleichte und ich fürchtete, sie würde in Ohnmacht sinken«, erklärte Edgar. »Als ich sie halten wollte, sprang die Bestie mich an.«

Sabrina warf dem Baron einen funkelnden Blick zu. Das war gelogen. Selbst wenn er sie vor dem Unmut des Marquis schützen wollte, war ihm diese Lüge so leicht über die Lippen gekommen, als sei er daran gewöhnt, die Unwahrheit zu sagen.

Wer einmal lügt, lügt immer, dachte Sabrina. Wie viele seiner Lügen aus der Vergangenheit hatte sie geglaubt? Wie konnte sie einem Freund vertrauen, der mit solcher Leichtigkeit Lügen erzählte?

Adams Blick flog zwischen dem Baron und Sabrina hin und her, die stumm den Kopf senkte und den Hund streichelte, um die Situation nicht noch zu verschlimmern.

»Nun, Lord Briggs, Sabrina hat sich über den Besuch eines alten Freundes gefreut«, sagte Adam und gab Edgar damit deutlich zu verstehen, dass seine Anwesenheit nicht länger erwünscht war. »Werden wir Sie am Samstag sehen?«

Statt einer Antwort wandte Edgar sich an Sabrina. »Ich entschuldige mich für das Missverständnis und werde selbstverständlich zu deinem Ball erscheinen. Wenn du mich brauchst, ich wohne bei meiner Schwester in Bedford Square.« Damit verließ er den Salon.

»Schäm dich«, schalt Adam den Hund und tätschelte ihm den Kopf. »Du kannst doch eine Ratte nicht mit einem Wolf verwechseln.«

Winston winselte, als verstehe er den Tadel.

»Wieso laden Sie Edgar zum Ball ein?«, fragte Sabrina verwirrt, die geschworen hätte, der Marquis könne Edgar nicht leiden.

»Ich dachte, Sie freuen Sich über einen alten Freund aus Abingdon«, versetzte Adam und fügte mit einem Blick zur Tür hinzu: »Ich finde Edgar Briggs ebenso sympathisch wie vertrauensvoll, und das heißt, nicht im Geringsten.«

»Seit dem Tod meines Vaters benimmt Edgar sich merkwürdig«, meinte Sabrina nachdenklich. »Ihr Auftauchen in Abingdon hat sein Verhalten noch verschlimmert. Ich kann ihn auch nicht mehr gut leiden.«

»Soll ich ihn ausladen?«

Sabrina schüttelte den Kopf.

»Sie sehen entzückend aus in dem neuen Kleid«, sagte Adam und streckte ihr die Hand entgegen, um ihr aufzuhelfen. »Fühlen Sie sich in einem hübschen Kleid nicht wohler als in langweiligem Schwarz?«

Sie wurde einer Antwort enthoben, da Baxter den Salon betrat und mit argwöhnischem Blick auf Winston verkündete: »Der Herzog von Kinross und seine Gemahlin sind eingetroffen.«

»Führen Sie das Herzogpaar herein«, antwortete Adam.

Der Butler entfernte sich und Sabrina strich sich das Kleid glatt.

»Sie sehen bezaubernd aus«, meinte Adam. »Wie könnte man makellose Schönheit verbessern?«

Sabrina errötete über sein unerhörtes Kompliment. Mit einem Blick zu Winston fragte sie: »Haben Ihre Freunde Angst vor Hunden?«

»Wir lieben Hunde und andere Tiere«, antwortete eine Männerstimme von der Tür her.

James Armstrong, der Herzog von Kinross trat ein, hoch gewachsen und schlank wie der Marquis. Er hatte dunkles Haar und schwarze, lustig funkelnde Augen. Die Herzogin von Kinross war eine zierliche Schönheit mit ebenholzfarbenem Haar, strahlend blauen Augen und einem bezaubernden Lächeln.

»James und Lily, darf ich euch Sabrina Savage, die Gräfin von Abingdon vorstellen«, begrüßte Adam die Gäste. »Sabrina, dies sind meine Freunde, Herzog und Herzogin von Kinross.«

»Euer Gnaden, ich fühle mich geehrt, Ihre Bekanntschaft zu machen«, grüßte Sabrina und versank in einen Knicks.

»Nennen Sie mich bitte Lily«, bat die Herzogin. »Den Titel habe ich nur geheiratet.«

»Ich bin Jamie«, sagte der Herzog vergnügt, »und für einen Hofknicks fühle ich mich mit fünfundzwanzig noch zu jung.« Er lächelte seiner Frau augenzwinkernd zu. »Und meinen Titel habe ich nur geerbt.«

»Ich möchte keinesfalls, dass Sie sich älter fühlen«, antwortete Sabrina und entspannte sich sichtlich.

»Ist das der Wolfshund, den Sie in Oxford aufgelesen haben?«, fragte Lily.

»Ja, das ist Winston.« Sabrina errötete bei dem Gedanken, dass der Marquis mit seinen Freunden über sie gesprochen hatte.

Lily zog die Handschuhe aus und hielt Winston die Hand hin, der sie beschnüffelte und freundlich mit dem Schweif wedelte.

»Du bist ein entzückendes Schoßhündchen«, sagte Lily und streichelte ihn.

»Meine Frau liebt alle Tiere«, erklärte Jamie.

Lily lächelte verschmitzt. »Ein Band um den Hals würde Winston gut kleiden, finden Sie nicht?«, fragte sie.

Sabrina warf Adam einen bedeutsamen Blick zu, mit dem sie zum Ausdruck brachte: *Sage ich doch immer.*

»Setzt euch«, schlug Adam vor.

Sabrina und Lily nahmen auf der Couch Platz, Adam und James setzten sich den Damen gegenüber. Sabrina hatte den Eindruck, das Herzogpaar wüsste um das Geheimnis ihrer Verlobung.

»Als wir das Haus verließen, fing Sarah gerade an, mit der Puppe zu spielen, die du ihr geschenkt hast«, sagte Lily an Adam gewandt. »Spielen ist vielleicht nicht das richtige Wort. Sie kaute genüsslich daran.«

»Sabrina gebührt das Lob, die Stoffpuppe gewählt zu haben«, antwortete Adam.

»Vielen Dank, auch im Namen meiner Tochter«, sagte Lily mit einem freundlichen Lächeln.

»Wie alt ist Sarah?«, fragte Sabrina.

»Gerade ein Jahr geworden«, antwortete Lily stolz.

»Begleitest du mich ins Arbeitszimmer?«, wandte Adam sich an Jamie. »Ich will ein paar Unterlagen für meinen Onkel heraussuchen.«

Jamie stand auf. »Wenn die Damen uns entschuldigen, wir bleiben nicht lange.«

Die Freunde gingen und Sabrina suchte nach einem Gesprächsthema mit der schönen Amerikanerin. Über das Wetter zu reden schien ihr unverfänglich zu sein.

»Wir haben Glück mit dem Wetter, finden Sie nicht auch?«, begann sie etwas steif.

»Ja, das Wetter hat sich gut gehalten«, antwortete Lily und warf ihr einen Seitenblick zu. »Wenn man etwas für dichten Nebel übrig hat.«

Sabrina lächelte. »Ich ziehe das Leben auf dem Lande eigentlich vor.«

»Kein Nebel?«

»Nicht die Spur.«

Die Damen lächelten einander an.

»Ist Ihnen klar, dass die Herren uns absichtlich allein gelassen haben?«, meinte Lily nach einer Weile. »Mein Mann wünscht, dass wir uns anfreunden.«

»Wir müssen keine Freundinnen werden, wenn Sie es nicht wünschen«, versetzte Sabrina ein wenig verwirrt.

»Die Londoner Gesellschaft hat mich nicht mit offenen Armen aufgenommen«, gestand Lily. »Obwohl niemand es wagte, mich unhöflich zu behandeln, hält man mich vermutlich für eine amerikanische Neureiche. Vielleicht denken Sie ähnlich.«

»Ich bedaure, dass Sie schlechte Erfahrungen gemacht haben«, antwortete Sabrina.

»Dazu besteht kein Grund.« Lily griff nach der Handarbeit auf dem Tisch. »Es ist ja nicht Ihre Schuld.«

Als die Herzogin die Stickerei ausbreitete und ihre unbeholfenen Stiche begutachtete, spürte Sabrina, wie ihr die Schamröte in die Wangen stieg. Sticken war eine weibliche Beschäftigung, bei der sie sich ausgesprochen ungeschickt anstellte und die sie ehrlich gestanden langweilte. Nun war es ihr ausgesprochen peinlich, ihre hilflosen Bemühungen begutachtet zu sehen.

»Eine bemerkenswerte Handarbeit«, stellte Lily fest und sah sie ernsthaft an.

»Bemerkenswert scheußlich.«

»Im Vergleich zu mir sticken Sie meisterlich.«

»Tatsächlich?« Die Amerikanerin wollte sich allem Anschein lustig über sie machen.

Lily öffnete ihr Retikül und zog ein Taschentuch hervor. »Sehen Sie sich das an«, sagte sie und hielt es ihr hin. »Keine Sorge, es ist sauber.«

Sabrina breitete das Taschentuch auf dem Schoß aus. Und dann brach sie in Gelächter aus. Die Herzogin hatte die Wahrheit gesagt. Diese Stiche waren noch unbeholfener als die ihren.

»Ich glaube, sogar Winston würde das besser machen«, entfuhr es Sabrina lachend.

»Daran habe ich keinen Zweifel.« Lily stimmte in ihr Lachen ein.

»Ich wollte Sie nicht kränken«, entschuldigte Sabrina sich.

»Ich fühle mich nicht gekränkt«, versetzte Lily. »Ihre Stickerei ist fürchterlich, wenn man sie nicht mit meiner vergleicht.«

Forbes und Baxter betraten den Salon. Jeder trug ein Silbertablett, eines mit einem Worcester-Teeservice, auf dem anderen befand sich eine Platte mit aufgeschnittenem Mandelkuchen.

»Platz, Winston!«, befahl Sabrina, als der Hund sich über den Kuchen hermachen wollte.

Winston legte sich brav hin, ohne den Kuchen aus den Augen zu lassen, und umgehend begann ihm der Speichel von den Lefzen zu tropfen.

Sabrina nahm zwei Kuchenscheiben, brach sie in Stücke und legte sie auf einen Kuchenteller, den sie vor den Hund auf den Boden stellte. Winston verspeiste die Leckerei mit großem Genuss.

»Es ist manchmal leichter, sich in das Unvermeidliche zu fügen«, erklärte Sabrina entschuldigend. »Ich habe gestern gebacken und Winston liebt meine …«

»Sie backen?«, fragte Lily erstaunt. »Sie haben den Kuchen selbst gebacken?«

Sabrina nickte.

»Köstlich«, rief Lily nach dem ersten Bissen. »Dass die englische Aristokratie kocht und bäckt, ist mir völlig neu.«

»Kochen und backen entspannt mich. Wenn ich nervös oder verärgert bin, muss ich einfach backen.«

Lily lächelte verschmitzt. »Oh, ich glaube, wir werden doch gute Freundinnen.«

»Backen Sie auch, wenn Sie verärgert sind?«, fragte Sabrina.

»Nein, ich esse.«

Sabrina lachte.

»Wie bin ich froh, dass Sie nicht so hochnäsig sind wie die anderen Damen«, rief die Herzogin und berührte Sabrinas Arm.

»Ich freue mich sehr, Sie kennen gelernt zu haben«, versetzte Sabrina erleichtert. »Haben Sie ein Steckenpferd? Abgesehen von Handarbeiten?«

»Ich lerne grade Klavierspielen. Die kleine Sarah protestiert jedes Mal lauthals, wenn ich übe. Ich fürchte, es dauert noch eine Weile, ehe ich etwas vorspielen sollte.«

Sabrina freute sich über Lilys Aufrichtigkeit.

»Ich liebe Tiere, bin eine Leseratte und gehe gern Einkaufen.« Lily schwieg einen Moment, ehe sie lächelnd fortfuhr: »Meine Leidenschaft fürs Lesen hat James und mich zusammengeführt.«

»Seine Gnaden liest also auch gern?«

»Seine Gnaden zeigte großes Interesse an meinem Lesestoff«, antwortete Lily.

»Was lesen Sie gern?«

»Geheimcodes, Landkarten und Botschaften.«

»Ich verstehe nicht ganz«, versetzte Sabrina verwirrt.

»Ich bin mit der Fähigkeit gesegnet, mir alles, was ich einmal gelesen habe, genau einzuprägen und den Inhalt Wort für Wort wiederzugeben«, berichtete Lily. »Während der letzten kriegerischen Auseinandersetzung zwischen unseren Ländern diente ich der amerikanischen Seite. Ich konnte britische Geheimcodes entziffern und genaue Beschreibungen feindlicher Spionagetätigkeit geben. James behauptete sogar, meine Gabe habe dazu geführt, seinen Bruder gefangen zu setzen und ihn als Spion zu entlarven. Er entführte mich und brachte mich nach England, um mich hier bis Kriegsende festzuhalten. Wir verliebten uns ineinander und heirateten.«

»Wie romantisch und abenteuerlich«, rief Sabrina. »Hatten Sie keine Angst?«

»Ich war wütend«, antwortete Lily. »Und soweit ich mich entsinne, kam mir die Sache damals keineswegs romantisch vor. Abenteuer sind meist weniger aufregend, als man vermutet.«

»Darf ich Ihnen eine Frage stellen?« Sabrina wusste nicht recht, ob sie es wagen durfte, die Herzogin mit ihrer Sorge zu behelligen.

Lily nickte.

»Heute Morgen besuchte mich ein alter Freund aus Abingdon und erzählte mir, dass Adam eine Geliebte hat. Alexis Carstairs. Kennen Sie die Dame?«

»Das klingt mir nicht nach einem Freund«, versetzte Lily trocken.

»Sie haben meine Frage nicht beantwortet«, sagte Sabrina gespannt.

»Alexis Carstairs ist die sehr schöne und sehr reiche Witwe des verstorbenen Grafen von Rothbury, der ihr Großvater hätte sein können«, antwortete Lily mit gedämpfter Stimme. »Oberflächlich, arrogant und hinterhältig sind die Worte, mit der ich die Dame beschreiben würde. Sie ist hinter Adam her, seit ich ihn kenne, noch bevor ihr Gatte starb.«

»Ist sie ...« Sabrina zögerte und fuhr dann tapfer fort: »Ist sie tatsächlich seine Geliebte?«

Lilys Wangen färbten sich rosig. »Ich weiß es nicht. Aber ich könnte meinen Gatten fragen, wenn Sie es wünschen.«

»Das ist nicht nötig«, wehrte Sabrina ab. »Entschuldigen Sie, wenn ich Sie mit meiner indiskreten Frage in Verlegenheit gebracht habe.«

Lily tätschelte ihr die Hand. »Ich bin sicher, Adam ist den Verlockungen dieser Person nicht erlegen.«

Sabrina scheute sich einerseits, so unverblümt über den Marquis zu sprechen, andererseits war der Gedanke zu verlockend, die Herzogin könne ihr Aufschluss über Adams Vergangenheit geben.

»Der Marquis sagte mir, er sei in Südfrankreich geboren«, redete Sabrina weiter. »Sein Vater starb, als Adam zehn Jahre alt war. Danach kam er nach England ins Internat. Während seines Aufenthalts in England starben seine Mutter und sein Bruder.«

»Ja, das ist richtig«, bestätigte Lily.

»Wissen Sie sonst noch etwas über ihn?«

Lily stutzte. »Wieso fragen Sie ihn nicht?«

»Er weicht meinen Fragen aus«, antwortete Sabrina scheu. »Ich habe das Gefühl, er verbirgt etwas vor mir, und der Gedanke, Sie könnten ...«

»Verzeihen Sie, aber Sie stellen ihn beinahe als Schurken hin. Ich bin sicher, Adam will Sie damit nur auf die Folter spannen. Mein Gemahl weiß alles über den Marquis. Ich könnte ihm ein paar Fragen stellen, wenn Sie das wünschen.«

Sabrina schüttelte verlegen den Kopf. »Ich fürchte, er würde Adam von meiner Neugier erzählen. Mit der Zeit werde ich sicher mehr über ihn erfahren.« Um das Thema zu wechseln, sagte sie: »Erzählen Sie mir lieber von Amerika.«

»Amerika ist fast ein Paradies«, sagte Lily.

»Sie lieben Ihre Heimat.«

»Ich hoffe, Sie sind nicht allzu patriotisch«, versetzte Lily, »da ich nicht möchte, dass mein Haustier Ihre Gefühle in irgendeiner Weise verletzt, wenn Sie uns besuchen.«

»Was für ein Haustier?«

»Ein Albinoschwein«, antwortete Lily. »Als winziges Ferkel rettete ich es und seine Mutter davor, als Abendessen auf dem Schiff meines Gatten serviert zu werden.«

»Was hat ein Schwein mit Patriotismus zu tun?«, fragte Sabrina verständnislos.

»Ich habe ihn Prinny genannt zu Ehren des Prinzregenten.«

Sabrina lachte herzhaft und Lily stimmte in das Lachen ein. Als Winston sich aufsetzte und ein Stück Mandelkuchen stibitzte, lachten sie nur noch lauter. So fanden Adam und Jamie die beiden Damen, als sie kurz darauf den Salon betraten.

»Sie wissen doch, dass dieser Hund sich unmöglich benimmt, sobald Essen auf dem Tisch steht«, sagte Adam an Sabrina gewandt.

»Lass gut sein«, meinte Jamie beschwichtigend, offensichtlich erfreut, dass seine Frau eine Freundin gefunden hatte. »Lily und ich müssen ohnehin weiter.«

Lily erhob sich. »Ich hoffe, Sie kommen bald zum Tee zu uns.«

»Liebend gerne«, bedankte Sabrina sich und stand ebenfalls auf. »Grüßen Sie Prinny herzlich von mir.«

Nachdem die Gäste gegangen waren, wandte Adam sich an Sabrina. »Ich freue mich, dass Lily und Sie sich verstehen.«

»Sie ist anders, als ich erwartet habe.«

»Und was haben Sie erwartet?«

Sabrina dachte an Alexis Carstairs. »Ich habe eine oberflächliche, arrogante und hinterhältige Person erwartet.«

»Davon lernen Sie noch eine Menge kennen«, entgegnete Adam schmunzelnd und wechselte das Thema. »Haben Sie mit Ihren Aufzeichnungen begonnen?«

»Ja, ich war gerade dabei, als Edgar auftauchte«, antwortete Sabrina.

»Dann wollen wir uns setzen und uns ansehen, was Sie notiert haben.«

Sabrina nahm die beschriebenen Blätter vom Tisch und überflog sie.

»Ich bin noch nicht bei dem Unglückstag angelangt«, sagte sie im Hinsetzen und schaute zu ihm hoch. *Gütiger Himmel,* dachte sie verwirrt beim Anblick seiner blauen Augen.

Adam lächelte, als könne er ihre Gedanken lesen. »Was haben Sie geschrieben?«, fragte er mit weicher Stimme.

»Ich habe eine Woche vor dem Tod meines Vaters begonnen«, fing Sabrina an und zwang sich, den Blick von seinen Augen zu wenden. »An dem Tag, an dem Edgar bei meinem Vater um meine Hand angehalten hatte.«

Adam lehnte sich bequem zurück und legte den Arm über die Sofalehne. »Erzählen Sie, was an dem Tag passierte.«

»Wie ich schon sagte, Edgar hielt um meine Hand an und mein Vater verweigerte sie ihm.«

»Waren Sie anwesend?«

Sabrina nickte.

»Wie hat der Baron auf die Ablehnung reagiert?«, fragte Adam.

»Er wirkte überrascht«, antwortete Sabrina, den Blick ins Leere gerichtet, und rief sich die Szene in Erinnerung. »Edgar versuchte, Papa umzustimmen, meinte, unsere Ländereien wären nach seinem Tod vereint und stellten dereinst einen enormen Besitz dar für den Sohn, den er mit mir zu zeugen beabsichtigte. Mein Vater ließ sich nicht erweichen, sagte ihm, ich sei nicht für ihn bestimmt, worauf Edgar wütend reagierte. Kurz darauf beruhigte er sich wieder und entschuldigte sich für sein schlechtes Benehmen.«

»Hat der Baron Sie danach wieder besucht?«

»Ja, mehrmals. Und er war überzeugt davon, meinen Vater umstimmen zu können«, antwortete Sabrina. »Er wollte zwei Wochen warten und seinen Antrag dann wiederholen.«

»Hat der Baron Ihren Vater je bedroht?«

»Sie wollen doch nicht unterstellen, dass Edgar etwas mit dem Tod meines Vaters zu tun hat.«

»Ich unterstelle gar nichts«, versicherte Adam lächelnd. »Ich will nur sämtliche Fakten erfahren.«

In diesem Augenblick betraten Forbes und Higgins den Salon. Higgins trug eine Silberkanne mit frisch gebrühtem Tee, Forbes ein Silbertablett mit Gurkensandwiches und Früchtekuchen.

Winston hob schnüffelnd die Schnauze, richtete sich auf und fixierte das Essenstablett.

»Zitronenkuchen für Mylady«, sagte Forbes und legte ihr Kuchen vor. »Und Schierlingskuchen für Mylord.«

Sabrina brach in Gelächter aus. Forbes zwinkerte ihr heimlich zu.

»Worüber lachen Sie?«, fragte Adam.

»Ach, nichts weiter«, kicherte Sabrina und führte die Kuchengabel zum Mund.

»Nun gut, Prinzessin, bewahren Sie getrost Ihre Geheimnisse für sich«, sagte er, nachdem die beiden Diener den Raum verlassen hatten. »Winston, Platz!«

Der Wolfshund stellte sich taub und näherte die Schnauze unmerklich der verführerischen Platte.

»Uns beim Essen zuzusehen ist eine Qual für ihn«, sagte Sabrina.

»Winston muss lernen, bei Tisch nicht zu betteln«, antwortete Adam und stand auf. Sanft, aber bestimmt zwang er den Wolfshund, sich hinzulegen. Dann blickte er zu Sabrina und fragte: »Mylady, darf ich um einen Tanz bitten?«

»Pardon?«

»Tanzen Sie mit mir, während ich ihm Unterricht gebe«, sagte Adam.

»Ohne Musik?«, fragte Sabrina zweifelnd.

»Kommen Sie, Prinzessin.« Adam streckte ihr die Hand hin. »Vertrauen Sie mir.«

Sie konnte seinem Lächeln nicht widerstehen, erhob sich und trat auf ihn zu.

»Jedes Mal, wenn wir am Tisch vorbeitanzen, muss Winston sich hinlegen«, erklärte er. »So wird er lernen, das Essen auf dem Tisch nicht anzurühren, auch wenn ihn niemand dabei beobachtet.«

Sabrina lächelte, als Adam einen Walzer summte und sich beschwingt mit ihr durch den Salon drehte.

»Sie tanzen wundervoll«, lobte Sabrina.

»Sie ebenfalls«, gab Adam das Kompliment zurück. »Wer brachte Ihnen Tanzen bei?«

»Und wer war Ihr Lehrer?«

»Ich habe zuerst gefragt«, versetzte er.

»Und ich als Zweite«, konterte sie und dachte an das Gespräch auf der Fahrt nach Oxford.

»In Eton war Tanzunterricht Pflicht«, gab Adam Auskunft. »Jamie Armstrong war mein Tanzpartner.«

Sabrina lachte. »Als Tante Tess nach dem Tod meiner Mutter zu uns kam, lehrte sie Courtney und mich einige Tänze. Später stellte Vater einen Tanzlehrer ein, um unsere Ausbildung zu vervollständigen.«

»War Courtney Ihre Tanzpartnerin?«

»Nein, Edgar wechselte sich darin ab«, antwortete sie.

Adams Lächeln schwand. »Ihre Partnerwahl gefällt mir nicht.«

»Und die Ihre gefällt *mir* nicht«, konterte Sabrina mit einem verschmitzten Lächeln.

Adam schmunzelte. »Sie brauchen wegen meiner Gefühle für Jamie Armstrong nicht eifersüchtig zu sein.«

»Und Sie nicht wegen meiner Gefühle für Edgar Briggs«, versetzte Sabrina ohne nachzudenken.

»Das ist mir eine große Beruhigung.« Adam festigte seinen Griff um ihre Mitte und wirbelte sie durchs Zimmer. Der Blick seiner blauen Augen hypnotisierte sie, die ständige Kreisbewegung machte sie benommen. Als er aufhörte zu tanzen und sie sanft näher zog, vermochte Sabrina keinen Widerstand zu leisten.

Adams Gesicht näherte sich dem ihren. Seine Lippen legten sich auf die ihren. Sabrina schloss die Augen und gab sich dem Zauber des Augenblicks hin.

Ein Kribbeln durchrieselte sie. Sein Mund fühlte sich warm und sanft drängend an.

Sabrina sank berauscht an seine breite Brust. Seine starken Arme hielten sie umfangen und sie ließ sich in den neuen erregenden Empfindungen treiben.

Und dann war der Kuss vorüber, so unerwartet, wie er begonnen hatte. Sabrina öffnete die Lider und sah ihn aus verträumt verschwommenen Augen an.

»Ich wollte Sie nicht zu diesem Kuss zwingen«, entschuldigte Adam sich, doch in seinem Lächeln lag keine Reue.

»Sie haben mich nicht gezwungen«, antwortete Sabrina, deren Wangen rosig glühten. Sie wandte verlegen den Blick zur Seite. »Sehen Sie mal«, sagte sie dann schmunzelnd.

Winston saß artig neben dem Tisch und leckte sich die Schnauze. Vor ihm stand eine leere Platte.

»Dieser Hund ist ein hoffnungsloser Fall«, seufzte Adam.

»Sie sollten jetzt besser gehen«, meinte Sabrina. »Ihre Anwesenheit könnte missverstanden werden.«

Adam nickte. »Ich hole Sie morgen um zehn Uhr ab und zeige Ihnen den Tower. Hinterher spazieren wir durch die Bond Street und sehen uns die eleganten Geschäfte an. Selbstverständlich sind Courtney und Ihre Tante herzlich eingeladen, uns zu begleiten.«

Adam neigte sich ihr zu, hauchte ihr ein unschuldiges Küsschen auf die Wange und dann war er fort.

Adam St. Aubyn war ein gefährlich gut aussehender und sehr charmanter Mann. Sabrina starrte sinnend zur Tür. Sein Lächeln hatte es ihr besonders angetan. Aber sein Benehmen war keineswegs untadelig. Außerdem störte sie seine gebieterische Art. Sie hoffte, er würde diese Eigenschaft ablegen.

Sabrina dachte an Alexis Carstairs, die für sie nur ein gesichtsloser Name war. Lily hatte behauptet, Adam würde sich nicht mit ihr einlassen. Kein ehrbarer Gentleman würde intime Kontakte zu einer Frau pflegen, mit der er nicht verheiratet war. Nein, so etwas schickte sich nicht.

8. Kapitel

»Liebe mich.«

Adam, der an diesem Abend allein in seiner Opernloge saß, erkannte die gurrende Stimme. Eines musste er seiner Verflossenen zugestehen, sie war überaus ausdauernd. Im übrigen wusste sie, dass er häufig alleine die Oper besuchte, um in Ruhe nachzudenken.

Adam drehte sich im Halbdunkel zu ihrem schön geschnittenen Profil um. Und dann spürte er ihre zärtliche Hand an seinem Schenkel.

»Du willst, dass ich dich hier liebe?«, fragte Adam nah an ihrem Ohr.

»Eigentlich würde ich die Seidenlaken meines Bettes vorziehen«, antwortete Alexis mit einem verführerischen Lächeln.

Adams Blick senkte sich auf ihren prallen Busen, den ihr gewagtes Dekolleté freigab.

»Du weißt, dass ich die Oper gern allein besuche«, sagte Adam und beugte sich erneut zu ihr. »Weil ich nicht gestört werden möchte.«

»Du bist neulich so überstürzt gegangen«, raunte Alexis, deren Hand auf seinem Schenkel sich langsam nach oben bewegte. »Ich konnte dir gar nicht richtig Adieu sagen.«

Adam nahm ihre Hand und legte sie auf ihren Schoß zurück. »Ich habe etwas dagegen, hinterhältig in die Ehe gelockt zu werden.«

»Aber ich hatte keine Ahnung, dass die Damen mir ihre Aufwartung machen wollten«, verteidigte Alexis sich mit Unschuldsmiene. »Vertraust du mir nicht, Liebster?«

»Ich vertraue dir an dem Tag, an dem in der Hölle eine Schneeballschlacht stattfindet.«

»Bist du tatsächlich an dieser kleinen Landpomeranze aus Abingdon interessiert?«, fragte Alexis.

»Die Landpomeranze ist immerhin die Gräfin von Abingdon«, versetzte Adam, ohne ihre Frage zu beantworten.

»Und sie ist ein adoptierter Bastard.«

»Wenn du vorhast, Sabrina oder ihrer Schwester das Leben schwer zu machen, werde ich dich ruinieren«, drohte Adam flüsternd.

»Wie kannst du so denken?«, entrüstete Alexis sich. »Ich hoffe sogar, dass sie ein Erfolg wird und jeder Herr ihr den Hof macht.«

»Wie ungewöhnlich liebenswürdig von dir«, sagte Adam. »Geh bitte vor der Pause in deine Loge.«

»Nur wenn du versprichst, später bei mir vorbeizuschauen«, sagte Alexis.

Adam hätte ihr beinahe alles versprochen, nur um sie loszuwerden, ehe die Lichter in der Pause aufleuchteten. Er wollte nicht in der *Times* lesen, er sei an der Seite von Alexis Carstairs in der Oper gesehen worden.

Adam nickte. »Einverstanden. Ich fahre später bei dir vorbei.«

Alexis lächelte zufrieden. »Um welche Zeit, Liebster?«

»Weiß ich nicht«, antwortete Adam. »Wenn du mich drängst, komme ich gar nicht.«

Alexis hauchte ihm einen Kuss auf die Wange. »Bis später«, flüsterte sie und huschte ebenso lautlos aus der Loge, wie sie gekommen war.

Wieder allein lehnte Adam sich zurück, doch die Ruhe des Opernbesuches war mit Alexis' ungebetenem Eindringen verschwunden. Er konzentrierte sich auf die Darbietung der Diva, die so berühmt war, dass man sie nur unter ihrem Vornamen kannte. Die Stimme von Madame Esmeralda hatte nichts von ihrem jugendlichen Schmelz verloren und zog ein erlesenes Publikum auf der ganzen Welt in ihren Bann.

Adam lauschte ihrem glockenreinen Sopran. Irgendetwas an der Diva kam ihm vertraut vor. Ja, die Sängerin erinnerte ihn an Sabrina. Er schüttelte den absurden Gedanken ab. Nur die Farbe ihres Haars glich dem kupferroten Feuer von Sabrinas Haar. Ansonsten bestand keinerlei Ähnlichkeit zwischen Sabrina und der Sängerin. Der Vorhang schloss sich unter donnerndem Applaus.

Adams Kunstgenuss war für diesen Abend gestillt. Als er sich anschickte, die Loge zu verlassen, bemerkte er Edgar Briggs unter der Schar der Bewunderer, die sich in Alexis' Loge drängten. Gedankenverloren verließ Adam das Opernhaus.

»St. James Street«, rief er seinen Leibwächtern zu, stieg in seine Karosse und lehnte sich in die Lederpolster zurück. Ein unangenehmes Gefühl breitete sich in seiner Magengrube aus. Was bewegte Edgar Briggs dazu, um Alexis Carstairs herumzuscharwenzeln? Wollte er ihr weiteren Klatsch über Sabrina ins Ohr flüstern? Oder war es umgekehrt? Versorgte Alexis den Baron mit pikanten Informationen über ihn?

Eins wusste Adam mit Gewissheit: Er würde Alexis Carstairs an diesem Abend nicht besuchen und auch an keinem anderen Abend.

Adam betrat Whites Herrenclub und winkte Jamie Armstrong zu.

Adam war sich der Blicke der Gäste bewusst, als er den Raum durchquerte und das berühmte Wettbuch zur Hand nahm. Bedächtig blätterte er die Seiten durch, auf denen die Wetten über seine mögliche Heirat mit Alexis Carstairs verzeichnet waren. Die Fehleinschätzungen seiner Geschlechtsgenossen gaben ihm zu denken.

Schließlich nahm Adam die Feder zur Hand und schrieb seine Wette nieder. Die Herren, die gegen ihn gewettet hatten, würden ziemlich enttäuscht sein. Er legte die Feder beiseite, durchquerte den Raum und setzte sich zu Jamie Armstrong.

»Du verstehst es, Aufmerksamkeit zu erregen«, schmunzelte Jamie und wies mit einem Kopfnicken zum Wettbuch.

Dort hatten sich einige Herren versammelt und lasen interessiert seine Aufzeichnung. Die Gruppe um das Buch vergrößerte sich mit jeder Sekunde.

»Ich dachte, du bist in der Oper«, sagte Jamie.

»War ich auch«, erklärte Adam. »Bis Alexis zu mir in die Loge huschte.«

»Bist du sicher, du möchtest deine Wette nicht ändern?«, fragte Jamie.

Adam feixte.

»Guten Abend, Euer Gnaden«, ließ eine Stimme neben Jamie sich vernehmen. »Darf ich Sie einen Augenblick sprechen?«

Adam blickte zu Dudley Egremont auf. Der Abend würde sich doch noch zum Besseren wenden.

»Setzen Sie sich, Dorchester«, lud Adam ihn ein.

Der zwanzigjährige Viscount Dorchester setzte sich. »Verzeihung, wenn ich Sie störe. Aber ich habe Sie gerade entdeckt und wollte mir die Gelegenheit nicht entgehen lassen.«

»Was haben Sie auf dem Herzen, Dorchester?«

Dudley lächelte unsicher. »Ich habe Mistress Courtney Savage heute im Haus meiner Tante kennen gelernt und ersuche Sie um Ihre Erlaubnis, der jungen Dame meine Aufwartung machen zu dürfen.«

Adam sah den jüngeren Mann lange an, der sich unter seinem durchdringenden Blick verlegen wand.

»Wieso bitten Sie mich um Erlaubnis?«, fragte er schließlich.

»Wie ich höre, sind Sie zum Vermögensverwalter von Lord Savage eingesetzt«, antwortete Dudley. »Deshalb nehme ich an, Sie sind auch Courtneys Vormund.«

»Courtney wurde noch nicht in die Gesellschaft eingeführt«, entgegnete Adam knapp, ohne den Irrtum des jungen Mannes zu korrigieren.

»Ich bin gern bereit, bis zu ihrer Einführung zu warten«, beeilte Dudley sich zu versichern.

Adam zog eine dunkle Braue hoch. »Ist die junge Dame denn an Ihrer Aufmerksamkeit interessiert?«

»Sie schien keine Abneigung gegen mich zu haben«, antwortete Dudley. »Natürlich kann ich nicht ahnen, was geschieht, wenn sie andere junge Herren kennen lernt.«

Adam hob seinen Cognacschwenker und prostete dem jüngeren Mann zu. »Auf Ihren Erfolg bei meinem Mündel.«

»Vielen Dank, Mylord«, sagte Dudley im Aufstehen. »Sie werden es nicht bedauern, mir Ihre Zustimmung erteilt zu haben.«

»Ich habe keineswegs meine Zustimmung erteilt, das Mädchen zu heiraten, sondern lediglich, sie besuchen zu dürfen.«

»Selbstverständlich, Mylord«, sagte Dudley und entfernte sich respektvoll. »Guten Abend, die Herren.«

»Es war doch dein Wunsch, dass Egremont und Courtney einander kennen lernen«, sagte Jamie, während der Viscount sich entfernte. »Welch glücklicher Zufall, dass sie seiner Tante einen Besuch abstattete.«

»Von wegen glücklicher Zufall«, erwiderte Adam lächelnd. »Tante Belladonna liebt es, die Heiratsvermittlerin zu spielen, und konnte es kaum erwarten, die beiden zusammenzubringen.«

»Und warum warst du so schroff mit ihm?«

»Ein Mann schätzt das am meisten, was nur schwer zu gewinnen ist«, antwortete Adam.

Jamie schmunzelte und erhob sich. »Für mich wird es Zeit, zu meinem geliebten Weib nach Hause zu gehen.«

Adam stand gleichfalls auf. »Ich gehe auch. Ich habe Sabrina versprochen, ihr morgen den Tower zu zeigen.«

Die beiden Freunde verließen den Club und traten in den dichten Londoner Nebel hinaus. Die nächtliche Straße war nur von einer Laterne beleuchtet, deren milchiger Schein den wabernden Nebel kaum durchdrang und der Szenerie etwas Unheimliches verlieh.

Plötzlich galoppierte ein Reiter die St. James Street heran. In Höhe der beiden Freunde angekommen, zückte er blitzschnell eine Pistole und feuerte. Im nächsten Moment war der wilde Reiter im Nebel eingetaucht und das Hufeklappern auf dem Straßenpflaster verklang.

Adam und Jamie, die hinter einer Kutsche Deckung gesucht hatten, hörten die alarmierten Schreie ihrer Kutscher, die den Reiter verfolgten. Aus dem Club eilten Gäste herbei.

Adam richtete sich auf und bot dem Freund die Hand.

»Wer wünscht dir den Tod?«, fragte Adam.

Jamie feixte. »Diese Frage wollte ich dir stellen.«

»Sind Sie verletzt?«, erkundigte Dudley Egremont sich besorgt.

Adam schüttelte den Kopf. »Wir sind beide unversehrt.«

»Wer war der Schurke?«, wollte einer der Zuschauer wissen.

»Ich konnte sein Gesicht nicht sehen«, antwortete Adam.

»Der Mann trug eine Maske«, meldete Jamie sich zu Wort. Als Adam ihn erstaunt ansah, erklärte er achselzuckend: »Ich habe gelernt, einen Feind nie aus den Augen zu lassen, egal was passiert. Während wir Deckung hinter der Kutsche suchten, konnte ich die Maske genau sehen.«

»Können wir irgendetwas für Sie tun?«, fragte ein anderer Zuschauer.

Adam schüttelte den Kopf. »Bitte, meine Herren, lassen Sie sich den Abend nicht verderben. Uns fehlt nichts. Ich sehe, unsere Kutscher kommen zurück, bedauerlicherweise ohne den Übeltäter.«

Unter aufgeregtem Stimmengewirr zogen die Gäste sich ins Clubhaus zurück. Nur Dudley Egremont wollte nicht weichen.

»Sind Sie auch wirklich unversehrt?«, fragte der junge Viscount und versuchte mit einem Taschentuch Adams Umhang zu säubern.

»Dorchester, falls Sie sich nicht um die Stelle eines Kammerdieners bei mir bewerben wollen, lassen Sie das und kehren Sie zu Ihren Freunden zurück«, befahl Adam unwirsch.

Egremont ließ hastig von ihm ab. »Sind Sie sicher?«

»Sie beginnen mir auf die Nerven zu gehen«, warnte Adam. »Ich würde nur ungern meine Erlaubnis zurückziehen, Courtney besuchen zu dürfen.«

»Ich wünsche den Herren eine gute Nacht«, verabschiedete sich der Viscount und eilte in den Club.

»Jemand will dich töten«, sagte Jamie, als die Freunde allein auf der Straße standen.

»Du bist derjenige, der eine Amerikanerin entführt und sie nach England verschleppt hat, vergiss das nicht«, versetzte Adam.

»Lilys Vater hat mir längst verziehen«, antwortete

Jamie. »Du aber hast so manchen Geschäftsmann an den Bettelstab gebracht. Und dann wäre noch die Möglichkeit, dass ...«

»Sprich es bitte nicht aus«, unterbrach Adam.

Jamie nickte verständnisvoll.

»Der Kerl ist in einer Seitengasse verschwunden«, rief Abdul, der mit Sagi angelaufen kam.

Sagi nickte. »Mit der Kutsche konnten wir ihm nicht folgen. Sie ist zu groß und zu langsam, um einen Reiter einzuholen.«

»Jetzt sind wir gewarnt und halten die Augen offen. Wenn der Schurke das nächste Mal angreift, schnappen wir ihn«, fügte Jamies Kutscher hinzu.

»Pass auf dich auf«, sagte Jamie und schüttelte dem Freund die Hand. »Und überlass den Rest deinen beiden Hünen.« Er wandte sich an seinen Kutscher: »Wir fahren nach Hause, Duncan.«

»Verzeihen Sie, mein Prinz. Wir haben versäumt, Sie zu beschützen«, sagte Abdul zerknirscht, sobald Jamie sich entfernt hatte.

»Das wird bestimmt nie wieder vorkommen«, versprach Sagi.

»Diesen Zwischenfall konntet ihr nach all den Jahren nicht vorhersehen«, erwiderte Adam und sprach seine treuen Diener von jeder Schuld frei. »Es herrscht dichter Nebel, sonst hättet ihr schneller reagiert.« Er zögerte, ehe er fragte: »Könnte es ein Attentatsversuch gewesen sein und der Kerl handelte im Auftrag?«

»Ihre gnädige Frau Mutter ist von allen Intrigen bei Hofe unterrichtet und hätte Ihnen eine Warnung zukommen lassen«, wandte Sagi ein.

»Im Übrigen hätte ein Attentäter sein Ziel nicht verfehlt«, fügte Abdul hinzu.

»Welch ein Trost, das zu wissen«, versetzte Adam trocken.

»Vielleicht war die Kugel für den Herzog von Kinross bestimmt«, meinte Sagi.

»Nein. Die Kugel sollte mich treffen«, entgegnete Adam, ehe er die Karosse bestieg. »Und kein Mensch kann alles wissen. Ich schicke meiner Mutter gleich morgen eine Botschaft. Fahrt über den Grosvenor Square nach Hause.«

Die Fahrt dauerte keine Viertelstunde. Vor dem Stadthaus seines Onkels klopfte Adam gegen das Dach und die Kutsche hielt. »Ich steige nicht aus«, sagte er, als Abdul den Wagenschlag öffnete.

Durch den dichten Nebel blickte Adam lange auf das Haus seines Onkels, in dem kein Licht brannte. Vermutlich schlief Sabrina bereits. Wovon sie wohl träumen mochte?

Sie ging ihm nicht aus dem Sinn. Trotz ihrer kleinen Launen hatte Sabrina Savage mehr Ehre und Noblesse im kleinen Finger als alle Damen der mondänen Welt zusammen. Sie war es allemal wert, die Gemahlin eines Prinzen zu sein.

Adam schloss die Augen und stellte sich ihr Bild vor. Ihre grünen Augen, die ihm das Gefühl gaben, in tiefen Bergseen zu ertrinken. Ihre Lippen, die ihn unwiderstehlich verlockten, sie zu küssen. Ihr feuerrotes Haar, das Banner ihres Eigensinns und ihrer Willenstärke.

Eine schöne und rätselhafte Frau. Eine Gräfin, die leidenschaftlich gern kochte, die einen streunenden Hund aufnahm und liebvoll umarmte. Sie würde sich nie wirklich in die blasierte Welt der Vornehmen einfügen, und dafür liebte er sie.

Er liebte sie.

Dieser Gedanke traf ihn mit einer Wucht, als renne er gegen eine Ziegelmauer.

Zum Teufel, fluchte Adam in sich hinein. Es war etwas geschehen, von dem er sich geschworen hatte, es würde ihm nie passieren. Er hatte sich verliebt, hatte sein Herz an eine Frau verloren und sich damit auf einen Leidensweg begeben.

Wie würde Sabrina die Wahrheit aufnehmen? Würde sie darauf bestehen, die Verlobung zu lösen? Wie würde sie reagieren, wenn sie wusste, wer er wirklich war? Würde sie erzürnt sein zu erfahren, dass der Mann, den sie geheiratet hatte, ein leibhaftiger Prinz war?

»Sagi, fahr uns nach Hause«, rief Adam und klopfte gegen das Dach der Kutsche.

Sabrina blickte aus dem Fenster ihres Schlafzimmers in den trüben Morgen. Der Wind schlug den Regen prasselnd gegen die Scheiben. Wollte Adam ihr auch bei diesem Wetter den Tower zeigen? Eigentlich hatte sie keine große Lust, das Haus zu verlassen. Da ihre Schwester und die Tanten beim Anblick des grauen Regentages sich entschuldigt hatten und wieder in ihre Betten geschlüpft waren, wäre der Ausflug im übrigen ausgesprochen unschicklich.

Sabrina war seit einer Stunde angekleidet. Zum zehnten Mal durchquerte sie das Zimmer und betrachtete sich prüfend im hohen Spiegel.

Der Rock des hochtaillierten, tannengrünen Ausgehkleides reichte bis zu den schwarzen Stiefeletten. Ihr schwarzer Wollumhang lag auf dem Bett. Sie weigerte sich, einen dieser lächerlichen Schutenhüte zu tragen, die in dieser Saison so modisch waren.

Sabrina freute sich auf das Wiedersehen mit dem Marquis. Fasste sie etwa Zuneigung für ihn? Nein, sie bewunderte sein selbstbewusstes Auftreten und fand einige Züge an ihm sympathisch. Immerhin hatte er sie vor dem Vikar in Schutz genommen und ihr versprochen, den Namen ihres Vaters vom Makel des Selbstmordes reinzuwaschen. Allerdings musste sie sich auch gestehen, dass sein Bild ihr seit ihrer ersten Begegnung nicht mehr aus dem Sinn ging.

Adam St. Aubyn war der schönste Mann, der ihr je begegnet war. Mit seinem pechschwarzen Haar und den blauen Augen strahlte er eine dunkle Verwegenheit aus und schien das alte Sprichwort zu bestätigen, wonach der Satan in einnehmender Gestalt aufzutreten pflegte. Andererseits verabscheute sie seine anmaßende Art. Er erteilte ihr Befehle, als sei sie bereits mit ihm verheiratet. Würde seine herrische Art sich nach der Hochzeit noch verschärfen? Vorausgesetzt, sie stimmte einer Heirat mit ihm zu.

Dennoch faszinierte sie der Marquis wie kein anderer Mann. Seine Kühnheit erzürnte sie zwar, aber sie fühlte sich in seiner Gesellschaft auch voll sprühenden Lebens wie nie zuvor.

Sabrina musste sich zudem gestehen, dass seine Küsse sie berauschten. Bei jeder Berührung seiner Lippen sehnte sie sich nach mehr.

»Bitte?«, rief Sabrina, als es an der Tür klopfte.

»Seine Lordschaft wartet unten«, meldete Baxter.

»Ich komme gleich.«

Um nicht übereifrig zu erscheinen, setzte Sabrina sich vor den Kamin und begann bis tausend zu zählen. Sie wollte den Marquis warten lassen, um ihm zu beweisen, dass er ihr nichts bedeutete.

Nach fünfzehn Minuten nahm Sabrina ihren Umhang vom Bett. Winston sprang auf und folgte ihr aus dem Zimmer.

Auf der Treppe sah sie den Marquis, der gedankenverloren in der Halle auf und ab ging, als bedrücke ihn etwas.

»Guten Morgen«, rief Sabrina. Adam drehte sich zur Treppe um und lächelte erfreut.

»Ich verspäte mich ein wenig«, entschuldigte Sabrina sich und trat auf ihn zu.

»Auf eine schöne Frau zu warten lohnt sich allemal«, entgegnete Adam und streichelte Winston, der ihn schweifwedelnd begrüßte.

»Sie schienen in Gedanken versunken«, versetzte Sabrina errötend.

»Ich dachte gerade über ein gestriges Vorkommnis nach.«

»Ein Vorkommnis?«

»Sie würden es nicht verstehen.«

»Versuchen Sie es doch«, meinte Sabrina irritiert.

»Eines Tages. Geduld, Prinzessin.«

Was sollte sie darauf erwidern? Hielt er sie für zu naiv, um Zusammenhänge zu begreifen?

»Bedauerlicherweise muss ich unseren Ausflug absagen«, erklärte Adam und legte zu ihrer Verblüffung seine flache Hand an ihre erhitzte Wange. »Unvorhergesehene Schwierigkeiten zwingen mich, dringende Besprechungen zu führen. Es tut mir außerordentlich Leid.«

Sabrina konnte ihre Enttäuschung nicht verbergen, fasste sich aber rasch wieder. »Wir können den Besuch im Tower auf morgen verschieben, wenn das Wetter besser ist und Sie Ihre Geschäfte erledigt haben.«

»Morgen ist leider unmöglich«, bedauerte Adam. »Freitags gehe ich nie aus.«

Sabrina stutzte. »Was hält Sie am Freitag davon ab auszugehen?«, fragte Sabrina in Erwartung einer ausweichenden Antwort.

»Abdul und Sagi sind Muslime«, antwortete Adam. »Der Freitag ist ihren Gebeten vorbehalten. Würde ich für diesen Tag andere Leibwächter nehmen, würde ich meine treuen und mir ergebenen Diener vor den Kopf stoßen.«

Sabrinas Miene hellte sich auf. »Ein lobenswerter Zug, den Glauben Ihrer Diener zu respektieren.«

»Abdul und Sagi sind nicht nur Diener für mich«, antwortete Adam und reichte ihr einen Strauß Blumen, eingehüllt in ein feuchtes Tuch. »Hier, die habe ich Ihnen mitgebracht.«

Als Sabrina das Tuch entfernte, kam ein Bouquet weißer und rosafarbener Winterrosen in einem Kranz unschuldiger Anemonen mit blaugrünem Blattwerk zum Vorschein.

»Blumen mitten im Winter?«, rief Sabrina entzückt.

»Tja, ich habe meine Quellen«, meinte Adam schmunzelnd. »Sie erinnern mich an eine Winterrose: Lieblich und zart trotzt sie den Stürmen des Lebens. Und die bescheidene Anemone, tapfere Vorbotin des Frühlings. Sie bringt allen Hoffnung, die dafür empfänglich sind.«

Seine Blumen, seine Worte und seine männliche Ausstrahlung webten einen Zauber um Sabrina. Noch nie hatte ein Mann so poetische Worte an sie gerichtet. Sabrina blickte ihm fasziniert in die blauen Augen.

»Wo sind die anderen?«, fragte Adam und zerriss den Bann, den er um sie gewoben hatte.

»Sie schlafen noch«, berichtete Sabrina. »Als die Damen den trüben Regentag sahen, entschuldigten sich alle drei.«

»Ich habe noch ein wenig Zeit vor meiner Besprechung«, meinte Adam mit einem Blick auf die Taschenuhr.

»Wollen Sie frühstücken?«

»Liebend gern.« Adam wandte sich an den Butler. »Baxter, bringen Sie uns Kaffee in den Salon.«

»Für mich bitte Tee und eine Blumenvase«, fügte Sabrina hinzu und nahm ein mit einem blauen Band verschnürtes, weißes Stoffbündel vom Tisch.

Gefolgt von Winston begaben die beiden sich in den Salon im ersten Stock. Winston machte es sich vor dem Kamin bequem, Sabrina setzte sich auf die Couch, Adam nahm neben ihr Platz. Sabrina war es leid, ihn jedes Mal auf sein unschickliches Betragen aufmerksam zu machen, und ließ ihn gewähren.

»Was haben Sie denn da?«, fragte Adam mit Blick auf das Bündel in ihrer Hand

»Südlichen Sonnenschein und exotische Genüsse«, antwortete Sabrina und reichte ihm das Präsent.

Adam löste die Schleife und öffnete die Serviette, in der türkisches Fruchtgelee und Nougatpralinen lagen. »Gehe ich recht in der Annahme, dass Sie heute Nacht verstimmt waren?«

»Ich hatte keine Lust mehr, an meinen Aufzeichnungen weiter zu schreiben, war aber noch nicht müde«, antwortete sie. »Sie wissen ja, Kochen und Backen beruhigt und entspannt mich.«

»Wo haben Sie gelernt, Türkisches Fruchtgelee zuzubereiten?«

»Das Rezept habe ich von Mrs. Eliza Acton«, erklärte Sabrina. »Mrs. Acton lebte einige Jahre in Frankreich und sammelte exotische Rezepte aus dem Mittelmeerraum.«

»Kennen Sie Mrs. Acton aus Abingdon?«

Sabrina lachte. »Mrs. Acton hat ihre Rezepte in einem Buch veröffentlicht. Ich probiere gerne neue Rezepte aus.«

»Prinzessin, Sie sind ein Genie«, verkündete Adam lachend. »Ich sehe das Schachbrett meines Onkels drüben auf dem Tisch. Was halten sie von einer Partie?«

In diesem Augenblick betrat Baxter mit einem Tablett Kaffee und Tee den Salon, gefolgt von Forbes, der eine Silberplatte Rosinenbrötchen mit Butter und eine Blumenvase brachte.

»Danke, wir bedienen uns selbst«, sagte Adam, worauf die beiden Butler sich zurückzogen.

»Hätten Sie den Tower mit mir auch ohne Begleitung besucht?«, fragte Adam, während er den Tee eingoss.

»Ehrlich gestanden war ich unschlüssig«, antwortete Sabrina aufrichtig.

»Ich wette, Sie hätten in letzter Sekunde einen Rückzieher gemacht.«

»Wieso sind Sie sich dessen so sicher?«

»Weil Sie nur beim Kochen das Risiko lieben«, feixte Adam.

»Ich kann auch rebellisch sein«, versetzte Sabrina. »Wenn Sie nicht ständig Befehle erteilen würden wie ein Prinz, wäre ich in Ihrer Gegenwart etwas gelöster.«

»Vielleicht *bin* ich ein Prinz«, konterte Adam. »Inkognito, selbstverständlich.«

»Männer, die sich für Prinzen halten, sind gewöhnlich im Sanatorium von Bedlam untergebracht«, versetzte sie schlagfertig.

Adam lachte schallend. »Sie würden mich also in ein Irrenhaus sperren?« Er legte den Arm über die Sofalehne hinter ihr.

Sabrina beugte sich ihm zu. »Wenn Sie darauf bestehen, ein Prinz zu sein, muss ich Ihnen meine wahre Identität gestehen.«

»Und die wäre?«

»Lady Godiva.«

Wieder lachte Adam. »Prinzessin, Vorsicht! Sonst teilen wir uns demnächst ein Zimmer in Bedlam.«

»Welch grässliche Vorstellung«, versetzte Sabrina in gespieltem Entsetzen. »Der Gedanke, ein Leben lang von einem falschen Prinzen herumkommandiert zu werden, lässt mich erschauern. Da würde ich selbst den Galgen vorziehen.«

»Was würden Sie tun, wenn Sie eines Morgens aufwachten und feststellten, dass Sie mit einem echten

Prinzen verheiratet sind?«, fragte Adam plötzlich ernst.

Sabrinas Heiterkeit verflog. Sie sah ihn verwirrt an. Welches Spiel trieb er mit ihr? Sagte er die Wahrheit? Der Gedanke war zu absurd, um ihn überhaupt in Erwägung zu ziehen. Was wusste sie eigentlich über sein Leben, über seine Herkunft?

»Wollen wir Schach spielen?«, fragte Adam, bevor sie einen klaren Gedanken fassen konnte.

»Ich finde Schach ziemlich langweilig«, meinte Sabrina und verdrängte ihre Besorgnis.

»Wir können einen Preis für den Sieger festlegen«, schlug er vor.

»Ich halte nicht viel von Wetten«, wehrte sie ab.

»Es muss ja kein Geldpreis sein«, beharrte Adam. »Der Sieger erhält ein kleines Geschenk vom Verlierer.«

Sabrinas Argwohn war geweckt. »Was für ein Geschenk?«

»Wenn ich gewinne, gebe ich Ihnen einen Kuss«, erklärte Adam völlig ernst. »Wenn Sie gewinnen, geben Sie mir einen Kuss.«

»Ein Kuss ist kein Geschenk.« Sabrina blickte zur Seite und log. »Im übrigen will ich Sie nicht küssen.«

»Weil Sie Angst haben.«

»Ich habe vor nichts Angst«, entgegnete sie aufbrausend.

»Beweisen Sie es«, versetzte Adam herausfordernd. Er hatte den Köder ausgeworfen und Sabrina konnte keinen Rückzieher machen. »Schließen Sie die Augen«, befahl sie. Adam gehorchte, sie beugte sich vor und hauchte ihm einen züchtigen Kuss auf die Wange.

»Das nennen Sie einen Kuss?«

»Hat er Ihnen nicht gefallen?«

»Prinzessin, ein Kuss muss gefühlvoll sein«, belehrte Adam sie. »Rücken Sie näher und legen Sie Ihre Arme um meinen Hals.«

»Nein, das tue ich nicht«, weigerte Sabrina sich und hielt den Blick auf einen Punkt in der Ferne gerichtet. Wenn sie ihm in die Augen sah, wäre ihr Widerstand gebrochen.

»Sie sagten doch, Sie haben keine Angst«, stichelte er.

»Die Dienerschaft könnte jeden Augenblick hereinplatzen«, entgegnete sie würdevoll. »Und dann gibt es unnötiges Gerede. Einer sagt es dem anderen und schließlich erfährt es die Herrschaft in einem anderen Haus ...«

»Es ist ausgesprochen unfair, meine Worte gegen mich zu verwenden«, entgegnete Adam. »Im übrigen ist es keineswegs unschicklich, wenn Verlobte sich küssen.«

»Kaum ein Mensch weiß von dieser Verlobung«, erinnerte sie ihn.

Adam suchte ihren Blick und sagte ein Wort, das Sabrina nicht auf sich sitzen lassen wollte. »*Feigling*.«

Trotzig rückte sie näher und schlang ihre Arme um seinen Hals. »Und jetzt?«, flüsterte sie, benommen von seinem männlichen Duft.

»Schließen Sie die Augen und berühren meine Lippen mit den Ihren«, befahl er.

Sie tat wie ihr geheißen und fragte: »Ist das alles?«

»Nein, Prinzessin, nicht alles«, raunte Adam und schloss sie in die Arme.

Sein Mund nahm ihren Mund in Besitz. Seine Zunge drängte sich zwischen ihre Lippen und Sabrina überlief es heiß und kalt zugleich.

»Sie duften nach Rosen«, raunte er an ihren Lippen.

Winstons Knurren brachte die beiden in die Gegenwart zurück. Sie fuhren auseinander und starrten zur

Tür. Dort stand Onkel Charles mit einem zweiten Herrn.

Sabrina errötete schuldbewusst.

»Prinz Adolphus«, sagte Adam leise.

Am liebsten wäre Sabrina vor Scham in den Erdboden versunken. Ausgerechnet der Prinz ertappte sie in dieser verfänglichen Situation. Mit Sicherheit hielt er sie nun für eine lasterhafte Person.

Adam und Sabrina erhoben sich und traten gemeinsam vor die Besucher.

»Wie bezaubernd du heute aussiehst, Kind«, schmunzelte Onkel Charles, worauf Sabrina noch tiefer errötete. Er wandte sich an den Freund. »Prinz Adolphus, darf ich Ihnen Sabrina Savage vorstellen, die Gräfin von Abingdon.«

Sabrina versank in einen tiefen Hofknicks. »Es ist mir eine große Ehre, Königliche Hoheit.«

»Danke, mein Kind«, entgegnete der Prinz. »Das Vergnügen ist ganz meinerseits … meinerseits … meinerseits.«

Verdutzt über die seltsame Redeweise des Prinzen warf Sabrina dem Marquis einen flüchtigen Blick zu, der höflich lächelte.

»Meinen Neffen kennen Sie ja bereits«, sagte Onkel Charles.

Adam schüttelte dem Prinzen die Hand. »Wollen wir uns setzen?«

Adam und Sabrina nahmen ihre Plätze auf der Couch wieder ein. Onkel Charles und Prinz Adolphus setzten sich in die Polstersessel.

»Und wer ist dieser riesige Kerl?«, fragte Prinz Adolphus und nickte dem Wolfshund zu.

»Mein Hund Winston«, antwortete Sabrina.

»Er erinnert mich an Tiny«, meinte Adolphus.

»Genau das dachte ich auch, als ich ihn zum ersten Mal sah«, schmunzelte Onkel Charles.

»Ich hatte das Bedürfnis, Ihnen und Ihrer Schwester einen Kondolenzbesuch abzustatten«, sagte Adolphus an Sabrina gewandt. »Der Tod Ihres Vaters ist auch für mich ein schmerzlicher Verlust.«

»Vielen Dank für Ihre Anteilnahme, Euer Gnaden.«

»Courtney ist noch auf ihrem Zimmer«, sagte Adam. »Wir können nach ihr schicken.«

»Nein, lassen Sie nur«, entgegnete der Prinz. »Ich bin längst fort, ehe sie herunterkommt. Ich weiß, wie lange die Damen für ihre Morgentoilette brauchen. Sie lassen eine Ewigkeit auf sich warten … warten … warten.«

»Meine Schwester wird enttäuscht sein.«

»Der Prinz wird Courtney beim Ball kennen lernen«, meinte Onkel Charles.

»So ist es. Den ersten Tanz werde ich mit Ihnen und den zweiten mit Ihrer Schwester tanzen«, sagte Adolphus.

»Ich fühle mich sehr geehrt, Königliche Hoheit«, bedankte Sabrina sich und fügte nach kurzem Zögern hinzu: »Darf ich Ihnen eine Frage stellen, Hoheit?«

Adolphus lächelte huldvoll. »Nur zu, Kind, nur zu.«

»Wie Sie wissen, wurden meine Schwester und ich von Henry Savage adoptiert«, begann Sabrina. »Wissen Sie vielleicht, woher wir kommen und wer unsere leiblichen Eltern sind?«

»Nun, das sind gleich zwei Fragen, junge Dame«, entgegnete Adolphus und wurde ernst. Sein Blick wich dem ihren unstet aus. »Leider weiß ich nicht, wer Ihre Eltern waren.«

Irgendwie spürte Sabrina, dass der Prinz nicht die Wahrheit sagte. Was sollte sie dagegen tun? Es ging schließlich nicht an, einen Prinzen als Lügner zu bezeichnen.

»Seine Königliche Hoheit hat eine gute Nachricht für dich«, schaltete Onkel Charles sich ein.

»Ja. Madame Esmeralda ist eine alte Freundin von mir und hat mir zugesichert, bei Ihrem Eröffnungsball ein Lied zum Vortrag zu bringen«, verkündete Adolphus. »Esmeralda hat noch nie im privaten Kreis gesungen. Ich fürchte, man wird sich um die Einladungen zu Ihrem Ball balgen. Ihre Schwester und Sie werden ein großer gesellschaftlicher Erfolg werden.«

»Ich habe noch nie von ihr gehört«, gestand Sabrina. »Ist Madame Esmeralda eine Sängerin?«

»Gütiger Himmel, Kind, Sie ist die berühmteste Opernsängerin der Welt«, klärte Adolphus sie auf. »Jeder kennt sie bei ihrem Vornamen und verehrt sie wie eine Königin.«

»Ich bedanke mich sehr, dass Sie meiner Schwester und mir die Einführung in die Gesellschaft erleichtern«, meinte Sabrina lächelnd.

»Es ist mir ein Vergnügen«, antwortete Adolphus und stand auf. »Doch nun muss ich gehen … gehen … gehen.«

Auch Onkel Charles erhob sich. »Meine besten Empfehlungen an Belladonna.«

»Herzlichen Dank für Ihren Besuch«, sagte Sabrina und wollte sich ebenfalls erheben.

»Bitte keine Umstände«, wehrte Adolphus ab. »Keine Umstände.«

Die beiden Herren verließen den Salon. Sabrina warf Adam einen Blick zu und bemerkte seine finstere Miene.

»Was ist los?«, fragte sie.

»Nichts«, antwortete er und setzte ein Lächeln auf. »Auch ich muss mich verabschieden, um meine Besprechung nicht zu versäumen.«

Adam beugte sich vor und gab ihr einen Kuss auf die Lippen, drehte sich um und war verschwunden.

Auch der Marquis sagte nicht die Wahrheit, stellte Sabrina fest. Etwas war eindeutig nicht in Ordnung, sonst hätte er nicht so finster dreingeschaut. Wenn sie sich irrte, würde sie nie wieder Türkisches Fruchtgelee und Nougatpralinen zubereiten.

9. Kapitel

Waren bereits zwei Tage vergangen, seit sie mit dem Marquis im Salon Walzer getanzt hatte? fragte Sabrina sich, während sie ruhelos in ihrem Zimmer hin und her wanderte. Irgendwie waren die letzten zwei Tage wie im Flug vergangen und jetzt war der große und gefürchtete Augenblick gekommen: Sie sollte in die Londoner Gesellschaft eingeführt werden. Ihr Drang, in die Küche zu eilen und zu backen, ließ sich kaum bezähmen.

»Herein«, rief Sabrina, als es an der Tür klopfte.

Courtney, deren Wangen vor Aufregung rosig angehaucht waren, huschte ins Zimmer und schloss die Tür leise hinter sich. »Belladonna und Tante Tess quälen mich mit Vorschriften und Anstandsregeln, wie man sich in der Londoner Gesellschaft zu benehmen hat«, seufzte sie und setzte sich auf die Bettkante. »Ich bin ihnen einfach entwischt.«

Sabrina setzte sich lächelnd neben ihre jüngere Schwester. »Du siehst entzückend aus in dem weißen Kleid.« Ihr Blick blieb an Courtneys Hals haften. »Woher hast du die Perlenkette?«

»Der Marquis überreichte sie mir, weil sie so gut zu meinem Kleid passt«, erklärte Courtney. »Ist er nicht der aufmerksamste Kavalier auf der ganzen Welt?«

»Nun, ich muss gestehen, als Kavalier würde ich Adam nicht unbedingt bezeichnen«, entgegnete Sabrina trocken. »Ich fürchte, ich …«

»Hast du dich endlich in ihn verliebt?«, fiel Courtney ihr ins Wort.

»Sachte, sachte«, versetzte Sabrina lächelnd. »Ich weiß ja gar nicht, wie es ist, verliebt zu sein. Ich halte

Adam für einen charmanten und attraktiven Mann. Leider ist er aber auch maßlos arrogant und tyrannisch.«

Courtney nahm ihre Hand. »Ich bin ganz sicher, dass du mit dem Marquis eine glückliche Ehe führen wirst.«

Sabrina lachte hell, doch das Lachen blieb ihr im Halse stecken, als die Tür aufflog.

»Da ist ja die Ausreißerin«, rief Tante Tess und rauschte ins Zimmer, gefolgt von Lady Belladonna.

»Gütiger Himmel, steht sofort auf!«, rief Belladonna mit spitzer Stimme. »Ihr ruiniert die Kleider, ehe die Gäste eintreffen.«

Sabrina und Courtney sprangen erschrocken auf, und die beiden Damen machten sich über sie her, legten Rüschen und Schleifen zurecht, glätteten imaginäre Falten und zupften an Löckchen perfekt sitzender Frisuren.

»Wir werden euch noch ein paar nützliche Ratschläge geben«, verkündete Belladonna, die sich wie ein General vor den Mädchen aufbaute.

»Großer Gott!«, entfuhr es Tante Tess. »Sabrinas Kleid ist schockierend tief ausgeschnitten.«

»Unsinn, gewagte Dekolletés sind der letzte Schrei in dieser Saison«, versicherte Belladonna und wandte sich an die Mädchen. »Wir empfangen die Gäste in der Halle bis zur Ankunft von Prinz Adolphus, den wir in den Ballsaal begleiten.«

»Achtet beim Souper darauf, wenig zu essen«, mahnte Tante Tess. »Eine Dame schlägt sich den Magen nicht voll.«

»Tanzt mit einem Herrn nicht öfter als zweimal«, fügte Belladonna hinzu. »Es schickt sich nicht, einen Herrn zu bevorzugen.«

»Ihr dürft einem Herrn getrost einen Korb geben, der euch mehr als zweimal zum Tanz bittet«, sagte

Tante Tess. Sabrina und Courtney tauschten Blicke und fingen an zu kichern. »Was ist daran so komisch?«

»Liebste Tante, Courtney und ich machen uns eher Sorgen, wie wir uns verhalten, wenn uns niemand zum Tanz bittet«, erklärte Sabrina.

»Seid nicht albern«, schalt Belladonna. »Ihr werdet euch vor Verehrern nicht retten können.« Damit wandte sie sich an Tess. »Hast du noch etwas auf dem Herzen?«

Tante Tess nickte. »Vergesst nicht zu lächeln. Lächeln. Lächeln«, befahl sie mit todernster Miene. »Nun wollen wir nach unten gehen. Die ersten Gäste werden bald eintreffen.«

»Ich komme gleich nach. Ich möchte noch ein paar Minuten allein sein«, bat Sabrina. Beim Anblick des verängstigten Gesichts ihrer Schwester fügte sie hinzu: »Ich bin bestimmt an deiner Seite, bevor es losgeht.«

Wie lange würde es dauern, ehe die vornehme Welt erfuhr, dass sie und ihre Schwester Schwindlerinnen waren? fragte Sabrina sich bang, trat ans Fenster und blickte in den Nachthimmel. Wie würde die feine Gesellschaft reagieren, wenn sie wüsste, dass Courtney und sie nur adoptierte Bastardkinder waren? Sabrina würde die Demütigung, von der Gesellschaft geächtet zu werden, nicht ertragen. Wären die St. Aubyns nur nie nach Abingdon gekommen, dann könnte sie einen friedlichen Abend zu Hause verbringen, in einer Umgebung, in der sie anerkannt und geschätzt wurde. Doch dann wäre ihr Vater verscharrt worden, und niemand hätte die Totenglocke für ihn geläutet, wie Adam St. Aubyn es getan hatte.

Sabrina schloss die Augen. Würde sie heute Abend den Mann ihrer Träume kennen lernen? Oder kannte sie ihn bereits? Das Bild des Marquis drängte sich ungebeten in ihre Gedanken.

Sabrina trat an den hohen goldgerahmten Spiegel und prüfte ihr Äußeres ein letztes Mal. Das eisblaue Empirekleid hatte einen gewagt tiefen, spitzen Ausschnitt, an dem sie die Diamantbrosche in Form eines Frosches befestigt hatte. Das Kleid mit zarten Puffärmeln war am Saum mit einer breiten Bordüre weißer Rosen bestickt. Dazu trug sie weiße, lange Handschuhe aus Ziegenleder, passend zu weißen Riemchensandalen.

Winterrosen, dachte Sabrina und betrachtete sinnend die Seidenstickerei am Rocksaum. Der Marquis hatte behauptet, sie erinnere ihn an eine Winterrose.

Sabrina tastete nach der Diamantbrosche und ein zaghaftes Lächeln huschte über ihre Lippen. Wenn sie den Marquis küsste – *wirklich küsste* –, würde er sich dann in einen schönen Prinzen verwandeln?

Es war Zeit, nach unten zu gehen. Es wäre überaus peinlich, wenn der Marquis sich gezwungen sähe, sie zu holen. Sabrina atmete tief durch, wandte ihrem Spiegelbild den Rücken zu und ging zur Tür. Von unten drangen dissonante Töne herauf, als die Musiker ihre Instrumente stimmten.

Sabrina schritt den Flur entlang wie eine zum Tode Verurteilte auf dem Weg zum Schafott. An der Treppe angekommen, stutzte sie. An der Mahagonibrüstung lehnte der Marquis, die Arme lässig vor der Brust verschränkt, und wartete auf sie.

Adam St. Aubyn trug einen eleganten schwarzen Frack, ein blütenweißes Hemd und eine weiße Seidenkrawatte. Das formelle Schwarzweiß unterstrich sein blendendes Aussehen. Bei seinem Lächeln blitzten seine makellosen Zahnreihen beinahe so weiß wie sein Hemd.

Sabrina sah ihn fasziniert an. Nie hatte sie einen

schöneren Mann gesehen als Adam St. Aubyn, den alle Damen am heutigen Abend umschwärmen würden.

»Ich fragte mich, wie lange es noch dauert, bis Sie Ihren Mut finden«, meinte Adam schmunzelnd.

»Wenn ich mutlos wäre, würde Winston an meiner Seite stehen«, antwortete Sabrina.

»Wieso Winston? Sie haben doch mich.«

Seine Worte machten sie befangen. Wie sollte sie es schaffen, der vornehmen Welt selbstbewusst gegenüber zu treten, wenn er nicht aufhörte, sie zu necken?

Adams Blick wanderte über ihre Gestalt und verweilte eine Sekunde auf dem Diamantfrosch.

»Mein Kompliment an Ihre Eltern, wer immer sie sein mögen«, meinte er bewundernd.

Sabrina spürte, wie ihr bei seiner Anspielung auf ihre schmachvolle Geburt die Schamröte in die Wangen stieg. Am liebsten hätte sie auf dem Absatz kehrtgemacht und sich in ihr Zimmer eingeschlossen.

»Das sollte ein Kompliment an Ihre Schönheit sein«, sagte Adam, der ihre Befangenheit bemerkte.

Sabrina neigte anmutig den Kopf. »Danke.«

»Verspüren Sie den Wunsch zu backen?«, neckte er sie.

»Bisher ist es mir gelungen, mich zu beherrschen«, antwortete sie lächelnd.

»Die Familie hat sich bereits in der Halle versammelt. Ich wollte Sie kurz unter vier Augen sprechen, ehe der Ball beginnt.« Adam nahm sie beim Arm und führte sie die Treppe hinunter. »Begleiten Sie mich in den Salon?«

»Das halte ich für keine gute Idee«, widersprach Sabrina, die sich ängstigte, mit ihm allein zu sein. »Ich habe Courtney versprochen, sie bei der Begrüßung der Gäste nicht im Stich zu lassen.«

»Bitte«, schmeichelte er. »Ich schwöre, Sie rechtzeitig in der Halle abzuliefern.«

Sabrina nickte knapp. Es blieb ihr keine andere Wahl, da er ihren Arm hielt.

Die schrägen Misstöne der Instrumente wurden lauter. Als Sabrina den Ballsaal im ersten Stock passierte, unterschied sie deutlich die Klänge von Kornett, Piano, Cello und Geige. In Kürze würden fünfhundert Gäste der vornehmen Londoner Gesellschaft sich im Ballsaal tummeln, mit denen sie charmant und angeregt plaudern sollte.

Barmherziger Himmel, wie sollte sie diesen Abend nur überstehen? Sie fühlte sich wie eine Betrügerin. Die aristokratischen Gäste hatten keine Ahnung, dass sie zwei adoptierte Bastarde in ihrer Mitte aufnahmen.

»Vorsicht, Prinzessin«, murmelte Adam. »Vielleicht gefriert Ihnen diese gequälte Miene für immer ein.«

»Wenn die Gäste eintreffen, wird sich meine Nervosität legen«, flüsterte sie und brachte ein dünnes Lächeln zustande.

Adam öffnete die Tür zum Salon und schickte die Bediensteten, die sich darin zu schaffen machten, mit einem knappen Wink aus dem Raum.

Wie schaffte er es nur, stumme Befehle zu erteilen, die jeder befolgte? Ein bemerkenswertes Talent.

»Prinz Adolphus wird den ersten Tanz mit Ihnen fordern«, begann Adam und trat an den Kamin, »Onkel Charles den zweiten. Ich fordere den dritten, den Tanz vor dem Souper und den letzten Tanz des Abends mit Ihnen.«

»Unsere Tanten schärften uns ein, nicht öfter als zweimal mit einem Herrn zu tanzen«, wehrte Sabrina ab.

»Damit ist jeder andere außer mir gemeint. Ich bin Ihr Verlobter.« Adam lächelte verschmitzt.

»Wovon kaum jemand weiß.«

»Ich bin Ihr Vormund«, setzte er hinzu.

»Mein Vormund ist Onkel Charles«, korrigierte sie ihn.

»Vergessen Sie nicht, Prinzessin. Ich bin Ihr Vermögensverwalter.«

»Sie sind ein erpresserischer, arroganter …« Sabrina fiel kein weiteres kränkendes Wort ein, das sie ihm ins Gesicht hätte schleudern können.

»Immer Haltung bewahren, Prinzessin, egal, welche Stürme auch in Ihrem Inneren toben«, mahnte Adam.

»Mylord, vielen Dank für Ihren wohlmeinenden Rat.« Sabrina hob ihr hübsches Näschen in dic Luft, drehte ihm den Rücken zu und ging zur Tür.

»Ich bin noch nicht fertig, Prinzessin.«

Sabrina drehte sich betont langsam um, zog eine Augenbraue hoch und fragte blasiert: »Haben Sie noch etwas zu sagen?«

Adam feixte. »Ich wusste, Sie lernen schnell.«

Obgleich Sie ihn am liebsten geohrfeigt hätte, lächelte Sabrina liebenswürdig.

»Kommen Sie, Prinzessin«, bat Adam und streckte ihr die Hand entgegen. »Ich habe ein Geschenk für Sie.«

Sabrina näherte sich ihm zögernd. Adam griff in die Innentasche seines Fracks und holte ein Etui hervor, öffnete es und zeigte ihr einen wunderschönen Ring. Bevor sie protestieren konnte, streifte er ihr das kostbare Schmuckstück über den Ringfinger der rechten Hand. »Er soll Ihnen Glück bringen«, flüsterte er mit rauchiger Stimme.

Sabrina starrte ungläubig auf den prachtvollen Ring an ihrer Hand. Eine Rosenblüte aus funkelnden Rubinen, gefasst in blitzende Diamanten, daneben schimmerte eine Anemonenblüte aus edlen Perlen.

»Ich sagte einmal, Sie erinnern mich an Rosen und Anemonen«, raunte Adam.

»Ich weiß nicht, was ich sagen soll.«

»Ein Danke würde mir genügen.«

»Danke, Mylord.« Sabrina konnte den Blick nicht von dem kostbaren Ring wenden. Und dann hob sie erschrocken den Kopf.

»Der sieht aus wie ein Verlobungsring«, sagte sie vorwurfsvoll.

»Es ist ein Verlobungsring.«

»Aber Sie haben versprochen …«

Adam legte ihr einen Finger an die Lippen und brachte sie zum Schweigen. »Wenn Sie bereit sind, unsere Verlobung anzuerkennen, wechseln Sie den Ring von Ihrem rechten Ringfinger auf den linken.«

»Und wenn nicht?«

»Sie werden.«

Sein Hochmut reizte sie. »Was macht Sie so sicher?«

»Ich bin mir deshalb so sicher, weil ich die jämmerliche Schar Junggesellen kenne, welche die Londoner Gesellschaft zu bieten hat«, antwortete Adam seelenruhig.

Ihr Unmut schlug in Heiterkeit um. »Sie reden, als betrachteten Sie sich nicht als einen von ihnen.«

»Nur meine Mutter war Engländerin.«

»Vielleicht sagen Sie mir eines Tages, wer Sie wirklich sind«, neckte sie ihn.

»Wie meinen Sie das?«

»Ich beginne allmählich zu glauben, dass Sie tatsächlich ein verkappter Prinz sind. Jedenfalls kommandieren Sie alle Welt herum, als seien Sie eine königliche Hoheit. Ich spüre, dass Sie mir wichtige Einzelheiten über Ihre Person verschweigen. Lerne ich den wahren Adam St. Aubyn einmal kennen?«

»Prinzessin, ich erkläre Ihnen alles, wenn wir verheiratet sind.«

»Denken Sie tatsächlich, ich heirate einen Mann, ohne ihn zu kennen?« Sabrina fragte sich zum hundertsten Mal, was dieser geheimnisvolle Mann vor ihr verbarg.

»Vertrauen Sie mir, Prinzessin. Sie werden mich heiraten«, versetzte Adam mit einem unverschämt zuversichtlichen Lächeln. »Wollen wir uns ins Vergnügen stürzen?«

Sabrina nahm beklommen seinen Arm. Dieser Abend war nicht der richtige Zeitpunkt, ihm weitere Fragen über seine Vergangenheit zu stellen.

Auf dem Weg zur Treppe erklärte Adam: »Im Zimmer neben dem Ballsaal werden Erfrischungen gereicht. Der angrenzende Raum dient als Spielzimmer. Dahinter befindet sich der Ruheraum für die Damen. Tante Belladonnas Zofe wird mit Nähzeug anwesend sein, um kleinere Missgeschicke zu beheben. Die Bibliothek im Parterre dient den Herren als Rauchsalon.«

»Sie scheinen an alles gedacht zu haben.«

»Ich habe Jamie gebeten, frühzeitig zu kommen«, fuhr Adam auf der Treppe in die Halle fort. »Lily wird Ihnen und Courtney eine moralische Stütze sein.«

Sabrina lächelte dankbar. Und dann drang die Stimme ihrer Tante an ihr Ohr.

»Ach, wie sehr wünschte ich, Henry könnte erleben, wie bezaubernd ihr Mädchen ausseht«, rief Tante Tess, als Sabrina sich in die Reihe neben ihre Schwester stellte.

»Denkst du, Dudley Egrement kommt auch?«, flüsterte Courtney, deren Wangen vor Aufregung glühten.

»Ganz sicher«, flüsterte Sabrina zurück.

»Woher hast du diesen Ring?«, fragte Courtney so laut, dass alle sie hören konnten.

Sabrina warf dem Marquis einen verlegenen Blick

zu, dann streckte sie die Hand aus, damit jeder das Schmuckstück bewundern konnte. »Ein Geschenk von Adam.« Sie bemerkte, wie Onkel Charles übers ganze Gesicht strahlte. Und plötzlich konnte sie sich des beklemmenden Gefühls nicht erwehren, in eine Falle getappt zu sein.

»Sieht aus wie ein Verlobungsring«, staunte Courtney. »Gebt ihr die Verlobung heute bekannt?«

»Nein!«, widersprach Sabrina mit Nachdruck und einem strafenden Blick zum Marquis.

Wie sollte sie junge Herren kennen lernen und ermutigen, ihr den Hof zu machen, wenn alle Welt glaubte, sie sei mit Adam St. Aubyn verlobt? Wollte er mit dem kostbaren Geschenk andere Herren entmutigen? Und überhaupt, wieso interessierte der Marquis sich ausgerechnet für sie? Er, dem alle Frauen schöne Augen machten.

»Der Herzog und die Herzogin von Kinross«, kündigte Baxter an. Alle Köpfe wandten sich den ersten Gästen zu.

James Armstrong zwinkerte dem würdevollen Butler zu, während er in Begleitung seiner Gemahlin die Halle betrat. Sabrina wünschte, alle Aristokraten wären so unbeschwert und zwanglos wie Adams Freunde.

»Ihr beide kommt mit mir«, flüsterte Lily Armstrong Sabrina und Courtney zu, nahm die Mädchen bei der Hand, zog sie in eine Ecke der Halle und begann, ihnen mit gedämpfter Stimme Mut zuzusprechen.

»Ihr könnt euch nicht vorstellen, wie aufgeregt ich war, als Jamie mich der Londoner Gesellschaft vorstellte. Und ich war ganz allein und hatte niemand, der mir zur Seite stand.«

Sabrina und Courtney lächelten betreten.

»Die Damen der Hocharistokratie sind wie Haie,

die nur auf eine günstige Gelegenheit warten, euch zu zerfleischen«, fuhr Lily fort und bedachte die seufzende Courtney mit einem strengen Blick. »Denken Sie nicht einmal daran, in Ohnmacht zu sinken.« Dann wandte sie sich an Sabrina: »Aber ich verrate euch eine todsichere Methode, wie ihr den Damen die Stirn bieten könnt.«

»Was könnte das sein?«

»Behandelt sie von oben herab«, erklärte Lily. »Und tut so, als erweist ihr der Betreffenden eine große Ehre, überhaupt mit ihr zu sprechen.«

»Ich glaube nicht, dass ich das schaffe«, murmelte Sabrina mutlos.

»Und ich wüsste nicht, was ich sagen sollte«, pflichtete Courtney ihrer Schwester bei.

»Wenn euch jemand einschüchtern will, stellt euch die betreffende Person einfach zahnlos und schieläugig vor. Ich sehe eine scharfzüngige Dame meist kahlköpfig vor mir.«

Sabrina lachte erleichtert. »Das schaffe ich.«

»Ich auch«, stimmte Courtney mit ein.

»Dann habt ihr nichts zu befürchten. Ihr seid nicht aufgeregt, ihr seid völlig gelassen«, fuhr Lily beschwörend fort und brachte die jungen Damen wieder zurück in die Reihe der zum Empfang der Gäste bereit stehenden Familienmitglieder.

Im Vorbeigehen hörte Sabrina, wie Adam zu Jamie sagte: »Der Pfeil hat den Bogen verlassen.«

»Wie lange wird es dauern, bis Botschafter Zaganos eine Antwort erhält?«, fragte Jamie.

»Das kann dauern«, meinte Adam achselzuckend. »Geduld ist eine Tugend.«

»Geduld ist fehl am Platze, wenn dein Leben auf dem Spiel steht«, widersprach Jamie. »Lass deine Zerberusse die Sache für dich erledigen.«

»Die beiden passen gut auf mich auf.«

Sabrinas Herz krampfte sich angstvoll zusammen. War Adams Leben in Gefahr? Wer könnte ihm Schaden zufügen wollen?

»Sabrina, nur Mut! Wir sehen uns später«, sagte Lily und hakte sich bei ihrem Gatten unter. »Prinny lässt schön grüßen«, rief sie über die Schulter.

»Der Prinzregent?«, hauchte Courtney ehrfürchtig.

»Nein, mein Schwein«, lachte die Herzogin und schritt am Arm des Herzogs die Treppe hinauf.

»Lily hat ein Hausschwein, das auf den Namen Prinny hört«, erklärte Sabrina ihrer verdutzten Schwester.

An den Marquis gewandt, flüsterte Sabrina: »Ist Ihr Leben in Gefahr? Hat jemand gedroht, Sie zu töten?«

»Nicht der Rede wert«, log Adam und sah sie schmunzelnd an. »Aber es freut mich, dass Sie um mein Wohlergehen besorgt sind.«

Sabrina bedachte ihn mit einem flüchtigen Seitenblick. »Schließlich sind Sie mein Vermögensverwalter. Wenn Ihnen etwas zustößt, gäbe es nur Scherereien.«

Adam neigte sich ihr zu. »Ich weiß, dass Sie Ihre wahren Gefühle für mich hinter Ihren grausamen Worten verbergen.«

Sabrina, die sein Hochmut zwar störte, enthielt sich einer spitzen Bemerkung, um ihn nicht zu weiteren Dreistigkeiten zu ermutigen.

»Na, wie sehe ich aus mit Zahnlücken und schielenden Augen?«, fragte er.

»Sie sind unverbesserlich«, schmunzelte Sabrina.

»Danke für das Kompliment.«

Die Gäste begannen einzutreffen. Adam und Onkel Charles, die Sabrina und Courtney flankierten, übernahmen die Vorstellung. Tante Tess und Lady DeFaye standen links von Onkel Charles.

Dudley Egremont, Viscount Dorchester, erschien in Begleitung seiner Mutter und seiner Tante. Der Viscount beugte sich über Courtneys Hand. »Ich möchte jeden Tanz mit Ihnen tanzen.«

»Mylord, Sie wissen, das wäre äußerst unschicklich«, erwiderte Courtney mit einem scheuen Lächeln. »Der erste Tanz gehört Onkel Charles und der zweite Prinz Adolphus. Ich halte den dritten Tanz für Sie frei.«

»Ich fordere den dritten und den letzten Tanz und den Tanz vor dem Souper«, sagte Dudley.

Courtney neigte anmutig den Kopf. »Sehr erfreut, Mylord.«

Sabrina blickte dem Viscount nach, der sich mit seinen Begleiterinnen entfernte, und flüsterte dem Marquis zu: »Ich dachte, man darf nur zweimal mit demselben Herrn tanzen.«

»Richtig. Ich bin mit Dorchester einverstanden und denke, Courtney und er geben ein gutes Gespann ab«, antwortete Adam.

»Ein Gespann?«, entrüstete Sabrina sich. »Sind wir etwa Stuten?«

»Dämpfen Sie Ihre Stimme«, raunte Adam. »Ich will Sie nicht kränken, aber der Zweck eines Debütantinnenballs liegt doch darin, Heiratskandidaten kennen zu lernen.«

»Ihre Wortwahl lässt sehr zu wünschen übrig«, tadelte Sabrina.

»Verzeihung, Prinzessin. Ich werde mich in Zukunft um eine höflichere Wortwahl bemühen.«

Sabrina setzte ein starres Lächeln auf und stellte bald fest, dass Lily Armstrong Recht hatte. Die Damen der Hocharistokratie erschienen ihr tatsächlich wie Haifische, die darauf lauerten, dass ihr Opfer sich eine Blöße gab, um es in Stücke zu reißen. Hinter ihrem gekünstelten Lächeln erkannte Sabrina, dass die Damen sie als potenzielle Rivalin im Kampf um die aussichtsreichsten Heiratskandidaten sahen. Und die schmachtenden Blicke der Damen, mit denen sie den Marquis anhimmelten, ließen darauf schließen, dass sie in ihm ein sehr begehrtes Objekt sahen. Eifersucht nagte an Sabrinas Herzen. Befangen tastete sie nach der Diamantbrosche und dem Ring und ihr Selbstvertrauen stellte sich wieder ein.

Dann war der Augenblick gekommen, vor dem Sabrina sich am meisten geängstigt hatte. Lord Briggs stand vor ihr in Begleitung einer üppigen Blondine in einem weißen Ballkleid, das mehr entblößte, als es verbarg.

So viel zu Edgars großer Liebe, dachte Sabrina mit einem Anflug von Bitterkeit.

»Guten Abend, Edgar«, begrüßte sie ihn lächelnd. »Wie schön, ein bekanntes Gesicht zu sehen.«

»Sabrina, du bist schöner denn je«, sagte Edgar und neigte sich über ihre Hand. »Ich darf dir Alexis Carstairs, die Gräfin von Rothbury vorstellen.«

Alexis Carstairs hatte das Antlitz eines Engels und den Körper einer Liebesgöttin. Strahlend blaue Augen, eine fein geschnittene Nase und einen makellos schimmernden Elfenbeinteint.

Die beiden Damen lächelten einander verkrampft an, Feindinnen von der ersten Sekunde. Jede glaubte in der anderen Qualitäten zu sehen, die ihr fehlten.

»Lady Rothbury, sehr erfreut, Ihre Bekanntschaft zu machen«, begrüßte Sabrina die üppige Schönheit.

»Adam hat mir schon *sooo* viel von Ihnen erzählt«, antwortete Alexis mit einem katzenhaften Lächeln.

Sabrina zuckte innerlich zusammen, schaffte es aber, ihre gelassene Miene beizubehalten. Und dann entsann sie sich Lilys Ratschlag und stellte sich die Dame ohne ein Haar auf dem Kopf vor.

Fest entschlossen, sich nicht einschüchtern zu lassen, tastete Sabrina nach der Brosche an ihrem Dekolleté. Im Schein Hunderter Kerzen der Kronleuchter funkelten die Edelsteine der Brosche und des Rings um die Wette.

»Unser lieber Adam hat mir so sehr geholfen«, versetzte Sabrina im näselnden Singsang und warf dem ›lieben Adam‹ einen verliebten Blick zu. »Ich weiß nicht, was ich ohne ihn gemacht hätte.«

»Ja, Adam kann sehr hilfreich sein. Bis später«, sagte Alexis steif und zog Edgar weiter.

»Sie hat es versäumt, Haltung zu bewahren«, raunte Sabrina dem Marquis zu, dessen Schultern im verhaltenen Lachen bebten.

»Wie konnte ich je denken, Sie benötigen meinen Schutz?« Adam neigte sich ihr zu. »Wie sieht Alexis kahlköpfig aus?«

»Sie ist keine umwerfende Schönheit, aber immerhin originell.«

Nun lachte Adam schallend und zog die Aufmerksamkeit der Umstehenden auf sich. Sabrina bemerkte Onkel Charles' zufriedenes Lächeln und die sensationslüsternen Blicke einiger Gäste.

»Was bedeutet der Satz ›der Pfeil hat den Bogen verlassen‹?«, fragte Sabrina unvermittelt.

»Nun, es bedeutet, das Schicksal nimmt seinen Lauf«, entgegnete Adam gelassen.

Sabrina hatte keine Gelegenheit zu einer weiteren Frage. Ein stattlicher Herr in mittleren Jahren mit einer blonden Perücke stand vor ihr, in dem sie Prinz Adolphus erkannte, den sie ehrerbietig begrüßte.

»Lady Abingdon, ich bewundere Ihre Schönheit«, richtete der Prinz Adolphus das Wort an sie. » Wunderschön … wunderschön … wunderschön.«

»Ich fühle mich durch Ihre Gegenwart sehr geehrt, Königliche Hoheit«, bedankte Sabrina sich und versank in einem tiefen Hofknicks.

»Und das ist Courtney, Sabrinas jüngere Schwester«, stellte Onkel Charles die Errötende dem Prinzen vor, der sie mit einem freundlichen Lächeln betrachtete. »Ich will Sie schon lange kennen lernen«, meinte er interessiert.

»Königliche Hoheit, es ist mir eine große Ehre«, antwortete Courtney, die ihrerseits einen anmutigen Hofknicks machte.

Adolphus blickte zwischen der brünetten Courtney und der rothaarigen Sabrina hin und her. »Zwei Schwestern, die einander nicht ähnlich sehen«, bemerkte der Prinz. »Keinerlei Familienähnlichkeit. Nicht die geringste … geringste … geringste.« Damit wandte er sich an Adam. »Ich hörte von dem leidigen Schuss vor dem Club neulich. Freut mich, Sie heil und munter anzutreffen.«

»Danke, Königliche Hoheit.« Adam wechselte rasch das Thema. »Wollen wir nach oben gehen und den Ball eröffnen?«

Sabrina blickte den Marquis ungläubig an. Jemand hatte auf ihn geschossen? Wer wünschte ihm den Tod? Edgar Briggs, fuhr es ihr durch den Kopf. Schuldbewusst verdrängte sie den absurden Gedanken. Edgar konnte keiner Fliege etwas zu Leide tun. Vermutlich hatte der Marquis eine Menge Feinde. Erfolgreiche Geschäftsleute waren berüchtigt für ihre Kaltblütigkeit, mit der sie Hoffnungen und Träume von Konkurrenten vernichteten.

»Sabrina?«

Adams Stimme holte sie aus ihren Grübeleien. Sie lächelte, nahm den dargebotenen Arm des Prinzen und schritt neben dem Ehrengast die Treppe hinauf. Courtney folgte am Arm von Onkel Charles. Adam bildete mit den beiden Tanten die Nachhut.

Sobald die Gastgeber den Ballsaal betraten, begann das Orchester zu spielen. Prinz Adolphus führte Sabrina zum Parkett und begann mit ihr den Eröffnungswalzer. Außer den beiden Debütantinnen und den Ehrengästen tanzte niemand, wie es der Brauch war.

»Esmeralda gibt uns am späteren Abend die Ehre«, erklärte Prinz Adolphus und fügte schmunzelnd hinzu: »Sie liebt große Auftritte … liebt sie … liebt sie.«

Sabrina interessierte sich nicht im Geringsten für die Opernsängerin. »Euer Gnaden, erzählen Sie mir bitte, was vor White's Herrenclub neulich vorgefallen ist«, bat sie.

»Ein Attentatsversuch ist kein passendes Thema für eine junge Dame«, schalt Adolphus sanft.

Der Tanz war zu Ende, ehe sie ihm weitere Fragen stellen konnte. Courtney und sie wechselten die Partner.

»Dein Vater wäre sehr stolz auf dich«, meinte Onkel Charles anerkennend, während er sie im Walzertakt durch den Ballsaal drehte.

»Bitte erzählen Sie mir von dem Zwischenfall vor dem Herrenclub«, forderte Sabrina ohne Umschweife.

»Davon weiß ich gar nichts«, versetzte Onkel Charles. »Adam erzählt mir nicht immer alles.«

Sabrina glaubte ihm nicht, behielt aber ihre gelassene Miene bei. Seit sie die beiden St. Aubyns in jener Nacht kennen lernte, war sie von ihnen belogen worden. Was hielten die Herren sonst noch vor ihr verborgen? Bei aller Liebenswürdigkeit, die Onkel und Neffe ihr zuteil werden ließen, begann Sabrina an ihrer Glaubwürdigkeit zu zweifeln.

Adam bat um den dritten Tanz und drehte sie mit der gleichen Leichtigkeit und Beschwingtheit durch den Saal wie bei ihrem ersten Tanzversuch ohne Musik.

»Es ist üblich, beim Tanzen angeregt zu plaudern«, unterbrach Adam das Schweigen.

»Diese Regel haben Sie nie zuvor erwähnt«, antwortete Sabrina. »Sie tanzen göttlich.«

»Und Sie fühlen sich so wunderbar in meinen Armen an, dass ich Sie am liebsten nie wieder gehen ließe«, raunte Adam.

Sabrina errötete. Gütiger Himmel, wieso musste er sie immer in Verlegenheit bringen?

»Sie haben mir nichts über den Zwischenfall vor Ihrem Club erzählt«, sagte sie leise.

»Nun, das war nicht der Rede wert.«

»Sie nennen einen Mordanschlag nicht der Rede wert?« Sabrina geriet aus dem Takt.

»Lächeln, Prinzessin. Die Spitze der Londoner Gesellschaft beobachtet uns«, meinte Adam. »Sie wollen doch keinen Anlass für bösen Klatsch geben, habe ich Recht?«

Sabrina lächelte strahlend.

»Das ist das unehrlichste Lächeln, das ich je gesehen habe«, neckte Adam sie.

»Sie haben mir nicht befohlen, aufrichtig zu lächeln, nur zu lächeln, Mylord.«

Adam neigte sich ihr zu. »*Touché*, Gräfin. Irgendein Idiot hat neulich nachts vor dem Club auf Jamie und mich geschossen. Wir gehen der Sache nach und werden hoffentlich bald wissen, wer der Schurke war.«

Sabrina nickte, ließ den Blick durch den Ballsaal schweifen und entdeckte Courtney auf dem Tanzparkett. »Courtney scheint Gefallen an Dudley Egremont zu finden«, stellte sie fest.

»Ich hoffte, sie finden Gefallen aneinander«, antwortete Adam. »Vielleicht besiegelt das Paar sein Glück vor dem Traualtar … Was halten Sie diesmal von meiner Wortwahl?«

»Schon besser«, versetzte Sabrina. »Ich wusste, Sie lernen schnell«, wiederholte Sabrina seine Worte.

Adam lachte.

Als die Musik endete, wollte Adam sie in den Nebenraum zu den Erfrischungen führen, als Lord Briggs sich ihnen in den Weg stellte.

»Darf ich um diesen Tanz bitten, Sabrina?«

Sabrina lächelte. »Liebend gern, Edgar.«

Sie ließ sich von ihm zum Parkett führen und die Freunde aus Kindertagen wirbelten zu Walzerklängen durch den Saal.

»Wer hätte je gedacht, dass wir so enden, gemeinsam Walzer tanzen in London«, sagte Sabrina.

»Sag nicht *enden*, sondern *beginnen*«, verbesserte Edgar sie. »Heirate mich, Sabrina.«

»Ich habe dir meine Situation bereits erklärt«, entgegnete Sabrina. »Wieso machst du mir das Leben unnötig schwer?« Sie wandte den Blick, konnte den Schmerz in seinen braunen Augen nicht ertragen und geriet ins Stolpern, als sie Adam mit Alexis tanzen sah.

Der Blick des Barons folgte dem ihren. »Sie waren bereits ein Liebespaar, bevor ihr Gatte starb.«

»Ich glaube dir nicht«, entgegnete Sabrina schockiert. »Keine Frau würde ihren Ehemann betrügen.«

»Deine Naivität ist einer deiner liebenswertesten Züge«, sagte Edgar. »Darf ich dich wieder besuchen?«

Sabrina brachte ein Lächeln zustande. »Du bist mir jederzeit willkommen, Edgar. Für einen Freund habe ich immer Zeit.«

Als die Musik endete, entschuldigte Sabrina sich. Sie bewahrte zwar ihr Lächeln und ihre freundliche Miene, doch der Klatsch über den Marquis gab ihr zu denken.

Ein Mann, der seine Verlobte betrog, würde später auch seine Ehefrau betrügen. Einen Mann, der nichts von ehelicher Treue hielt, würde sie niemals heiraten.

Sabrina nahm sich vor, sich nichts anmerken zu lassen und den Klatsch zu ignorieren. Sie plauderte und tanzte mit Jamie Armstrong, Dudley Egrement und einer Reihe anderer Herren. Doch der Gedanke an den Marquis und die schöne Alexis ließ sie nicht los.

Als Adam sie schließlich zum letzten Walzer vor dem Souper bat, vermochte Sabrina ihm kaum ins Gesicht zu sehen. Sie war ungewöhnlich still, während er sie im Kreis drehte.

»Prinzessin, lächeln Sie und sprechen Sie mit mir«, befahl Adam. »Oder wollen Sie, dass man über uns tuschelt?«

Dieser unverschämte Kerl, dachte Sabrina empört. Wie konnte ausgerechnet er sie vor Klatsch warnen? Er, der es wagte, seine Hure zu ihrem Ball einzuladen. Wie konnte er nachts noch ruhig schlafen?

»Sie tanzen göttlich«, meinte Sabrina mit einem honigsüßen Lächeln.

»Das sagten Sie bereits bei unserem letzten Tanz«, versetzte Adam. »Nur ältere Herrschaften wiederholen sich.«

»Wir haben wundervolles Wetter«, wechselte Sabrina das Thema. »Finden Sie nicht auch?«

Adam nickte.

»Heute Nacht ist es zwar ausgesprochen dunkel«, fuhr sie fort. »Aber ich denke, morgen wird der Himmel sich wieder aufhellen.«

Adam lachte laut und zog die Aufmerksamkeit einiger Tanzpaare auf sich. »Prinzessin, Sie sind ein unverbesserlicher Kobold.«

»Tatsächlich?«, meinte Sabrina gedehnt. »Ich finde, man sollte stets gewisse Grundregeln beachten: Kein lautes Lachen, beim Essen nicht schlingen und sich nicht an die Nase fassen.«

»Es reicht«, entgegnete Adam lachend. »Sie haben zu viel Champagner getrunken und nichts gegessen. Ich führe Sie zu Tisch.«

»Ich habe nichts getrunken.«

»Dann ist es genau das, was Sie brauchen.«

Adam hörte auf zu tanzen und führte sie von der Tanzfläche.

Im Speisesaal, wo die Gäste sich bereits drängten, nippte Sabrina an einem Glas Champagner und legte sich ein Stück Truthahn vor. »Wieso essen Sie nichts?«, fragte sie.

»Die Damen speisen zuerst, das ist so üblich«, erklärte Adam. »Ich nehme mir später.«

»Von all den dummen Regeln, die Sie mir beigebracht haben, ist das die dümmste«, stellte Sabrina im vernehmlichen Flüsterton fest, und in ihren grünen Augen blitzte der Schalk. »Ist Ihnen sehr daran gelegen, was die Leute denken?«

Adam blickte in die Runde der Gäste und flüsterte: »Nein, eigentlich nicht.«

»Gut.« Sabrina spießte ein Bratenstück auf ihre Gabel und hielt sie ihm an den Mund.

Adam nahm die Herausforderung an und aß den Bissen von ihrer Gabel. Einige Damen in ihrer Nähe machten bestürzte Gesichter.

»Es ist nur eine Frage der Erziehung«, lächelte Sabrina und wollte ihn mit einem zweiten Bissen füttern.

»Lassen Sie das«, raunte Adam ihr zu und hielt ihr Handgelenk mit sanftem Druck fest. »Ihre zukünftigen Kinder brauchen die Anerkennung dieser Menschen.«

»Oh, wie Recht Sie haben, Mylord.« Sabrina legte die Gabel beiseite, neigte sich ihm zu und flüsterte: »Ist Alexis Carstairs immer noch Ihre Geliebte?«

»Prinzessin, Sie vertragen anscheinend keinen Champagner«, entgegnete Adam, ohne auf ihre Frage einzugehen.

»Nun, es scheint eine Eigenart in Ihrer Familie zu sein«, seufzte Sabrina in gespieltem Schmerz. »Die St. Aubyns lügen, erzählen ständig Halbwahrheiten, gebrauchen Ausflüchte oder reagieren nicht auf Fragen.«

»Manchen Menschen sollte die Wahrheit nur in kleinen Bissen verabreicht werden, da sie sonst unter ihrer Wucht zusammenbrechen«, entgegnete Adam ernsthaft und senkte seine blauen Augen in die ihren.

»Ich bin noch nie im Leben zusammengebrochen«, versetzte Sabrina. »Und Sie haben meine Frage nicht beantwortet.«

Er sah sie lange und eindringlich an, und Sabrina glaubte schon, er würde ihre Frage gar nicht beantworten.

»Alexis Carstairs ist nicht meine Geliebte«, sagte er schließlich.

»Hat Sie diese zweifelhafte Ehre je genossen?«

»Tut mir Leid, Prinzessin. Die Konvention gestattet nur eine indiskrete Frage pro Abend«, entgegnete Adam.

»Diese Regel muss offenbar geändert werden. Und ich bin die Frau, die es tut.«

»Sie werden nichts dergleichen tun«, widersprach Adam.

Nach dem Souper begaben sich die Gäste wieder in den Ballsaal, wo die Musiker ihre Instrumente stimmten. Während Sabrina am Arm des Marquis die Treppe hinaufstieg, bemerkte sie viele sehnsüchtige Damenblicke, die ihrem Begleiter galten, der allerdings kein Auge für die Bewunderung zu haben schien.

Im Ballsaal trennte Sabrina sich von Adam, tanzte die nächsten neun Walzer mit verschiedenen Herren, jeder stattlicher und charmanter als der vorhergehende. Während sie sich zu den Walzerklängen durch den Saal drehte, streifte ihr Blick immer wieder den Marquis, der lässig an einer Säule lehnte und mit bezaubernden Damen flirtete, die ihn umringten.

Nach dem neunten Walzer stand Adam vor Sabrina

und forderte den letzten Tanz, doch ehe die Musik einsetzte, verkündete Baxter von den hohen Flügeltüren her mit ehrfurchtsvoller Stimme: »Madame Esmeralda.«

Ein aufgeregtes Raunen flog durch die Menge. Prinz Adolphus trat vor, um seine alte Freundin zu begrüßen, küsste ihr galant die Hand und geleitete sie durch den Saal zu Sabrina.

»Esmeralda, ich darf Ihnen Sabrina Savage vorstellen, die Gräfin von Abingdon«, stellte Adolphus die Damen vor.

»Welche Freude, dass Sie unseren Ball mit Ihrer Gegenwart beehren«, begrüßte Sabrina die Operndiva.

»Die Ehre ist ganz meinerseits«, entgegnete Esmeralda lächelnd und musterte Sabrina mit unverhohlenem Interesse. »Ich kannte Ihren Vater gut, noch zu einer Zeit, bevor Sie geboren wurden. Sein Tod ist für uns alle ein schmerzlicher Verlust.«

»Danke für Ihre Anteilnahme.« Und dann schoss Sabrina der Gedanke durch den Kopf, die Diva könnte etwas über ihre Herkunft wissen. »Ich würde mich gerne ausführlich über vergangene Zeiten mit Ihnen unterhalten.«

»Besuchen Sie mich, wann immer Ihnen der Sinn danach steht«, versetzte Esmeralda und nickte ihr hoheitsvoll zu wie eine Königin, die einer Hofdame ihre Gunst erweist.

Prinz Adolphus führte Madame Esmeralda zur Stirnseite des Saals, wo das Orchester Aufstellung genommen hatte. Die Diva brachte einige Lieder zum Vortrag, die vom Schmerz verlorener Liebe handelten, und wurde mit rauschendem Applaus der Gäste belohnt. Danach führte der Prinz die Sängerin zu den Gastgebern zurück.

»Danke für die wundervolle Kostprobe Ihrer Sangeskunst«, sagte Sabrina.

»Ich habe zu danken. Sie waren ein zauberhaftes Publikum«, antwortete Esmeralda. An den Prinzen gewandt, fragte sie: »Sind Sie bereit, Königliche Hoheit?«

»Wollen Sie uns etwa schon verlassen?«, fragte Sabrina.

»Das Leben einer Sängerin ist weniger glanzvoll, als Sie anzunehmen scheinen«, erwiderte Esmeralda. »Schlafmangel würde meine Stimme ruinieren.«

»Dann will ich Sie nicht aufhalten. Darf ich hoffen, Sie wiederzusehen?«

»Ich freue mich darauf.« Esmeralda nahm den dargebotenen Arm des Prinzen und ließ sich von ihm aus dem Ballsaal führen.

Die Musik spielte den letzten Walzer, sobald der Prinz und die Sängerin gegangen waren. Adam führte Sabrina auf das Parkett. Mit ihm zu tanzen erschien ihr diesmal so natürlich und unbeschwert, als hätten sie sich schon tausendmal im Walzertakt gewiegt.

»Ob Esmeralda weiß, wer meine leiblichen Eltern sind?«, fragte Sabrina.

»Wenn Sie klug sind, Prinzessin, lassen Sie diese Frage ruhen«, entgegnete Adam zu ihrem Erstaunen. »Die Antwort würde Ihr Leben nicht bereichern.«

Sabrina wollte sich von ihm nicht die gute Stimmung verderben lassen. »So spricht ein Mann, der weiß, woher er kommt«, neckte sie.

»Sie haben vermutlich Recht«, nickte Adam. »Ich kann Ihre Gefühle nicht nachempfinden, da ich Ihre Erfahrung nicht teile.«

Auch diese Worte erstaunten Sabrina, da sie Angehörige des Hochadels bislang als seichte und oberflächliche Menschen gesehen hatte. Der Marquis schien eine Ausnahme zu sein.

Nachdem die Musik verklungen war, verabschiedeten sich die Gäste. Adam blieb an Sabrinas Seite, bis auch die Nachzügler gegangen waren. Nur Onkel Charles begab sich in den Salon, um auf seinen Neffen zu warten.

»Hat Ihnen der Abend gefallen?«, fragte Adam, als er mit Sabrina in der Halle stand.

Sabrina lächelte. »Er verlief angenehmer, als ich erwartet hatte.«

»Ich wusste immer, dass Sie ein glänzender Erfolg sein werden.«

»Vielen Dank für das Kompliment.«

Adam hielt sie an beiden Händen. »Ein Gutenachtkuss würde den Abend für mich perfekt abrunden.«

»Und wenn ich nein sage?« Sabrina blickte in seine tiefblauen Augen.

»Dann stürze ich mich von einer Brücke in die Themse.«

Sabrina neigte den Kopf seitlich und lächelte.

»Oder ich stehle mir einen Kuss.«

»Das klingt mehr nach Ihnen«, entgegnete Sabrina.

Adam gab ihr keine Chance zu protestieren und zog sie in die Arme. Während sie zu ihm hochsah, näherte er seinen Mund und nahm ihre Lippen in einem anhaltenden Kuss in Besitz.

»Nun denn«, raunte er, als er sich von ihr löste. »Morgen früh …«

Sabrina legte ihm einen Finger an die Lippen, um ihn am Sprechen zu hindern. »Wenn Sie darauf verzichten könnten, mir Befehle zu erteilen, wäre dieser Abend für mich perfekt.«

»Nie wieder?«

»Ich begnüge mich mit diesem Abend.«

»Prinzessin, Ihr Wunsch ist mir Befehl.«

In diesem Augenblick betrat Onkel Charles die Halle und rief: »Der Ball war ein glänzender Erfolg.«

»Morgen ist die Gala Stadtgespräch und man wird

Courtney und Sie als Ballköniginnen der diesjährigen Saison feiern«, stimmte Adam mit ein.

»Wahrscheinlich stehen morgen die Equipagen der Herren, die ihre Aufwartung machen wollen, auf dem Grosvenor Square Schlange und blockieren den Verkehr«, strahlte Onkel Charles.

»Gott steh mir bei«, entfuhr es Sabrina, »ich befürchte, in ganz England gäbe es nicht genügend Backzutaten, um meine Nerven zu beruhigen«, und erntete damit ein Lachen von Onkel und Neffen.

»Gute Nacht, Prinzessin.« Adam hob ihre Hand an die Lippen. »Träumen Sie schön.«

Während Sabrina die Treppe hinaufstieg, verweilten ihre Gedanken bei Adam St. Aubyn, der ihren Seelenfrieden so sehr in Aufruhr brachte und ihr gelegentlich wie ein Prinz aus dem Märchen erschien. Bei aller Faszination, die er auf sie ausübte, konnte sie sich des Verdachts nicht erwehren, dass er ihr etwas verheimlichte.

Und dann schmunzelte sie beim Gedanken an ihren vermeintlichen Erfolg. Onkel Charles würde vielleicht enttäuscht sein, wenn Grosvenor Square morgen Vormittag nicht belebter war als an jedem anderen Tag.

10. Kapitel

»Wann wirst du Sabrina und Courtney sagen, wer ihr leiblicher Vater ist?«, fragte Adam, der hinter seinem Eichenschreibtisch saß und seinen Onkel musterte.

»Welchen Sinn sollte das haben?«, entgegnete Onkel Charles und wich dem Blick seines Neffen aus. »Keines der Mädchen wird je anerkannt werden.«

»Sabrina sehnt sich danach zu wissen, woher sie kommt«, sagte Adam.

»Du sehnst dich danach, in deine Heimat zurückzukehren«, antwortete Onkel Charles. »Ich sehne mich danach, zwanzig Jahre jünger zu sein. Wir alle sehnen uns nach etwas, und wenn wir es erreichen, sehnen wir uns nach etwas Neuem.«

Es klopfte an der Tür. Higgins und Razi stürmten ins Zimmer, als gelte es, ein Wettrennen zu gewinnen.

»Ich mache es«, wies Higgins den untersetzten Razi zurecht. »Ich bin sein Butler.«

»Gut, dann übernehme ich den Nächsten«, murrte Razi beleidigt.

»Der Graf von Tunbridge bittet, seine Aufwartung machen zu dürfen«, verkündete Higgins in seiner blasierten Art.

»Bitten Sie ihn herein«, antwortete Adam und warf seinem Onkel einen verdutzten Blick zu.

»Ich lasse dich mit deinem Besucher allein«, sagte Onkel Charles und wollte aufstehen.

»Bleib!« Adam hielt ihn mit einer Handbewegung zurück. »Wir sind noch nicht fertig.«

Der Graf von Tunbridge, ein stattlicher junger Mann von etwa dreißig Jahren, betrat das Arbeitszimmer, nickte dem Herzog zu und reichte Adam die Hand.

»Bitte setzen Sie sich«, lud Adam ihn ein.

»Nein, danke. Ich bleibe nicht lange«, lehnte der Graf höflich ab.

Adam sah ihn erwartungsvoll an.

»Ich ersuche Sie um Erlaubnis, Sabrina Savage den Hof machen zu dürfen«, verkündete Tunbridge. »Seien Sie versichert, ich habe ernsthafte und ehrenhafte Absichten.«

Adam sah seinen Onkel an, der aufreizend feixte. »Der Herzog von Kingston ist ihr Vormund.«

Der Graf von Tunbridge wandte sich an den Herzog. »Euer Gnaden, ich ersuche Sie um Erlaubnis ...«

»Lassen Sie nur«, fiel Onkel Charles dem jungen Mann ins Wort und hob abwehrend die Hand. »Sie haben meine Erlaubnis, vorausgesetzt, mein Mündel hat nichts gegen Ihre Aufmerksamkeiten einzuwenden.«

»Vielen Dank, Euer Gnaden.« Der Besucher verbeugte sich tief. »Guten Tag, Stonehurst.« Damit verließ der Graf von Tunbridge das Arbeitszimmer.

»Wieso lässt du das zu?«, fragte Adam gereizt.

»Du willst doch, dass Sabrina heiratsfähige Junggesellen kennen lernt«, versetzte Onkel Charles erstaunt.

»Tunbridge ist kein Umgang für sie«, entgegnete Adam.

»Was stimmt nicht mit ihm?«

»Er trinkt zu viel.«

»Oh, das wusste ich nicht«, antwortete Onkel Charles und fügte achselzuckend hinzu: »Sabrina wird ihn schnell aussondern.«

»Könnte Madame Esmeralda möglicherweise Sabrinas Mutter sein?«, wechselte Adam unvermutet das Thema.

»Wie kommst du darauf? Etwa wegen der roten Haare?«

»Du hast meine Frage nicht beantwortet.«

»Ich weiß nicht, wer Sabrinas Mutter ist«, antwortete Charles, während sein Blick zum Fenster wanderte.

Er lügt, dachte Adam und fixierte seinen Onkel. Der alte Herr wusste mehr, als er zugab. Adam respektierte die Loyalität seines Onkels, das ihm auferlegte Schweigen zu wahren, und ärgerte sich zugleich darüber, hielt es jedoch für klüger, die Angelegenheit im Augenblick nicht weiter zu verfolgen.

»Was hältst du von Courtney und Dorchester?«, fragte er stattdessen.

»Sie würden ein ausgezeichnetes Paar abgeben«, antwortete Onkel Charles sichtlich erleichtert. »Ich vermute, Belladonna wird die entsprechenden Schritte einfädeln.«

Adam nickte. Ehe er sprechen konnte, klopfte es erneut. »Das wird Jamie Armstrong sein«, meinte er mit einem flüchtigen Blick auf die Uhr. »Er verspätet sich bereits eine Stunde.«

»Lord Huntingdon bittet, seine Aufwartung machen zu dürfen«, verkündete Razi.

»Bitten Sie ihn herein.« Adam blickte mit wachsender Ungeduld zu seinem Onkel, der nur vergnügt lächelte.

Der junge Baron betrat das Arbeitszimmer, nickte dem Herzog zu und schüttelte Adam die Hand.

»Bitte nehmen Sie Platz«, lud Adam ihn ein.

»Danke. Ich bleibe nicht lang«, lehnte der Baron ab.

Nach einem kurzen Blick zu seinem Onkel fragte Adam: »Was kann ich für Sie tun, Huntingdon?«

»Ich ersuche Sie, mir zu gestatten, Sabrina Savage den Hof zu machen.«

»Wenden Sie sich an den Herzog von Kingston, er ist ihr Vormund«, antwortete Adam knapp.

Baron Huntingdon wandte sich an den Herzog. »Euer Gnaden …«

»Sie haben meine Erlaubnis, vorausgesetzt, mein Mündel hat nichts gegen Ihre Aufmerksamkeiten einzuwenden«, unterbrach Onkel Charles den jungen Mann.

»Ich bedanke mich, Euer Gnaden.« Lord Huntingdon wandte sich an Adam: »Guten Tag, Stonehurst«, und verließ das Zimmer.

Adam sah seinen Onkel aus schmalen Augen an.

»Was hast du erwartet?«, fragte der Herzog.

»Dass du ihn abweist.«

»Was hast du an Huntingdon auszusetzen?«

»Er ist ein Spieler.«

»Gütiger Himmel, davon wusste ich nichts.« Achselzuckend fuhr Onkel Charles fort: »Sabrina hat einen klaren Kopf und wird ihn zurückweisen.«

»Sabrina will ohnehin erst heiraten, wenn der Ruf Ihres Vaters reingewaschen ist«, sagte Adam. »Vielleicht lassen Tunbridge und Huntingdon sich dadurch entmutigen.«

»Gibt es denn eine Chance, Henrys Ruf wiederherzustellen?«, fragte der Onkel.

»Der Tod durch Erhängen kann kein Unfall sein.«

»Denkst du, Henry hat Selbstmord verübt?«

»Das habe ich nicht gesagt«, antwortete Adam. »Ich sagte nur, sein Tod war kein Unfall.«

»Unterstellst du, Henry sei einem Mord zum Opfer gefallen?« In Onkel Charles' Miene spiegelte sich Entsetzen. »Henry Savage war ein liebenswerter und gütiger Mann. Ich kann mir nicht vorstellen, dass jemand ihm den Tod wünschte.«

»Jeder Mann hat Feinde«, antwortete Adam. Es klopfte erneut. »Das wird Jamie sein.«

»Viscount Lincoln wünscht seine Aufwartung zu machen«, verkündete Higgins, worauf der Herzog lachte.

Adam verdrehte die Augen zum Himmel und stöhnte: »Bitten Sie ihn herein.«

Der zweiundzwanzigjährige Viscount Lincoln stürmte herein, nickte dem Herzog zu und wandte sich an Adam, der abwehrend die Hand hob.

»Der Herzog von Kingston ist Sabrinas Vormund.«

Der Viscount verneigte sich vor dem Herzog. »Euer Gnaden, ich bitte Sie um die Hand Ihres Mündels, Sabrina Savage.«

»Heirat?«, fragte Onkel Charles verblüfft.

»Richtig, Euer Gnaden.«

»Meine Antwort lautet *nein*«, erwiderte Onkel Charles. »Aber ich gestatte Ihnen, ihr den Hof zu machen.«

»Damit gebe ich mich vorläufig zufrieden.« Der Viscount nickte Adam zu. »Guten Tag, meine Herren.«

Als die Tür hinter dem dritten Bewerber ins Schloss gefallen war, sagte der Herzog: »Ich nehme an, du hast auch an Lincoln etwas auszusetzen?«

»Der junge Mann ist ein seltsamer Kauz.«

»Ein seltsamer Kauz?«, wiederholte Onkel Charles verständnislos.

»Eines Abends in der Oper bemerkte ich während der Pause, wie er an seinem Hosenlatz herumfummelte«, antwortete Adam.

Der Onkel lachte schallend. »Nun, da wäre immer noch Edgar Briggs.«

»Den kann ich nicht ausstehen.«

»Denk an meine Worte: Sabrina wird keinen von ihnen erhören«, prophezeite der Herzog. »Hast du eigentlich an jedem jungen Mann etwas auszusetzen, der sich für sie interessiert?«

»Vermutlich.«

»Was hatte es eigentlich mit dem Pistolenschuss auf sich, der kürzlich vor Whites Club fiel?«, fragte der Onkel, um das Thema zu wechseln.

»Jemand hat auf Jamie und mich geschossen.«

»Was unternimmst du?«

»Ich habe Spione auf meine Geschäftskonkurrenten angesetzt«, erklärte Adam. »Außerdem habe ich meiner Mutter durch Botschafter Zaganos eine Nachricht zukommen lassen. Sie wird Erkundigungen einziehen, ob der Anschlag politische Hintergründe haben könnte.«

»Hältst du das nach so vielen Jahren für möglich?«

»Vielleicht ist jemand dahintergekommen, dass ich noch lebe«, antwortete Adam achselzuckend. »Ich will mich lediglich vergewissern.«

»Klug von dir.« Onkel Charles nickte bedächtig.

Die Tür flog auf, und Higgins stürmte herein, dicht gefolgt von Razi, der sich laut beschwerte: »Ich bin dran.«

»Der Herzog von Kinross«, verkündete Higgins, ohne den Zwerg zu beachten.

»Allah sei Dank«, murmelte Adam. »Bitten Sie ihn herein.«

Jamie Armstrong betrat mit strahlender Miene das Arbeitszimmer, nickte dem Herzog zu und setzte sich. »Tut mir Leid, dass ich mich verspäte.«

»Wir werden von Sabrinas Verehrern förmlich belagert«, erklärte Adam. »Viscount Lincoln hatte sogar die Stirn, um ihre Hand anzuhalten.«

»Aha. Das ist also die Erklärung«, meinte Jamie. »Die ganze Gegend um den Grosvenor Square ist mit Kutschen verstopft. Es gibt kein Durchkommen.«

Adam erhob sich unwirsch, ein ungewohntes Gefühl der Eifersucht krampfte ihm den Magen zusammen. »Mach es dir bequem«, sagte er auf dem Weg zur Tür. »Ich bin so schnell wie möglich wieder zurück.«

»Wohin willst du?«, rief Jamie ihm nach.

»Zum Grosvenor Square«, antwortete Adam über die Schulter. Das Gelächter, das hinter ihm losbrach, verwandelte seine Eifersucht in Zorn.

Es reicht, dachte Adam gereizt, als sei es Sabrinas Schuld, dass sie von Verehrern umschwärmt wurde. Zugegeben, er hätte es vorgezogen, wenn Sabrina ihm freiwillig ihr Jawort gegeben hätte, doch er dachte nicht daran, Schlange zu stehen, um etwas zu bekommen, das ihm längst zustand.

Adam spielte mit dem Gedanken, zu Fuß zum Haus seines Onkels zu gehen, entschied sich jedoch angesichts des Anschlags auf sein Leben dagegen. Die Fahrt zum Grosvenor Square dauerte unter normalen Umständen nicht länger als zehn Minuten. Zwanzig Minuten später war seine Equipage hoffnungslos in der Upper Brook Street eingekeilt, es gab weder vor noch zurück.

Ungeduldig öffnete Adam den Wagenschlag und sprang aus der Kutsche. »Den Rest gehe ich zu Fuß«, rief er seinen Dienern zu. »Bringt die Kutsche zurück.«

»Ich begleite Sie, mein Prinz«, sagte Abdul und sprang vom Kutschbock.

Adam nickte. »Wie du willst.«

Gemeinsam gingen sie mit weit ausholenden Schritten die Upper Brook Street entlang, die in den Grosvenor Square mündete. Unterwegs begegneten ihnen einige Bekannte, die höflich den Hut zogen. Adam sah Viscount Lincoln, der das Haus seines Onkels verließ und seine Karosse bestieg.

Ungeduldig stürmte Adam die Steinstufen hinauf, riss die Haustür ohne zu klopfen auf und betrat die Eingangshalle. Abdul folgte ihm dicht auf den Fersen.

»Guten Tag, Mylord«, grüßte Baxter.

Adam nickte dem Butler seines Onkels zu und trat an den Tisch in der Halle. Auf zwei Silbertabletts häuften sich Visitenkarten; eines war für Courtney und eines für Sabrina bestimmt, vermutete er.

»Die Damen empfangen heute keine Besucher«, ließ Baxter ihn wissen. »Nur Viscount Dorchester und seine Tante wurden vorgelassen.«

Allem Anschein nach hatte Dudley Egremont seine Rivalen überlistet. Während die anderen Bewerber abgewiesen wurden, hatte Egremont seine Tante benutzt, um zu Courtney vorgelassen zu werden. Der Bursche versprach ein würdiger Schwager zu werden.

»Im Salon?«

»Ja, Mylord.«

Abdul blieb in der Halle zurück, während Adam die Treppe hinaufstürmte und den Korridor entlangeilte. Beim Betreten des Salons stutzte er. Die Familie war versammelt, nur Sabrina fehlte.

»Adam, Liebster, wie schön, dass du uns besuchst«, näselte Belladonna.

Adam grüßte die Anwesenden mit einem kurzen Nicken und eilte zurück in die Halle. »Wo ist sie?«, knurrte er.

»Sie, Mylord?«, fragte Baxter indigniert.

»Sabrina, zum Teufel.«

»Die Gräfin weilt in der Küche«, gab der Butler würdevoll Auskunft.

»Wieso hat er mir das nicht gleich gesagt?«, brummte Adam im Umdrehen.

»Ich hätte es ihm gesagt, wenn er gefragt hätte«, beschwerte Baxter sich laut genug, um von Adam gehört zu werden.

Adam marschierte wie ein General den Flur zur Küche entlang, um an der Tür zu verharren. War er wütend, weil andere Männer Sabrina attraktiv fanden? Es war nicht ihre Schuld. Oder doch? Sie hatte gestern mit vielen jungen Herren getanzt und geflirtet.

Er war tatsächlich eifersüchtig, musste Adam sich gestehen. Und das gefiel ihm ganz und gar nicht.

Er stürmte in die Küche. Sabrina fuhr erschrocken herum. Winston sprang an Adam hoch und versuchte ihm das Gesicht zu lecken.

»Platz, Winston!« Der Hund gehorchte und wurde gelobt. »Guter Junge.«

Adam trat lächelnd zu Sabrina und wischte ihr ein Stäubchen Mehl von der Wange. »Was backen Sie?«

»Nusstorte.«

»Gehe ich recht in der Annahme, dass Sie wütend sind?«

»Ich fühle mich verfolgt«, antwortete Sabrina. »Haben Sie das Tablett mit den Visitenkarten in der Halle gesehen?«

»Ist mir gar nicht aufgefallen«, log Adam. »Das ist vermutlich der Preis, den man zu bezahlen hat, eine Besonderheit zu sein.«

»Vielen Dank für das Kompliment, aber ich sehe mich nicht als Besonderheit«, entgegnete Sabrina ernsthaft. »Ich ziehe es vor, so zu sein wie alle anderen, weil ich meinen Frieden will.«

»Wenn Ihnen keiner der Herren gefällt, die Sie gestern kennen lernten«, tröstete Adam sie, dessen Eifersucht sich legte, »so werden Ihnen beim nächsten gesellschaftlichen Ereignis andere begegnen.«

»Aber nein, ich fand einige der Herren ganz reizend«, widersprach Sabrina zu seinem Erstaunen.

»Wer zum Beispiel?«

»Ich finde den Grafen von Tunbridge sehr angenehm.«

»Er trinkt zu viel.«

»Lord Huntingdon war höchst charmant.«

»Er hat ein Vermögen am Spieltisch verloren.«

In Sabrinas Miene spiegelte sich Irritation. »Viscount Lincoln war sehr unterhaltsam.«

Adam schüttelte den Kopf. »Er ist ein Kauz.«

»Ein Kauz? Ich glaube Ihnen kein Wort«, entrüstete Sabrina sich. »Sie waren es doch, der mir vorschlug, heiratsfähige Herren kennen zu lernen, und nun reden Sie schlecht über jeden, der mir gefällt.«

»Die Herren, die Sie erwähnten, sind Ihrer nicht wert«, erwiderte Adam. »Ich lade Sie morgen zu einer Spazierfahrt in den Hyde Park ein.«

»Ich bin bereits mit Edgar Briggs zu einer Spazierfahrt verabredet«, lehnte Sabrina ab.

»Briggs ist kein passender Umgang für Sie. Eine Spazierfahrt mit ihm wäre nur Zeitvergeudung«, antwortete Adam barsch. »Ich verbiete es Ihnen.«

»Sie verbieten es mir?«, entrüstete Sabrina sich. »Wie können Sie es wagen, mir Vorschriften zu machen?«

»Ich hole Sie übermorgen zu einem Ausflug ab«, entgegnete Adam ungerührt.

»Ich habe dem Grafen von Tunbridge bereits zugesagt.«

Zorn und Eifersucht kämpften in Adam. »Unsere Vereinbarung sieht vor, dass Sie ausreichend Zeit mit mir verbringen«, erinnerte er sie.

»Dagegen spricht nichts«, entgegnete Sabrina. »Sie müssen sich nur rechtzeitig anmelden.«

»Ich weigere mich, mit Ihren Verehrern in der Schlange zu stehen«, versetzte Adam, dessen Stimme mit seinem wachsenden Unmut schwoll.

»Wie Sie wünschen, Mylord.« Sabrina schien auf seine Forderung einzugehen. »Ich halte mir jeden Freitag für Sie frei.«

»Freitag?«, explodierte Adam. »Freitags gehe ich nie aus.«

Sabrina lächelte. »Ich weiß.«

»Sie stellen meine Geduld auf eine harte Probe.« Er sah sie durchdringend an.

»Sie und Geduld?«

»Wählen Sie einen anderen Tag«, befahl Adam schneidend.

»Mal sehen«, meinte Sabrina gedehnt und legte einen Finger an die Stirn, als denke sie angestrengt nach. »Morgen bin ich mit Lord Briggs verabredet. Übermorgen gehört dem Grafen von Tunbridge. Danach bin ich Lord Huntingdon verpflichtet und tags darauf habe ich Viscount Lincoln zugesagt.« Sie lächelte liebenswürdig. »Nächsten Samstag wäre mir genehm.«

»In sechs Tagen?«, rief Adam, als könne er nicht glauben, was er hörte.

»Sehr gut, Mylord«, neckte Sabrina und genoss den Triumph, endlich einmal die Oberhand zu haben. »Wie ich sehe, kennen Sie die Folge der Wochentage.«

»Prinzessin, dieser Sarkasmus kleidet Sie schlecht.« Ohne ein weiteres Wort machte Adam kehrt und verließ die Küche. In der Halle wartete seine Tante auf ihn.

»Adam, ich will mit dir sprechen«, sagte Belladonna.

»Was gibt's?«

»Wie ich sehe, hast du vergessen, Haltung zu bewahren«, entgegnete Belladonna mit einem wissenden Lächeln.

Adam bedachte sie mit einem finsteren Blick und wollte an ihr vorbei.

»Ich weiß, wie du Sabrina für dich einnehmen kannst«, gurrte seine Tante.

Adam drehte sich langsam um. »Ich brauche keine Ratschläge im Umgang mit Frauen«, meinte er hochmütig.

Belladonna lächelte milde. »Ja, ich sehe, wie erfolgreich du heute warst. Wenn du so weitermachst, bist du in zehn Jahren immer noch nicht mit Sabrina verheiratet.«

Adam sah sie lange an. »Sprich«, sagte er schließlich.

»Nun, ich hörte zufällig, wie Sabrina sich bei ihrer Schwester über Alexis Carstairs beklagte«, berichtete Belladonna. »Wenn ich mich recht entsinne, sprach sie von ihr als dreistes Flittchen.«

»Und?« Der Anflug eines Lächelns huschte über Adams Züge.

»Daraus schließe ich, dass Sabrina zur Eifersucht neigt«, fuhr Belladonna fort. »Ich halte dich über ihre Termine auf dem Laufenden, und du siehst zu, dass du mit Alexis Carstairs dort auftauchst, wo Sabrina mit einem Verehrer ist.«

Adam neigte den Kopf. »Ich werde mir deinen Vorschlag durch den Kopf gehen lassen.«

Für wen hielt der Marquis sich eigentlich? dachte Sabrina aufgebracht, während sie sich am nächsten Morgen ankleidete, um mit Edgar auszufahren. Adam St. Aubyn war nicht ihr Vormund und hatte kein Recht, ihr den Umgang mit wem auch immer zu verbieten. Nun erst recht, dachte sie trotzig. Sie würde sich mit all den Herren treffen, die er als unpassend bezeichnet hatte, und ihm damit eine Lehre erteilen, die er nicht so schnell vergessen würde.

Sabrina hatte ein smaragdgrünes Ausgehkostüm mit farblich dazu abgestimmtem Umhang und Muff gewählt. Das Haar trug sie nach hinten gekämmt zu einem vollen Nackenknoten gebunden.

»Komm, Winston«, rief sie und begab sich zur Tür. Der Wolfshund folgte ihr und stürmte dann die Treppe voraus.

Sabrina lächelte, als sie das gefährliche Knurren des Hundes von unten hörte. Edgar wartete offenbar bereits auf sie. Als sie die Stufen des letzten Absatzes hinabstieg, sah sie Edgar reglos in der Halle stehen und den Hund gebannt anstarren, der ihn mit gesträubtem Fell anknurrte.

»Platz, Winston!«, befahl Sabrina streng, wie sie es von Adam gelernt hatte. Der Hund gehorchte. »Forbes, bringen Sie Winston in die Küche und geben Sie ihm einen saftigen Knochen.«

»Dieser Hund ist eine Nervensäge«, sagte Edgar verächtlich und blickte ihm argwöhnisch nach, als er dem Butler in die Küche folgte.

»Winston ist süßer als Walnusspudding mit Schokoladensauce«, entgegnete Sabrina liebenswürdig.

An diesem Morgen zeigte der Winter sich von seiner heiteren Seite. Der Nebel lichtete sich früher als gewöhnlich, und im Osten, wo die Sonne zu vermuten war, verbreitete sich ein glänzender Schimmer.

Edgar lenkte den offenen Einspänner durch Grosvenor Gate in den Hyde Park und fuhr den breiten Kiesweg bis zur Rotten Row entlang. Unterwegs lüfteten einige Herren die Hüte, die Sabrina auf ihrem Einführungsball kennen gelernt hatte.

Als Edgar die Equipage wendete, kamen ihnen zwei Reiter entgegen. Sabrinas Herz krampfte sich zusammen, als sie die Reiter erkannte: Adam und Alexis Carstairs.

»Guten Morgen, Edgar«, rief Alexis, als der Wagen an dem Reiterpaar vorbeifuhr. »Wie schön, Sie wiederzusehen, Sabrina.«

»Guten Morgen«, erwiderte Edgar den Gruß.

Adam tippte sich an den Hut und nickte Edgar

kurz zu. Sabrina aber hob die Nase in die Luft und verweigerte den beiden einen Gruß.

»Ich sagte dir doch, Lady Rothbury und der Marquis sind ein Liebespaar«, meinte Edgar, nachdem die beiden außer Hörweite waren.

»Ich habe Kopfschmerzen«, verkündete Sabrina, deren gute Laune verflogen war. »Bitte, bring mich nach Hause.«

Am folgenden Tag erschien der Graf von Tunbridge pünktlich zur Verabredung mit Sabrina. Seine Augen waren gerötet, und Sabrina glaubte einen Hauch Alkohol in seinem Atem zu entdecken, war aber entschlossen, mit ihm eine Spazierfahrt zu unternehmen, schon weil Adam ihr den Umgang mit dem Grafen untersagt hatte. Im Übrigen wollte sie den Grafen nicht kränken, indem sie die Verabredung absagte.

Zu Sabrinas Erleichterung war der Graf nicht zu betrunken, um die Pferde sicher zu lenken. Auf dem Rückweg durch den Hyde Park entdeckte Sabrina wieder zwei Reiter: Adam und Alexis. Das Paar schlug eine andere Richtung ein, als die Kutsche sich näherte.

Ein Stich der Eifersucht durchbohrte Sabrinas Herz. Lag dem Marquis tatsächlich etwas an Alexis Carstairs? Und wenn ja, wieso hielt er dann an der Verlobung fest? Hatte er die Absicht, sie nur zu heiraten, um den Wunsch ihrer Väter zu erfüllen? Sabrina wollte keinen Ehemann, der eine andere liebte.

»Ich habe gestern Abend im Club einen Toast auf Stonehursts Verlobung ausgebracht«, bemerkte der Graf von Tunbridge und holte Sabrina aus ihren düsteren Gedanken. »Ich begreife nicht, wieso er nicht darauf eingegangen ist.«

Sabrina sah sich den Grafen genauer an, dessen Gesicht leicht aufgedunsen und ungesund gerötet war. Adam hatte Recht; Tunbridge war ein Trunkenbold.

»Ich habe Kopfschmerzen«, verkündete sie und fühlte sich plötzlich in Gegenwart des Grafen ausgesprochen unbehaglich. »Bitte bringen Sie mich nach Hause.«

Am Mittwoch Morgen lud Lord Huntingdon Sabrina zu einer Spazierfahrt durch den Hyde Park ein. Auch diesmal sah sie Adam und Alexis beim gemeinsamen Ausritt.

Eifersucht krallte sich um ihre Brust und machte ihr das Atmen schwer.

»Ich habe ein hübsches Sümmchen auf die Heirat des Paares gewettet«, sagte Baron Huntingdon und neigte sich Sabrina zu. »Hätten Sie Lust, darauf zu wetten, dass ich gewinne?«

Sabrina funkelte den Baron wütend an. Adam hatte Recht. Huntingdon war ein Spieler.

»Ich habe Kopfschmerzen«, sagte sie kurz angebunden. »Bringen Sie mich bitte nach Hause.«

Am Donnerstag hatte Sabrina keine Verabredung, was ihr allerdings keine Erleichterung brachte. Als sie die *Times* aufschlug, las sie einen ausführlichen Bericht über den Ball bei Lady Smythe am Vorabend, zu dem auch Adam und Alexis erschienen waren. Der Reporter hatte die Unverfrorenheit, Spekulationen darüber anzustellen, wann der Marquis von Stonehurst endlich seine Verlobung mit der Gräfin von Rothbury bekannt gab.

Der Ärger, der in Sabrina brodelte, entbrannte zu flammendem Zorn. Wie konnte der Marquis es wagen, öffentlich mit einer anderen Frau zu kokettieren, wenn er seit fünfzehn Jahren mit ihr verlobt war? Die Tatsache, dass er Sabrina Bedenkzeit gegeben hatte, gab ihm nicht das Recht, sich zum Stadtgespräch mit einer anderen Frau zu machen.

An diesem Abend besuchte Sabrina in Begleitung ihrer Schwester und Tante Tess an der Seite von Viscount Lincoln die Oper. Adam hatte ihnen freundlicherweise seine Loge zur Verfügung gestellt.

Als der Vorhang hochgezogen wurde, bemerkte Sabrina im Halbdunkel der Loge eine Bewegung zu ihrer Linken. Sie warf dem Viscount einen heimlichen Blick zu und bemerkte seine Hand an seinem Schenkel. Schockiert und angewidert wäre Sabrina am liebsten aufgesprungen, besann sich jedoch eines Besseren. Wie hätte sie erklären sollen, dass sie die Vorstellung kurz nach Beginn verließ? Sie hielt den Blick starr auf die Bühne gerichtet und weigerte sich, den Viscount eines weiteren Blicks zu würdigen.

Als die Lichter im Saal zur Pause aufleuchteten, entdeckte sie in der gegenüberliegenden Loge Adam mit Alexis Carstairs. Der Anblick des Paars war mehr, als sie verkraften konnte.

»Ich habe Kopfschmerzen«, verkündete Sabrina und stand jäh auf. »Ich fahre nach Hause und schicke Ihnen die Kutsche zurück.«

»Ich begleite Sie«, sagte der Viscount und wollte ebenfalls aufstehen.

»Nein, Sie bleiben!« Sabrina versuchte ihre Unhöflichkeit mit einem Lächeln zu mildern und fügte hinzu: »Bleiben Sie bitte und genießen Sie die Vorstellung.«

»Du hast in letzter Zeit häufig Kopfschmerzen«, bemerkte Belladonna. »Ich denke, du solltest einen Arzt aufsuchen.«

»Wir reden morgen darüber«, entgegnete Sabrina und entfloh der Loge.

Zwanzig Minuten später stieg Sabrina schweren Herzens die Treppe hinauf und setzte sich in ihrem Zimmer vor den Kamin. Winston leckte ihr die Hand, als wolle er sie trösten.

Adam St. Aubyn benahm sich keineswegs so, als sei er mit ihr verlobt, dachte Sabrina niedergeschlagen.

Sie hätte von Anfang an wissen müssen, wer er war – ein kaltblütiger, herzloser Lebemann.

Sie blickte auf den Ring an ihrer Hand, der keinerlei Bedeutung mehr für sie hatte, zog ihn ab und legte ihn in die oberste Schublade ihrer Kommode.

Ein überwältigender Drang befiel sie, in die Küche zu gehen und sich ihren Kummer von der Seele zu backen. Nur mühsam bezwang sie ihren absurden Wunsch, mit dem sie die Bediensteten aus dem Schlaf geschreckt und sich überdies zum Gespött gemacht hätte.

Nach einer schlaflosen Nacht stand Sabrina früh auf und schlüpfte in ein einfaches Hauskleid. Ach, wären ihre Trauerkleider nur nicht weggepackt worden; Schwarz wäre die passende Farbe zu ihrer trüben Stimmung gewesen.

Gemeinsam mit Winston ging sie nach unten. Als sie die Halle betrat, war Baxter im Begriff, die Haustür zu öffnen. Der Wolfshund lief bellend dem frühen Besucher entgegen.

»Platz, Winston«, befahl Adam und streichelte ihn. »Guter Junge.«

Sabrina warf dem Marquis einen flüchtigen Blick zu und bog grußlos in den Flur zum Frühstückszimmer ein.

»Sabrina«, rief er ihr nach.

Sie blieb stehen, ohne sich jedoch umzudrehen. »Ja, bitte?«

»Sehen Sie mich an.«

Langsam drehte Sabrina sich um. Nur ein Blinder hätte ihren frostigen Blick nicht bemerkt.

»Ziehen Sie Ihren Mantel an«, befahl er. »Wir machen einen Ausflug in den Hyde Park.«

Sabrina zog eine Braue hoch. »Ich denke, Sie gehen freitags nie aus.«

»Für Sie mache ich eine Ausnahme.«

»Ich bin mit Lord Briggs verabredet«, log sie. »Bedaure.«

»Schicken Sie den Baron weg«, befahl Adam an den Butler gewandt. »Lady Sabrina fühlt sich heute nicht wohl.«

Adam trat auf sie zu.

Sabrina wich einen Schritt zurück, er aber nahm sie beim Handgelenk und zwang sie, ihm ins Arbeitszimmer zu folgen. Es blieb ihr nichts anderes übrig, als sich seinem Willen zu beugen, um eine peinliche Szene vor dem Butler vermeiden.

Im Arbeitszimmer riss Sabrina sich los und fuhr herum. Adams Blick fiel auf ihre rechte Hand und sie registrierte mit Genugtuung die Überraschung in seinen Zügen.

»Wo ist Ihr Ring?«, wollte Adam wissen.

Sabrina überhörte die Frage.

»Ich warte auf eine Erklärung.«

»Wo ist Alexis Carstairs?«, fragte Sabrina. »Ihr scheint ja ein unzertrennliches Paar zu sein. Der Klatsch über Ihr Benehmen verursacht mir Übelkeit.«

»Mir ergeht es nicht anders«, versetzte Adam. »Ich bin nicht gekommen, um über *mein* unmoralisches Verhalten zu sprechen.«

»Wollen Sie etwa *mir* Unmoral vorwerfen?«, zischte sie aufbrausend und ihre grünen Augen funkelten zornig.

»Sie reiten jeden Morgen mit einem anderen Herrn aus, und darüber wird geklatscht«, warf er ihr vor. »Ihr Benehmen schickt sich nicht für die zukünftige Herzogin von Kingston.«

»Um die Herzogin von Kingston zu werden, müsste ich vorher Ihre Gemahlin sein«, entgegnete Sabrina verächtlich.

»Dieser Tag ist nicht mehr fern«, antwortete Adam.

»Sie arroganter, aufgeblasener, treuloser – Ich würde Sie nicht heiraten, selbst wenn Sie der letzte Mann in ganz England wären«, schrie Sabrina und suchte verzweifelt nach einer noch schlimmeren Beleidigung, die sie ihm ins Gesicht schleudern könnte.

»Prinzessin, wir sind verheiratet.«

11. Kapitel

Der Schock nahm Sabrina den Atem. Ihr war, als habe sie ein Faustschlag in die Magengrube getroffen. Das Zimmer begann sich zu drehen, der Teppich hob sich ihr entgegen.

Etwas Feuchtes kitzelte ihre Wange. Sabrina schlug die Augen auf und sah Winstons dunklen Kopf vor sich. Dann begriff sie, dass sie auf der Couch lag. Ihr verschwommener Blick nahm den Marquis wahr, der neben ihr kniete und sie besorgt ansah.

»Gleich wirst du dich besser fühlen«, raunte Adam und streichelte ihren Arm. Ein Lächeln huschte über seine Lippen, als er hinzufügte: »Ich wusste, dass du unter der Wahrheit zusammenbrichst.«

»Sprechen Sie von *der* Wahrheit oder von *Ihrer* Wahrheit?«, fragte Sabrina kalt und versuchte sich aufzurichten. Als Adam ihr dabei helfen wollte, wehrte sie schneidend ab: »Fassen Sie mich nicht an.«

Adam zog die Hand zurück und richtete sich auf.

»Meine Wahrheit *ist* die Wahrheit.« Er blickte mit durchdringend blauen Augen auf sie herab. »Wir wurden als Kinder getraut.«

»Ich glaube Ihnen kein Wort«, versetzte Sabrina.

»Ich kann dir die Heiratsurkunde zeigen.«

Sabrina zog eine kupferfarbene Braue hoch. »Vermutlich eine Fälschung.«

»Wenn du mir nicht glaubst, frage meinen Onkel«, entgegnete Adam.

»Ihr Onkel ist Ihr Komplize«, sagte Sabrina und stand unsicher auf.

»Dann frage deine Tante. Sie weiß seit Jahren von unserer Vermählung.«

»Tante Tess?« Sabrina war verwirrt und fühlte sich schändlich verraten. Wieso hatte ihre Tante nichts gesagt? Warum hatte ihr Vater ihr das angetan?

»Dein Vater hat Edgar Briggs' Antrag abgelehnt, weil du bereits einen Ehemann hast.«

Sabrina wusste nicht, was sie glauben sollte. Wenn das stimmte, hatte der Marquis mit Alexis Carstairs Ehebruch begangen. Und wer weiß, mit wem er sonst noch das Bett geteilt hatte. Hinter seiner glänzenden Fassade verbarg sich ein schlechter Charakter. Einen Mann wie ihn würde sie nie zum Ehemann wählen. Einmal ein Ehebrecher, immer ein Ehebrecher.

»Angenommen, ich glaube Ihnen. Sie haben mir die Wahl gelassen, einen passenden Ehemann zu finden«, sagte Sabrina. »Was hätten Sie getan, wenn ich mich in einen anderen Mann verliebt hätte?«

»Die Gefahr bestand nicht.«

»Sie arroganter, anmaßender, unerträglicher ...«

»Gemach, Mylady«, unterbrach Adam ihre laute Schimpftirade.

»Ich lasse mir von Ihnen mein Leben nicht ruinieren.« Sabrinas Stimme schwoll mit ihrem Zorn. Trotzig drehte sie ihm den Rücken zu.

Adam drehte sie unsanft zu sich herum und zog sie an sich.

Sabrina sah ihn erschrocken aus großen Augen an. »Sie tun mir weh.«

Adam lockerte seinen Griff. »Gestatte mir, eine Aufstellung zu machen, in welcher Weise ich dein Leben ruiniert habe«, sagte er erbost. »Ich habe die Totenglocke für deinen Vater geläutet und versprochen, seinen Namen vom Makel des Selbstmords reinzuwaschen. Ich habe dir eine Ballsaison in London ermöglicht, habe dir eine neue Garderobe anfertigen lassen und dir kostbaren Schmuck geschenkt.«

Sabrina war beschämt. Er hatte Recht. Er hatte sich

ihr gegenüber ausgesprochen großzügig erwiesen. Das gab ihm freilich noch lange nicht das Recht, über sie zu verfügen.

»Ich bin Ihnen dankbar für alles, was Sie für mich getan haben«, versetzte Sabrina kühl. »Dennoch ziehe ich es vor …«

»Verschone mich mit Ausflüchten«, unterbrach Adam sie kalt.

Sabrinas Zorn war wieder entfacht. Das Bild der schönen Alexis Carstairs kam ihr in den Sinn, und sie entgegnete nicht minder kalt: »Ich habe nicht den Wunsch, Sie zu heiraten.«

»Zu spät, Mylady«, versetzte Adam spöttisch. »Am ersten April dieses Jahres feiern wir unseren vierzehnten Hochzeitstag.«

Barmherziger Himmel, dachte Sabrina entsetzt. Und plötzlich hatte sie eine rettende Idee.

»Ich wünsche eine Annullierung«, forderte sie hochmütig.

Ein schmerzlicher Anflug huschte über Adams Züge und war im Nu wieder verschwunden. »Sei nicht lächerlich.«

»Ich bin nicht lächerlich«, widersprach Sabrina heftig. »Ich will, dass Sie dieses Zimmer verlassen und aus meinem Leben verschwinden.«

Statt sie anzuschreien, wie sie es erwartet hatte, sah Adam sie lange an, drehte sich um und verließ wortlos das Zimmer.

Sabrina starrte ihm nach, wollte ihn zurückrufen und brachte es dennoch nicht fertig. Verzweifelt sank sie auf die Couch, bedeckte ihr Gesicht mit den Händen und weinte haltlos.

Schlapp, schlapp! Etwas Nasses fuhr ihr über die Hand.

Sabrina hob den Kopf und sah Winston vor sich sitzen, der sie mit traurigen Augen anschaute. Sie legte ihm die Arme um den Hals und überließ sich ihrem Schluchzen, bis ihre Tränen endlich versiegten.

Was hatte sie getan? Sie hatte die Beherrschung verloren und einen Mann gekränkt, der gut zu ihr war. Aber wie konnte er sie vor die nackte Tatsache stellen, mit ihm verheiratet zu sein? Sie kannte ihn doch kaum.

Und wenn er die Wahrheit gesagt hatte? Aber wieso hatte er ihr nicht den Hof gemacht wie ein Gentleman, um ihre Zuneigung zu gewinnen?

Er versuchte, dir den Hof zu machen, meldete sich ihre innere Stimme. *Deine Eifersucht hat dich dazu verleitet, ihn vor den Kopf zu stoßen.*

Sabrina konnte nicht fassen, dass ihr geliebter Vater sie als Dreijährige mit einem völlig Fremden vermählt hatte. Er musste triftige Gründe dafür gehabt haben. Aber welche Gründe? Und wann hatte er geplant, ihr die schockierende Nachricht beizubringen? Und wenn Tante Tess davon gewusst hatte, wieso hatte sie jahrelang geschwiegen? War es nicht ihr gutes Recht zu wissen, dass sie verheiratet war?

Sabrina erhob sich. In ihren Schläfen pochte nun echter Kopfschmerz. Sie brauchte Zeit zum Nachdenken und wollte niemanden sehen.

Gefolgt von Winston verließ Sabrina das Arbeitszimmer. In der Halle blieb sie kurz stehen.

»Ich empfange heute niemanden«, erklärte sie dem Butler.

»Sehr wohl, Mylady«, sagte Baxter.

»Haben Sie geweint?«, fragte Forbes. »Was hat der Marquis …«

Sabrina hob abwehrend die Hand. »Ich habe Migräne und wünsche, nicht gestört zu werden.«

Mit dem Hund an ihrer Seite begann Sabrina die Treppe hinaufzusteigen. Sie hatte den ersten Absatz noch nicht erreicht, als die Haustür aufgestoßen wurde. Lady Belladonna, Tante Tess und Courtney betraten die Halle.

»Sabrina, Liebes«, rief Belladonna. »Adam fuhr soeben die Auffahrt entlang, als sei der Satan hinter ihm her.«

»Hast du den Marquis wieder erzürnt?«, fragte Tess besorgt.

Sabrina drehte sich langsam um und bedachte ihre Tante mit einem langen, vorwurfsvollen Blick.

»Adam hat es ihr gestanden«, rief Belladonna und nahm Halt suchend den Arm der Freundin.

»Ja, ich weiß alles«, sagte Sabrina tonlos.

»Gott steh uns bei«, stöhnte Tess.

»Was hat Adam ihr gestanden?«, fragte Courtney atemlos.

Ohne auf ihre Schwester zu achten, sagte Sabrina kalt: »Du hättest die Pflicht gehabt, es mir zu sagen, Tante Tess. Ganz sicher nach Vaters Tod. Ich bin tief enttäuscht von dir.«

»Es tut mir Leid, Kind«, entschuldigte Tante Tess sich zerknirscht und trat einen Schritt vor. »Was hätte ich denn tun sollen? Ich habe versprochen zu schweigen.«

Sabrina stürmte die Treppe hinauf und suchte Zuflucht in ihrem Zimmer, verriegelte die Tür und ließ sich in den Sessel vor dem Kamin fallen. Winston setzte sich vor sie hin und legte ihr den Kopf auf den Schoß.

Sabrina seufzte tief.

Der Hund antwortete mit einem ebenso tiefen Seufzer und wedelte mit dem Schweif.

Sabrina streichelte ihn. Ihr Zorn war verraucht, sie fühlte sich leer und ausgelaugt. Gewissensbisse nagten an ihrem Herzen bei dem Gedanken an all die kränkenden Worte, die sie Adam ins Gesicht geschleudert hatte. Noch nie hatte sie so aufgebracht und niederträchtig auf einen Menschen reagiert. Wieso hatte sie all ihren Zorn gegen ihn gerichtet? Er hatte sich Courtney und ihr gegenüber stets freundlich und großzügig erwiesen. Und sie hatte ihm seine Güte mit kränkenden Beschimpfungen vergolten und ihn tief verletzt. Ja, sie hatte den Schmerz bemerkt, der über seine Gesichtszüge gehuscht war.

Der Gedanke an eine Ehe mit ihm war nicht länger abstoßend. Kein anderer Mann hatte sie je so angezogen wie dieser geheimnisvolle Mann mit seinen schönen, verwegen südländischen Gesichtszügen.

Sabrina lehnte sich zurück und schloss die Augen. Adam sah blendend aus, war aristokratischer Herkunft, war unermesslich reich und begehrt bei den Frauen. Wieso wollte dieser Mann ein unscheinbares Mädchen vom Land von ungewisser Herkunft heiraten? Was bewegte ihn zu diesem Schritt?

Außerdem hatte er sie belogen. Ihr einen Teil der Wahrheit zu verschweigen war einer Lüge gleichzusetzen.

Sabrina wurde den Gedanken an den Schmerz nicht los, den sie in seinen Zügen wahrgenommen hatte. Seltsamerweise hatten sie keinerlei Gewissensbisse geplagt, als sie Edgar abgewiesen hatte. Lag es daran, dass sie Zuneigung für Adam empfand?

Sabrina wusste genau, dass sie mehr als Zuneigung für ihn empfand. Sie begann den Mann zu lieben, der behauptete, ihr Ehemann zu sein.

Ehemann. Das Wort hallte in ihrem Kopf nach.

Sabrina beschloss, gleich am nächsten Morgen mit Adam zu sprechen. Sie würde zulassen, dass er ihr den Hof machte, dann würde sich herausstellen, wohin ihre Beziehung führte.

Sie trat an die Kommode, zog die Schublade auf, nahm den Verlobungsring heraus und sah ihn lange sinnend an. Dann streifte sie ihn an den Ringfinger ihrer linken Hand. Würde Adam ihre Entschuldigung annehmen? Oder würde er sich endgültig von ihr abwenden?

Sie fürchtete, er würde nicht kommen, wenn sie um seinen Besuch bat. Dazu war er zu stolz. Also, beschloss sie, ihn in der Park Lane aufzusuchen.

Und dann huschte ein Lächeln über ihre Lippen. Sie würde ihm sein Lieblingskonfekt backen. Nougatpralinen und türkisches Fruchtgelee.

»Komm, Winston.« Sabrina verließ mit dem Wolfshund das Zimmer und stürmte nach unten. Bereits auf der Treppe rief sie nach dem Butler. »Ich brauche Zucker, Honig, Eier, Mandeln, Pistazien, Backpulver, Zitronen und Rosenwasser.«

»Sehr wohl, Mylady.« Forbes eilte seiner Herrin nach.

Baxter hielt ihn am Arm zurück. »Was bäckt die Herzogin diesmal?«

Forbes lächelte milde über die Unwissenheit seines Cousins. »Nougatkonfekt und Fruchtgelee natürlich.«

»Forbes, wo bleiben Sie?«

»Komme, Mylady …«

Gegen Mittag des folgenden Tages stand Sabrina vor dem Haus in der Park Lane. In einer Hand hielt sie eine Silberdose, mit der andern schlug sie den schweren Messingklopfer gegen das Portal. Ein hagerer, würdevoll aussehender Diener öffnete die schwere Tür, blickte hochmütig auf sie herab und fragte mit nasaler Stimme: »Sie wünschen?«

Eingeschüchtert zögerte Sabrina, doch dann stellte sie sich den blasierten Butler schieläugig vor. »Ich wünsche, den Marquis von Stonehurst zu sprechen«, entgegnete sie ebenso hochmütig.

»Wen darf ich melden?«

Seine Ehefrau, dachte Sabrina, sagte aber: »Lady Abingdon.«

»Sabrina, bist du das etwa?«, hörte sie Onkel Charles aus der Halle rufen, und: »Bitten Sie die Dame herein.«

Der Butler trat zur Seite und Sabrina lächelte, als der Herzog sie freudig begrüßte. »Was führt dich hierher? Ist etwas geschehen?«

»Ich muss mit Adam sprechen«, antwortete Sabrina und senkte den Blick. »Ich fürchte, Sie kennen den Grund.«

»Adam ist gestern nach Stonehurst abgereist«, erklärte Onkel Charles. »Eine Burg auf einer Insel, auf die er sich zurückzieht, wenn er allein sein will. Komm ins Arbeitszimmer, dort können wir ungestört reden.«

Der Herzog führte sie einen Flur entlang. Wo sie auch hinblickte, spürte sie Adams Gegenwart.

»Setz dich an den Kamin«, lud Onkel Charles sie ein. »Darf ich dir eine Erfrischung bringen lassen?«

Sabrina schüttelte den Kopf. »Dann stimmt es also?«

»Ja. Ihr wurdet als Kinder vermählt«, bestätigte der Herzog und nahm ihr gegenüber Platz. »Adam wollte dir die Wahrheit nicht vorenthalten, er wollte dir lediglich freie Entscheidung lassen, falls du ihn abgelehnt hättest.«

»Wieso habt ihr, Sie und mein Vater, uns als Kinder verheiratet?«, fragte Sabrina. »Ich denke, dieser barbarische Brauch wurde vor Jahrhunderten abgeschafft.«

»Nun, auch heute werden in wohlhabenden und aristokratischen Familien Heiraten arrangiert.«

»Es ist ein großer Unterschied zwischen einer arrangierten Heirat und unschuldigen Kindern eine Ehe aufzuzwingen«, versetzte Sabrina.

Der Herzog seufzte. »Wir drei dachten, ihr würdet zueinander passen.«

»Ihr drei?«, fragte Sabrina verblüfft.

»Henry, ich und dein leiblicher Vater«, erklärte der Herzog.

Sabrina sah ihn ungläubig an. »Sie wissen, wer mein leiblicher Vater ist? Aber auf meine Frage haben Sie mir ...«

»Vor vielen Jahren habe ich geschworen, dieses Geheimnis zu wahren«, entgegnete der Herzog. »Und wenn ich es jetzt lüfte, musst du mir versprechen, es für dich zu behalten.«

Sabrina nickte bedächtig. Sie hätte ihm alles versprochen. Der Augenblick war gekommen – endlich sollte sie Antwort auf die Frage erhalten, die sie ihr Leben lang gequält hatte. Sie sollte erfahren, woher sie kam, wer sie war.

»Dein leiblicher Vater ist Prinz Adolphus«, verkündete der Herzog feierlich.

»Prinz Adolphus?«, entfuhr es Sabrina. »Heißt das, König George ist mein Großvater und der Regent mein Onkel?«

Onkel Charles nickte ernsthaft. »Du wirst niemals anerkannt werden.«

»Und Courtney?«

»Prinz Adolphus hat euch beide gezeugt. Allerdings mit verschiedenen Frauen.«

Sabrina blickte in das Spiel der Flammen. Was war dringender, mit Adam zu sprechen oder mit Prinz Adolphus?

»Wer ist meine Mutter?«

»Das weiß ich nicht, aber ich habe einen bestimmten Verdacht«, antwortete er.

»Und wen betrifft dieser Verdacht?«

»Ich kann den Namen der Frau nicht nennen, da ich keine Gewissheit habe.«

»Prinz Adolphus wird es mir sagen.« Sabrina senkte den Blick auf ihre im Schoß gefalteten Hände. Nun, da sie die lange ersehnte Antwort wusste, stellte sich kein Gefühl der Erleichterung ein. Im Gegenteil, sie fühlte sich als Verräterin ihrem Vater gegenüber, und Enttäuschung breitete sich in ihr aus. Eltern, die sich nicht zu ihrem Kind bekannten, waren keine Eltern. Henry Savage hatte sie bei sich aufgenommen und sie geliebt wie seine eigene Tochter. Er war ihr echter Vater, nicht der Mann, der sie gezeugt hatte.

»Sabrina?«

Sie hob den Kopf. »Vielen Dank, dass Sie mir endlich die Wahrheit gesagt haben. Wann erwarten Sie Adam zurück? Ich muss mit ihm sprechen.«

»Wer kann das wissen?«, meinte Onkel Charles achselzuckend. »Wieso reist du nicht nach Stonehurst?«

»Wie weit ist es nach Stonehurst?«

»Zweihundert Meilen.«

Sabrina machte ein trauriges Gesicht. Eine so lange Reise stand außer Frage. Sie wäre mindestes eine Woche unterwegs und brauchte eine Anstandsdame als Reisegefährtin. Im Übrigen war eine so lange Reise mit Gefahren verbunden. Weder Tante Tess noch Belladonna würden sich auf dieses strapaziöse Abenteuer einlassen. Nein, sie musste wohl oder übel auf Adams Rückkehr warten.

»Eine Schiffsreise dauert nur einen Tag«, sagte Onkel Charles, als lese er ihre Gedanken. »Stonehurst liegt auf einer Insel vor der Küste von Cornwall.«

»Ich habe weder ein Schiff zur Verfügung noch eine Reisebegleiterin«, gab Sabrina zu bedenken. »Im Übrigen wäre es unschicklich, ihn zu besuchen. Was würden die Leute sagen?«

»Kind, du bist seine Gemahlin und brauchst keine Anstandsdame.«

Sabrina fuhr sich mit der Zunge über die Lippen. Eine Reise nach Stonehurst würde ihre Zukunft besiegeln. Dadurch wäre eine Annullierung der Ehe nicht mehr möglich. Aber wollte sie tatsächlich ohne Adam leben?

»Wie der Zufall es will, liegt ein Schiff meines Neffen in der Themsemündung vor Anker«, erklärte Onkel Charles. »Ich kenne den Kapitän und kündige ihm an, dass die Marquise von Stonehurst ihren Gemahl besuchen will.«

Sabrina lächelte. »Wann kann ich abreisen?«

»Heute Abend bei steigender Flut«, antwortete Onkel Charles. »Lauf und pack die Koffer. Ich nehme an, du willst deinen Wolfshund mitnehmen.«

»Selbstverständlich kommt Winston mit mir«, rief Sabrina begeistert und erhob sich.

»Ich lasse dich wissen, wann das Schiff Anker lichtet. Und ich werde dich persönlich zum Hafen bringen.«

»Vielen Dank, Onkel Charles.« Sabrina stellte sich auf Zehenspitzen und gab dem Herzog einen Kuss auf die Wange.

Kurze Zeit später stürmte Sabrina ins Haus am Grosvenor Square. Sie trug immer noch die Silberdose mit dem Konfekt in der Hand, hastete die Treppe hinauf und rief über die Schulter: »Schicken Sie mir zwei Mädchen herauf, die mir helfen, Koffer zu packen.«

»Koffer packen, Mylady?«, fragte Forbes verdattert.

»Ja. Wo ist meine Tante?«

»Im Salon mit den anderen Damen.«

Sabrina riss die Tür zum Salon auf und verharrte auf der Schwelle. Edgar Briggs plauderte angeregt mit den beiden Damen und ihrer Schwester. Dudley Egremont war ebenfalls zugegen.

Bei Sabrinas plötzlichem Eintreten erhob Briggs

sich und trat lächelnd auf sie zu. Sie hob abwehrend die Hand.

»Ich kann heute nicht mit dir plaudern, weil ich wieder Kopfschmerzen habe«, log Sabrina hastig. »Tante Tess, kann ich dich in meinem Zimmer sprechen?«

Lord Briggs ließ sich nicht beirren. »Das Londoner Wetter bekommt dir nicht. Ich hätte nicht zulassen dürfen, dass du nach London kommst.«

»Zulassen?«, wiederholte Sabrina ungläubig.

»Ich will dich nicht verlieren«, raunte Edgar so leise, dass nur sie ihn hören konnte.

»Ich habe dir nie gehört, also kannst du mich auch nicht verlieren«, versetzte Sabrina kühl, »dennoch können wir Freunde bleiben.«

»Der Marquis hasst mich«, entgegnete er gereizt.

Genau wie Winston, dachte Sabrina. »Können wir ein anderes Mal darüber sprechen? Ich bin in Eile.«

»Ich denke, du hast Kopfschmerzen.« Edgars Augen funkelten argwöhnisch.

»Ich bin in Eile, in mein Zimmer zu kommen.« Sabrina wandte sich an ihre Tante. »Kommst du? Wo ist eigentlich Winston?«

Tante Tess und Lady DeFaye verließen die Runde.

»Wir haben Winston in deinem Zimmer gelassen, weil er die Gäste erschreckt«, erklärte Tante Tess.

»Edgar, seien Sie ein Schatz und verabschieden Sie sich«, näselte Belladonna gedehnt. »Besuchen Sie uns wieder.« Sie legte den Arm um Sabrina und führte sie aus dem Salon. »Komm, Liebes. Ich habe genau die richtige Medizin für deine Kopfschmerzen.«

»Was hast du vor?«, fragte Tante Tess in Sabrinas Zimmer.

»Winston und ich reisen nach Stonehurst«, verkündete Sabrina. »Onkel Charles trifft schon Reisevorbereitungen.«

»Dem Himmel sei Dank, sie ist zur Vernunft gekommen«, rief Belladonna mit einem erleichterten Seufzer. »Was willst du über den Beischlaf mit deinem Gemahl wissen?«

»Beischlaf?« Sabrinas Wangen übergossen sich glühend rot. »Ich will nur mit Adam sprechen und möchte nicht auf seine Rückkehr warten.«

»Adam wird denken, du seist mit dem Vollzug der Ehe einverstanden, wenn du nach Stonehurst reist«, erklärte Belladonna.

»Richtig«, stimmte Tante Tess ein. »Du kannst gar nichts falsch machen, wenn du eine einfache Regel befolgst: Vertraue deinem Ehemann in jeder Hinsicht.«

Lady DeFaye nickte. »Adam wird dir zeigen, wie es gemacht wird.«

»Wie es gemacht wird?«, wiederholte Sabrina, und nun wich jede Farbe aus ihrem Gesicht.

»Du hast nichts zu befürchten«, versicherte Tante Tess und tätschelte ihr die Wange. »Wäre die Welt so dicht bevölkert, wenn der Akt nicht auch Freude bereiten würde?«

»Ganz und gar nicht! Die Menschheit wäre längst ausgestorben«, beantwortete Belladonna die rhetorische Frage der Freundin. Und dann fügte sie schmunzelnd hinzu: »Meines Wissens gab es nur eine unbefleckte Empfängnis, Liebes, und die fand vor nahezu zweitausend Jahren statt. Du siehst also, Millionen von Frauen fanden Gefallen daran, das Bett mit einem Mann zu teilen.«

An den Vollzug der Ehe hatte Sabrina in ihrem Eifer noch gar nicht gedacht, aber vermutlich hatte Belladonna Recht. Was auch geschehen mochte, sie war entschlossen, Adam aufzusuchen …

Bei Einbruch der Dunkelheit waren Sabrina und Winston in Adams Kabine an Bord der *Voyager* untergebracht. Sie hatte noch nie eine Seereise unternommen und hoffte, nicht seekrank zu werden.

Zweifel und Beklommenheit begannen erneut an ihr zu nagen. Mit dieser Reise war ihr Schicksal besiegelt. Sie würde Adams Ehefrau sein. War das ihr Wunsch? Wichtiger aber war die Frage: War es auch Adams Wunsch? Würde er sie nach all den bösen Worten, die sie ihm ins Gesicht geschleudert hatte, in die Arme schließen? Noch bedrückender war die bange Frage: Würde er sie zu seiner Frau machen und anschließend Rache nehmen für das, was sie ihm angetan hatte? Nein, diese Befürchtung war zu absurd, um sie in Betracht zu ziehen. Adam St. Aubyn war ein ehrenwerter Mann.

Dieser Gedanke beruhigte sie. Nachdem sie zugesehen hatte, wie der Wolfshund seine Mahlzeit wie üblich mit großem Appetit verzehrte, ließ sie sich vom sanften Schaukeln des Segelschiffs in den Schlaf wiegen.

Am nächsten Morgen war Sabrina bereits angezogen, als es an der Tür klopfte. »Herein«, rief sie.

Captain Tibbets betrat die Kabine, gefolgt von einem Schiffsjungen, der ein Tablett auf den Tisch stellte und wieder verschwand.

»Ein leichtes Frühstück wird Ihnen gut tun, während wir vor Anker gehen und bald von Bord gehen.«

»Sind wir schon da?«

Der Captain nickte. »Ich muss zurück zu meinen Pflichten an Bord und hole Sie in einer halben Stunde ab.«

Sabrina war zu aufgeregt, um einen Bissen zu essen. Sie stellte das Tablett auf den Fußboden und Winston machte sich umgehend über ihr Frühstück her.

Sabrina freute sich auf das Wiedersehen mit ihrem Ehemann.

Ihr Ehemann.

Sie lächelte in sich hinein. Die beiden Worte wärmten ihr das Herz. In ihre Freude, Adam wiederzusehen, mischte sich aber auch Besorgnis, er könnte sie abweisen und sie fortschicken.

Das zweite Klopfen lenkte sie von ihren Gedanken an Adam ab. »Mylady, sind Sie bereit?«

»Ja, Captain.«

Captain Tibbets trat ein und mit ihm zwei Seeleute, die ihre Koffer nach oben brachten.

Kein Nebel, dachte Sabrina, als sie die Stufen des schmalen Niedergangs hinaufgestiegen war und an Deck stand. Strahlender Sonnenschein begrüßte sie. Sie atmete die würzige Seeluft tief ein und blickte in einen wolkenlos blauen Himmel. Welche Wohltat nach dem düsteren, erstickenden Londoner Nebel.

»Dort drüben liegt Stonehurst«, erklärte der Captain und wies auf eine Insel in einer stillen Bucht.

Sabrina genoss einen atemberaubenden Blick auf eine Felseninsel, ein Juwel im blauen Meer, gekrönt von einer trutzigen mittelalterlichen Burg, wie ein verwunschenes Schloss in einer Märchenlandschaft.

»In den kleinen Häusern an der Bucht leben die Bediensteten Seiner Lordschaft«, erklärte der Kapitän. »Kommen Sie, Mylady. Das Boot, das uns zur Insel übersetzt, wartet bereits.«

Ein Beiboot war zu Wasser gelassen, in dem der Steuermann und mehrere Matrosen warteten. Erst jetzt wurde Sabrina klar, dass sie über eine Strickleiter in das Boot klettern musste.

»Und wie kommt Winston da runter?«, fragte sie.

»Keine Sorge. Wir lassen den Hund mit einer Seilwinde nach unten, wie wir es mit Kranken und Verletzten tun.«

Einige Männer bemühten sich, den zappelnden Hund in einer Art Schlinge festzugurten, die an einem

Seil befestigt war. Der Captain nahm Sabrina die Silberdose ab. »Sie klettern zuerst hinunter. Ich kümmere mich um den Hund.«

Er half ihr auf die Strickleiter und Sabrina begann den Abstieg. Unten wurde sie vom Steuermann in Empfang genommen. Danach wurde Winston heruntergelassen und der Kapitän bildete die Nachhut.

Die Seeleute ruderten das Boot zur Insel und zogen es auf den sandigen Strand in der Nähe des Dorfes. Einige Neugierige hatten sich eingefunden.

Captain Tibbets hob Sabrina aus dem Boot und reichte ihr die Silberdose. Winston sprang mit einem großen Satz an Land und erkundete die neue Welt umgehend und lief aufgeregt schnüffelnd den Strand entlang.

»Bitte, Mylady.« Captain Tibbets bot ihr die Hand. »Wir müssen noch diesen Pfad hinaufsteigen.«

Sabrina blickte zu den Burgmauern empor, die aus der Nähe bedrohlicher wirkten als vom Schiff.

»Es sind hundertunddreißig Stufen bis nach oben«, erklärte er.

»*Captain Tibbets*!«

Sabrina drehte sich nach der überaus vertrauten Stimme um und sah Abdul, der sich einen Weg durch die neugierigen Zuschauer bahnte und herangelaufen kam.

»Willkommen, meine Prinzessin«, grüßte Abdul ehrerbietig und verneigte sich tief vor Sabrina, die über die Art seiner Begrüßung und seine Worte stutzte. Woher wusste der Diener Adams Kosenamen für sie?

»Werden Sie uns begleiten?«, fragte Abdul den Kapitän.

»Ich übergebe Ihnen die Dame zu treuen Händen«, verneinte Tibbets. »Mein Schiff ist voll beladen und meine Leute wollen bald wieder Segel setzen.«

Abdul nickte und wandte sich an Sabrina. »Bitte folgen Sie mir.«

Sabrina verabschiedete sich von Tibbets und begann mit Abdul den steilen Aufstieg zum Gipfel. Winston rannte aufgeregt hin und her und nahm tausend neue Gerüche mit seiner großen Hundeschnauze auf.

Abdul führte Sabrina in eine große Halle, die eine kunstvoll geschnitzte Kassettendecke aus dunkler Eiche aufwies. An den weiß getünchten Wänden hingen riesige Ölgemälde, reich bestickte Banner und geschmiedete Wandleuchter. Auf schweren Eichendielen standen wuchtige Möbel aus dem Mittelalter. Eine Stirnwand wurde von einem mannshohen Kamin aus weißem Marmor eingenommen.

»Platz, Winston«, befahl Sabrina und bewunderte die Pracht des alten Rittersaals.

Ein untersetzter, rundlicher Mann eilte herbei und sagte etwas in einer fremden Sprache, die sie nicht verstand. Abdul antwortete in der fremden Sprache, worauf der Dicke sich tief vor Sabrina verbeugte und eilig die Halle verließ.

»Razi meldet Seiner Lordschaft Ihre Ankunft.« Auch Abdul verneigte sich tief und zog sich gleichfalls zurück.

Sabrina stand allein in der fremden Umgebung und alle Zweifel und Beklemmungen stürmten wieder auf sie ein. Sie fühlte sich als unwillkommener Eindringling. Sie gehörte nicht hierher.

Und dann betrat Adam den Saal. Zum ersten Mal achtete er nicht auf die überschwängliche Begrüßung des Wolfshunds, blieb unter dem mächtigen steinernen Torbogen stehen und blickte sie unverwandt an.

Sabrina sah ihn zum ersten Mal in lässiger Kleidung. Er trug schwarze Reithosen und ein dunkles offenes Hemd und sah noch blendender aus, als sie ihn in Erinnerung hatte.

»Was führt dich hierher?«, fragte Adam und trat näher.

Gütiger Himmel, er zeigt keinerlei Gefühlsregung, dachte Sabrina bang. *Ich bedeute ihm nichts.*

»Ich dachte, ich schau mal vorbei und entschuldige mich für mein schlechtes Benehmen«, sagte Sabrina mit einem zaghaften Lächeln.

Adam zog eine dunkle Braue hoch. »Du warst zufällig in der Nähe und wolltest nur mal reinschauen?«

»Ja, Mylord«, antwortete Sabrina, bemüht, ihr Lächeln zu verbergen, und senkte die Lider. Als er schwieg, wagte sie einen scheuen Blick und sah, dass er ihren Verlobungsring an der linken Hand fixierte.

»Ich bringe ein Friedensangebot«, sagte sie und hielt die Silberdose hoch.

»Was könnte das wohl sein?«, fragte er und suchte ihren Blick.

»Südliche Sonne und exotische Genüsse.«

Endlich lächelte Adam, trat noch näher, nahm ihr die Dose ab und stellte sie auf einen Tisch. Dann hob er ihre linke Hand an die Lippen. »Ich verzeihe dir, Prinzessin.«

»Und ich verzeihe dir, mich belogen zu haben«, sagte Sabrina und beeilte sich hinzuzufügen: »Vorausgesetzt, du belügst mich nie wieder.«

»Nie wieder Lügen«, versprach Adam.

»Auch keine Halbwahrheiten und Unterlassungen.«

Adam neigte lächelnd den Kopf.

Und Sabrina wusste, dass sein unwiderstehliches Lächeln sie ihr Leben lang an südliche Sonne erinnern würde.

Adam zog sie an sich und blickte ihr tief in die Augen. »Ich hätte einer Annullierung zugestimmt, wenn du dich in einen anderen Mann verliebt hättest.«

Sabrina legte ihm lächelnd die flache Hand an die Wange. »Ich weiß, du bist ein Gentleman.«

»Ich möchte dich küssen, bis mir die Sinne schwinden, und dir anschließend unser Heim zeigen«, sagte Adam. »Aber du siehst müde aus von der langen Reise. Ich zeige dir dein Zimmer.« Ehe er sie aus dem Saal führte, rief er dem rundlichen Diener zu: »Razi, bring ein Tablett mit gebratenen Eiern und Speck, frischen Brötchen und Tee für Mylady.«

»Ja, Herr.«

»Wieso nennt er dich *Herr*?«, fragte Sabrina.

»Razi kommt aus dem Orient, dort sagen Diener eben Herr statt *Mylord*.«

Adam führte sie eine Steintreppe in den zweiten Stock hinauf. Sabrina zögerte an der ersten Tür. »Dies ist nicht dein Zimmer«, sagte Adam und zog sie weiter.

»Ist es dein Zimmer?«, fragte sie.

»Die Tür führt in den unbewohnten Ostflügel«, erklärte er. »Geh nicht hinein. Es könnte gefährlich sein. Der Flügel ist baufällig und muss renoviert werden.«

Adam führte sie in ein riesiges, luxuriös ausgestattetes Schlafzimmer, in dem die Farben Hellblau und Elfenbeinweiß vorherrschten.

Sabrina durchquerte den Raum, trat an ein hohes Fenster und bewunderte den atemberaubend schönen Blick auf die Bucht, in die sich das Dorf Marazion schmiegte. Dann drehte sie sich um und fragte: »Wohin führt diese Tür?«

»In mein Zimmer«, antwortete Adam lächelnd.

Wieder brachte sie sein Lächeln zum Erröten. Ein Klopfen rettete sie vor noch größerer Verlegenheit. Razi brachte ein Tablett und stellte es auf den Tisch.

Sogleich war Winston zur Stelle und näherte seine Schnauze dem köstlich duftenden Essen.

»Platz, Winston!«, befahl Adam und der Hund gehorchte. »Setz dich und lass das Essen nicht kalt werden. Ich bringe Winston in die Küche, damit er etwas Ordentliches zwischen die Zähne bekommt.«

Sabrina setzte sich und nahm die Gabel zur Hand, hielt aber erschrocken inne, als sie spürte, wie Adam die Knöpfe ihres Kleids im Rücken öffnete.

»Wenn du gegessen hast, zieh dir etwas Bequemeres an«, raunte er nah an ihrem Ohr.

Sabrina war zu keiner Regung fähig. Sein Atem an ihrer Wange jagte ihr heiße und kalte Schauer über den Rücken.

»Komm, Winston.«

Sabrina sah, wie Adam im angrenzenden Ankleideraum verschwand und mit einem Morgenmantel zurückkehrte, ihn aufs Bett legte und das Zimmer verlassen wollte.

»Mylord«, rief sie.

An der Tür drehte Adam sich um, seine tiefblauen Augen senkten sich in die ihren, und sie vergaß beinahe, was sie sagen wollte.

»Keine Lügen mehr?« Sabrina hatte das dringende Bedürfnis, sich zu vergewissern.

»Ich gebe dir mein Wort«, versprach Adam. »Die Lügen haben endgültig ein Ende.«

12. Kapitel

Keine Lügen mehr. Diese Worte kamen ihr ins Gedächtnis, als sie die Augen Stunden später aufschlug.

Sabrina streckte sich gähnend, hob die linke Hand und betrachtete sinnend ihren Verlobungsring. Wie sehr hatte ihr Leben sich in wenigen Wochen verändert. Nun war sie die Gräfin von Abingdon, Marquise von Stonehurst und die illegitime Enkelin von König George III.

Der unvermutete gesellschaftliche Aufstieg enthob sie allerdings nicht ihrer Pflichten. Die wichtigste Aufgabe war nun, endlich zu beweisen, dass ihr Vater nicht Selbstmord begangen hatte.

Sabrina setzte sich auf und entdeckte eine rote Rose auf dem Kopfkissen neben sich. Sie lächelte über die Aufmerksamkeit ihres Ehemanns, gleichzeitig fühlte sie sich bei dem Gedanken, von Adam im Schlaf beobachtet worden zu sein, verlegen und schutzlos.

Neben der Rose lag ein Zettel; sie nahm ihn zur Hand und las: *Im Ankleidezimmer hängt Garderobe für dich.*

Sabrina sprang aus dem Bett und trat ans Fenster. Häuser und Bäume, die den kleinen Hafen säumten, warfen lange Schatten. Es war später Nachmittag, anscheinend hatte sie lange geschlafen.

Sie durchquerte das Zimmer und betrat den Ankleideraum, wo sie alles vorfand, was das Herz einer Frau begehrte. Kleider, Mäntel, Kostüme, Schuhe, Schals und Unterwäsche, kurzum alles, was zur Garderobe einer Dame gehörte.

Wem die Sachen wohl gehörten? Sabrinas Argwohn

war geweckt. Würde Adam ihr zumuten, die Kleider einer anderen Frau zu tragen?

Voraussetzung für eine glückliche Ehe ist gegenseitiges Vertrauen, ermahnte sie sich. Sie musste ihm vertrauen.

Sie wählte ein hellblaues Kleid aus feiner Merinowolle; ein farblich dazu abgestimmter Schal und blaue Schuhe vervollständigten ihre Garderobe. Nach einem letzten prüfenden Blick in den hohen Wandspiegel trat sie auf den Korridor.

Hinter der Tür, die zum Ostflügel führte, hörte Sabrina Stimmen und blieb stehen. Eine der Stimmen gehörte ihrem Ehemann, der in einer fremden Sprache redete.

Plötzlich wurde die Tür geöffnet und Sabrina wich erschrocken zurück. Razi trat auf den Flur und sah sie verblüfft an. Sabrina fühlte sich ertappt wie ein Lauscher an der Wand. Dann rief Razi etwas in der fremden Sprache.

Adam tauchte hinter ihm auf und schloss die Tür. »Bist du endlich wach?«

»Ich war wohl sehr müde«, antwortete Sabrina. »Ich wollte nicht an der Tür lauschen. Ich habe nur im Vorbeigehen deine Stimme gehört.«

»Komm, Prinzessin.« Adam reichte ihr die Hand. »Ich will dir unser Heim zeigen.«

Unser Heim, dachte Sabrina. Das klang so wunderbar nach Geborgenheit.

»Wem gehört das hübsche Kleid, das ich trage?«, fragte Sabrina auf der Treppe.

»Ich habe alle Kleider für dich anfertigen lassen, Prinzessin«, antwortete Adam.

»Wusstest du eigentlich so genau, dass ich mich bereit erkläre, deine Frau zu werden?«, fragte sie misstrauisch.

»Nein, Prinzessin, ich *hoffte*, du erklärst dich bereit,

meine Frau zu werden.« Seine Offenheit versetzte sie in Erstaunen.

Im ersten Stock befanden sich ein Salon, die Bibliothek und Adams Arbeitszimmer. Dort ließ Sabrina den Blick über die schweren Eichenmöbel schweifen, trat ans Fenster, das nach Süden führte, und blickte auf ein lang gestrecktes Glashaus.

»Was ist das?«, fragte sie.

»Mein Treibhaus. Ich züchte das ganze Jahr über Blumen. Die Rose zum Beispiel, die ich dir aufs Kopfkissen legte.«

Sabrina spürte seine Körperwärme nah an ihrem Rücken, und plötzlich wurden ihr die Knie schwach.

»Wollen wir uns die anderen Räume ansehen?«

Sabrina drehte sich um und lächelte zaghaft. Auf dem Weg zur Tür fiel ihr ein seltsames Schwert auf, das über dem Kamin hing. Der Elfenbeingriff hatte die Form eines Löwenhauptes, die Klinge war am Ende hochgebogen.

»Eine seltsame Waffe. So etwas habe ich noch nie gesehen«, sagte Sabrina.

»Ein Skipetarenschwert, wie es im Orient benutzt wird«, erklärte Adam.

»Furcht erregend. Woher hast du es?«

»Ich treibe Handel mit dem Orient«, antwortete er und sagte dann: »Ich will dir den Garten zeigen, bevor es dunkel wird.«

Adam und Sabrina betraten die große Halle, wo Winston lang gestreckt vor dem Kamin lag, den Kopf hob und freudig mit dem Schweif wedelte.

»Komm, Winston«, rief Sabrina ihn zu sich.

Winston wedelte weiter mit dem Schweif und legte den Kopf auf die Vorderpfoten.

»Er scheint sich den Bauch voll geschlagen zu haben und macht sein Verdauungsschläfchen«, erklärte Adam schmunzelnd.

Er führte Sabrina in den Küchentrakt, wo die Bediensteten eifrig mit der Vorbereitung des Abendessens beschäftigt waren.

Köchin und Mägde hielten in ihrer Arbeit inne und verneigten sich höflich. »Ich will euch eure neue Herrin vorstellen, die Marquise von Stonehurst«, verkündete Adam stolz. »Das Steckenpferd meiner Gemahlin ist Kochen und Backen. Erschreckt also nicht und geht ihr zur Hand, wenn sie plötzlich in der Küche auftaucht.«

Alle sahen sie erwartungsvoll an, offenbar wollten sie ein paar Worte von ihr hören. »Ich freue mich, hier zu sein«, sagte Sabrina schlicht, »und hoffe, euch eine gute Herrin zu sein.« Mit einem flüchtigen Blick suchte sie Adams Zustimmung, der ihr anerkennend zunickte.

Die Nordseite der Burg führte auf das Dorf Marazion in Cornwall. Die Ostseite wies auf die Meerenge von Lizard Point, dahinter erstreckte sich der Ärmelkanal. Im Süden hatte man einen weiten Blick über den Atlantischen Ozean.

Schließlich führte Adam sie ins Treibhaus, in dem ihr schwül-feuchte Luft entgegenschlug. Sabrina war entzückt von der Fülle der bunten Blumenpracht mitten im Winter. »Wie schaffst du es, das Gewächshaus so warm zu halten?«

»Meine Diener haben viele Geheimnisse aus dem Orient mitgebracht.«

Nach einem kurzen Rundgang durch die tropische Pflanzenwelt führte Adam sie zur Westseite des Anwesens. Am Horizont versank der Feuerball der Sonne in leuchtend roter Glut und Adam und Sabrina bewunderten in stummer Faszination das Naturschauspiel.

»Morgen darfst du mir bei der Pflege meiner Pflanzen helfen«, sagte Adam.

»Und du darfst mir bei der Zubereitung meines Konfekts helfen«, versetzte Sabrina.

»Abgemacht«, meinte Adam schmunzelnd. »Lass uns ins Haus gehen. Ich habe angeordnet, das Dinner früher als sonst zu servieren.«

Adam führte sie in ein behaglich eingerichtetes, kleines Esszimmer im Parterre, bat sie rechts von ihm Platz zu nehmen und goss Madeira in zwei Gläser. Winston setzte sich erwartungsvoll zwischen die beiden Stühle und fing an zu sabbern.

»Der Hund wird aber nicht mit uns essen«, sagte Adam.

»Aber Winston …«

Abdul erschien und hielt Razi die Tür auf, der ein Tablett trug. Winston hob die Schnauze und begrüßte Abdul überaus freundlich, der ihn hinter den Ohren kraulte.

»Komm, Hund«, forderte Abdul ihn auf. Der Wolfshund folgte dem Diener gehorsam wie ein Schoßhündchen.

»So kenne ich Winston gar nicht«, meinte Sabrina verblüfft.

»Abdul hat ein Stück Fleisch in seine Tasche gesteckt«, meinte Adam augenzwinkernd.

Sabrina lachte und betrachtete aufmerksam die vielen Schüsseln, die Razi auftrug.

»Was ist das alles?«

»Das hier ist Reis mit Hühnchen, Safran und Nüssen, dazu Fleischbällchen vom Lamm mit Koriander und Sesam gewürzt«, erklärte Adam und zeigte auf die jeweilige Schüssel. »Das ist gedünsteter Lauch. Und zum Nachtisch gibt es Käsekuchen mit Schlagsahne.«

Sabrina kostete von den Lammfleischbällchen. »Köstlich. Ich wusste gar nicht, dass die französische Küche exotische Gewürze kennt. Ich dachte immer, die Franzosen kochen mit reichlich Butter und Sahne.«

»Diese Speisen kommen aus dem Mittelmeerraum.«

»Aha. Aus Südfrankreich also.«

»Wie schön, dass du den Ring und die Brosche trägst«, sagte Adam mit rauchiger Stimme und sah ihr tief in die Augen. »Ein gutes Zeichen für unsere Zukunft.«

Sabrina errötete, um eine Antwort verlegen. Sie war eben erst im Begriff, sich auf der Burg ihres Gemahls einzugewöhnen, und war von den vielen neuen Eindrücken überwältigt. Irgendwie erschien ihr die ganze Situation unwirklich.

»Verwandelst du dich in einen schönen Prinzen, wenn ich dich küsse?«, fragte sie plötzlich.

Adam lächelte. »Küss mich und finde es heraus.«

Sabrina neigte sich ihm zu, schloss die Augen und hauchte ihm einen scheuen Kuss auf die Lippen. Dann schlug sie die Lider auf und sah ihm lange in die Augen. »Nein, du bist immer noch ein Frosch.«

»Und du bist ein unverbesserlicher Schelm.«

»Ich weiß endlich, wer mein leiblicher Vater ist«, sagte Sabrina und wechselte das Thema. »Aber ich habe versprochen, es für mich zu behalten.«

»Tatsächlich?« Adam zog eine dunkle Braue hoch und schien zu ihrer Verwunderung wenig beeindruckt zu sein.

Und dann ahnte sie den Grund seiner Gleichgültigkeit. »Du hast es gewusst«, stellte sie vorwurfsvoll fest.

»Ich bekenne mich schuldig«, sagte er. »Verzeih mir, aber ich habe versprochen, es für mich zu behalten.«

»Ich verzeihe dir.« Sabrina blickte lange ins Leere. »Ich habe so viele Fragen an Prinz Adolphus und würde gerne wissen, wer meine Mutter ist. Onkel Charles behauptet, er wisse es nicht.«

»Ich kann es dir auch nicht sagen.«

»Kannst du nicht oder willst du nicht?«

»Prinzessin, wenn ich wüsste, wer sie ist, würde ich ihr tausendmal danken, dich in die Welt gesetzt zu haben«, antwortete Adam ausweichend.

Sabrina errötete. Seine Schmeicheleien brachten sie wie immer in Verlegenheit.

»Erzähl mir von deiner Kindheit in Abingdon«, bat er.

»Da gibt es nicht viel zu erzählen. Ich wuchs unbeschwert und glücklich auf, bis ich erfuhr, dass ich adoptiert bin. Seitdem quält mich die Frage, wer meine leiblichen Eltern sind und warum sie mich weggegeben hatten.«

»Du hast dir nichts vorzuwerfen.« Adam nahm ihre Hand und suchte ihren Blick. »Da du aus freien Stücken zu mir nach Stonehurst gekommen bist, gehe ich davon aus, dass du auch den Wunsch hast, meine Frau zu sein.«

Sabrina spürte, wie ihr die Glut in die Wangen stieg. Sie senkte den Blick und nickte scheu.

Adam legte einen Finger an ihr Kinn, zwang sie sanft, den Kopf zu heben, und drückte ihr einen zarten Kuss auf den Mund. Danach erhob er sich, trat an die Anrichte und kam mit einer Schatulle wieder an den Tisch.

»Für dich«, sagte er und stellte das Kästchen vor sie hin.

»Was ist das?« Sabrina sah zu ihm auf.

»Deine Brautschatulle.«

Sabrina betrachtete verwundert das Kästchen aus Gold, das auf vier geschwungenen Füßen stand. Auf einer Seite waren zwei ineinander verschlungene Hände eingraviert, darunter die allegorischen Darstellungen von Vertrauen, Hoffnung, Weisheit und Liebe.

»Mach es auf«, forderte er.

Sabrina öffnete den Deckel und bekam große Augen, als sie den Inhalt erblickte. Die Schatulle war bis zum Rand mit schimmernden Goldmünzen gefüllt.

»So will es der Brauch in meinem Vaterland«, erklärte Adam stolz.

Sabrina sah verwundert zu ihm auf. »Vielen Dank. Aber ich habe kein Geschenk für dich.«

»O doch, Prinzessin. Du hast ein wunderschönes Geschenk für mich«, antwortete er und lächelte geheimnisvoll.

Sabrina sah ihn verständnislos an. Was meinte er wohl damit?

Adam streckte die Hand aus. »Komm, wir wollen uns zurückziehen.«

Panik krallte sich um ihr Herz. »Aber es ist noch früh am Abend.«

Adam blickte ihr tief in die Augen. »Vertrau mir, Prinzessin.«

Sabrina nickte beklommen und stand auf. Adam nahm sie bei der Hand, als wolle er sie zum Tanz führen, geleitete sie aus dem Esszimmer und die Treppe hinauf.

»In deinem Zimmer wartet ein Bad auf dich«, sagte er im Flur. »Wenn du bereit bist, dein neues Leben mit mir zu beginnen, komm durch die Verbindungstür in mein Zimmer.«

Vor dem Kaminfeuer in ihrem Schlafgemach stand eine dampfende Sitzwanne. Als Sabrina sich das Kleid aufknöpfte, nahm sie eine Bewegung in einem dunklen Winkel des Zimmers wahr. Eine Gestalt trat aus dem Schatten.

»Was tun Sie hier?«, fragte Sabrina erschrocken.

»Ich helfe Ihnen, sich zu entkleiden und zu baden», antwortete Razi. »Der Herr …«

»Verlassen Sie sofort mein Zimmer«, unterbrach Sabrina ihn mit schriller Stimme.

»Prinzessin, Sie verstehen nicht«, versetzte der dickleibige Diener mit einem unterwürfigen Lächeln. »Ich bin nicht wie andere Männer.«

»*Adam*!«

Razi trat zögernd auf sie zu.

»*Adam*!«

Die Tür flog auf und Adam stürmte herein. Erschrocken blickte er zwischen Sabrina und dem Diener hin und her.

»Sage diesem Mann, er soll augenblicklich …«

»Sie lehnt meine Dienste ab«, jammerte Razi und plapperte weinerlich in der ihr unverständlichen Sprache weiter.

Adam brachte ihn mit erhobener Hand zum Schweigen und redete in der fremden Sprache auf ihn ein, worauf Razi niedergeschlagen und mit einem gekränkten Blick zu Sabrina das Zimmer verließ.

»Bitte entschuldige das Missverständnis«, sagte Adam. »Nun kannst du ungestört dein Bad nehmen.«

»Das klang nicht französisch«, sagte Sabrina.

»Es war nicht französisch«, antwortete Adam. »Razi kommt aus Konstantinopel.« Die Verbindungstür fiel ins Schloss.

Sabrina blickte lange auf die Tür. Sie konnte sich des unheimlichen Gefühls nicht erwehren, dass die Dinge auf Stonehurst nicht so waren, wie es den Anschein hatte. Etwas stimmte nicht, und sie fand keine Erklärung, was es sein könnte.

Hatte Adam immer Geheimnisse vor ihr? Aber er hatte versprochen, in allen Dingen aufrichtig zu ihr zu sein. Ihr etwas zu verschweigen war eine Form der Lüge.

Ohne Aufrichtigkeit gab es kein Vertrauen. Ohne Vertrauen konnte eine Ehe nicht glücklich sein. Nein, schalt Sabrina sich, Adam hatte ihr sein Wort gegeben und würde ihre gemeinsame Zukunft nicht aufs Spiel setzen.

Sie entkleidete sich, stieg in die Wanne und streckte sich mit einem wohligen Seufzer im warmen Wasser aus. Träge griff sie nach der Seife auf dem Hocker neben der Wanne und atmete genüsslich den betörenden Rosenduft ein, der ihr entströmte, ehe sie sich einseifte.

Nachdem das Wasser abgekühlt war, stieg Sabrina aus der Wanne, trocknete sich ab und schlüpfte in das auf dem Bett bereit gelegte Nachthemd. Das seidige Gespinst war beinahe durchsichtig und enthüllte mehr, als es verbarg.

Sie blickte zweifelnd an sich herunter. Noch nie hatte sie ein sündiges Negligé getragen und wusste nicht, ob sie den Mut aufbrachte, sich darin ihrem Ehemann zu zeigen.

Gütiger Himmel, er war doch eigentlich ein Fremder für sie.

Schließlich nahm sie all ihren Mut zusammen, betrat das angrenzende Schlafzimmer und zog die Tür leise hinter sich zu.

Adam stand in einem mitternachtsblauen Seidenmantel vor dem Kamin.

Als er ihren Blick spürte, drehte er sich langsam zu ihr um und hätte beinahe laut aufgelacht über die unglückliche Miene seiner Braut, die aussah wie eine zum Tode Verurteilte.

Als er den Blick über ihre Gestalt gleiten ließ, regte sich ein süßes Sehnen in seinen Lenden, und sein Herzschlag beschleunigte sich. Sie war märchenhaft schön, schöner noch als in seiner Fantasie.

Adams Blick wanderte bewundernd ihre wohlgeformten Schenkel nach oben, von den verführerischen Rundungen ihrer Hüften bis zu den vorwitzig gereckten, rosigen Brustknospen, die sich gegen die durchsichtige Seide drängten. Diese Schönheit gehörte ihm. In wenigen Minuten würde er sich tief in sie versenken und sie in Besitz nehmen.

Sie ist unberührt, ermahnte er sich und sah ihr in die Augen. *Sei behutsam mit ihr, sonst wirst du es dein Leben lang bereuen.*

»Komm zu mir, Prinzessin«, bat Adam mit rauer Stimme und hob ihr die Hand entgegen. Zaghaft durchquerte Sabrina den Raum und trat zu ihm. Er hielt den Blick lange in die smaragdgrünen Tiefen ihrer Augen versenkt, ehe er ihre Hände an seine Lippen hob.

Adam streifte den Verlobungsring in Form einer Winterrose von ihrer linken Hand und steckte ihn an den Ringfinger ihrer rechten Hand. Dann griff er in die Tasche seines Seidenmantels und holte einen goldenen Ehering hervor.

»Mit diesem Ring mache ich dich zu meiner Gemahlin«, raunte er und steckte den ziselierten Reif an den Ringfinger ihrer linken Hand. *»Pour l'amour si douce«*, zitierte er die Inschrift. »Für unsere innige Liebe.«

Sabrinas Lächeln erinnerte ihn an die Sonne Südfrankreichs, die er so sehr liebte.

»Setz dich zu mir«, bat er. »Wir wollen ein Glas Champagner trinken und ein wenig plaudern.«

»Du willst nur plaudern?«, entfuhr es ihr.

Adam wusste nicht, ob sie erleichtert oder enttäuscht war. Er nahm ihre Hand und führte sie zur Couch. »Setz dich zu mir.«

Einen bangen Augenblick fürchtete er, sie würde ihm die Bitte abschlagen, doch dann setzte sie sich steif neben ihn.

»Prinzessin, sieh mich an«, bat er. Als sie den Blick hob, fragte er: »Hast du Angst?«

»Ich habe keine Angst«, widersprach sie tapfer. »Ich bin nur … besorgt.«

»Es gibt keinen Grund zur Besorgnis, glaube mir. Die Liebe ist ein Genuss, köstlicher als das feinste Konfekt.«

Ihr Lächeln ermutigte ihn. Und wieder ermahnte er sich, sie behutsam in die Wonnen der Liebe einzuweisen, und wünschte sich, mehr Erfahrung mit unberührten Jungfrauen zu haben.

»Möchtest du dich mit mir aufs Bett legen?«, fragte er.

Sabrina sah ihn mit großen, grünen Augen an, in denen sich ihre Angst spiegelte, und dann nickte sie zaghaft.

Ohne ihr Zeit zu geben, Protest einzulegen, hob Adam sie in seine Arme. Sabrina umschlang seinen Hals und ließ sich von ihm durchs Zimmer tragen und aufs Bett legen.

Adam legte sich neben sie und zog sie an sich. Seine Lippen fanden ihren Mund zu einem behutsamen Kuss, den Sabrina zunächst geschehen ließ, ehe sie ihn leidenschaftlich erwiderte.

»Keine Frau hat je meine Insel betreten«, sagte Adam. »Ich habe diesen Ort für dich bewahrt. Nur für dich.«

Sabrina lächelte und dann erstaunte sie ihn mit der Frage: »Sollten wir uns nicht ausziehen?«

»Willst du das?«

»Ja.«

Adam küsste sie auf den Mund, ehe er sich von ihr löste und sie geschickt aus dem Nachthemd schälte. Er weidete sich an ihrer makellosen Schönheit und sehnte sich danach, ihre rosafarbenen Brustspitzen zu küssen. Er ließ den Seidenmantel neben ihrem Nachthemd zu Boden gleiten und legte sich neben sie.

Adam zog seine Braut an seinen muskelgestählten Körper und genoss die wunderbare Empfindung, ihre weichen Rundungen zu fühlen. Er küsste sie leidenschaftlich und spürte, wie sie sich an ihn schmiegte. Ein leises Stöhnen entrang sich ihrer Kehle, als seine Hände ihre Brüste liebkosten. Er küsste ihren schlanken Hals und erkundete ihre zarte Haut mit Lippen und Zunge.

»Wie süß du bist«, raunte er und sein Mund umfing eine ihrer Brustknospen. Sabrina atmete flach und erregt und reckte sich seiner Zunge entgegen.

»Öffne deine Beine für mich«, befahl er heiser, drängte seine Zunge zwischen ihre Lippen und einen Finger in ihre heiße, feuchte Scham.

Sabrina versuchte, sich seinem Finger zu entwinden, doch Adam hielt sie mit sanftem Schenkeldruck fest, tauchte einen zweiten Finger in ihre Öffnung und spürte, wie ihre innere Muskulatur sich pulsierend daran festsaugte. Sie war eine wundervoll leidenschaftliche Frau.

»Dafür bist du geschaffen«, raunte Adam und blickte ihr in die Augen. »Dein Schoß sehnt sich nach mir.«

Er neigte den Kopf und küsste ihre hoch gereckten Brustspitzen, während seine Finger rhythmisch in ihr kreisten.

Sabrina begann die Hüften zu bewegen, wölbte sich seiner Liebkosung entgegen, wollte ihn tiefer in ihrem Schoß spüren.

Und plötzlich waren seine Finger fort. Sabrina stöhnte einen kehligen Protest, doch schon kniete Adam zwischen ihren Schenkeln und streichelte sie mit seiner Männlichkeit.

»Sag, dass du mich begehrst«, flüsterte er heiser.

»Ich begehre dich«, hauchte Sabrina fiebernd vor Verlangen.

Mit einem kraftvollen Stoß trieb Adam sich in sie und zerriss ihr Jungfernhäutchen. Sabrina schrie in jähem, unerwartetem Schmerz, doch er hielt sie umschlungen und verharrte reglos in ihr, bis sie sich an seine berstende Fülle gewöhnt hatte.

Dann begann er behutsam die Hüften zu bewegen und spornte sie an, sich mit ihm zu bewegen. Kribbelnde Wonneschauer durchrieselten Sabrina, Hitze wallte in ihre Leibesmitte, sie schlang die Beine um seine Hüften und bewegte sich mit ihm, wölbte sich seinen kräftigen Stößen im gleichen Rhythmus entgegen.

Plötzlich entrang sich ihr ein kehliger Schrei, als sie im Strudel ihrer Empfindungen ertrank, alles in ihr schmolz und sie in ihrer Erfüllung zerfloss. Erst dann verlor Adam die Beherrschung, bäumte sich auf und ergoss seinen Samen stöhnend und erbebend tief in ihr.

Danach lagen sie reglos, ineinander verschlungen, bis die Wellen ihrer Lust versiegten. Schließlich rollte Adam sich zur Seite und zog sie mit sich.

Er hauchte ihr einen Kuss auf die Wange und drückte sie enger an sich. »Wie fühlst du dich?«

»Gut. Und du?«

»Ich habe mich nie im Leben besser gefühlt«, antwortete er wohlig seufzend. »Schlaf jetzt.«

Sabrina barg den Kopf an seiner Schulter. Bald hörte er ihre regelmäßigen Atemzüge und wusste, dass sie eingeschlafen war.

Adam blickte starr zur Zimmerdecke und verfluchte sich, ein unverbesserlicher Narr zu sein. Er hatte das Undenkbare getan. Er hatte sein Herz an eine Frau verloren. *Und er hatte sie wieder belogen.*

13. Kapitel

Etwas Nasses kitzelte sie im Gesicht.

Mühsam tauchte Sabrina aus den Tiefen ihres Schlafes auf, öffnete die Augen und blickte in tiefschwarze Augen.

Schlapp! Winstons nasse Zunge fuhr ihr erneut übers Gesicht.

»Guten Morgen.« Sabrina lächelte und kraulte den Hund hinter den Ohren.

Gähnend richtete sie sich auf, hielt sich das Laken vor ihre nackten Brüste und blinzelte in den dämmrigen Raum. Vor dem Fenster begann der Tag gerade zu grauen.

Sie war allein. Das Laken fühlte sich noch warm an, wo ihr Gemahl gelegen hatte. Die Tür zum Flur stand einen Spalt offen.

Sabrina schlüpfte aus dem Bett und streifte das Nachthemd über. Auf bloßen Füßen tapste sie zur Tür, lugte in den Korridor und sah grade noch, wie Adam in der Tür zum Ostflügel verschwand.

Was hatte er so früh am Morgen dort zu tun? Sollte sie ihm folgen? Verheimlichte er ihr etwas, obwohl er ihr versprochen hatte, sie nie wieder zu belügen?

Sabrina tastete nach ihrem Ehering mit der Inschrift: *pour l'amour si douce. Für unsere innige Liebe.*

Dann betrachtete sie sinnend den Verlobungsring. Die Rose aus funkelnden Rubinen, daneben schimmernde Perlen in Form einer Anemonenblüte, von Diamanten umgeben, die auch im Halbdunkel des Flurs ihr kaltes Feuer versprühten.

»Lieblich und zart trotzt sie den Stürmen des Lebens …« Mit diesen Worten hatte Adam sie beschrieben.

Nein. Adam verdiente ihr Vertrauen, dachte Sabrina beschämt und schloss die Tür zum Flur. Er hatte versprochen, sie nie wieder zu belügen. Sie wollte und musste ihren Argwohn vergessen.

Sabrina trat ans Fenster. Der Himmel im Osten glühte orangefarben. Bald würde die Sonne aufgehen, es versprach wieder ein strahlender Tag zu werden.

Wieso bin ich hier mit einem Mann, dem ich nicht vertrauen kann? fragte Sabrina sich. Sie gehörte nicht hierher und nicht nach London. Sie sehnte sich nach Abingdon, ihrem Zuhause. Wie gerne hätte sie die Zeiger der Uhr zurückgedreht in eine unbeschwert glückliche Zeit, als ihr Vater noch lebte.

Mit einem Mal fühlte Sabrina Adams Gegenwart hinter sich, spürte, wie er ihre kupferrote Mähne zur Seite schob und ihr einen sanften Kuss in den Nacken hauchte.

Sie lehnte sich ohne Scheu an seinen muskulösen Körper und ein inniges Gefühl der Zärtlichkeit stieg in ihr hoch. Er umfing sie mit starken Armen und wölbte die Hände um ihre prallen Brüste, die sich durch den seidigen Stoff reckten. Seine Daumen umkreisten ihre Knospen; Sabrinas Atem beschleunigte sich.

»Warum bist du so früh wach?«, fragte Adam.

»Winston hat mich mit seinen nassen Küssen geweckt«, gurrte Sabrina.

Adam drehte sie in seinen Armen um und streifte ihr die Träger von den Schultern. Das Nachthemd fiel leise raschelnd zu Boden.

Sabrina öffnete seine Gürtelschlaufe und schob ihm den Morgenmantel von den Schultern, der sich zu ihrem Hemd gesellte. Sie schlang die Arme um Adams Hals und presste ihre Nacktheit an ihn.

»Nun wecke ich dich mit meinen Küssen«, flüsterte

Adam, hob sie in die Arme und trug sie zum Bett. Behutsam ließ er sie nieder und legte sich neben sie.

Er küsste sie innig und sehnsuchtsvoll und Sabrina erwiderte den Kuss mit gleicher Leidenschaft.

Sie spürte die federleichte Liebkosung seiner Hände an ihrer Wange, ihrem Hals, ihren Brüsten. Zärtlich tastete seine Hand sich tiefer über die Rundung ihrer Hüfte, die Innenseite ihres Schenkels entlang, und fand die feuchte Perle ihrer Weiblichkeit.

Bei seiner sanften Berührung durchflutete Sabrina eine heiße Welle des Verlangens, und sie brannte darauf, ihn ebenso zu berühren. Zunächst zaghaft ließ sie ihre Hand durch sein krauses Brusthaar gleiten, wagte sich weiter, bis sie sein Geschlecht fand, es mit seidigen Fingern liebkoste und spürte, wie es sich vergrößerte und hart wurde.

»Sieh mich an«, forderte Adam und tauchte einen Finger tief in sie.

Sabrina schlug die Augen auf und blickte ihn mit vor Verlangen verschwommenen Augen an.

»Sag mir, dass du mich begehrst«, raunte er heiser.

»Ich begehre dich«, hauchte sie.

Adam brachte sich zwischen ihren Schenkeln in Position, liebkoste sie mit seinem Geschlecht, ehe er die Hüften vorstieß und in sie eindrang.

Zunächst ritt Adam sie sanft, bewegte sich tief in ihr, lockte und neckte ihre Lust zu unerträglicher Erwartung. Sabrina schlang die Schenkel um seine Hüften, reckte sich seinen Stößen entgegen, bis die Liebenden ineinander verschlungen im wilden Tanz der Wollust, dem entfesselten Rausch ihrer Erfüllung entgegentaumelten. Ihre Lustschreie vereinten sich wie ihre Körper.

Adam rollte sich zur Seite und zog sie mit sich. »Wer hätte gedacht, dass ein züchtiges Fräulein aus Abingdon so leidenschaftlich sein kann?«

»Während ich keinen Zweifel an deiner Leidenschaft hegte, sobald ich den Klatsch hörte, der in London über dich verbreitet wird«, versetzte Sabrina schnippisch.

Adam lachte, dann fragte er: »Was möchtest du heute gern unternehmen?«

Sabrina blickte ihm tief in die Augen.

»Prinzessin, das haben wir gerade getan«, wehrte Adam lächelnd ab. »Ich möchte dir all meine exotischen Pflanzen zeigen. Ich habe auch Kräuterbeete angelegt.«

»Und hinterher darfst du mir beim Kochen zuschauen«, sagte Sabrina. »Wir essen in der Küche wie einfache Leute.«

»Willst du zu einfachen Leuten gehören?«

Sabrina nickte. »Einfache Leute wirken auf mich oft glücklicher als die Vornehmen und Reichen.«

Winston, der vor dem Kamin lag, spitzte die Ohren und knurrte leise. Und dann waren Geräusche hinter der Verbindungstür zu hören.

»Wer ist in meinem Zimmer?«, fragte Sabrina.

»Ich lasse ein Bad für dich bereiten«, erklärte Adam. »Razi klopft, wenn er damit fertig ist.«

»Was meinte Razi eigentlich, als er sagte, er sei nicht wie andere Männer?«, wollte Sabrina wissen.

»Nun, er meinte wohl, dass er sehr, sehr klein ist.«

Sabrina sah ihn mit zusammengekniffenen Augen an.

»Razi hat gelernt zu sehen, ohne wirklich zu sehen.«

»Das verstehe ich nicht.«

»Noch nicht. Eines Tages wirst du meine Worte verstehen. Vertrau mir, Prinzessin.«

Sabrina nickte.

Eine Stunde später war Sabrina gebadet und trug ein schlichtes weißes Morgenkleid. Sie bürstete ihr

Haar nach hinten und schlang es zu einem Nackenknoten. Dann legte sie sich einen Kaschmirschal um die Schultern und verließ das Zimmer. Am Ende des Flurs lag die Tür zum Ostflügel.

Sabrina ging darauf zu. Was hatte Adam am frühen Morgen darin zu tun gehabt? fragte sie sich wieder und blieb vor der Tür stehen. Was würde geschehen, wenn sie einen kurzen Blick hinter die Tür warf? Beging sie damit einen Vertrauensbruch?

Langsam hob Sabrina die Hand, zog sie hastig wieder zurück und benagte unschlüssig ihre Unterlippe.

Dann drehte sie beherzt den Türknauf.

Verschlossen.

»Sabrina?« Von der Treppe her hörte sie Adams Stimme.

»Ich komme«, antwortete sie und setzte ein freundliches Lächeln auf.

Auf dem Treppenabsatz im ersten Stock begegnete sie Adam, der sie in die Arme nahm und küsste. Dann hielt er sie eine Armeslänge von sich. »Du siehst etwas blass aus.«

»Mir geht es gut«, versicherte sie.

»Vielleicht hast du bereits ein Kind empfangen«, scherzte er auf dem Weg nach unten.

Sabrina sah ihn erschrocken an. Nur ein Blinder hätte ihr Entsetzen nicht bemerkt.

»Freust du dich nicht darauf, Mutter zu werden?«, fragte Adam enttäuscht.

»Natürlich wünsche ich mir Kinder«, antwortete Sabrina. »Es kam mir nur noch nicht in den Sinn. Ich hätte nicht gedacht, dass schon in der ersten Nacht …« Ihre Stimme verlor sich. Sie scheute sich, über solch intime Dinge zu sprechen.

»Verstehe.« Adam legte den Arm um ihre Schulter. »Die Natur hat es so eingerichtet, dass ein Mann und eine Frau nur ein einziges Mal vereint sein müssen, um neues Leben zu erschaffen.«

Sabrina nickte.

Kurz darauf betrat das Paar das Treibhaus. Eine Längsseite der Glaskonstruktion wies nach Süden. Die feucht-schwüle Luft war mit Blumendüften geschwängert.

»Die Pflanzen, die direkte Sonneneinstrahlung brauchen, stehen an der Südseite«, erklärte Adam. »Die Gewächse, die weniger Licht brauchen, an der Ost- und Westseite. Ganz hinten ist das Kräuterbeet, das man auch im Winter ernten kann. Winterharte Sträucher und Stauden bleiben natürlich draußen.«

»Sind das deine Winterrosen?«, fragte Sabrina und wies auf große Gefäße, in denen Rosenbüsche gepflanzt waren.

»Ja. Solche Rosen wachsen nur in Abingdon wild«, lächelte Adam.

Sie sah ihn verwirrt an und errötete, als sie begriff, was er damit meinte. Er schmeichelte ihr wieder.

»Rosen sind die ältesten Blumen der Menschheitsgeschichte«, erklärte er. »Jede Hochkultur – ob Persien, Indien, Griechenland oder das alte Rom – verehrte sie als die Blume der Liebe.«

Sabrina berührte eine zarte Rosenblüte. »Ich wusste nicht, dass die Rose eine so alte Kulturpflanze ist.«

»Ihr Engländer denkt, ihr hättet alles erfunden, dabei ist eure Liebe zu Rosen relativ jung«, fuhr Adam fort, brach die Rose und reichte sie ihr. »Es gibt eine bezaubernde Legende über eine Nachtigall und eine Rose. Eines Nachts sang die Nachtigall der weißen Rose ein Liebeslied. Sie errötete geschmeichelt und seitdem gibt es rosafarbene Rosen. Auf das Flehen der Nachtigall öffnete die Rose ihre Blütenblätter und die Nachtigall raubte ihr die Unschuld. Die Rose wurde vor Scham tiefrot und seitdem gibt es rote Rosen. Daraufhin sang die Nachtigall der Rose jede Nacht ihr Liebeslied, doch die Rose hielt ihren Blütenkelch geschlossen.«

»Wie schön und traurig zugleich«, sagte Sabrina verzaubert.

»Ich kenne noch eine Geschichte von einer Kletterpflanze«, sagte Adam.

»Ist sie traurig?«

»Ja.«

»Dann möchte ich sie heute nicht hören.«

»Du hast ein weiches Herz«, flüsterte Adam und näherte ihr seinen Mund, um sie zu küssen.

»Habe ich dir schon gesagt, wie köstlich du schmeckst?«, fragte Sabrina nach dem Kuss.

»Minze erfrischt den Atem.« Adam führte sie zu den Kräutern, pflückte ein paar Minzeblätter und gab sie ihr.

Sabrina steckte sie in den Mund. »Jetzt schmecke ich wie du.« Neben der Minze entdeckte sie Petersilie in einem Topf. Sie pflückte ein Sträußlein, um das Essen damit zu garnieren.

»Komm, Prinzessin.« Adam nahm sie bei der Hand. »Ich will dir alles zeigen.«

Er führte sie die langen Reihen der Pflanzen entlang, zeigte ihr Glockenblumen, sanft wippende flammende Herzen, Männertreu, rosafarbene Akeleien und viele andere mehr.

Sabrina lauschte begeistert den Geschichten, die Adam zu jeder Blume wusste und wie sie an ihren Namen gekommen war.

»Bist du hungrig?«, fragte er nach einer Weile.

Statt einer Antwort zog Sabrina sein Gesicht zu sich herab, küsste ihn auf den Mund und sagte: »Ich will keine geschlossenen Türen zwischen uns.«

»Niemals«, versprach er und hob ihre Hände an die Lippen.

Sabrina lächelte. Er wirkte so aufrichtig, aber die Tür zum Ostflügel war verschlossen. Oder war das, was dahinter lag, so uninteressant, dass er es nicht für erwähnenswert hielt? Sie würde die Antwort nie wissen, wenn sie nicht erfuhr, was hinter der Tür lag. Und wieder kreisten ihre Gedanken um Vertrauen und Zuneigung.

»Komm, mein Gemahl«, sagte sie. »Ich koche dir ein Mittagessen und wir speisen in der Küche.«

»Und tun so, als seien wir einfache Leute?«

»Du bist der Gärtner des Herzogs«, erklärte sie. »Und ich seine Köchin.«

»Und welcher Herzog soll das sein?«

Sabrina lächelte schelmisch. »Der Herzog von Kingston, selbstverständlich.«

Adam lachte und nahm ihre Hand. »Ich freue mich auf die nächsten vierzig oder fünfzig Jahre mit dir.«

Winston, der vor dem Gewächshaus gewartet hatte, begrüßte die beiden schweifwedelnd und folgte ihnen ins Haus. Die Dienstboten in der Küche wurden durch das unerwartete Auftauchen ihrer Herrschaft aufgescheucht.

»Ihr habt in den nächsten zwei Stunden frei«, verkündete Adam. »Meine Gemahlin und ich wollen die Küche für uns.«

Keiner rührte sich vom Fleck.

»Das heißt, ihr könnt gehen«, forderte Adam die Mägde auf.

Endlich kam Leben in die Schar; vor Aufregung stolperten sie übereinander her, um aus der Küche zu kommen.

»Gut gemacht, Mylord«, lobte Sabrina.

»Ich bin der Gärtner«, verbesserte Adam sie. »Vergiss das nicht. Platz, Winston.«

Der Wolfshund gehorchte augenblicklich.

»Wie schaffst du das?«, fragte Sabrina.

Adam lächelte. »Winston weiß genau, dass ich der Leithund in der Familie bin.«

»Was willst du essen, Leithund?«

»Etwas Leichtes.«

»Eine Eierspeise vielleicht?«

Adam nickte.

»Rühreier mit Champignons, gewürzt mit Trüffelöl«, schlug Sabrina vor.

Umsichtig wie eine richtige Hausfrau stellte Sabrina sich die nötigen Zutaten zurecht, während Adam sich an den Tisch setzte und ihr bei der Arbeit zuschaute.

»Ich habe James und Lily Armstrong wirklich gern«, sagte Sabrina über die Schulter.

»Wir können sie im Herbst in Schottland besuchen.«

»Haben James und Lily ein Schloss in Schottland?«

Adam nickte. »Alle Aristokraten gehen von Mitte August bis in den Spätherbst zur Moorhuhnjagd.«

»Ich habe nichts für die Jagd übrig«, sagte Sabrina.

»Ich auch nicht.«

Sabrina gab Butter und in Scheiben geschnittene Champignons in eine Pfanne und ließ sie ein paar Minuten dünsten. Dann fügte sie klein gehackte Petersilie und einige Tropfen Trüffelöl hinzu. »Prinz Adolphus weiß nicht, dass ich weiß, dass er mein Vater ist«, sagte sie. »Wie soll ich mich verhalten, wenn ich ihm das nächste Mal begegne?«

»Sei so, wie du bist, meine wunderbare Frau.«

Sabrina trat an den Tisch und küsste ihn. »Vielen Dank für das Kompliment.« Dann eilte sie zum Herd zurück, rührte Eier und Schlagsahne schaumig, würzte die Mischung mit Salz und Pfeffer und gab sie zu den Champignons in die Pfanne. »Ich habe ein schlechtes Gewissen, weil ich Courtney noch nichts gesagt habe. Ob sie mir verzeiht?«

»Wie könnte sie dir nicht verzeihen?«

Sabrina häufte die Eierspeise auf zwei Scheiben getoastetes Weißbrot, legte einen Zweig Petersilie darüber und stellte die Teller auf den Tisch.

»Das sieht aber köstlich aus«, lobte Adam, als Sabrina sich setzte. Und nach dem ersten Bissen fügte er hinzu: »Und es schmeckt noch besser, als es aussieht.«

Sabrina stellte einen Teller Rühreier für Winston auf den Fußboden, der sich sofort darüber hermachte. »Ich werde erst glücklich sein, wenn mein Vater in geweihter Erde ruht.«

»Ich kümmere mich darum, wenn wir wieder in London sind«, versprach Adam. »Sage mir, woran du dich noch an diesem Tag erinnerst.«

»Ich habe dir bereits gesagt, woran ich mich erinnere«, versetzte Sabrina achselzuckend.

»Stört es dich, wenn ich dir ein paar Fragen stelle?«

»Nein.«

»Was benutzte dein Vater?«

Sabrina sah ihn verständnislos an. »Ich verstehe nicht.«

»Hat er einen Strick benutzt oder einen Gürtel oder etwas anderes, um sich zu erhängen?«

»Mein Vater hat sich nicht erhängt«, widersprach Sabrina heftig. »Mein Vater ist durch Erhängen zu Tode gekommen.«

Adam lächelte. »Prinzessin, du würdest einen ausgezeichneten Anwalt abgeben. Bitte beantworte meine Frage.«

»Es war ein Strick.«

»Bewahrte er einen Strick in seinem Arbeitszimmer auf?«

»Nein. Ist das wichtig?«

»Möglicherweise. Entweder er hat an diesem Tag einen Strick in sein Arbeitszimmer gebracht oder ...«

»Ein anderer hat es getan«, führte sie den Satz zu Ende.

»War sein Genick gebrochen?«

»Ich weiß nicht.«

»War der Bluterguss an seinem Hals eine gerade Linie oder etwa V-förmig?«

Sabrina schloss die Augen und rief sich die grauenvolle Szene ins Gedächtnis. Sie sah Forbes und Edgar neben ihrem Vater knien. Sie trat zögernd näher und blickte auf seine leblose Gestalt.

»Der Bluterguss war V-förmig«, antwortete Sabrina und öffnete die Augen. »Ist das wichtig?«

»Ich will dir nichts vorenthalten«, antwortete Adam. »Aber eine V-förmige, blutunterlaufene Linie weist gewöhnlich auf Selbstmord hin, während eine gerade Linie auf Fremdeinwirkung schließen lässt.«

Sabrina war nach wie vor felsenfest davon überzeugt, dass ihr Vater nicht freiwillig aus dem Leben geschieden war. Nie und nimmer hätte er Courtney und sie allein und schutzlos zurückgelassen. Tränen traten ihr in die Augen. Mit erstickter Stimme versicherte sie: »Mein Vater hat nicht Selbstmord verübt.«

»Denkst du, er wurde ermordet?«

»Das habe ich nicht gesagt«, antwortete sie verzagt.

»Fest steht jedenfalls, dass der Tod deines Vaters kein Unfall war«, fuhr Adam fort und nahm ihre beiden Hände tröstend in die seinen. »Also bleiben nur Mord oder Selbstmord.«

»Du sagtest doch eben, ein V-förmiger Bluterguss weist auf Selbstmord hin«, versetzte Sabrina.

»Wenn er vorher betäubt und danach erhängt wurde, sähe der Bluterguss ebenfalls V-förmig aus und ließe auf Selbstmord schließen.«

»Mein Vater hatte keine Feinde.«

»Prinzessin, denk bitte scharf nach. Ist dir etwas

Ungewöhnliches in seinem Zimmer aufgefallen? War etwas in Unordnung? Fehlte etwas?«

»Nein, mir ist nichts dergleichen aufgefallen«, versicherte Sabrina, und ihr war klar, dass auch diese Aussage den Verdacht auf Selbstmord erhärtete.

»Wir werden das Rätsel mit logischen Schlussfolgerungen lösen. Du kanntest deinen Vater besser als jeder andere Mensch und du schließt Selbstmord aus. Also kommt nur Mord in Frage.«

Sabrina nickte.

»Lassen wir zunächst beiseite, wie der Mörder sich Zutritt in den von innen verschlossenen Raum verschaffen konnte, deinen Vater umbrachte und den Raum wieder verließ, ohne Spuren zu hinterlassen. Der Täter muss deinen Vater entweder gehasst oder sich von seinem Tod einen enormen Vorteil versprochen haben. Kennst du jemanden, der ihn gehasst hat?«

Sabrina schüttelte den Kopf. »Mein Vater war ein herzensguter Mann, der alle Menschen mit Respekt behandelte.«

»Dann muss der Täter jemand gewesen sein, der sich durch seinen Tod einen Gewinn versprach«, sagte Adam.

Sabrina hielt sich krampfhaft an den Armlehnen des Stuhls fest. Ein plötzliches Schwindelgefühl drohte ihr die Sinne zu rauben. Aus einem unerklärlichen Grund schoss ihr der Gedanke an Edgars Enttäuschung über die Ablehnung seines Heiratsantrags durch den Kopf, den sie hastig verdrängte. Edgar Briggs war ein Freund der Familie und würde nie im Traum daran denken, ihr und ihrer Familie etwas Böses anzutun. Es war absurd, ihn zu verdächtigen.

»Ich werde den Mörder finden«, sagte Adam. »Das verspreche ich dir.«

»Ja, ich glaube dir«, antwortete Sabrina mit einem dünnen Lächeln.

»Danke für dein Vertrauen, Prinzessin.« Um sie aus ihrer trüben Stimmung zu holen, wechselte er das Thema. »Ich esse die Garnierung gern.« Er nahm den Petersilienstängel hoch.

»Das ist Lachpetersilie«, erklärte Sabrina ernsthaft. »Die Legende sagt, man stirbt lachend, wenn man davon isst.«

»Ich lasse es auf den Versuch ankommen.« Adam steckte das Küchenkraut in den Mund und lachte über Sabrinas erschrockenen Gesichtsausdruck.

»Siehst du, es wirkt bereits«, sagte sie in gespieltem Entsetzen.

Adam warf den Kopf in den Nacken und lachte schallend. »Du musst auch davon essen, damit du mit mir stirbst.«

»Gib Winston davon«, versetzte Sabrina. »Ich habe noch nie einen lachenden Hund gesehen.«

Adam nahm einen zweiten Stängel Petersilie und versuchte ihn ihr in den Mund zu schieben. Sie presste die Lippen aufeinander, doch Adam kitzelte sie; als sie loslachte, schob er ihr die Petersilie in den Mund.

»Ich will dich haben, Frau«, verkündete er mit funkelnden Augen, stand auf und hob sie in seine Arme. »Die Dienstboten machen die Küche sauber.«

Winston blieb in der Halle bei Razi, während Adam seine junge Frau die Treppe hinauftrug.

»Ich verspeise dich zum Nachtisch«, raunte Adam, als er sie aufs Bett niederließ, sich neben sie legte und sie lange und innig küsste. »Prinzessin, du bist süßer als türkischer Honig und alle Leckereien des Orients …«

14. Kapitel

Vier Tage, dachte Sabrina. *Vier selige Tage und Nächte ehelichen Glücks.*

Nur im Unterhemd stand Sabrina am Fenster ihres Schlafzimmers. Der Regen prasselte in dichten Schauern gegen die Scheiben, das Dorf drüben an der Bucht war nicht mehr zu sehen.

Der erste Regentag seit ihrer Ankunft. Hoffentlich war dieser stürmische Regen kein schlechtes Vorzeichen für die Zukunft ihrer Ehe.

Sabrina liebte ihren Gemahl, das musste sie sich endlich eingestehen. Aber sie wollte ihm ihre Liebe erst bekennen, wenn sie seiner Liebe gewiss war. Adam aber schien nicht zu ahnen, wie sehr sie sich danach sehnte, die drei magischen Worte aus seinem Munde zu hören.

Allein die Ungewissheit, was sich hinter der Tür zum Ostflügel verbarg, war ein bitterer Wermutstropfen im Glück ihrer Zweisamkeit. Adam verschwand dreimal am Tag im Ostflügel – morgens, nachmittags und abends. Immer wieder hatte sie versucht, die Tür zu öffnen, und jedes Mal war sie verschlossen.

»Was halten Sie von diesem Kleid, Mylady?«, fragte eine Stimme hinter ihr.

Sabrina drehte sich zu ihrer neuen Zofe um. Tilly, ein siebzehnjähriges Mädchen aus dem Dorf, hatte Adam als Zofe für seine Gemahlin in seine Dienste genommen.

Tilly war begeistert, dem eintönigen Leben im Dorf zu entfliehen und der Marquise von Stonehurst zu dienen.

Sabrina begutachtete das dunkelgrüne Kleid mit

hoher Taille und plissiertem Mieder. »Ja, das gefällt mir.«

Tilly half ihr beim Ankleiden und schloss die winzigen Kugelknöpfe im Rücken. Dann reichte sie ihrer neuen Herrin ein passendes Schultertuch.

»Das andere Kleid nehme ich mit. Ich werde versuchen, die Weinflecken zu entfernen.« Tilly nahm das Kleid und verließ mit einem artigen Knicks das Zimmer.

Sabrina überlegte eine Weile, womit sie sich im Arbeitszimmer ihres Gatten beschäftigen sollte, während er an seinen Geschäftsbüchern arbeitete. Schließlich nahm sie ein Buch und ihre Handarbeit und ging nach unten. Es war ihr bereits zur Gewohnheit geworden, an der Tür zum Ostflügel stehen zu bleiben und den Knauf zu drehen – auch diesmal vergeblich.

Sie klopfte an Adams Arbeitszimmer und hörte sein »Herein«, das nicht sonderlich einladend klang.

Leise trat sie ein und schloss die Tür ebenso leise, um ihn nicht zu stören. Beim Anblick seiner gefurchten Stirn lächelte sie.

»Ist etwas nicht in Ordnung?«, fragte sie.

»Nein, nein. Ich verrechne mich nur bereits zum dritten Mal bei der Addition dieser Zahlenreihe«, meinte Adam und wies auf das Kontobuch auf dem Schreibtisch.

»Soll ich es mal versuchen?«, fragte Sabrina.

Adam schüttelte lächelnd den Kopf. Ihr Angebot schien ihn zu erheitern, wie Sabrina mit leichtem Unmut feststellte.

»Mach es dir bequem«, ermunterte er sie mit einer ausladenden Geste.

Sabrina trat an den Schreibtisch und drückte ihm einen Kuss auf die Wange. »Ich setze mich an den Kamin und beschäftige mich mit meiner Stickerei.«

»Ich bin bald fertig, dann können wir uns angenehmeren Dingen zuwenden.« Damit widmete Adam sich wieder seiner Zahlenreihe.

Sabrina trat an den Kamin, legte Buch und Stickrahmen beiseite und bemühte sich, den schweren Polstersessel umzudrehen.

»Was machst du da?«

Sie hob den Kopf. »Ich will den Sessel umdrehen, damit ich dich sehen kann.«

Adam stand lächelnd auf, kam zu ihr und drehte den großen Sessel herum. Nach einem liebevollen Klaps auf ihre Kehrseite begab er sich wieder an die Arbeit.

Sabrina machte es sich bequem. »Wo ist eigentlich Winston?«

»Vermutlich hat er sich den Bauch vollgeschlagen und döst vor dem Kamin in der Halle«, meinte Adam zerstreut.

»Dort wehen die köstlichen Gerüche von der Küche zu ihm herauf, und er kann von der nächsten Mahlzeit träumen«, meinte Sabrina schmunzelnd.

Adam vertiefte sich in seine Arbeit.

Sabrina blickte unschlüssig auf die mitgebrachten Dinge. Sollte sie lesen oder sticken? Schließlich entschied sie sich für das kleinere von beiden Übeln und wählte das Buch. *Vernunft und Gefühl* von Jane Austen. Nach den ersten Seiten wagte sie einen heimlichen Blick zu Adam hinüber.

Sabrina wusste nicht, was sie mehr an ihm liebte. Seine blauen Augen? Das mitternachtschwarze Haar? Oder war es sein unwiderstehliches Lächeln? Oder seine Intelligenz und Noblesse? Sie versuchte ihn sich als Knaben vorzustellen und lächelte still in sich hinein.

»Was tust du?«, fragte Adam und hob den Kopf.

»Ich schau dir zu«, antwortete sie scheu.

»Prinzessin, ich kann mich nicht konzentrieren,

wenn du mich beobachtest. Wieso beschäftigst du dich nicht mit deiner Stickerei?«

»Tut mir Leid.«

Sabrina legte das Buch beiseite und nahm den Stickrahmen zur Hand. Ihre Stiche waren wie üblich unbeholfen, schief und krumm. Dann verhedderte sich auch noch der Faden, gereizt riss sie an der Nadel und stach sich in den Finger. »Autsch!«

Adam blickte erschrocken auf.

»Ich habe mich nur in den Finger gestochen«, sagte sie, um sich für ihre neuerliche Störung zu entschuldigen.

»Ich fürchte, ich kann mich nicht konzentrieren, wenn du im Zimmer bist«, seufzte Adam und legte die Feder beiseite.

»Soll ich gehen?«, fragte Sabrina mit einem gekränkten Blick.

Adam schüttelte lächelnd den Kopf. »Wie wäre es mit einer Partie Schach?«

»Schach hat mich nie interessiert«, meinte Sabrina gelangweilt.

»Weil du noch nie mit mir gespielt hast.« Adam stand auf und streckte ihr einladend die Hand entgegen. »Komm, Prinzessin.«

Sabrina trat zu ihm und nahm seine Hand. »Wohin gehen wir?«

»Nach oben.« In der Halle rief Adam nach Razi, der umgehend erschien. »Bring das Schachbrett auf mein Zimmer.«

»Ja, Herr.«

Hand in Hand stiegen die Vermählten die Treppe hinauf.

In seinem Zimmer stocherte Adam die Glut im Kamin auf und legte neue Holzscheite nach. Bald erschien der Diener mit dem Schachtisch und verließ den Raum wieder.

Adam verriegelte die Tür und lächelte Sabrina an. »Hast du schon einmal Schach gespielt?«

»Gelegentlich.«

Adam stellte den kleinen Tisch vor den Kamin, rückte zwei Stühle zurecht und begann die Figuren aufzustellen. »Komm, Prinzessin.«

Sabrina setzte sich ihm gegenüber. »Wie willst du mir Schach schmackhaft machen?«

»Jeder Spieler, der eine Figur verliert, legt ein Kleidungsstück ab und der Verlierer zieht sich nackt aus«, erklärte Adam mit schelmisch blitzenden Augen. »Findest du das nicht interessant?«

Sabrina spürte die Hitze, die ihr in die Wangen stieg, und nickte zögernd.

»Zieh die Schuhe aus und mache es dir bequem«, schlug Adam vor.

»Du willst nur, dass ich weniger anhabe, damit ich schneller verliere«, entgegnete Sabrina argwöhnisch.

»Wie kannst du mir nur so etwas Schlechtes unterstellen?« Adam spielte den Entrüsteten. »Ich ziehe meine Schuhe auch aus.« Damit schleuderte er seine Pantoffel von sich.

»So gefällt es mir besser«, versetzte sie gedehnt und studierte die Schachfiguren. »Sind das Sachsen und Normannen?«

»Ja. Wir spielen die Schlacht bei Hastings nach«, erklärte er. »Willst du der weiße Wilhelm der Eroberer sein oder der schwarze Harold?«

»Ich nehme Weiß.«

Adam drehte das Schachbrett, bis die weißen Figuren vor ihr standen.

»Wer beginnt?«, fragte Sabrina.

»Wir wollen die Geschichte nicht verfälschen«, antwortete Adam. »Du machst den ersten Zug.«

Sabrina blickte lange auf das geordnete Schlachtfeld und eröffnete das Spiel, indem sie ihren Königsbauern zwei Felder vorrückte, um ihrer Dame und einem Springer die Bahn frei zu machen.

»Gute Eröffnung, Prinzessin.« Adam setzte mit seinem ersten Zug seinen Damespringer vor die Bauernreihe. »Wie oft hast du gespielt?«

»Lenk mich bitte nicht ab«, meinte Sabrina lächelnd. »Oder gehört das zu deiner Strategie?«

Adam sah ihr tief in die Augen. »Ich habe es nicht nötig, dich abzulenken, um eine Partie Schach zu gewinnen«, antwortete er und fuhr mit kehliger Stimme fort: »Aber es würde mir gefallen, wenn du durch dein Verlangen abgelenkt wirst.«

Die empfindsame Stelle zwischen ihren Schenkeln begann zu pochen, doch Sabrina zwang sich, sachlich zu bleiben. Mit ihrem Damebauern rückte sie zwei Felder vor, erweiterte damit den Spielraum ihrer Dame und gab ihrem zweiten Läufer freie Bahn. Nun waren ihre beiden Läufer zum Angriff bereit.

»Ich liebe dein kehliges Stöhnen, wenn die Leidenschaft deine Sinne berauscht«, sagte Adam und rückte seinen Königsbauern zwei Felder vor. Sein Springer und der Bauer bedrohten nun ihren Damebauern.

Sabrina gab vor, nicht auf seine Worte zu hören, und konzentrierte sich auf das Spiel. Dann rückte sie den Damebauern ein Feld vor und bedrohte seinen schwarzen Springer.

»Denkst du etwa, ich lasse mir meinen kostbaren Springer von einem lumpigen Bauern wegnehmen?« Adam brachte seinen Springer in Sicherheit.

»Mylord, woher soll ich wissen, was du denkst?«, versetzte Sabrina schnippisch.

»Das nehme ich als Kompliment«, meinte Adam schmunzelnd.

Sabrina zog einen anderen Bauern zwei Felder vor und bedrohte einen schwarzen Bauern.

Adam rückte seinen Damebauern ein Feld vor und

schützte seinen Königsbauern vor dem Angriff des weißen Bauern.

Sabrina konzentrierte sich auf die Figuren. Wenn sie seinen Königsbauern schlug, würde der Bauer, mit dem er soeben gezogen hatte, ihren Bauern schlagen. Also zog sie mit ihrem Königsspringer und bedrohte damit seinen Bauern und seinen Läufer.

»Habe ich dir schon gesagt, wie sehr es mir gefällt, wenn du meine Brustspitzen küsst?«, fragte sie gurrend, um ihn abzulenken.

Adam verlagerte das Gewicht, achtete nicht auf ihre Frage und zog die Brauen hoch. »Guter Zug, Prinzessin.«

Sabrinas Blick wurde von seinen Lenden angezogen. »Vielen Dank, Mylord«, flüsterte sie ein wenig atemlos.

»Aber leider nicht gut genug«, fügte Adam lächelnd hinzu.

Sabrina sah zu, wie er seinen Läufer vorrückte und ihren Springer bedrohte. Wenn sie ihn in Sicherheit brachte, würde er ihre Dame schlagen, die wichtigste Figur im Spiel.

Sabrina war gezwungen, ihre Streitkräfte zu mobilisieren. Sie brachte ihren zweiten Springer ins Spiel. Adam konterte mit einem Zug seines Springers und bedrohte damit ihren Bauern, der ihren Königsläufer schützte.

Statt ihren bedrohten Bauern zu sichern, ging Sabrina zum Gegenangriff über und bedrohte seinen Läufer, indem sie ihren Turmbauern ein Feld vorrückte. Adam schlug ihren Springer mit seinem Bauern.

»Zieh etwas aus, mein Schatz, vorzugsweise das Kleid«, sagte Adam mit einem sündigen Lächeln.

»Nun gut, aber du musst es mir aufknöpfen«, entgegnete Sabrina gelassen.

»Sei bitte vorsichtig beim Aufstehen«, meinte er.

»Nicht dass du das Schachbrett versehentlich umstößt.«

»So etwas würde ich nie tun«, versetzte sie mit Unschuldsmiene.

Adam trat hinter sie und öffnete ihr die Knöpfe im Rücken mit dem Geschick eines Mannes, der Dutzende Frauen entkleidet hatte. Er schob ihre schwere kupferfarbene Mähne beiseite, presste einen heißen Kuss in ihren Nacken und streifte ihr das Kleid von den Schultern, das raschelnd zu Boden sank.

»Dreh dich um«, flüsterte er an ihrem Ohr.

Als sie gehorchte, wanderte sein Blick begehrlich über ihre Gestalt. Sie trug nur Unterhemd, Strümpfe und Strumpfbänder. »Du würdest sogar einen Heiligen zur Sünde verleiten.«

»Ich nehme das als Kompliment«, entgegnete sie schnippisch und wiederholte seine Worte von vorhin.

Sabrina setzte sich und bedrohte Adams König mit ihrem Läufer. »Schach«, rief sie triumphierend, wohl wissend, dass er seinen König in Sicherheit bringen musste, ehe er ihre Dame angreifen konnte.

Adam zog mit einem Bauern ein Feld vor und postierte ihn zwischen seinen König und ihren Läufer.

Sabrina schlug seinen Bauern mit ihrem Damebauern und wusste, dass er sie für unaufmerksam hielt, da er jetzt ihre Dame bedrohte. Sie aber wollte den Krieg gewinnen, nicht die Schlacht.

»Zieh etwas aus, Mylord«, befahl sie.

»Hemd oder Hose?«, fragte er schelmisch.

»Das Hemd.«

Adam zog das Hemd über den Kopf und warf es zu Boden. Dann tappte er in ihre Falle und schlug ihre mächtige Dame mit seinem Läufer.

»Zieh dein Hemd aus«, befahl Adam heiter.

»Ich denke nicht daran.«

Sabrina streckte aufreizend ein Bein vor und rollte

langsam einen Seidenstrumpf nach unten, behielt aber das Strumpfband am Schenkel.

»Strümpfe und Strumpfbänder zählen paarweise«, protestierte Adam. »Zieh den zweiten Strumpf auch aus.«

Wortlos stand Sabrina auf und stellte den Fuß auf seinen Stuhl. Langsam rollte sie den zweiten Strumpf nach unten, zog ihn aus und setzte sich wieder.

»Du bist am Zug«, forderte Adam mit belegter Stimme.

Sabrina schlug den Bauern, der seinen Springer bewachte, wodurch sein König von ihrem Läufer bedroht wurde. »Schach«, rief sie. »Zieh deine Hose aus.«

»Mit Vergnügen, Mylady.« Adam knöpfte seine Hose auf, zog sie aus und warf sie von sich. Dann brachte er seinen König in Sicherheit.

Sabrina lächelte honigsüß, rückte mit ihrem Springer vor und bedrohte seinen König.

Mit einem verzweifelten Zug brachte Adam seinen König in Sicherheit.

Sabrina zog ihren Bauer ein Feld vor und verkündete: »Schachmatt.« Sein König saß endgültig in der Falle.

»Du spielst besser, als ich gedacht habe«, stellte Adam verblüfft fest.

»Vielen Dank, Mylord.« Sabrina lehnte sich triumphierend zurück. »Steh auf.«

Adam erhob sich augenzwinkernd und machte Anstalten, seine seidene Unterhose abzustreifen.

»Halt«, befahl Sabrina. »Vorher will ich dich genau ansehen.«

Adam blieb gehorsam stehen.

Sabrina umkreiste ihn langsam, ließ einen Finger über seinen Rücken gleiten, stellte sich auf Zehenspitzen und hauchte einen Kuss zwischen seine Schulterblätter. »Ich liebe es, wie deine Muskeln sich unter deiner seidigen Haut spannen«, gurrte sie.

Sabrina trat vor ihn hin, schlang die Arme um seinen Nacken, zog sein Gesicht zu sich herab und küsste ihn leidenschaftlich. Dann tasteten ihre Lippen seinen Hals abwärts, während ihre Finger seine Brusthöfe umreisten.

Adam zog den Atem scharf ein und Sabrinas Hände wanderten weiter und schoben seine Unterhose nach unten. »Güter Himmel, du hast in weniger als einer Woche große Fortschritte gemacht«, raunte Adam heiser.

»Ich habe von der verbotenen Frucht genascht«, flüsterte Sabrina und ließ ihre Zungenspitze um seine verhärtete Brustknospe tanzen.

Adam wollte sie in die Arme ziehen, doch sie schob seine Hände weg. »Ich habe die Partie gewonnen, Mylord.«

Sabrina ließ sich auf die Knie nieder, wölbte die Hände um seine Gesäßbacken und barg ihr Gesicht an seinen Lenden, nahm ihn in den Mund und saugte, bis sein Geschlecht prall erigiert war. Sie leckte hingebungsvoll und ließ ihre Zunge genüsslich um seine Eichel tanzen.

Beinahe grob zog Adam sie auf die Füße, küsste sie heiß, nass und innig und schob ihr die Träger von den Schultern.

Er trat einen Schritt zurück und genoss ihren Anblick. Nackt stand sie vor ihm, nur an jedem Schenkel trug sie ein Strumpfband. Ihre kupferfarbene Mähne wallte wie loderndes Feuer um ihre Schultern. Ihre Augen funkelten in kaum verhaltenem Verlangen.

»Berühre mich«, hauchte Sabrina. Adam streichelte ihre seidige Haut, neigte sich über sie und saugte an ihren gereckten Brustknospen. Er sank auf die Knie, tauchte seine Zunge zwischen ihre Schenkel und umflatterte die Perle ihrer Lust mit der Zungenspitze, bis sich Sabrina ein kehliges Stöhnen entrang. Seine Zunge teilte die feuchten, heißen Blütenblätter ihrer Weiblichkeit und drängte sich tief in ihre Furche.

Sabrina erbebte unter seinen Liebkosungen und zerfloss in einem Schauer süßer Wonnen an seinem Mund, stieß kleine Schreie aus, klammerte sich an ihm fest, als Welle um Welle pulsierender Zuckungen sie durchspülten.

Adam stand auf, hob sie in die Arme und trug sie zum Bett.

Und dann gab er ihr, wonach sie sich sehnte.

Adam trieb sich tief in sie, zog sich langsam zurück und schob sich wieder vor; er pfählte und neckte sie, bis sie in neuen berauschenden Wonneschauern zerbarst.

Ihre Lustschreie mischten sich, und gemeinsam schwebten Adam und Sabrina in den Gefilden ihrer Lust, bis sie still lagen und langsam in die Wirklichkeit zurückschwebten. Er legte sich zur Seite, zog sie mit sich, und ineinander verschlungen sanken sie in köstlich befriedigten Schlaf.

Sabrina tauchte aus den Tiefen ihres traumlosen Schlafs und schlug träge die Augen auf. Das Bett neben ihr war leer. Sie richtete sich auf und blinzelte in den dämmrigen Raum. Sie war allein.

Die Sonne war bereits untergegangen. Bald war es Zeit zum Abendessen. Sabrina stieg aus dem Bett und steifte das Unterhemd über. Schlaftrunken griff sie nach dem Hemd ihres Gatten und schlüpfte in die Ärmel.

Auf nackten Füßen tapste sie zur Tür und trat auf den Flur. Lautlos huschte sie den Korridor entlang zum Ostflügel, dessen Tür einen Spalt offen stand.

Aus Versehen oder absichtlich? Sollte sie eintreten oder nicht?

Sie fasste sich ein Herz, stieß die Tür weiter auf und trat ein. Und sie stand in einer fremden Welt.

Beim Anblick des prächtig ausgestatteten Raums hielt sie den Atem an. Die Wände waren mit ornamentierten, glänzenden Fliesen gekachelt, der Fußboden mit kostbaren orientalischen Seidenteppichen belegt. In der Mitte befand sich ein reich verziertes Kohlebecken aus Bronze, dessen rote Glut behagliche Wärme verbreitete.

Zur Rechten führte eine schmale Marmortreppe nach unten. Wie in Trance setzte Sabrina ihren Erkundungsgang fort. Der untere Raum war ebenso prachtvoll ausgestattet. Ein Alkoven an der Stirnseite zog sie in seinen Bann. Lautlos huschte sie auf den Seidenteppichen näher und verharrte reglos bei dem befremdlichen Anblick, der sich ihr bot.

Adam kniete auf einem Teppich, seine Stirn berührte den Boden, er bewegte die Lippen im stummen Gebet.

Es dauerte lange, ehe sie ihre Stimme fand. Dann fragte sie mit angstvoller Stimme: »Was tust du hier?«

Adam fuhr erschrocken hoch.

»Was tust du hier?«, fragte er mit dunkler Stimme. »Ich habe dir verboten, den Ostflügel zu betreten.«

»Wer bist du?« Sabrina wich vor seinem Zorn zurück.

»Ich bin dein Ehemann«, antwortete er unwirsch und erhob sich.

»Du hast mich belogen. Du bist nicht der, der du vorgibst zu sein«, beschuldigte sie ihn und blickte sich in dem orientalisch ausgestatteten Raum um. »Du bist ein Fremder.«

»Ich bin Adam St. Aubyn, der Marquis von Stonehurst, Erbe des Herzogs von Kingston.«

»Schluss mit den Lügen«, forderte Sabrina und blickte ihm unverwandt in die Augen. »Ich will die ganze Wahrheit wissen.«

»Lass uns dort drüben auf den Kissen Platz nehmen«, sagte Adam beschwichtigend und reichte ihr die Hand, die Sabrina ablehnte.

Sie durchquerte den Raum und ließ sich auf einem golddurchwirkten Kissen vor einem runden, mit Perlmutt eingelegten Tisch nieder und legte die gefalteten Hände auf die Tischplatte, um ihr erregtes Zittern zu verbergen.

»Was willst du wissen?«, fragte Adam und setzte sich ihr gegenüber.

»Wie wäre es zur Abwechslung mit der Wahrheit?«

»Sarkasmus kleidet dich schlecht«, entgegnete Adam kühl. »Mein wirklicher Name ist Karim Osmanli. Ich bin ein Prinz des osmanischen Reiches.«

»Ein Heide?«, entfuhr es ihr.

»In meiner Heimat bist du eine Heidin«, entgegnete er.

»Du hast mich unter Vorspiegelung falscher Tatsachen zu deiner Ehefrau gemacht«, beschuldigte Sabrina ihn. »Und du hast gelogen, als du mir versichert hast, mich nie wieder anzulügen.«

»Ich bitte um Vergebung, Prinzessin. Es war falsch, dich zu belügen.« In Adams Augen und in seiner Stimme lag tiefer Schmerz. Er wollte die Hand auf ihre gefalteten Hände legen, doch Sabrina zog sie hastig zurück.

»Deine Entschuldigung ist bedeutungslos, nur leere Worte«, versetzte Sabrina und senkte die Lider, um den Schmerz in seinen Augen nicht sehen zu müssen.

»Wirst du mich anhören?«, fragte er.

Sie antwortete mit einem knappen Nicken. Was er auch sagen würde, sie konnte ihm niemals verzeihen. Wenn sie ihm seine Lügen diesmal wieder vergab, würde er ihr morgen einfach andere Lügen auftischen.

»Zunächst fürchtete ich, du würdest mich als Ehemann ablehnen, und ich wollte dich nicht verlieren«, begann Adam. »Ihr Briten seid nicht sonderlich berühmt für Toleranz anderen Kulturen gegenüber.«

»Auch du bist Engländer«, entgegnete sie. »Oder etwa nicht?«

»Ja. Aber ich bin ebenso in einer anderen Kultur verwurzelt«, antwortete er. »Ich bin sowohl Moslem als auch Christ. Hier in der Einsamkeit von Stonehurst praktiziere ich meine islamische Religion, aber ich bin auch der Kirche von England verbunden, da ich ein englischer Aristokrat bin und von mir erwartet wird, dass ich dieser Religion angehöre.«

»Es hätte mich nicht gestört, wenn du einer keltischen Sekte angehörst. Aber du hast mich belogen«, entgegnete Sabrina kalt, tief gekränkt von seinem Mangel an Vertrauen.

»Prinzessin, ich entschuldige mich dafür, dir nicht vertraut zu haben«, sagte Adam leise. »Das war aber nicht der einzige Grund für mein Schweigen. Es gab noch anderes zu berücksichtigen. Wenn meine wahre Identität öffentlich bekannt wird, wäre mein Leben in Gefahr.«

»Bevor du mir erklärst, was das bedeutet«, versetzte Sabrina mit abwehrend erhobener Hand, »sag mir, ob mein Vater wusste, wer du wirklich bist.«

»Ja, Prinzessin, sowohl dein Adoptivvater als auch dein leiblicher Vater wussten, wer ich bin«, antwortete er.

Diese Tatsache überraschte Sabrina, die nie vermutet hätte, dass ihr geliebter Vater sie mit einem Fremden aus einem fremden Land vermählen würde. Was mochte ihn dazu bewogen haben?

Sabrina sah Adam in die Augen. »Weiß Tante Tess, wer du bist?«

»Wie gesagt, mein Leben steht auf dem Spiel, wenn meine Identität bekannt wird«, antwortete er. »Deine Tante kennt mich nur als Marquis von Stonehurst.«

»Bitte fahre fort.«

»Meine Mutter ist Charles St. Aubyns Schwester …«

»*Ist* oder *war* sie seine Schwester?«

»Meine Mutter lebt noch. Sie war die zweite Gemahlin des Großen Sultans, meines verstorbenen Vaters«, erklärte Adam. »Vor siebenundzwanzig Jahren wurde meine englische Mutter mit einem Aristokraten aus Südfrankreich verlobt. Auf der Schiffsreise in die Heimat ihres Verlobten, wo die Hochzeit stattfinden sollte, wurde sie von Piraten entführt und dem Sultan Abdul Hamid, meinem Vater, zum Geschenk gemacht. Nach dessen Tod wurde mein älterer Bruder zum Sultan ausgerufen. Meine Mutter schickte mich heimlich nach England, wo ich eine neue Identität annahm, da der Brauch in meinem Land mich in große Gefahr brachte.«

»Welcher Brauch?«

»Wenn ein neuer Sultan die Regierung antritt, sperrt er seine Brüder in einen goldenen Käfig«, erklärte Adam.

Sabrina starrte ihn voller Entsetzen an.

»Nun, es ist kein echter Käfig«, fügte Adam hinzu. »Aber strikter Hausarrest, was vergleichsweise menschenfreundlich ist. Bis vor nicht allzu langer Zeit wurden die Brüder des Sultans als potenzielle Rivalen zum Tode verurteilt.«

»Ein Sultan tötet seinen eigenen Bruder?«, entfuhr es Sabrina fassungslos.

»Wir Osmanen sind der Überzeugung, dass es nur einen Sultan geben darf«, fuhr Adam fort. »Das Amt des Sultans macht es erforderlich, sämtliche männlichen Anwärter auszuschalten, um Bürgerkrieg und Umsturz zu verhindern. Sieh dir doch dein eigenes Land an. Wie viele Kriege wurden ausgetragen, wie viel Blut wurde vergossen, weil ein Prinz dem anderen das Recht streitig machte, die Krone zu tragen.«

»Ich verstehe«, sagte Sabrina gedehnt. Nun begriff sie den Grund für die vielen Lügen. Dessen ungeachtet konnte sie ihm nicht verzeihen. Ihre Gefühle waren zu tief verletzt.

Wie sollte sie je wieder Vertrauen zu ihm fassen? Es wäre ihr Recht gewesen, von vornherein zu wissen, wer der Mann war, den sie heiraten sollte. Die ganze Situation war untragbar für sie. Dabei war ihr völlig gleichgültig, woher er kam. Wenn sie ihm aber diese Lüge vergab, würde sie ihn in einem Monat, einem Jahr bei der nächsten Lüge ertappen.

»Ich reise morgen nach London.« Sabrina straffte die Schultern und stählte sich gegen den Schmerz in Adams blauen Augen. »Ich brauche Zeit für mich, um nachzudenken.«

»Du kannst nicht abreisen.«

»Bin ich deine Gefangene?«

»Bitte sei nicht lächerlich.«

»Dann verlasse ich dich morgen«, sagte sie mit Bestimmtheit.

»Du bist meine Gemahlin, Prinzessin.« Adam sah ihr tief in die Augen. »Du kannst die Ehe nicht annullieren lassen. Und in eine Scheidung willige ich nicht ein. Du hast deine Wahl getroffen, als du zu mir gekommen bist. Unsere Schicksale sind miteinander verknüpft.«

»Ich pfeife auf dein Schicksal«, rief Sabrina empört und sprang auf. »Ich reise morgen ab oder du musst mich für den Rest meiner Tage in einen Kerker sperren.«

Adam stand ebenfalls auf und sah sie lange an. Schließlich neigte er den Kopf. »Ich lasse die nötigen Vorbereitungen treffen.«

»Diesmal reise ich über Land. Ich brauche Zeit, um meinen Verwandten gegenüberzutreten«, sagte Sabrina, die nicht wusste, ob sie erleichtert oder enttäuscht war. »Es bleibt dir überlassen zu … zu tun, was immer du willst.« Damit machte sie kehrt und ging zur Treppe.

»Sabrina?«

Sie blickte über die Schulter. »Ja?«

»Wohin gehst du jetzt?«

»In die Küche.«

Ein schwacher Abglanz seines Lächelns huschte über seine Lippen. »Ja, das dachte ich mir.«

Ohne ihn einer Antwort zu würdigen, stieg Sabrina die Treppe nach oben. Ihr Herz krampfte sich schmerzhaft zusammen bei dem Gefühl, alles Glück dieser Erde verloren zu haben.

15. Kapitel

»Winston, wir sind wieder daheim.« Sabrina streichelte den Wolfshund, der auf der Polsterbank ihr gegenüber döste.

Sechs Tage war sie alleine in der Kutsche gereist, da ihre Zofe Abduls Gesellschaft auf dem Kutschbock vorzog. Warum das törichte Mädchen sich vor dem lammfrommen Winston ängstigte, konnte Sabrina sich nicht erklären. Letztendlich war sie froh, allein mit ihrem Kummer zu sein und sich nicht um höfliche Konversation mit Tilly bemühen zu müssen, denn Winston schienen ihre tiefen Seufzer und Tränen nicht zu stören.

Zum hundertsten Mal fragte Sabrina sich, ob sie richtig gehandelt hatte, Adam zu verlassen. Sie liebte ihn aus tiefstem Herzen, aber es war ihr nicht möglich, mit einem Mann zu leben, von dem sie befürchten musste, ständig belogen zu werden. Dass er aus einem orientalischen Land stammte und einer fremden Religion angehörte, störte sie nicht im Geringsten. Was sie nicht dulden konnte, war seine Unaufrichtigkeit. Eine Annullierung der Ehe oder eine Scheidung stand außer Frage. Vorerst wollte sie sich mit einer Trennung begnügen, vielleicht würde Adam …

Der Wagenschlag wurde geöffnet. »Prinzessin, wir sind da«, verkündete Abdul.

Sabrina nickte. »Vergessen Sie nicht, mich *Mylady* zu nennen.«

»Ja, Prinzessin.« Abdul half ihr aus der Kutsche.

»Komm, Winston«, rief Sabrina.

Der Wolfshund sprang mit einem Satz aus dem Wagen und mit zwei weiteren Sätzen die Steinstufen zum Stadthaus am Grosvenor Square hinauf. Tilly folgte zaghaft ihrer Herrin.

»Willkommen daheim, Mylady«, grüßten Baxter und Forbes im Chor.

»Vielen Dank.« Sabrina betrat die Eingangshalle. »Forbes, Baxter, dies ist meine Zofe Tilly. Zeigt ihr mein Zimmer, damit sie die Koffer auspacken kann.«

Die beiden Diener schienen zu zögern und tauschten Blicke, die Sabrina nicht zu deuten wusste.

»Sehr wohl, wir kümmern uns um alles«, versicherte Forbes.

»Die Damen nehmen den Tee im Salon«, fügte Baxter hinzu.

»Komm, Winston«, rief Sabrina und eilte die Treppe hinauf. Beim Betreten des Salons verkündete sie mit lauter Stimme: »Ich habe mich von meinem Gemahl getrennt.«

»Liebes, tut mir Leid, das zu hören«, näselte Belladonna gedehnt. »Setz dich zu uns und lass dich bedauern.«

Niemand schien über die Nachricht erstaunt oder erschrocken zu sein. Sabrina begann argwöhnisch zu werden.

»Courtney, geh bitte auf dein Zimmer«, befahl Tante Tess. »Belladonna und ich haben mit Sabrina zu reden.«

Courtney setzte eine störrische Miene auf. »Ich bin alt genug, um …«

»Du bist ein unschuldiges, junges Mädchen«, fiel Tante Tess ihr ins Wort in einem Tonfall, der keine Widerrede duldete.

Courtney gehorchte. Unterwegs zur Tür brummte sie in sich hinein: »Immer werde ich weggeschickt, wenn es interessant wird.«

»Nun, Liebes, was stört dich an deinem Gemahl?«, fragte Belladonna.

»Adam hat mich über unsere Verlobung und unsere Ehe belogen«, beklagte Sabrina sich. »Und nachdem er mir versprochen hatte, mich nie wieder zu belügen, ertappte ich ihn bei einer Lüge über seine ...« Erschrocken hielt sie inne; beinahe hätte sie sein Geheimnis vor Tante Tess ausgeplaudert.

»Liebes, sei unbesorgt wegen Tess«, beruhigte Belladonna sie lächelnd. »Ich sah mich gezwungen, ihr die Wahrheit über deinen Gatten anzuvertrauen, und sie schwor mir hoch und heilig, das Geheimnis mit ins Grab zu nehmen. Nun weißt du also, wer Adam ist.«

»Er versäumte es, mir die ganze Wahrheit zu sagen«, fuhr Sabrina fort. »Ein Versäumnis ist eine stumme Lüge.«

Die beiden Damen tauschten wissende Blicke und lächelten. Sabrina konnte sich nicht erklären, was sie an ihren Worten so heiter fanden. Sich von seinem Ehemann zu trennen war nichts, worüber man sich lustig machen sollte.

»Wie entzückend naiv sie doch ist«, schmunzelte Belladonna.

Tess nickte und wandte sich an ihre Nichte. »Hättest du dich dem Marquis anvertraut, ehe du ihn näher kanntest?«

»Darum geht es nicht«, erwiderte Sabrina achselzuckend. »Er hätte mir die Wahrheit sagen müssen, als ich in Stonehurst war.«

»Liebes, Männer benehmen sich manchmal wie kleine Kinder«, meinte Belladonna beschwichtigend. »Als mein Neffe dir versprach, dich nie zu belügen, scheute er vermutlich davor zurück, dir die Wahrheit zu sagen. Ein Mann verliert sein Selbstvertrauen, wenn er gezwungen wird, Fehler einzugestehen. Und mein Neffe gehört zu den Menschen, die stets die Oberhand haben müssen.«

»Dein Fehler war, dass du ihm gestattet hast, die Oberhand zu gewinnen«, fügte Tante Tess hinzu.

»Ich erinnere mich an den ersten Streit zwischen meinem geliebten verstorbenen Francis und mir«, sagte Belladonna. »In unserer Hochzeitsnacht schleuderte mir Francis seine Hose vor die Füße und befahl: ›Zieh sie an.‹ – ›Ich denke nicht daran‹, empörte ich mich. ›Sie ist mir viel zu groß.‹ Francis blickte mir in die Augen und warnte: ›Vergiss nicht, Frau. In diesem Haus habe ich die Hosen an.‹«

»Was hast du erwidert?«, fragte Sabrina.

Belladonna lächelte verschmitzt. »Ich warf ihm meine Pluderhose vor die Füße und befahl: ›Zieh sie an.‹ Francis hielt sie hoch und sagte: ›In die komme ich nie rein.‹ Ich warnte ihn: ›Vergiss nicht, Ehemann. Wenn du dein Benehmen nicht änderst, kommst du tatsächlich nie rein.‹«

Tante Tess lachte schallend, selbst Sabrina brachte ein dünnes Lächeln zustande.

»Und wie hat Francis reagiert?«, fragte sie.

»Wie wohl? Er entschuldigte sich bei mir und änderte sein Benehmen«, antwortete Belladonna.

»Wenn du dem Marquis vergibst«, riet Tante Tess, »wird er dich nie wieder belügen.«

»Mein Neffe wird sich ändern«, pflichtete Belladonna der Freundin bei.

»Ich kann ihm nicht verzeihen«, entgegnete Sabrina störrisch.

»Da deine Ehe vollzogen wurde«, sagte Belladonna, »ist dein Platz an der Seite deines Ehemanns.«

»Und wenn ich nicht zu ihm zurückkehre?«

»Das wäre ausgesprochen töricht«, antwortete Tante Tess.

»Liebes, aus dem schlechten Gewissen eines Mannes lassen sich manche Vorteile ziehen«, sagte Belladonna. »Eine kluge Frau vergibt ihm und lässt sich ihre Großmut reich belohnen. Wenn du ihn aber warten lässt, wird er dich dafür büßen lassen, seine Gefühle verletzt zu haben.«

»Davon halte ich nicht viel«, entgegnete Sabrina. »Im Übrigen kann mein Gemahl nicht von mir erwarten, dass ich nach Stonehurst zurückkehre, da ich gerade erst in London angekommen bin. Ich schreibe ihm einen Brief und lasse mir ein paar Wochen Zeit, um die Situation reiflich durchzudenken.«

Die beiden Damen wechselten erneut Blicke und lächelten.

»Sie ist so unschuldig«, näselte Belladonna.

»Unschuld wirkt gelegentlich wie ein starkes Aphrodisiakum«, meinte Tess.

Belladonna nickte. »Wie wahr, wie wahr.«

»Wovon redet ihr eigentlich?«, fragte Sabrina.

»Dein Gemahl ist bereits vor Tagen in London eingetroffen«, verkündete Tante Tess.

»Wie bitte?«

»Du hast richtig gehört, Liebes«, bestätigte Belladonna schmunzelnd. »Während du tagelang mit der Kutsche unterwegs warst, nahm Adam das Schiff. Er hat deine Garderobe bereits in sein Haus in die Park Lane bringen lassen.«

»Er hat mein Eigentum gestohlen?« Sabrina sprang empört auf die Füße und stürmte zur Tür. »Damit kommt er nicht durch«, schäumte sie. »Ich lasse ihn verhaften.«

Ohne auf das Gelächter der Tanten zu achten, eilte Sabrina den Korridor entlang und die Treppe hinunter. Winston rannte aufgeregt vor ihr her. In der Halle griff sie nach ihrem Reisemantel, riss die Haustür auf und erstarrte.

»Vikar Dingle, was führt Sie hierher?«, rief Sabrina verblüfft und trat beiseite, um den Priester einzulassen.

»Ich muss Sie unter vier Augen sprechen«, sagte der Vikar ernsthaft. »Ist das möglich?«

»Ja, natürlich.« Sie ließ den Hund in der Halle und führte den Vikar in den großen Speisesaal. Nachdem sie die Flügeltüren geschlossen hatte, setzte sie sich ans Ende der langen Tafel und bat den Besucher, Platz zu nehmen.

»Ich bedauere, Sie nicht in den Salon führen zu können. Dort sitzen Tante Tess und Lady DeFaye beim Tee.«

»Nur keine Umstände«, sagte der Vikar und musterte ihr grünes Kleid. »Wie ich sehe, tragen Sie nicht mehr Trauer?«

Sabrinas Augen verengten sich. »Sind Sie nach London gereist, um mich deshalb zur Rede zu stellen?«

»Keineswegs. Lord Briggs bat mich, Sie aufzusuchen, da er der Meinung ist, Ihre Tante sei nicht in der Lage, Ihre körperlichen Triebe in Zaum zu halten.«

»Meine was?«, entrüstete Sabrina sich.

Vikar Dingle gab ihr mit einer Geste zu verstehen, dass er noch nicht fertig sei. »Lord Briggs fürchtet, Ihr Vertrauen in die St. Aubyns sei fehl am Platz«, fuhr er fort. »Und ich bin völlig seiner Meinung. Ich halte es für richtig, wenn Sie den Baron heiraten. Er wird Ihnen ein vorbildlicher Gatte sein.«

So war das also, dachte Sabrina bitter. Edgar glaubte, der Vikar könne ihre Meinung ändern und sie zur Heirat überreden.

»Ihre Sorge um mich in allen Ehren«, antwortete Sabrina mit ruhiger Stimme. »Bedauerlicherweise bin ich bereits mit dem Marquis von Stonehurst vermählt. Oder treten Sie etwa für Bigamie ein?«

»Davon hatte ich keine Ahnung«, antwortete der Priester verblüfft. »Es tut mir Leid, mich aufgedrängt zu haben. Briggs ist offenbar nicht davon unterrichtet.«

»Mein Vater und der Onkel des Marquis haben uns bereits als Kinder vermählt«, erklärte Sabrina. »Aus diesem Grund hat mein Vater Edgars Antrag abgelehnt.«

»Sind Sie sicher, dass diese Eheschließung vor der Kirche und dem Gesetz Gültigkeit hat?«

»Prinz Adolphus hat es mir persönlich bestätigt.«

»Dann kann es keinen Zweifel geben«, sagte der Priester. »Ihnen und Ihrem Herrn Gemahl meine herzlichen Glückwünsche. Werden Sie in Abingdon Wohnung nehmen?«

»Das weiß ich noch nicht«, antwortete Sabrina. »Vikar Dingle, würden Sie bitte noch einmal in Erwägung ziehen, meinen Vater in geweihter Erde zu bestatten?«

»Da die Kirche ihn offiziell als Selbstmörder erklärt hat, kann ich mich über diese Verfügung nicht hinwegsetzen«, antwortete er. »Ich bedaure, dass ich damals auf Lord Briggs gehört habe.«

Sabrina stutzte. »Wie meinen Sie das?«

»Ich hatte die Absicht, den Tod Ihres Vaters als Unfall zu deklarieren. Doch der Baron beharrte darauf, der Graf habe Selbstmord begangen.«

Sabrina stockte der Atem. »Ich hatte keine Ahnung, dass Edgar dahinterstecken könnte«, versetzte sie tonlos. Offenbar hegte Edgar einen tiefen Groll gegen ihren Vater, weil er seinen Antrag abgelehnt hatte. Wäre Edgar imstande, einen Mord zu begehen? Aus welchem Grund könnte er ein so schändliches Verbrechen begehen? Niemand tötet einen Menschen, um eine Ehefrau zu gewinnen.

Der Landbesitz. Dieser Gedanke schoss Sabrina wie ein Blitz durch den Kopf. Edgar hatte immer den Wunsch gehabt, ihre Besitzungen zusammenzulegen. Wie aber konnte sie ihm seine Schuld nachweisen?

»Lady Sabrina?«

Ihre Gedanken kehrten in die Gegenwart und zu Vikar Dingle zurück. »Haben Sie nochmals vielen Dank für Ihre Bemühungen«, sagte sie zerstreut. »Sie haben nur getan, was Sie für richtig hielten.«

Vikar Dingle lächelte erleichtert über ihre versöhnlichen Worte, offenbar hatte er eine Auseinandersetzung befürchtet.

»Ich bringe Sie zur Tür«, sagte Sabrina und geleitete ihn hinaus.

Sobald der Priester gegangen war, eilte sie mit gerafften Röcken die Treppe in den zweiten Stock hinauf, klopfte an Courtneys Tür und stürmte ins Zimmer. Courtney saß auf dem Sofa vor dem Kamin und Sabrina ließ sich atemlos neben sie nieder.

»Ich habe unglaubliche Neuigkeiten für dich«, platzte sie heraus. »Du musst mir versprechen, nicht in Ohnmacht zu sinken, nicht zu weinen, nicht zu schreien und keiner Menschenseele etwas davon zu erzählen.«

Courtney sah sie entgeistert an. »Ich verspreche es.«

»Prinz Adolphus ist unser Vater«, verkündete Sabrina ohne Einleitung.

»Was?«, schrie Courtney. »Woher weißt du das?«

Sabrina hob warnend den Zeigefinger. »Du hast es versprochen.«

Courtney nickte eifrig und atmete tief durch. »Woher weißt du das?«, wiederholte sie im Flüsterton.

»Onkel Charles hat es mir gestanden, bevor ich nach Stonehurst abreiste«, antwortete Sabrina. »Aus diesem Grund hat Vater mich mit Adam St. Aubyn vermählt. Und das ist auch der Grund, warum Adolphus sich um unseren gesellschaftlichen Erfolg bemühte.«

»Wieso hat er mich nicht als Kind vermählt?«, fragte Courtney.

Courtneys Frage war berechtigt. Doch Sabrina durfte ihr nicht erklären, dass Adam ein Prinz aus dem Orient war, der in England im Exil lebte. Hätte es zwei Prinzen gegeben, hätte ihr Vater vermutlich auch Courtney verheiratet.

»Mein Gott, wie bin ich froh, dass er mich nicht verheiratet hat«, sprudelte Courtney heraus. »Ach, Schwesterherz, ich bin wahnsinnig verliebt in Dudley Egremont. Er hat bei Onkel Charles um meine Hand angehalten. Wir wollten warten, bis Adam und du wieder in London seid, bevor wir unsere Verlobung bekanntgeben. Findest du nicht auch, dass Dudley der schönste und süßeste Mann ist, den du je gesehen hast?«

Sabrina verdrehte die Augen. »Hör zu, ich habe weitere aufregende Neuigkeiten für dich.«

»Was könnte es Aufregenderes geben, als von königlichem Geblüt zu sein?«, fragte Courtney.

»Ich habe den begründeten Verdacht, dass Edgar Briggs unseren Vater ermordet hat«, sagte Sabrina und hielt ihrer Schwester eilig den Mund zu, um ihren Schrei zu ersticken. Nah an ihrem Ohr flüsterte sie: »Versprich mir, nicht zu schreien, wenn ich meine Hand wegnehme.«

Courtney nickte heftig.

Langsam nahm Sabrina die Hand weg und atmete erleichtert auf.

»Woher weißt du das?«, fragte Courtney bang. »Was sollen wir tun?«

»Vikar Dingle sagte mir …«

»Vikar Dingle sagte dir, dass Edgar unseren Vater getötet hat?«

»Nein, Edgar schickte Vikar Dingle nach London, um mich zu überreden, ihn zu heiraten«, erklärte Sabrina. »Der Vikar berichtete mir, er wollte Vaters Tod als Unfall deklarieren, doch Edgar versicherte ihm, Vater habe Selbstmord verübt.«

»Dieser elende Schurke«, rief Courtney. »Aber wieso wünschte Edgar unserem Vater den Tod?«

»Edgar hat es selbst gestanden«, antwortete Sabrina. »Ihm ging es nur um den Landbesitz, und er war wütend, als Vater seinen Heiratsantrag ablehnte. Edgar rechnete damit, das Land bei einer Versteigerung günstig zu erwerben, da im Falle eines Selbstmords jeglicher Landbesitz an die Krone fällt. Aber er hatte nicht mit den St. Aubyns gerechnet. Das kann ich natürlich nicht vor Gericht beweisen, deshalb müssen wir einen Weg finden, ihm ein Geständnis zu entlocken.«

»Welche Schritte wird der Marquis unternehmen, um Edgar zu einem Geständnis zu veranlassen?«, fragte Courtney.

»Da ich mich mit meinem Gemahl überworfen habe, darf er nichts davon erfahren. Schwesterherz, Henry Savage war unser Vater. Es ist unsere Aufgabe, ihm ein ehrendes Angedenken zu bewahren«, sagte Sabrina beschwörend und fügte vorwurfsvoll hinzu: »Wie konntest du übrigens zulassen, dass der Marquis meine gesamte Habe aus dem Haus schaffen ließ?«

»Wie hätte ich ihn daran hindern können?«, verteidigte Courtney sich.

Sabrina nickte. »Bist du bereit, mir zu helfen, den Mörder unseres Vaters zu überführen?«

»Du hast mein Wort.«

Sabrina zog eine kupferfarbene Braue hoch. »Auch wenn ich gezwungen bin, dich als Köder zu benutzen?«

»Was hast du vor?«, fragte Courtney bang.

»Ich muss darüber nachdenken. Irgendwie muss es mir gelingen, Edgar glauben zu machen, er habe immer noch eine Chance, an unser Land zu kommen. Sprich bitte nicht mit Dudley Egremont darüber.«

Courtney presste die Lippen aufeinander.

»Ist Onkel Charles im Haus?«, fragte Sabrina im Aufstehen.

»Ja, ich glaube, er ist in seinem Arbeitszimmer.«

»Zunächst muss ich mit Seiner Lordschaft sprechen, danach fahre ich in die Park Lane. Wir sehen uns morgen.«

»Viel Glück, Schwesterherz«, rief Courtney ihr nach.

Sabrina eilte in die Halle hinunter, wo Abdul, Tilly und die beiden Butler warteten.

»Abdul, lassen Sie die Kutsche vorfahren«, rief sie und strebte dem Arbeitszimmer zu.

Sie klopfte und wurde von Onkel Charles freundlich begrüßt.

»Nur herein, Kind. Setz dich zu mir.«

Sabrina nahm vor dem Schreibtisch Platz.

»Nun, wie bekommt dir das Eheleben?«, fragte der Herzog.

»Die Antwort auf diese Frage kennen Sie vermutlich bereits«, antwortete Sabrina. »Ich bin nicht gekommen, um darüber zu sprechen. Ich bitte Sie um einen Gefallen.«

Onkel Charles neigte den Kopf. »Nur zu, Kind, nur zu.«

»Würden Sie Prinz Adolphus um eine Unterredung mit mir bitten, wenn möglich morgen Vormittag hier in diesem Haus?«

»Wird erledigt. Wäre dir elf Uhr angenehm?«

Sabrina nickte. »Vielen Dank, Onkel Charles.« Sie wollte aufstehen, doch der Herzog hielt sie zurück.

»Bitte bleib noch ein paar Minuten. Ich möchte mit dir über Adam sprechen.«

Sabrina wurde das Herz schwer. Sie glaubte nicht, die Kraft zu haben, über ihren Gemahl zu sprechen. Andererseits durfte sie dem Herzog das Gespräch nicht abschlagen, der ihr soeben einen großen Gefallen erwiesen hatte.

»Worüber wollen Sie reden?«

»Du musst dich mit Adam versöhnen. Mein Neffe liebt dich sehr.«

Sabrina lächelte müde. »Daran habe ich erhebliche Zweifel.«

»Es ist die Wahrheit. Vermutlich wird Adam dir das nicht gestehen, da er, wie du vielleicht bemerkt hast, ein sehr stolzer Mann ist.«

»Ja, das ist mir nicht entgangen.«

»Ich will dir ein paar Dinge über seine Vergangenheit erklären.«

»Darüber bin ich unterrichtet«, entgegnete Sabrina.

»Du kennst nur die Fakten«, widersprach Onkel Charles. »Du weißt nichts über seine Gefühle und seine Leiden.«

»Mein Ehemann musste leiden?« Sabrina beugte sich erstaunt vor.

»Er stand immer im Schatten seines älteren Bruders und war ein sehr schüchterner, verängstigter elfjähriger Knabe, als er in England ankam. Seine Mutter hatte ihn ins Exil geschickt – natürlich zu seinem Besten –, in ein fremdes Land mit fremden Sitten und Gebräuchen. Er war alt genug, um zu verstehen, warum er fortgeschickt wurde, aber noch zu unreif, um zu begreifen, welches Opfer seine Mutter für ihn brachte. Er fühlte sich von ihr verstoßen. Damit nicht genug, war er außerdem gezwungen, seine wahre Herkunft zu verleugnen.« Onkel Charles hielt inne und blickte Sabrina in die tränenfeuchten Augen. »Bevor er Jamie Armstrong in Eton kennen lernte, fühlte er sich dort als Außenseiter. Für seine Mitschüler war er ein verhasster Franzose in einer Zeit, als Napoleon Englands größter Feind war. Ein junger Mann – Cedric Appleby, der Graf von Stockton – war besonders grausam zu Adam. Er hetzte seine Kameraden gegen ihn auf, die ihm heimlich auflauerten und ihn verprügelten.«

»Mein Gott«, flüsterte Sabrina erschrocken.

»Zehn Feiglinge überfielen ihn und schlugen ihn halb tot«, fuhr Onkel Charles mit belegter Stimme fort. »Zehn gegen einen. Jamie fand ihn in einem Gebüsch hinter dem Rugbyfeld und ließ Adam von diesem Tag an nicht mehr aus den Augen.«

»Was wurde aus den zehn Angreifern?«

»Appleby wurde von der Schule verwiesen, und seine Komplizen wurden für einige Zeit suspendiert«, antwortete Onkel Charles und fügte mit einem matten Lächeln hinzu: »Später rächte Adam sich auf seine Weise.«

»Wie?«

»Vor drei Jahren gelang es ihm, Appleby durch einige geschäftliche Transaktionen zu ruinieren. Allerdings verbirgt sich hinter Adams harter Schale ein weicher Kern. Als er erfuhr, dass Apppleby kleine Kinder hat, die er nicht mehr ernähren konnte, sorgte Adam durch weitere Transaktionen dafür, dass Appleby wieder an sein Vermögen kam.«

Sabrina spürte, wie heiße Tränen über ihre Wangen rollten und wie sich ihre Kehle schmerzhaft zuschnürte.

Ihr Ehemann verbarg sein weiches Herz hinter einer Fassade der Arroganz und Herablassung.

Adam hatte die Totenglocke für ihren Vater geläutet.

Sie aber hatte ihm seine Herzensgüte schlecht vergolten.

Und dennoch konnte sie über seine fortwährenden Lügen nicht hinwegsehen. Mittlerweile milderte allerdings das Wissen um den Grund seiner Lügen ihren Groll.

»Vielen Dank, dass Sie mir das erzählt haben«, sagte Sabrina leise und erhob sich.

»Bitte sprich mit Adam nicht über diese Unterredung «, bat Onkel Charles. »Ich sorge dafür, dass Adolphus dir morgen um elf seine Aufwartung machen wird.«

Eine Viertelstunde später entstieg Sabrina der Karosse vor dem Stadthaus ihres Ehemanns. Da Adam ihre Anteilnahme nicht verstehen würde, nahm Sabrina sich vor, sich nicht anmerken zu lassen, dass sie von seiner unglücklichen Kindheit wusste. Mit gestrafften Schultern stieg sie die Treppe zum Portal hinauf wie ein General, dem seine Truppen folgten – Winston, Tilly und Abdul.

Sabrina schlug den Klopfer fest gegen das Eichenholz. Sogleich wurde die Tür einen Spalt geöffnet, wieder geschlossen und wieder geöffnet. Irgendwie schien die Tür mit sich zu kämpfen. Dann hörte Sabrina zwei erboste Stimmen.

»Ich öffne.«

»Nein, ich.«

»Ich bin der Butler Seiner Lordschaft.«

Und dann wurde die Tür endgültig aufgerissen. Higgins und Razi standen mit hochroten Gesichtern vor Sabrina.

»Guten Tag, Mylady«, grüßte Higgins förmlich. »Wir haben Sie erwartet.«

Razi verbeugte sich tief. »Willkommen, Pr. … Mylady.«

Sabrina betrat die Halle. »Tilly und Winston, ihr wartet hier.« Und zu Higgins gewandt sagte sie: »Wo finde ich Seine Lordschaft?«

»Ich nehme an, in seinem Arbeitszimmer«, antwortete der Butler. »Ich werde Sie ankündigen.«

»Nein, ich«, drängte Razi sich vor.

»Ich ziehe es vor, mich selbst anzukündigen«, entgegnete Sabrina und rauschte den Korridor entlang. Vor der Tür zögerte sie kurz, um sie dann ohne anzuklopfen zu öffnen.

Adam sprang auf die Füße. Jamie Armstrong war bei ihm, der sich bei Sabrinas unerwartetem Erscheinen gleichfalls erhob.

Sabrina maß ihren Ehemann mit strengem Blick und fragte barsch: »Mit welchem Recht lässt du mein Eigentum aus dem Haus schaffen?«

»Prinzessin, wir sind nicht allein«, versetzte Adam lächelnd, ohne auf ihren Zorn einzugehen.

»Ich wünsche, dass mir mein Eigentum umgehend zurückgebracht wird«, forderte Sabrina, ohne den Besucher zu beachten. »Ich wohne bei meiner Tante.«

Adam wandte sich an den Freund: »Würdest du uns freundlicherweise entschuldigen?«

Jamie Armstrong verneigte sich leicht in Adams und Sabrinas Richtung und verließ das Arbeitszimmer. Auf dem Korridor hörte Sabrina sein schallendes Lachen.

Adam suchte ihren Blick und sagte mit gefährlich leiser Stimme: »Benimm dich nie wieder so im Beisein eines Gastes. Hast du mich verstanden?«

Gütiger Himmel, er ist wütend, dachte Sabrina und wich vor Schreck einen Schritt zurück.

»Setz dich«, befahl Adam.

»Ich ziehe es vor zu stehen«, entgegnete Sabrina und hob die Stupsnase in die Luft.

Wortlos trat Adam um den Schreibtisch herum, hob sie in die Arme und setzte sich mit ihr in den nächststehenden Sessel. Sabrina versuchte sich zu wehren, doch Adam hielt seine Gefangene mit eisernem Griff fest. Da sie wusste, dass ihr Widerstand vergeblich war, wandte sie rebellisch das Gesicht ab.

»Hör mir gut zu, Prinzessin.« Adam drehte ihren

Kopf sanft, aber bestimmt zu sich. »Ich sage das nur ein einziges Mal.«

»Ich höre«, sagte sie knapp, den Blick auf seine Brust gerichtet.

»Eine Scheidung kommt ebenso wenig in Frage wie eine Annullierung unserer Ehe. Deshalb wirst du mit mir leben und mir Kinder gebären. Ansonsten trennen sich unsere Wege, wenn du das vorziehst.«

Sabrina hätte ihm gern ins Gesicht geschleudert, getrennte Wege interessierten sie nicht. Wonach sie sich sehnte, war ein liebender Ehemann, der ihr die Wahrheit sagte.

»Im Übrigen wird der Tag, an dem du auf die Idee kommst, eine leichtfertige Frau zu sein, dein letzter Tag auf dieser Erde sein«, fügte er kalt hinzu.

»Wovon redest du?«, fragte sie verdutzt und hob den Blick.

»Du wirst es bitter bereuen, wenn du dich mit dem Gedanken trägst, dir einen Liebhaber zu nehmen«, warnte Adam.

»Einen Liebhaber?«, schrie Sabrina und sprang von seinem Schoß. »Wofür hältst du mich? Dein Umgang mit leichtlebigen Flittchen scheint deinen Verstand verdorben zu haben!«

Sabrina funkelte ihn wütend an. Adam schien gegen ein Lächeln anzukämpfen. Machte er sich über sie lustig?

»Higgins wird dich auf dein Zimmer bringen. Dinner wird um Punkt sieben serviert. Guten Tag.«

Guten Tag? Welche Anmaßung! Wie konnte er es wagen, ihr Befehle zu erteilen wie ein Prinz. Na warte! Sie hatte Neuigkeiten für ihn. In ihren Augen war er kein Prinz, sondern ein aufgeblasener Lackaffe.

»Sie sind kein Prinz«, versetzte sie schneidend. »Sie, Mylord, sind eine hässliche Kröte.«

Und nun besaß er sogar die Frechheit, ihr dreist ins Gesicht zu lächeln. »Sie geben die Geschichte falsch wieder, Prinzessin. Die Prinzessin küsste einen *Frosch,* der sich in einen Prinzen verwandelte.«

»Zwischen einer Kröte und einem Frosch ist kein Unterschied!« Und wieder feixte Adam aufreizend. Wortlos rauschte Sabrina aus dem Zimmer. Eines wusste sie jetzt genau, er würde sie nicht bei ihrer Tante wohnen lassen, wie sie beabsichtigt hatte.

In der Halle wartete nur Razi, Higgins war nirgends zu sehen.

»Razi, zeigen Sie mir mein Zimmer«, sagte Sabrina, die sich plötzlich sehr erschöpft von der anstrengenden Reise und ihren Gefühlsaufwallungen fühlte. »Lassen Sie mir ein Bad aufs Zimmer bringen. Tilly, geh in die Küche und iss etwas. Wenn du fertig bist, bring mir einen Imbiss herauf. Vorher will ich baden.«

In ihrem Zimmer setzte Sabrina sich vor den Kamin und wartete, während Razi den Dienern Anweisung gab, die Wanne mit heißem Wasser zu füllen. Die Verbindungstür zum angrenzenden Zimmer war ihr gleich beim Eintreten aufgefallen. Es genügte ihrem Ehemann wohl nicht, sie zu zwingen, in seinem Haus zu leben, er wollte sie außerdem mit seiner Gegenwart belästigen.

»Ihr Bad ist bereit, meine Prinzessin«, kündigte Razi an.

Sabrina blickte über die Schulter. Die Diener waren gegangen, nur Razi stand noch unschlüssig da. Hoffentlich würde er nicht wieder versuchen, ihr beim Bad zu helfen.

»Sie können gehen, Razi«, sagte Sabrina müde und stand auf.

»Wie Sie wünschen, meine Prinzessin.« Der rundliche Diener rührte sich nicht vom Fleck.

»Was gibt's?«

»Sie sollten Ihrem Gemahl mehr Respekt entgegenbringen«, schalt Razi. »Ihr Gatte ist Ihr Herr und Meister und Sie haben ihn tief gekränkt. Sie sollten sich schämen.«

Sabrina zog eine Braue hoch. »Bin ich tatsächlich Ihre Prinzessin?«

»Ja.«

»Dann scheren Sie sich zum Teufel.«

Razi verbeugte sich tief und eilte zur Tür, wo er sich erneut verbeugte und verschwand.

Nachdem Sabrina gebadet hatte, schlüpfte sie in den Morgenmantel, den sie im Ankleidezimmer fand, legte sich aufs Bett und schlief ein; sie erwachte nicht einmal, als Tilly ein Tablett mit Tee und Sandwiches auf den Tisch stellte.

Um Punkt sieben verließ Sabrina das Zimmer in einem grün durchwirkten Brokatkleid. Sie hatte sich besondere Mühe mit ihrer Toilette gegeben und war entschlossen, Frieden mit ihrem Gemahl zu schließen. Da sie nun den Grund seiner Lügen kannte, würde die Zeit – so hoffte sie zumindest – auch die Wunden ihrer Seele heilen. Vielleicht hatte Adam sogar eine Idee, wie man Edgar aufs Glatteis führen könnte.

Higgins erwartete sie in der Halle und geleitete sie in einen großen Speisesaal, in dem sich einige Bedienstete zu schaffen machten. Der Butler rückte ihr den Stuhl am Kopfende der langen Tafel zurecht. Sabrina sah ihn verwirrt an. Bevor sie eine Frage an ihn richten konnte, wandte Higgins sich an die Dienstboten. »Ihr könnt gehen. Ich lege Mylady vor.«

Nachdem die Bediensteten sich zurückgezogen hatten, erklärte Higgins: »Seine Lordschaft ist ausgegangen und wird erst spät nach Hause kommen.«

»Danke, Higgins.« Sabrina fühlte sich gedemütigt und tief verletzt. Adam ließ sie an ihrem ersten Abend in London allein. Sie faltete die Hände im Schoß und bemühte sich um Gelassenheit.

Higgins legte ihr gebratenes Hühnchen mit Kartoffeln und Lauchgemüse vor und trug hinterher verschiedene Käsesorten auf, dazu reichte er Rotwein. Sabrina aß wenig. Ihr Magen verkrampfte sich und sie konnte kaum schlucken.

Schließlich wandte sie sich an Higgins, der an der Anrichte stand. »Gibt es eine frische Schürze in der Küche?«

»Ich denke doch, Mylady«, antwortete der Butler verdutzt.

»Gut.« Sabrina erhob sich. »Ich brauche Mehl, Butter, Zucker, Johannisbeergelee, Eier, Zitronen, Äpfel, Rosinen und Nüsse.«

»Wofür, um Gottes willen, Mylady?«

»Ich backe Kekse und Kuchen.«

In Higgins' Miene spiegelte sich blankes Entsetzen. »Kekse und Kuchen?«, wiederholte er fassungslos.

»Ja«, sagte Sabrina im Gehen. »Zitronenkekse und Nusskuchen.«

16. Kapitel

Sie liebte ihren Ehemann und wollte ihn wieder in die Arme schließen. Das wusste Sabrina mit der nämlichen Gewissheit, mit der sie wusste, dass sich kein Gramm Mehl mehr in der Vorratskammer befand.

Abgesehen von seinen wiederholten Lügen war Adam St. Aubyn alles, was sie von einem Mann erträumen konnte. Er sah blendend aus, war reich und von Adel. Darüber hinaus war er romantisch, gütig und ehrenhaft. *Und sie liebte ihn.*

Was konnte sie tun, um eine Versöhnung zu erreichen? Sabrina saß grübelnd auf dem Sofa vor dem Kamin in ihrem Schlafzimmer. Es würde wohl kaum genügen, wenn sie beim Frühstück erschien und sagte: »Es tut mir Leid, dich verlassen zu haben. Lass uns wieder von vorne anfangen.«

Oder wäre das möglich? Vielleicht wäre etwas mehr Feingefühl angebracht.

Sie musste es einfach versuchen, entschied Sabrina und erhob sich. Sie wollte zum Frühstück erscheinen, ihm sehnsüchtige Blicke zuwerfen, ein harmloses Gespräch beginnen, und der Rest würde sich von selbst fügen. Sie würde ihm von ihrem Gespräch mit Vikar Dingle berichten und gemeinsam mit ihm einen Plan ausarbeiten, um dem Mörder eine Falle zu stellen.

Mit Winston an ihrer Seite verließ Sabrina das Zimmer und eilte energisch den Korridor entlang.

Beim Betreten des Speisesaals sank ihr der Mut. Mühsam gelang es ihr, eine gleichmütige Miene beizubehalten. Der Raum war leer, nur Higgins eilte herbei und rückte ihr beflissen den Stuhl zurecht.

»Ich nehme nur eine Tasse Tee«, sagte Sabrina. »Ich habe keinen Appetit.«

»Mylady, Sie haben gestern Abend fast nichts gegessen«, versetzte Higgins besorgt. »Ich bringe Ihnen ein frisches Brötchen mit Butter.«

»Wie Sie meinen.« Sabrina blickte die Tafel entlang zum leeren Platz ihres Gemahls. »Hat Seine Lordschaft noch nicht gefrühstückt?«

»Ich habe ihn heute morgen noch nicht gesehen«, antwortete Higgins und wich ihrem Blick aus. »Darf ich Ihnen sagen, wie sehr die Dienerschaft sich über Ihre köstlichen Zitronenkekse gefreut hat? Sie schmecken ausgezeichnet.«

»Danke, Higgins«, entgegnete Sabrina lächelnd. »Freut mich, dass sie euch schmecken.«

Ein Diener trat ein und reichte ihr ein Schreiben mit dem Siegel des Herzogs von Kingston. Sie brach das Siegel auf und las. Dann wandte sie sich an den Butler: »Kann ein Diener nach dem Frühstück der Herzogin von Kinross eine Botschaft überbringen?«

»Selbstverständlich. Ich sage sogleich Bescheid.«

Sabrina sah, wie der Diener eine Zeitung neben Adams Gedeck legte. »Was ist das?«

»Die *Times*, Mylady.«

»Ich will einen Blick hineinwerfen.«

Der Diener brachte ihr die Zeitung und zog sich zurück.

Sabrina trank Tee, schlug die Zeitung auf und überflog sie. Auf der dritten Seite las sie eine Gesellschaftskolumne, in der über den Ball von Lady Meade am Vorabend berichtet wurde. Zur Überraschung aller Gäste erschien der Marquis von Stonehurst nicht mit seiner jungen Braut zur festlichen Gala, sondern in Begleitung der Gräfin von Rothbury. Der Reporter drückte sein Bedauern darüber aus, dass im Hause des Marquis der Ehesegen also möglicherweise schiefhänge.

Mit tränenverschleiertem Blick und wundem Herzen las Sabrina den Artikel. Adam betrog sie also mit der schönen Alexis Carstairs. Wie sollte sie diese Demütigung ertragen?

Heiße Tränen rollten ihr über die Wangen und tropften auf die Zeitung. Während sie alleine zu Hause speiste, amüsierte Adam sich mit seiner Geliebten und zeigte sich ungeniert mit ihr in der Öffentlichkeit.

So viel zu einer Versöhnung, dachte sie bitter.

Und dann stand Higgins neben ihr. »Mylady, womit kann ich Sie aufheitern?«, fragte der Butler mitfühlend.

Sein Mitgefühl brachte das Fass endgültig zum Überlaufen. »Wa-wa-Walnusspralinen«, schluchzte sie.

»Walnusspralinen?«, wiederholte er erstaunt. »Ich weiß nicht, ob wir welche …«

»Ich will sie backen, nicht essen«, fiel Sabrina ihm ins Wort.

»Trocknen Sie Ihre Tränen, Mylady«, entgegnete Higgins, dessen Miene sich aufhellte. »Sagen Sie mir nur, welche Zutaten Sie benötigen.«

Sabrina wischte die Tränen mit der Serviette ab. »Ich brauche Zucker, Eier, Rosenwasser, geschälte Walnüsse und Kokosraspeln.«

»Ich lasse alles besorgen«, versicherte er.

»Danke. Ich benötige die Zutaten bis zum Nachmittag.«

»Sehr wohl, Mylady.«

»Wird meine Nachricht zur Herzogin von Kinross gebracht?«

»Selbstredend, Mylady.«

Sabrina erhob sich und wollte den Speisesaal verlassen, als Adam eintrat – immer noch im Abendanzug –, sie kaum eines Blickes würdigte und seinen Platz am Ende der Tafel einnahm.

»Schwarzer Kaffee«, befahl er.

»Die Nachricht deiner Heldentaten erreichten noch vor dir das Haus«, sagte Sabrina verächtlich.

Adam sah sie schweigend an.

»Du hättest an meinem ersten Abend wenigstens mit mir dinieren können.«

»Ich dachte, du speist lieber allein«, antwortete er ungerührt.

»Du hast mich vor dem Personal gedemütigt.«

»Ich bin sehr müde heute Morgen«, entgegnete Adam. »Können wir später darüber sprechen?«

»Fall tot um und schmore in der Hölle!« Sabrina stürmte zur Tür.

»Higgins, was haben Sie über meine Zeitung geschüttet?«, hörte sie ihren Ehemann fragen.

»Die Tränen Ihrer Ladyschaft«, antwortete der Butler mit tiefer Missbilligung in der Stimme.

»Sabrina!«, rief Adam.

Sie blieb stehen.

»Wieso hast du auf meine Zeitung geweint?«

Sabrina drehte sich um und sah ihm lange in die Augen, ehe sie wortlos das Zimmer verließ.

»Verdammt, Sabrina. Wohin willst du?«

»Ich besuche meine Schwester«, rief sie über die Schulter.

Eine Viertelstunde später betrat Sabrina das stattliche Haus am Grosvenor Square. Forbes nahm ihr den Mantel ab und Baxter verkündete: »Seine Lordschaft und Seine Königliche Hoheit haben sich ins Arbeitszimmer begeben. Darf ich Sie anmelden?«

Sabrina schüttelte den Kopf. »Ich kenne den Weg.«

»Lady Sabrina?«, hielt Forbes sie zurück.

Sie sah den Butler fragend an.

»Sie haben geweint«, sagte Forbes. »Was hat der Marquis Ihnen angetan?«

Sabrina tätschelte ihm den Arm. »Danke für Ihre Anteilnahme. Es ist nichts.«

Forbes machte ein skeptisches Gesicht.

»An verletztem Stolz ist noch niemand gestorben«, versicherte Sabrina.

Vor dem Arbeitszimmer am Ende des Korridors verharrte Sabrina kurz, um sich zu sammeln. Dann holte sie tief Luft und klopfte.

»Herein«, rief Onkel Charles.

Sabrina setzte ein strahlendes Lächeln auf und trat ein. Die beiden Herren erhoben sich.

Sabrina versank in einen tiefen Hofknicks vor dem Prinzen und begrüßte Onkel Charles, der ihr auf halbem Wege entgegenkam.

»Kind, wie hübsch du aussiehst.« Onkel Charles küsste ihr die Hand. »Die Ehe mit meinem Neffen scheint dir zu bekommen. Ich weiß, dass du mit dem Prinzen unter vier Augen sprechen willst.« Damit wandte er sich an Adolphus. »Ich warte in der Halle.«

Sabrina schenkte dem Prinzen ein Lächeln und nahm auf einem Polstersessel vor dem Schreibtisch Platz.

»Wie gut, Sie wiederzusehen, meine Liebe«, grüßte Adolphus. »Wie gut … wie gut. Charles teilte mir mit, Sie wollten einige wichtige Dinge mit mir besprechen.«

»Ja, Königliche Hoheit«, sagte Sabrina und sah ihm unverwandt in die Augen. »Ich weiß, dass Sie mein leiblicher Vater sind.«

Prinz Adolphus wirkte nicht im Geringsten überrascht. »Dann hat Charles es dir also verraten, wie? Es war wohl auch Zeit …«

»Dazu habe ich einige Fragen«, sagte sie.

»Nur zu, nur zu.«

»Warum haben Sie mich als Kind mit dem Marquis von Stonehurst vermählt?«

»Nun, mein Kind, ich kenne die Geschichte von Adam St. Aubyn«, erklärte der Prinz. »Du warst eine nicht anerkannte Prinzessin und er ein exilierter Prinz eines alten Herrschergeschlechts. Deshalb erachtete ich die Verbindung von Vorteil. Eine Heirat mit dem Marquis von Stonehurst sicherte dir außerdem einen geachteten Platz in der Gesellschaft. Wir alle waren übereinstimmend der Meinung, dass die Verbindung ausgezeichnet war. Ja, ausgezeichnet … ausgezeichnet.«

»Und Courtney? Warum haben Sie keine Vermählung für meine Schwester arrangiert?«

Adolphus lächelte. »Warum wohl, Kind? Weil kein passender Prinz zur Verfügung stand. Prinzen wachsen schließlich nicht auf Bäumen. Hätte es noch einen Prinzen gegeben, hätte ich auch für sie eine solche Verbindung arrangiert.«

Sabrina nickte. »Ich möchte wissen, wer meine Mutter ist.«

Prinz Adolphus verzog das Gesicht und wandte den Blick, offenbar unschlüssig, was er antworten sollte. Schließlich sah er sie lächelnd an. »Du besitzt die Schönheit und das Temperament deiner Mutter.«

»Ihr Name?«

»Madame Esmeralda.«

Sabrina stockte der Atem. Sie hatte während des Debütantinnenballs mit der Sängerin gesprochen, ohne zu ahnen, dass Esmeralda ihre Mutter war.

»Weiß sie …?« Sabrina hielt inne, unsicher, ob sie die Antwort hören wollte.

Prinz Adolphus nickte. »Aus diesem Grund willigte Esmeralda ein, auf deinem Ball zu singen. Es sollte ein Geschenk für dich sein.«

Sabrina blickte auf ihre im Schoß gefalteten Hände

und nahm all ihren Mut für die nächste Frage zusammen. »Haben Sie meine Mutter geliebt?«, fragte sie, ohne den Kopf zu heben.

»Sehr sogar.«

»Warum haben Sie Esmeralda nicht geheiratet?« Nun hob Sabrina den Kopf und ihre smaragdgrünen Augen hefteten sich in die des Prinzen.

»Die Ehe wäre ungültig gewesen«, erklärte er. »Nach dem Gesetz durfte ich nur eine deutsche Prinzessin heiraten.«

»Wie brachte sie es fertig, mich wegzugeben?«, fragte Sabrina gepresst.

»Esmeralda hat dich weggegeben, weil sie dich liebte«, antwortete Adolphus und nahm tröstend ihre Hand. »Sie wollte nicht, dass du als uneheliches Kind heranwächst, sondern in einer Umgebung, in der du Anerkennung und Geborgenheit findest.«

»Verstehe«, meinte Sabrina, obgleich sie keineswegs verstand. Was sie in all den Jahren gebraucht hätte, wäre die Gewissheit gewesen, dass ihre leiblichen Eltern sie liebten, statt sie zu verstoßen. »Ich denke, ich sollte sie besuchen.«

»Damit musst du noch eine Weile warten«, entgegnete der Prinz. »Esmeralda reiste vor ein paar Tagen ab und befindet sich auf einer Europatournee. Frankreich ist das erste Land, in dem sie auftreten wird. Ah, Paris … Paris … Paris.«

Sabrina verdrängte ihre Niedergeschlagenheit, holte tief Atem und wurde wieder sachlich: »Sir, ich bitte Sie um einen Gefallen.«

Adolphus sah sie erwartungsvoll an.

»Ich möchte, dass Sie die Rechte am Vermögen meines Ziehvaters umgehend auf mich übertragen.«

»Hast du kein Vertrauen zu deinem Gemahl?«, fragte der Prinz verwirrt.

»Ich habe volles Vertrauen zu Adam«, antwortete

sie. »Aber wir haben Streit und ich möchte ihn nicht behelligen. Ich habe einen Plan, da ich davon überzeugt bin, dass Edgar Briggs meinen Vater ermordet hat.«

»Was sagst du da?«, entfuhr es dem Prinzen.

»Sie haben richtig gehört. Ich kann ihn nur in eine Falle locken, wenn ich über mein Vermögen verfüge.«

»Das lässt sich arrangieren«, antwortete Adolphus. »Aber warum hältst du den Baron für den Mörder?«

»Edgar war sehr enttäuscht, als mein Vater seinen Heiratsantrag ablehnte, da er schon immer den Wunsch hatte, die Savage-Ländereien mit seinen Besitzungen zusammenzulegen. Ich weiß nicht, wie er das Verbrechen begehen konnte, da die Tür zum Arbeitszimmer von innen verschlossen war. Da aber Edgar nicht über Zauberkräfte verfügt, muss es eine logische Erklärung dafür geben. Außerdem erfuhr ich kürzlich von Vikar Dingle, dass Edgar ihn überredet hat, den Tod meines Vaters als Selbstmord zu deklarieren. Verstehen Sie den Zusammenhang? Edgar war der Meinung, er könne das Land auf einer Versteigerung günstig erwerben, hatte aber nicht mit dem Auftauchen der St. Aubyns gerechnet.«

»Weiß dein Gemahl von alledem?«

Sabrina blickte ihm direkt in die Augen. »Niemand weiß davon, und ich wünsche, dass es so bleibt.«

»Du kleine Ränkeschmiedin«, meinte Adolphus schmunzelnd. »Diesen Zug scheinst du von meiner Familie geerbt zu haben.«

Sabrina lächelte, ohne etwas zu entgegnen. Die Mitglieder des Hauses Hannover galten als nicht sonderlich mit geistigen Gaben gesegnet, und Sabrina war der Meinung, ihre Intelligenz war wohl eher ein Erbe ihrer Mutter.

»Gibt es sonst noch etwas?«, fragte Adolphus.

»Papa sagte meiner Schwester und mir, dass wir

denselben Erzeuger hätten, aber verschiedene Mütter. Ich würde Courtney gern sagen, wer ihre Mutter war.«

»Nun, ich kann es ihr persönlich sagen, wenn sie zu Hause ist«, antwortete der Prinz.

»Ich lasse sie holen.« Sabrina ging zur Tür und rief in den Flur: »Forbes, sagen Sie Courtney bitte, Seine Königliche Hoheit wünscht sie zu sprechen.«

Sabrina nahm wieder Platz und wenige Minuten später klopfte es an der Tür. »Komm herein«, rief sie.

Courtney betrat das Zimmer und machte einen tiefen Hofknicks vor dem Prinzen, der sich erhob und ihr seinen Sessel anbot.

»Bitte, Königliche Hoheit, bemühen Sie sich nicht«, sagte Courtney scheu.

»Ich will, dass du hier Platz nimmst, damit ich meine beiden schönen Prinzessinnen bewundern kann.«

Courtney setzte sich lächelnd.

»Wir sind uns beide im Klaren darüber, dass wir nie anerkannt werden«, meldete Sabrina sich zu Wort. »Uns ist nur wichtig zu wissen, wer unsere leiblichen Eltern sind.«

Prinz Adolphus nickte und wandte sich an Courtney. »Ich habe deiner Schwester soeben eröffnet, dass Madame Esmeralda ihre Mutter ist. Willst du wirklich wissen, wer deine Mutter war?«

»War sie eine schlechte Frau?«, fragte Courtney bang.

»Keineswegs«, versicherte der Prinz. »Aber deine Mutter ist vor langer Zeit gestorben.«

Courtney entspannte sich. »Ja, ich möchte mehr über sie erfahren.«

»Esmeralda fiel es unendlich schwer, ihre Tochter Sabrina an Henry Savage und seine Gattin zu geben«, berichtete der Prinz. »Sie litt sehr darunter. Um ihren

Schmerz zu vergessen, begab sie sich auf eine ausgedehnte Europatournee. Sie hat sogar vor Napoleon gesungen.«

»Was war mit Courtneys Mutter?«, erinnerte Sabrina ihn.

»Ach, die Ungeduld der Jugend«, erklärte der Prinz lächelnd. »Während Esmeraldas Abwesenheit fühlte ich mich einsam. Eines Abends im Ballett entdeckte ich einen Engel auf der Bühne – deine Mutter, Courtney. Ihr Name war Eugenia Darlington und sie war ein bezauberndes Wesen. Eugenia ging mit ihrer Balletttruppe auf Tournee und bald danach kehrte Esmeralda zurück. Eugenia muss den Zeitungsberichten entnommen haben, dass ich meine Beziehung zu Esmeralda wieder aufgenommen hatte. Ich sah sie erst wieder, als sie im siebten Monat schwanger war. Eugenia hatte kein Geld mehr, wusste nicht, wohin sie gehen sollte und ich bat Esmeralda, sie bei sich aufzunehmen, die sich um das bedauernswerte Geschöpf annahm. Als Eugenia im Kindbett starb, schlug Esmeralda vor, das neugeborene Mädchen ebenfalls in die Obhut von Henry Savage zu geben, da ihr zwei ja Halbschwestern seid.«

Sabrina ergriff mit feuchten Augen Courtneys Hand. »Wir werden Esmeralda stets dankbar sein, uns zusammengeführt zu haben.«

Courtney nickte stumm, zu aufgewühlt, um sprechen zu können. »Wissen Sie, wo sie begraben liegt?«, fragte sie dann den Prinz.

»Das Grab deiner Mutter befindet sich auf dem St. Pauls Friedhof«, antwortete Adolphus.

»Ich möchte es gerne besuchen.«

»Und ich muss jetzt gehen«, sagte Prinz Adolphus und wandte sich an Sabrina. »Um die andere Sache kümmere ich mich umgehend.«

»Vielen Dank, Euer Gnaden.«

Nachdem Prinz Adolphus und Onkel Charles sich verabschiedet hatten, wandte Sabrina sich an Baxter: »Ist die Herzogin von Kinross inzwischen angekommen?«

»Ja, ich habe Ihre Gnaden in den Salon geführt«, antwortete der Butler.

»Bitten Sie die Herzogin ins Arbeitszimmer.« Diesmal setzte Sabrina sich hinter den Schreibtisch und hoffte inständig, Lily würde sich bereit erklären, ihr zu helfen, den Mörder zu überführen.

Lily trat ein und begrüßte die Schwestern herzlich.

»Setzen Sie sich«, begann Sabrina ohne Umschweife. »Ich habe einen Plan, um den Mörder meines Vaters zu überführen, aber dafür brauche ich Ihre Hilfe.«

Die Herzogin von Kinross sah ihre Freundin lange an. »Sprechen Sie nur. Ich lasse Sie nicht im Stich. Ob ich Ihnen allerdings helfen kann, weiß ich nicht.«

»Danke, Lily«, versetzte Sabrina erleichtert und wandte sich an ihre Schwester: »Courtney, du fungierst als Köder.«

»Wird Edgar mich ermorden wollen?«, fragte Courtney ängstlich.

Sabrina schüttelte den Kopf. »Ganz im Gegenteil.«

»Was haben Sie vor?«, fragte Lily.

»Prinz Adolphus hat sich soeben bereit erklärt, mir die Rechte am Savage-Vermögen zu übertragen, und das bedeutet, dass ich ohne die Zustimmung meines Gemahls handeln kann«, erklärte Sabrina. »Lily, ich bitte Sie, dem Gesellschaftskolumnisten der *Times* eine interessante Klatschgeschichte zukommen zu lassen. Sagen Sie ihm, die Marquise von Stonehurst überträgt ihren Titel und das Familienvermögen auf ihre jüngere Schwester.«

»Sabrina, bist du verrückt geworden?«, rief Courtney entsetzt.

»Ich bin die Marquise von Stonehurst, mein Gemahl ist einer der reichsten Männer Englands«, erinnerte Sabrina sie. »Ich brauche das Savage-Vermögen nicht. Betrachte es als mein Hochzeitsgeschenk.«

»Sind Sie sicher, dass Sie diesen Schritt tun wollen?«, fragte Lily.

»Ich tue alles, um den Namen meines Vaters vom Makel des Selbstmords reinzuwaschen«, antwortete Sabrina. »Das aber gelingt mir nur, wenn ich seinem Mörder ein Geständnis entlocke.«

»Was hat das Savage-Vermögen damit zu tun?«, fragte Lily.

»Verstehen Sie nicht? Mein Vater musste sterben, weil er Edgars Heiratsantrag ablehnte«, erklärte Sabrina. »Briggs plante, das Land bei einer Versteigerung günstig zu erwerben, hatte aber nicht mit den St. Aubyns gerechnet. Wenn er Courtney den Hof macht, sobald er erfährt, dass sie nun die Gräfin von Abingdon und im Besitz der Ländereien ist, bestätigt sich der Verdacht, dass er der Mörder ist. Natürlich müssen wir ihm noch ein Geständnis entlocken, doch ich kann nur einen Schritt im Voraus denken. Ich besuche Courtney jeden Tag, um auf Edgars Reaktion zu warten, und gehe jede Wette ein, dass er nicht lange zögern wird, da Dudley Egremont meiner Schwester den Hof macht. Also, was sagt ihr dazu?«

»Was soll Dudley denken?«, fragte Courtney unsicher.

»Dein Dudley wird nichts davon erfahren«, versicherte Sabrina. »Und sollte er etwas erfahren, nun …«

»Ein verliebter Mann verzeiht vieles«, führte Lily den Gedanken zu Ende.

Courtney nickte. »Nun gut, ich tue es für Vater.«

»Wenn ich nach Hause komme, schreibe ich gleich dem Reporter ein paar Zeilen«, versicherte Lily.

Plötzlich raffte die Gräfin ihre Röcke bis zum Knie.

An einem Strumpfband befestigt trug sie ein Lederfutteral, nahm es ab und zog einen blitzenden Dolch heraus.

»Das ist meine letzte Zuflucht«, erklärte Lily den verdutzten Schwestern. »Eine Waffe bei mir zu tragen ist eine alte Gewohnheit aus meiner Untergrundtätigkeit in den Staaten.« Sie steckte den Dolch ins Futteral zurück und reichte ihn Sabrina. »Bitte tragen Sie den Dolch immer bei sich.« Und zu Courtney gewandt: »Ich würde Ihnen die Waffe zur Verteidigung anbieten, fürchte aber, Sie sinken ohnmächtig zu Boden, statt sie gegen den Baron zu richten.«

Sehr zu Courtneys Missfallen hob Sabrina die Röcke und befestigte die Waffe an ihrem Strumpfband. »Ich trage den Dolch.«

»Du wirst ihn doch nicht gegen den Marquis richten?«, fragte Courtney angstvoll.

Sabrina schüttelte lächelnd den Kopf und erhob sich.

»Kommst du morgen wieder?« Courtney vermochte ihre Angst nicht zu verbergen.

»Sei unbesorgt, Schwesterherz.« Sabrina legte den Arm um sie. »Ich komme wieder. Verlasse aber bitte das Haus nicht ohne Begleitung. Ein Mann, der fähig ist, einen Mord zu begehen, ist auch zu anderen Scheußlichkeiten fähig.«

»Du machst mir Angst«, stöhnte Courtney.

»Es gibt keinen Grund, Angst zu haben«, versicherte Sabrina. »Du vertraust mir doch, oder?«

»Ja, ich vertraue dir.«

Auf der kurzen Fahrt zur Park Lane blickte Sabrina sinnend aus dem Fenster und hoffte, ihr Plan möge gelingen. Wenn Edgar Briggs so habgierig war, wie sie ihn einschätzte, bestand kaum Gefahr, dass etwas schiefgehen würde. Aber sie musste auf Courtney aufpassen. Wenn ihrer Schwester etwas zustoßen würde, könnte sie sich das nie im Leben verzeihen. Leider sah sie keine andere Möglichkeit, um den Bösewicht aufs Glatteis zu führen.

Die Kutsche näherte sich der Park Lane und Sabrinas Gedanken kehrten zu Adam zurück. Würde er zornig reagieren, wenn er von ihrem Plan erfuhr? Was sollte sie tun, wenn er ihr verbieten würde, das Haus zu verlassen?

Nun, diese Gefahr bestand wohl kaum, dachte Sabrina bitter. Ihr Gemahl hatte das Interesse an ihr verloren und war vollauf damit beschäftigt, seine Hure auszuführen. Im Übrigen durfte sie sich nicht von ihren persönlichen Sorgen ablenken lassen und musste ihre Gedanken auf ihre Schwester und den Mörder ihres Vaters richten.

Zur Teestunde um fünf hatte Sabrina ein weißes Batistkleid mit kurzen, gerüschten Ärmeln angezogen. Sie band Winston eine rosafarbene Seidenschleife um den Hals und begab sich nach unten.

Während sie am frühen Nachmittag damit beschäftigt war, Nusspralinen zuzubereiten, hatte sie den Entschluss gefasst, so zu tun, als sei ihr Eheleben völlig in Ordnung. Ihr Stolz ließ es nicht zu, ihrem Gemahl und der Dienerschaft die Genugtuung zu geben, sein schändliches Verhalten kränke sie.

Als sie beim Betreten des Salons Adam vor dem Kamin stehen sah, blieb sie erschrocken stehen. Anscheinend war es wohl noch etwas früh am Tag für sein ausschweifendes Leben.

Adam drehte sich um und sah sie mit einem Lächeln an, das ihr keineswegs gefiel.

»Ich verbringe den heutigen Abend zu Hause«, eröffnete er ihr und entfernte die rosa Schleife von Winstons Hals.

»Aus einem bestimmten Grund?« Sabrina gab sich

gleichmütig, obgleich ihr Herzschlag sich beschleunigte.

»Ja. Ich ziehe es vor, meine Morgenzeitung ohne Tränen zu lesen«, sagte Adam.

»Nun, es wird nicht wieder vorkommen«, versetzte sie, nahm auf dem Sofa Platz und gab Winston ein Gurkensandwich, das er gierig verschlang. Sie bot ihm ein Zweites an.

»Du bringst dem Hund schlechte Manieren bei.« Adam setzte sich neben Sabrina, die dem Hund ein drittes Sandwich gab. Beim Vierten blickte sie ihren Ehemann rebellisch ins Gesicht.

»Hat dir dein Besuch bei Courtney gefallen?«, fragte er mit erzwungener Höflichkeit.

Sabrina wusste genau, dass er ihr liebend gern verbieten würde, den Hund zu füttern. Schon aus diesem Grund gab sie Winston ein weiteres Sandwich. »Prinz Adolphus besuchte Onkel Charles. Er sagte mir, Madame Esmeralda sei meine Mutter.«

»Das habe ich vermutet.«

»Tatsächlich?«

Er nickte. »Du siehst ihr so ähnlich, dass ich beim Ball fürchtete, man würde darüber tuscheln. Ich habe Neuigkeiten aus Konstantinopel. Meine Mutter weiß nichts von einem Mordkomplott gegen mich.«

Sabrina sah ihm direkt ins Gesicht. »Edgar Briggs versuchte dich zu ermorden, ebenso wie er meinen Vater ermordet hat.«

Adam zog eine Braue hoch. »Wieso bist du dessen so sicher?«

»Weibliche Intuition.«

Er lächelte. »Und wieso hat deine weibliche Intuition dir das nicht schon früher gesagt?«

»Dein unerwartetes Auftauchen in meinem Leben wirkte sich störend auf meine Intuition aus », antwortete Sabrina kühl. »Davon habe ich mich aber wieder erholt«, fügte sie mit einem gewinnenden Lächeln hinzu.

»Wieso sollte Edgar Briggs mich töten wollen?«

»Du hast seinen schönen Plan vereitelt, die Savage-Ländereien an sich zu reißen«, antwortete Sabrina.

Adam furchte die Stirn. »Erzähle mir mehr von deiner Theorie.«

»Edgar hat meinen Vater getötet, weil er seinen Antrag ablehnte«, erklärte Sabrina. »Vikar Dingle suchte mich auf und gestand mir, dass er den Tod meines Vaters auf Edgars Betreiben als Selbstmord erklärte. Edgar wusste, dass der Besitz eines Selbstmörders an den Meistbietenden versteigert wird, hatte aber weder mit deinem Auftauchen noch mit unserer Vermählung gerechnet.«

»Hast du Beweise?«

Sabrina schüttelte den Kopf.

»Mutmaßungen haben noch niemanden an den Galgen gebracht.« Adam beugte sich zu ihr. »Warum warst du in der Küche?«

»Gelegentlich koche und backe ich aus reinem Vergnügen«, antwortete sie und zwang sich, nicht vor ihm zurückzuweichen. Er durfte ihre Nervosität nicht bemerken.

»Prinzessin, du bist die schlechteste Lügnerin, die mir je begegnet ist«, sagte Adam lächelnd.

»Du musst es ja wissen«, versetzte Sabrina spitz. »Im Übrigen geht es dich nichts an, warum ich etwas tue.«

»Ich bin dein Ehemann«, erinnerte er sie. »Und ich bin dein Vermögensverwalter.«

Nicht mehr lange, dachte Sabrina. Sie zog eine tizianrote Braue hoch. »Willst du mich quälen?«

»Gott bewahre.«

»Du lässt keine Gelegenheit aus, mich zu reizen.«

»Habe ich eigentlich schon erwähnt, dass ich heute

zu Hause speise?«, fragte Adam und wechselte das Thema.

Sabrina blickte starr vor sich hin. »Ja, und nur alte Menschen wiederholen sich.«

»Wie wäre es mit einer interessanten Schachpartie gegen einen alten Mann?«, flüsterte er nah an ihrem Ohr.

Sabrina sah ihn an und hatte Mühe, ernst zu bleiben.

»Ist das ein Lächeln, gegen das du ankämpfst?«, fragte er.

Sabrina konnte nicht mehr an sich halten und lachte los.

»Ich wusste, dass es mir gelingt, dich aufzuheitern.« Adam legte den Arm um ihre Schulter und streichelte sie zärtlich. »Was hast du heute sonst noch unternommen?«

»Lily Armstrong kam auf ein Plauderstündchen vorbei.«

Adam knabberte an ihrem Ohrläppchen und jagte ihr einen kribbelnden Schauer über den Rücken. »Worüber habt ihr Damen euch unterhalten?«

»Ach, über dies und jenes.«

Adam drehte ihr Gesicht sanft zu sich um und blickte ihr lange in die smaragdgrünen Augen, ehe er ihre vollen Lippen lang und innig küsste. Diesem Kuss folgte ein zweiter und ein dritter.

Sabrina war unwiderstehlich in seinen machtvollen Bann gezogen, und als seine Hand ihren vom Mieder bedeckten Busen liebkoste, schmiegte sie sich an ihn und sehnte sich danach, seine Nacktheit zu spüren.

Sie schlang ihre Arme um seinen Hals und küsste ihn leidenschaftlich, drängte ihren jungen Körper an seinen. Plötzlich war ihr Kleid offen. Adam wölbte die Hände um ihre Brüste, ließ die Finger um ihre hochgereckten Brustspitzen tanzen und entfachte eine pochende Hitze zwischen ihren Schenkeln.

Später war immer noch Zeit zu streiten, beschloss Sabrina, während Adam sich erhob, das Zimmer durchquerte und die Tür verriegelte.

Gemeinsam sanken sie auf den Teppich vor dem Kamin, wo er sie auszog und sich anschließend hastig die Kleider abstreifte. Sein Mund umfing den ihren zu einem fiebernden Kuss. Seine Zunge wanderte über ihren schlanken Hals zu ihren Brüsten, umflatterte die Knospen und setzte ihren Weg fort. Seine Lippen fanden die Furche zwischen ihren Schenkeln, und seine Zunge liebkoste ihre taubenetzte Perle in süßer Folter, bis sie hilflos verging und flehte, er möge sie nehmen.

Adam hob sich zwischen ihre Schenkel, schob sich langsam in sie, zog sich zurück, wiederholte sein Liebesspiel rhythmisch und entfachte neues Verlangen in ihr.

»Liebe mich«, flehte sie atemlos.

Und Adam gab ihr, was sie begehrte. Er ritt sie hart, bis sie gemeinsam explodierten.

Adam fiel erschöpft zur Seite und zog sie mit sich. Die einzigen Geräusche im Salon waren ihre keuchenden Atemzüge.

Und ein verdächtiges Schmatzen?

Adam und Sabrina wandten gleichzeitig den Kopf zum Teetisch. Winston hatte sich die Unaufmerksamkeit der Liebenden zunutze gemacht und alle Gurkensandwiches verschlungen. Jetzt war er dabei, die letzten Zitronenkekse zu knabbern und Tee aus den Tassen zu schlabbern. Adam und Sabrina lachten schallend.

»Meine Prinzessin«, raunte Adam und lächelte sie an.

»Mein Prinz«, seufzte Sabrina und zog sein schönes Gesicht zu sich herab. »Küss mich.«

17. Kapitel

Meine Prinzessin …

Mit einem Lächeln auf den Lippen erwachte Sabrina. Sie hatte die Koseworte ihres Gemahls noch im Ohr und das Feuer der vergangenen Liebesnacht glühte noch in ihr.

Sabrina rollte sich zur Seite, sein Platz war leer. Auf seinem Kopfkissen lag eine frisch erblühte rote Rose, ein Liebesgeschenk. Sie hatte ihm zwar seine Lügen noch nicht vergeben, auch nicht, dass er Alexis zum Ball begleitet hatte, doch mittlerweile hatte sie gelernt, sich in Geduld zu üben.

Zu dumm, dass er bereits aufgestanden war, dachte Sabrina, barg das Gesicht in seinem Kopfkissen und atmete seinen frischen, männlichen Duft tief ein. Sie sehnte sich nach seiner Nacktheit und seinen Zärtlichkeiten.

Sabrina schloss die Augen und rief sich Einzelheiten ihrer leidenschaftlichen Liebesnacht ins Gedächtnis, sah, wie Adam sich mit seinem unwiderstehlichen Lächeln über sie beugte, spürte seinen gestählten Körper, hörte seine Stimme …

»*Sabrina*!«

Erschrocken fuhr sie hoch, hielt die Bettdecke an ihre Brüste und blickte in benommener Schläfrigkeit um sich. Die Stimme gehörte eindeutig Adam, aber wo …?

Die Tür flog auf. Adam stürmte ins Zimmer, gefolgt von Winston, der mit angelegten Ohren leise winselte.

Sabrinas Blick fiel auf Adams rechte Hand, in der er die *Times* umklammert hielt, als wolle er sie würgen.

»Was hat das zu bedeuten?« Er warf die Zeitung aufs Bett.

Sabrina vermutete, er habe den Bericht gelesen, den Lily dem Reporter hatte zukommen lassen, aber mit dieser Reaktion Adams hatte sie nicht gerechnet.

»Wovon redest du?« Sabrina spielte die Unschuldige und sah ihn mit ihren großen, grünen Augen verwirrt an.

Adams Blick durchbohrte sie und schien bis in die Tiefen ihrer Seele zu dringen.

»Lüge mich nicht an«, sagte er. »Ich will wissen, was das zu bedeuten hat.«

»Lass mich lesen.« Sabrina überflog die Zeilen, die davon berichteten, die Marquise von Stonehurst beabsichtige, den vererbten Titel und ihre Besitzungen an ihre jüngere Schwester zu übertragen.

»Ach, das«, sagte Sabrina, ohne den Blick zu heben.

»Ach, das?« wiederholte Adam ungläubig. »Dann stimmt es also?«

Sabrina setzte ein strahlendes Lächeln auf. »Ziemlich großzügig von mir, alles auf Courtney zu überschreiben, findest du nicht?«

»Du hast nicht das Recht, irgendetwas an irgendwen zu übertragen«, erklärte Adam in einem Ton, der sie als Dummchen hinstellte. »Ich besitze das alleinige Recht, über dein Vermögen zu verfügen. Hast du das vergessen?«

»Das war bis gestern so.« Sabrina empfand eine geradezu niederträchtige Genugtuung bei seinem erstaunten Gesichtsausdruck. »Prinz Adolphus hat mir sein Wort gegeben, die Rechte auf mich zu übertragen.«

»Aber warum?«

»Der Prinz vertraut meinem Urteil.«

»Verdammt noch mal, Sabrina. Darum geht es nicht«, versetzte Adam ungeduldig. »Wieso willst du die Rechte an dem Vermögen? Vertraust du mir nicht?«

»Ich brauche Zugang auf den Besitz, um ihn auf Courtney übertragen zu können«, antwortete Sabrina gleichmütig, als genüge diese Erklärung, obgleich sie nicht davon überzeugt war, dass er sich mit dieser Antwort zufrieden gab. »Wieso ist dir das so wichtig?«, fuhr sie fort. »Du bist doch ohnehin unermesslich reich.«

»Deine lächerliche Erbschaft interessiert mich nicht im Geringsten, aber ich will auch nicht, dass das Vermögen verschleudert wird«, entgegnete Adam, in dessen Wange ein Muskelstrang vibrierte.

Gütiger Himmel, er sah aus, als wolle er sie strangulieren. Sabrina überlegte kurz, ob sie ihn in ihre Pläne einweihen sollte, entschied sich jedoch dagegen. Sollte sich ihr Verdacht wider Erwarten als falsch erweisen und Edgar nicht der Mörder ihres Vaters sein, könnte Edgar ihren Gemahl möglicherweise zum Duell fordern. Es erschien ihr klüger, ihren Plan für sich zu behalten, um Adam nicht in Gefahr zu bringen. Wenn ihr Verdacht sich aber bestätigte, blieb Zeit genug, um ihn einzuweihen.

»Ist dir eigentlich klar, was du getan hast?«, fragte Adam. »Ich bin im Begriff, den Verlobungsvertrag mit Dudley Egremont aufzusetzen. Nun aber werden sämtliche Mitgiftjäger Londons Courtney belästigen, um von ihrem Reichtum zu profitieren.«

Das ist genau die Absicht meines Plans, dachte Sabrina. Briggs müsste demnächst ihrer Schwester seine Aufwartung machen.

»Was verschweigst du mir?«, fragte Adam eindringlich.

Sabrina senkte den Blick. »Mehr habe ich dazu nicht zu sagen.«

»Dann muss ich mit dem Prinzen sprechen«, murmelte Adam, machte kehrt und ging zur Tür. »Winston, komm«, rief er über die Schulter.

Der Wolfshund äugte von Adam zu Sabrina, die einladend die Matratze neben sich tätschelte.

»Hast du keinen Hunger?«, fragte Adam.

Winston trollte hinter Adam her, da er der Einladung seines Herrn nicht zu widerstehen vermochte.

»Verräter«, knurrte Sabrina. Hunde sollten treue Gefährten sein. Dieser hier hatte eine seltsame Auffassung von Treue. Er hielt jedem die Treue, der ihn fütterte.

Nachdem die Tür hinter Adam ins Schloss gefallen war, sprang Sabrina aus dem Bett. Sie wollte noch an diesem Vormittag einen Besuch im Haus am Grosvenor Square abstatten.

Sie eilte in ihr Zimmer, wusch sich hastig und bändigte ihre feuerrote Haarfülle mit einer Schleife. Dann wählte sie ein dunkelblaues Reitkostüm, schlüpfte in schwarze Reitstiefel und legte einen dunkelblauen Kapuzenumhang um die Schultern. Nach kurzem Zögern holte sie Lilys Dolch aus einer Schublade und befestigte ihn am Strumpfband.

Sabrina wusste zwar, dass sie ihn nicht benutzen könnte, doch irgendwie verlieh er ihr Sicherheit.

Beschwingten Schrittes eilte sie die Treppe nach unten und wurde von Higgins und Razi in der Halle erwartet.

»Guten Morgen«, rief Sabrina ihnen zu.

»Guten Morgen, Mylady«, grüßte Higgins höflich.

Razi verbeugte sich fast bis zum Boden. »Guten Morgen, meine Pr. …. Mylady.«

»Gehen Sie aus, Mylady?«, fragte Higgins. »Soll ich die Kutsche vorfahren lassen?«

Zu dumm, dachte Sabrina ärgerlich. Sie hatte es so eilig, das Haus heimlich zu verlassen, dass sie völlig vergessen hatte, die Kutsche vorfahren zu lassen. Bis die Pferde angespannt waren, hatte sie Grosvenor Square zu Fuß erreicht.

»Nein, ich mache lieber einen Spaziergang«, erklärte sie den beiden Dienern. »Es ist nur ein Katzensprung bis zum Haus des Herzogs. Wenn mein Gatte nach mir fragt, sagen Sie ihm, ich scheuche eine Ratte aus ihrem Loch.«

Sabrina verließ das Haus, zog die Kapuze über den Kopf und ging energischen Schrittes die Park Lane entlang. Möglicherweise tauchte Edgar bereits heute bei Courtney auf.

An der Upper Brook Street wandte Sabrina sich nach links und stieg wenige Minuten später die Steinstufen zum Haus hinauf, erleichtert, keinem Bekannten begegnet zu sein.

»Guten Morgen, Baxter«, grüßte sie den Butler des Herzogs. »Guten Morgen, Forbes.«

»Guten Morgen, Mylady«, antworteten die beiden Diener im Chor.

»Ist Seine Gnaden zu Hause?«

»Seine Gnaden und Prinz Adolphus befinden sich auf ihrem Morgenritt im Hyde Park«, informierte Baxter sie.

»Und meine Tante und Lady DeFay?«

»Beide Damen sind heute Morgen ausgegangen.« Nun war Forbes an der Reihe, Auskunft zu geben.

Sabrina lächelte. »Ich hoffe, das Haus nicht völlig verwaist vorzufinden.«

»Lady Courtney befindet sich im Salon«, erklärte Baxter.

Sabrina wollte zur Treppe und hielt inne, als Forbes hinzufügte: »Lord Briggs ist bei ihr.«

Edgar hatte also keine Zeit verloren, dachte Sabrina voller Genugtuung. Sein pünktliches Erscheinen bei ihrer Schwester erhärtete ihren Verdacht.

Bedächtig stieg Sabrina die Treppe hinauf. Besorgnis kroch in ihr hoch, Courtney könne in Gefahr schweben, obwohl die Dienerschaft im Haus war. Ein Mann, der bereits einen Mord begangen hatte, war zu weiteren Untaten fähig. Sie trug zwar den Dolch bei sich, fürchtete allerdings, nicht den Mut aufzubringen, ihn zu benutzen.

Auf dem ersten Treppenabsatz drehte Sabrina sich um. »Forbes«, rief sie nach unten. »Schicken Sie jemanden zur Park Lane, und lassen Sie meinem Gemahl ausrichten, ich brauche ihn. Und zwar dringend.«

»Ich gehe selbst«, antwortete Forbes und eilte beflissen aus dem Haus.

Sabrina stieg die Treppe weiter hinauf. Nur der beängstigende Gedanke, ihre Schwester allein mit einem Mörder zu wissen, gab ihr den Mut und die Kraft, einen Fuß vor den anderen zu setzen …

Während seine Gemahlin das Haus seines Onkels betrat, saß Adam mit Viscount Dorchester im Arbeitszimmer. Winston lag satt und zufrieden vor dem Kamin.

»Und dann redete der Bauer dem Herzog ein, sein Hahn könne Eier legen«, beendete Adam die Pointe des Witzes, den er seinem Gast soeben erzählt hatte.

Dudley Egremont lachte schallend, und Adam stimmte in sein Lachen ein, während die beiden Herren warteten, dass der Advokat einen Entwurf für den Verlobungsvertrag aufsetzte.

Die Dinge ließen sich recht vielversprechend an, dachte Adam. Es gab keine unvorhergesehenen Schwierigkeiten, da Sabrina nicht plötzlich ins Arbeitszimmer gestürmt war, um irgendwelche Einwände zu erheben. Ob sie in der Küche stand und kochte?

Obgleich er wusste, dass Egremont in Courtney verliebt war, wollte Adam den jungen Mann nicht eher gehen lassen, bis der Vertrag unterzeichnet war, so lauteten die Anweisungen von Prinz Adolphus und Onkel Charles. Es konnten immer noch unvorhergesehene Ereignisse eintreten, falls Egremont Bedenken erhob, da seine zukünftige Braut adoptiert war.

»Mylord, was hat es eigentlich mit dem Klatsch in der *Times* auf sich?«, fragte Dudley. »Erstaunlich, dass dieses Blatt sich dazu hergibt, diese unerhörten Lügen zu drucken.«

»Sie irren, der Artikel entspricht der Wahrheit«, sagte Adam und lehnte sich in den Polstersessel zurück. »Meine Gattin überträgt ihr Erbe an ihre jüngere Schwester. Ihr Landgut liegt nur zwei Meilen von Abingdon entfernt. Nur schade, dass die Besitzungen von Lord Briggs dazwischen liegen.«

»Mir geht es nicht um weltlichen Besitz. Courtneys Liebe ist mir wichtiger«, entgegnete Dudley.

»So spricht ein verliebter Mann«, entgegnete Adam schmunzelnd.

Der Anwalt war mit dem Aufsetzen des Vertrages fertig. Dudley Egremont setzte zuerst seine Unterschrift darunter, anschließend Adam in Vertretung seines Onkels.

»Vielen Dank, Mr. Wembly«, sagte Adam.

»Stets zu Diensten, Mylord.« Ehe der Advokat sich zurückzog, wandte er sich an Egremont. »Darf ich Ihnen meine besten Glückwünsche aussprechen?«

Dudley Egremont schmunzelte. »Danke, Mr. Wembly«, sagte er und schüttelte ihm herzlich die Hand.

Adam schenkte Whisky in zwei Gläser, reichte eines seinem Gast und hob sein Glas zum Toast: »Auf Eure glückliche Ehe und die Geburt vieler stattlicher Söhne.«

Ehe der junge Mann antworten konnte, flog die Tür auf. Higgins und Razi drängelten aneinander vorbei.

»Mylord …«

»Mr. Forbes hat eine dringende Nachricht von Ihrer Frau Gemahlin«, beendete Higgins den Satz.

»Schicken Sie ihn herein«, forderte Adam besorgt.

»Kommen Sie«, rief Razi in den Flur.

»Guten Tag, Mylord«, grüßte Forbes beim Eintreten. »Lady Sabrina braucht Sie in Ihrem Stadthaus. Sie sagt, die Angelegenheit sei dringend.«

Adam tauschte einen lächelnden Blick mit Dudley Egremont. »Sie werden selbst bald die Erfahrung machen, dass bei den Damen stets alles äußerst dringend ist.«

»Ich fürchte, es hat etwas mit Lord Briggs zu tun, der Miss Courtney seine Aufwartung macht«, fügte Forbes hinzu.

»Wie bitte?«, rief Adam.

Bevor Forbes sein Anliegen wiederholen konnte, sagte Higgins: »Ihre Ladyschaft meinte, sie beabsichtige, eine Ratte aus ihrem Loch zu holen.«

»Wieso haben Sie mir das nicht gleich gesagt?«, fuhr Adam die Diener an und sprang auf. »Kommen Sie, Egremont. Ich fürchte, unsere Damen sind in Gefahr. Razi, sag Abdul und Sagi Bescheid. Ich brauche sie sofort.«

Damit wandte er sich wieder an den Viscount. »Meine törichte Frau hat es sich in den Kopf gesetzt zu beweisen, dass Lord Briggs ihren Vater ermordet hat. Der Artikel in der *Times* wurde absichtlich veröffentlicht, um Briggs zu verleiten, Courtney den Hof zu machen.«

»*Meiner* Courtney?«, rief Dudley und sprang auf.

Adam zog eine Schublade seines Schreibtisches auf, holte eine Pistole hervor, überzeugte sich davon, dass sie geladen war, und eilte zur Tür, gefolgt von Viscount Dorchester und Winston. Forbes bildete die Nachhut.

Sabrina ging den Korridor entlang wie eine Frau auf dem Weg zur Hinrichtung. Ihre Füße bewegten sich bleischwer, nur ihr Herzschlag beschleunigte sich mit jedem Schritt.

Der Mörder ihres Vaters saß im Salon bei ihrer Schwester. Wie konnte sie ihn dazu bewegen, ein Geständnis abzulegen? Adam wüsste, was zu tun sei. Wenn er nur schon hier wäre.

Und dann stand Sabrina vor dem Salon, legte das Ohr an die Tür und lauschte.

»Du darfst mir nichts antun«, rief Courtney mit spitzer Stimme. »Warum tust du das?«

»Wegen des Landbesitzes«, antwortete Briggs. »Zieh deine Pluderhosen auf, raffe die Röcke und leg dich aufs Sofa. Wenn ich mit dir fertig bin, wird kein Mann dich heiraten wollen.«

»Und wenn ich mich weigere?«, versetzte Courtney tapfer.

»Das würde ich dir nicht raten«, entgegnete Briggs drohend. »Wenn du versuchst zu schreien, erschieße ich den ersten Menschen, der dieses Zimmer betritt.«

Sabrina wusste, was zu tun war. Sie raffte den Rocksaum und zog den Dolch aus dem Lederfutteral an ihrem Knie. Mit zitternder Hand umklammerte sie das Heft der Klinge.

Ihr Herz schlug wild gegen ihre Rippen, das Blut rauschte ihr in den Ohren; sie fürchtete, in Ohnmacht zu sinken.

Sabrina straffte entschlossen die Schultern, holte tief Atem und griff nach dem Türknauf. Ihre einzige Chance bestand darin, den Unhold zu überraschen. Lautlos drehte sie den Knauf, öffnete die Tür und huschte ins Zimmer. Edgar stand mit dem Rücken zur Tür. Sabrina näherte sich ihm leise.

»Du sollst dich aufs Sofa legen«, befahl Edgar ihrer

Schwester.

»Ich lasse nicht zu, dass du mir Gewalt antust«, widersetzte Courtney sich tapfer. »Ich glaube nicht einmal, dass du eine Pistole bei dir trägst.«

Sabrina stand knapp hinter Edgar, hob die Hand und hielt ihm die Dolchspitze an den Nacken.

»Rühr dich nicht von der Stelle«, befahl Sabrina kalt, »oder dein letztes Stündlein hat geschlagen. Ich glaube tatsächlich, ich habe die Ratte in ihrem Loch erwischt. Courtney, geh ihm aus dem Weg.«

Als ihre Schwester sich in Sicherheit gebracht hatte, befahl Sabrina: »Dreh dich um, Edgar, und …«

Edgar fuhr blitzschnell herum und packte sie am Handgelenk. Sabrina erschrak und ließ den Dolch fallen, den er mit der Stiefelspitze beiseite stieß.

Edgar ließ ihr Handgelenk los, zog eine Pistole aus seiner Weste und bedrohte damit Sabrina und Courtney. »Es ist euch doch klar, dass ihr beide sterben müsst.«

»Dein Spiel ist aus«, entgegnete Sabrina ungerührt. »Ergib dich, ehe mein Gemahl dich in die Finger kriegt.«

Edgar lachte höhnisch. »Liebste Sabrina, wir hätten so glücklich werden können. Ich hätte …«

»Erspare mir deine Heucheleien«, unterbrach Sabrina ihn voller Verachtung. »Dich hätte ich nie im Leben geheiratet und wenn du der letzte …«

Edgar schlug ihr mit dem Handrücken mitten ins Gesicht. Sabrina taumelte von der Wucht des Schlages rückwärts und stürzte zu Boden. Courtney schrie gellend.

»Halt den Mund«, befahl Edgar schneidend und hielt den Pistolenlauf auf Sabrinas Brust gerichtet. »Ich erschieße sie, wenn du nicht aufhörst zu schreien.«

Courtneys Schrei erstarb, sie stand schlotternd da

und hielt sich die Hände vor den Mund.

»Bevor du mich tötest«, stieß Sabrina hervor, »möchte ich wissen, wie du es geschafft hast, meinen Vater zu ermorden, obwohl die Tür von innen abgeschlossen war.«

Edgar schwieg lange, und Sabrina blickte ihm unverwandt in die Augen, in denen sie nicht mehr Gefühlsregungen entdecken konnte als in den Augen eines Fisches.

Seltsam, dass ihr das bislang nicht aufgefallen war.

»Ich schlich mich durch das unverriegelte Fenster ins Arbeitszimmer«, erklärte Edgar schließlich nicht ohne Stolz, »schlug deinen Vater nieder und verschloss die Tür von innen. Nachdem ich ihn erhängt hatte, stieg ich durch das Fenster in den Garten und versteckte mich im Wald. Eine Stunde später kehrte ich zurück, um dir einen erneuten Antrag zu machen.«

»Aber das Fenster war verriegelt«, wandte Sabrina verwirrt ein. »Forbes hat doch gesehen, wie du die Scheibe eingeschlagen hast.«

»Ich habe nur so getan, als sei es verriegelt«, erklärte Edgar bereitwillig.

»Und der Anschlag auf das Leben meines Gemahls? Hast du auf ihn geschossen?«

»Bedauerlicherweise hatte ich dabei Pech«, meinte Edgar achselzuckend.

»Welche Heldentat, einen alten Mann zu überwältigen und zu töten«, ertönte eine schneidende Stimme von der Tür her.

Sabrina drehte den Kopf. Adam und Dudley standen mit Pistolen im Anschlag auf der Schwelle. Hinter den beiden Rettern war das gefährliche Knurren des Hundes zu hören.

»Geben Sie auf, Briggs«, befahl Adam. »Wir sind zu

zweit und Sie können nur einen Schuss abgeben. Meine Diener werden jeden Augenblick eintreffen. Forbes alarmiert bereits die Polizei.«

Edgar bückte sich blitzschnell, riss Sabrina hoch und hielt ihr den Pistolenlauf an die Schläfe.

»Sie stirbt, wenn Sie nicht augenblicklich die Waffen fallen lassen«, drohte er zähneknirschend.

In diesem Moment stürmte Winston in den Salon. Edgar riss die Pistole herum und richtete sie auf den Hund.

»Verschone meinen Hund!«, schrie Sabrina gellend und versuchte, Edgar die Pistole zu entwinden.

Winston sprang hoch und warf Edgar zu Boden. Die Waffe flog durch die Luft und landete auf dem Parkett. Beim Aufschlag löste sich ein Schuss und ließ alle erstarren.

»Schafft mir die Bestie vom Leib«, brüllte Edgar.

Erst als Adam sich über Edgar beugte und die Waffe auf ihn richtete, zog Sabrina Winston von seinem Opfer fort. Dudley Egremont hatte inzwischen die Pistole des Barons an sich genommen.

Abdul und Sagi stürmten in den Salon und zerrten Edgar auf einen Wink ihres Herrn auf die Füße.

Sabrina flog in die Arme ihres Gemahls, barg ihr Gesicht an seiner Brust und schluchzte haltlos.

»Mache so etwas bitte nie wieder«, raunte Adam und zog sie an sich. »Ich bin tausend Tode gestorben, als er dir die Pistole an die Schläfe setzte.«

»Ich tu es nie wieder«, schluchzte Sabrina. »Ich glaubte schon, du kommst nicht rechtzeitig.«

In diesem Augenblick betraten Onkel Charles und Prinz Adolphus die Szene, beide mit erschrockenen Mienen, die noch erschrockener wurden, als ein Trupp bewaffneter Constabler an ihnen vorbei in den Salon stürmte.

»Was geht hier vor?«, rief Onkel Charles.

»Meiner Gemahlin ist es gelungen, dem Baron ein Geständnis zu entlocken«, erklärte Adam. »Edgar Briggs ist der Mörder von Henry Savage. Außerdem drohte er, meine Frau und ihre Schwester zu erschießen.«

»Der Kerl kommt wegen Mordes an Henry Savage an den Galgen«, versprach Prinz Adolphus, als Edgar abgeführt wurde.

Adam küsste den Scheitel seiner Frau und rief den Hund zu sich. »Wie oft muss ich dir noch den Unterschied zwischen einer Ratte und einem Wolf erklären?«

Alle lachten befreit. Sabrinas Tränen versiegten und sie blickte lächelnd zu Adam auf.

»Von heute an darf Winston so viele Gurkensandwiches verschlingen, wie er will«, versprach Adam. »Und bei Tisch legen wir ein eigenes Gedeck für ihn auf.«

»Und ich verheimliche nie wieder etwas vor dir«, versprach Sabrina.

»Wirklich nicht?«

Sabrina nickte ernsthaft.

»Ich liebe dich, Prinzessin«, flüsterte Adam und seine Lippen umschlossen ihren Mund. »Und ich werde stets aufrichtig zu dir sein.«

Sabrina lächelte an seinen Lippen, und als er sie ein wenig von sich schob, um ihr ins Gesicht sehen zu können, sagte sie: »Jetzt, da all deine Geheimnisse gelüftet sind, versprichst du mir, aufrichtig zu sein?«

Adam schenkte ihr sein unwiderstehliches Lächeln. Sabrina drehte sich in den Armen ihres Gemahls um und sah, wie Dudley ihre Schwester küsste. »Ist das vor der Hochzeit erlaubt?«

»Und ob das erlaubt ist«, antwortete Adam und gab ihr seine Liebe in einem innigen, leidenschaftlichen

Kuss zu verstehen.

»Ich liebe dich, Prinzessin«, flüsterte er. »Ich will dich jeden Tag meines Lebens glücklich machen.«

»Und ich liebe dich, mein Prinz«, schwor Sabrina und ihre Liebe strahlte aus ihren smaragdgrünen Augen. »Ich bin unendlich glücklich. So glücklich, dass ich vielleicht nie wieder backen werde.«

Epilog

London, 1817

»Herzliche Glückwünsche zum fünfzehnten Hochzeitstag«, sagte Adam mit gedämpfter Stimme und trat ans Bett.

»Der war bereits gestern«, entgegnete Sabrina.

»Gestern warst du mit anderen Dingen beschäftigt.« Adam blickte stolz auf seine neugeborene Tochter herab, setzte sich behutsam auf die Bettkante und streichelte die Wange des Babys mit einem Finger. »Baby St. Aubyn fühlt sich so seidenweich an wie seine Mutter.«

Sabrina lächelte. »Baby St. Aubyn?«

»Wie soll ich sie nennen? Wir haben ihr noch keinen Namen gegeben.«

»Wie gefällt dir Farrah? Farrah St. Aubyn klingt sehr schön.«

»Nicht für mich«, antwortete Adam mit einem jungenhaften Grinsen. »In meinem Land heißt Farrah wilder Esel.«

Sabrina lachte. »Wie heißt deine Mutter?«

Ein Anflug von Trauer überschattete seine Züge, den er eilig verbannte. »Sie heißt Regina.«

»Regina St. Aubyn«, wiederholte Sabrina sinnend. »Das gefällt mir. Wir taufen sie Regina.«

Adam hob ihre Hand an die Lippen. »Danke, Geliebte.«

»Ich wünschte nur, mein Vater wäre hier, um sein erstes Enkelkind zu bewundern«, sagte Sabrina mit leiser Wehmut. »Wenigstens liegt er jetzt in geweihter Erde begraben.«

»Und der Bösewicht, der ihn getötet hat, ist unschädlich gemacht«, ergänzte Adam.

»Lass uns von Edgar und seinem schmachvollen Tod am Galgen nie in Gegenwart von Regina sprechen«, bat Sabrina. »Sie soll den Namen des Schurken nie erfahren. Regina soll in ihrem Leben nur Worte der Liebe und Zuneigung hören.«

Es klopfte und beide blickten zur Tür. »Herein«, rief Adam.

Higgins und Razi drängelten sich gemeinsam ins Zimmer.

»Ich mache die Ankündigung«, sagte Razi.

»Nein, ich«, widersprach Higgins.

Winston, der einen ganzen Tag aus dem Zimmer verbannt worden war, drängte sich an den streitenden Dienern vorbei, lief ans Bett, legte den Kopf auf Adams Knie und beäugte das Baby. Schweifwedelnd beschnupperte er den Familienzuwachs, ehe er sich zufrieden vor den Kamin legte.

»Mylord …«, begann Razi.

»Prinz Adolphus und Madame Esmeralda machen ihre Aufwartung«, verkündete Higgins und erntete einen wütenden Blick seines Rivalen.

»Bist du bereit, Besuch zu empfangen?«, fragte Adam seine Frau, die glücklich lächelnd nickte. »Die junge Mutter lässt bitten.«

Higgins zog sich mit einer Verbeugung zurück. Razi schien die ständige Bevormundung des englischen Butlers endgültig satt zu haben, hielt die Hände an den Mund und rief laut in den Flur: »Königliche Hoheit, Sie können eintreten.«

Adam lachte und Sabrina kicherte. Higgins drehte sich in hellem Entsetzen um und trat bedrohlich auf den rundlichen Razi zu. »Sie Vollidiot.«

Prinz Adolphus geleitete Madame Esmeralda an den beiden sich knuffenden Dienern vorbei ins Zimmer. Der Prinz und seine langjährige Geliebte traten an das Wochenbett und blickten auf den schlafenden Säugling herab.

»Esmeralda, wir haben eine Enkeltochter«, sagte Prinz Adolphus mit kehliger Stimme und räusperte sich.

»Ich habe eine Tochter und eine Enkeltochter«, fügte die Diva hinzu, der die Tränen über die Wangen strömten.

Sabrina bekam feuchte Augen. Eine Träne rann ihr über die Wange. Adam wischte sie behutsam fort.

»Ich wollte dir nie das Gefühl geben, dich im Stich gelassen zu haben«, sagte Esmeralda und blickte Sabrina liebevoll an. »Ich … wir wollten nur das Beste für dich … einen geachteten Platz in der Gesellschaft.«

Sabrina nickte stumm, die Trockenheit in ihrer Kehle hinderte sie am Sprechen. Sie schluckte und sagte dann: »Was geschehen ist, ist geschehen. Ich weiß, du wolltest nur das Beste für mich, aber warum warst du so lange verreist? Ich habe dieses Gespräch herbeigesehnt.«

»Ich hatte Angst vor deiner Zurückweisung …« Esmeralda zögerte fortzufahren.

»Darf ich dich zum Tee einladen? Vielleicht willst du die kleine Regina ja bald wiedersehen.«

»Ja, und ich möchte *dich* wiedersehen«, antwortete Esmeralda. »Ich hoffe, wir werden Freundinnen.«

Sabrina lächelte. »Liebend gerne.«

»Die Kleine soll also Regina heißen«, sagte Prinz Adolphus.

»Ja, nach Adams Mutter«, erklärte Sabrina.

»Ich habe die Umbettung der sterblichen Überreste von Courtneys Mutter angeordnet. Auf Wunsch von Dudley und Courtney soll sie in Dorchester ihre letzte Ruhe finden«, sagte Prinz Adolphus.

»Das freut mich für meine Schwester«, sagte Sabrina. »Wissen Sie, Königliche Hoheit, dass Courtney ihr erstes Kind erwartet? Sie werden noch in diesem Jahr zum zweiten Mal Großvater.«

»Scheint ein günstiges Jahr für Babys zu sein«, bemerkte Adam. »Lily Armstrong wurde vorgestern von einem strammen Sohn entbunden.«

»Warum erfahre ich das jetzt erst?«, fragte Sabrina.

»Liebste, gestern hat Regina dich zu sehr in Anspruch genommen.«

Prinz Adolphus und Esmeralda lächelten. »Wir müssen leider wieder los«, erklärte er und fragte Sabrina: »Glaubst du, in einem Monat wieder so weit hergestellt zu sein, um in Abingdon am Gedenkgottesdienst für deinen Vater teilnehmen zu können?«

»Nichts könnte mich daran hindern«, versicherte Sabrina und wandte sich an die Diva. »Wenn du zu der Zeit in London bist, könntest du dich vielleicht entschließen, ebenfalls am Gottesdienst teilzunehmen und eine Woche zu Besuch bei uns zu bleiben.«

Die Augen der berühmten Sängerin füllten sich erneut mit Tränen und sie tätschelte den Arm ihrer Tochter. »Gott segne dich, mein Kind«, sagte Esmeralda. »Ich verdiene deine Güte gar nicht.«

»O doch, Mutter«, antwortete Sabrina und drückte ihr die Hand.

»Ich bin Ihnen sehr dankbar, Sabrina in die Welt gesetzt zu haben«, meldete Adam sich zu Wort.

»Und ich freue mich, dass jeder jedem dankbar ist«, sagte Adolphus, dem die rührselige Stimmung sichtlich peinlich war. »Wir sehen euch bald wieder … bald … bald.« Mit diesen Abschiedsworten verließen der Prinz und seine Geliebte das Zimmer.

Adam streichelte die Hand seiner Gemahlin. »Es war eine glänzende Idee, Esmeralda einzuladen. Ich bin sicher, es fiel ihr sehr schwer, ihre Tochter in fremde Hände zu geben. Aber mit Henry Savage hat sie eine gute Wahl getroffen.«

»Ach, Adam, ich bin so glücklich.«

»Heißt das, ich bekomme nie wieder türkisches Fruchtgelee und Nougatpralinen?«, fragte er enttäuscht.

»Du weißt, dass ich alles für dich tue«, antwortete Sabrina. »Für dich mache ich sogar diese ekelhaft klebrigen Süßigkeiten.«

Adam beugte sich über seine Gemahlin und drückte ihr einen Kuss auf die Lippen. Und dann bewunderten die Eltern gemeinsam ihr schlafendes Erstgeborenes.

Sabrina hob den Kopf. »Adam, ich will dich seit langem etwas fragen.« Sie zögerte, dann fasste sie sich ein Herz. »Damals nach dem Ball bei Lady Meade … hast du mit Alexis Carstairs …?« Sie brachte es nicht über sich, den Satz zu beenden.

»Nein, habe ich nicht«, antwortete Adam, der genau wusste, worauf sie hinauswollte.

Sabrina sah ihn zweifelnd an. »Kein anständiger Ehemann würde seine Frau belügen.«

Adam blickte ihr unschuldig in die Augen und fragte gekränkt: »Habe ich dich je belogen?«

Sabrinas melodisches Lachen erinnerte ihn an die Nacht, in der sie sich erstmals begegnet waren. »Und wo hast du die Nacht verbracht?«

»In deinem Zimmer im Hause meines Onkels«, erklärte Adam. »Am nächsten Morgen schlich ich mich durch die Hintertür, um der Peinlichkeit zu entgehen, dass die Dienstboten über mich tuschelten, weil ich Angst hatte, nach Hause zu gehen.«

»Angst wovor?«

»Vor deiner Zurückweisung.«

»Aber ich habe mich nach dir gesehnt.« Sabrina stiegen die Tränen in die Augen.

»Heute weiß ich das«, erwiderte Adam und küsste ihr die Hand. »Du kannst dir nicht vorstellen, welche Qualen ich in jener Nacht in deinem Zimmer ausgestanden habe. Ständig sah ich dein Gesicht vor mir und konnte nicht einschlafen, weil der Rosenduft, der deinem Kopfkissen entströmte, mich wach hielt.«

»Ich liebe dich«, hauchte Sabrina.

»Und ich liebe dich.«

Adam nahm ihren Mund in einem endlos langen Kuss in Besitz; ein Kuss, dem ein zweiter folgte und ein dritter …

Sabrinas liebevoller Kuss hatte den Frosch in einen wunderschönen Prinzen verwandelt und dieser Prinz hatte sie zu seiner Prinzessin gemacht.

Johanna Lindsey

»Sie kennt die geheimsten Träume der Frauen ...«
Romantic Times

Fesselnde Liebesromane voller Abenteuer und Zärtlichkeit.

01/13331

Ungestüm des Herzens
01/9452

Rebellion des Herzens
01/9589

Halte mein Herz
01/9737

Wogen der Leidenschaft
01/9862

Wer die Sehnsucht nicht kennt
01/10019

Die Sprache des Herzens
01/10114

Die Rache der Liebe
01/10317

Juwelen der Liebe
01/10521

Zärtliche Sünderin
01/10627

Was der Nachtwind verspricht
01/10782

Wild wie die Nacht
01/10947

Stürmische Begegnung
01/13141

Ein Dorn im Herzen
01/13331

HEYNE-TASCHENBÜCHER